Liane Wilmes

Hinter den Wolken leuchtet ein neuer Tag

atb aufbau taschenbuch

LIANE WILMES

Hinter den Wolken leuchtet ein neuer Tag

ROMAN

aufbau taschenbuch

MIX
Papier aus verantwortungsvollen Quellen
FSC® C083411
FSC
www.fsc.org

ISBN 978-3-7466-3817-1

Aufbau Taschenbuch ist eine Marke der Aufbau Verlag GmbH & Co. KG

1. Auflage 2021

Satz LVD GmbH, Berlin
Druck und Binden CPI books GmbH, Leck, Germany
Printed in Germany

www.aufbau-verlag.de

1

Eigentlich habe ich mich abenteuerlustiger in Erinnerung. Und furchtloser. Aber hier, im Angesicht meines neuen alten Lebens, ist es mit sämtlicher Abenteuerlust und Furchtlosigkeit vorbei. Und das liegt nicht zuletzt an den entsetzlichen Ausdünstungen des Schweinestalls, der sich auf der anderen Seite des Ortsschildes hinter einer Reihe alter Eichen versteckt und die Luft von hier bis zum Deich verpestet. Der Duft nach Blumen, Honig und Wildkräutern wäre mir für meine Rückkehr aufs Land willkommener gewesen. Aber ich will ja nicht wählerisch sein.

Ich sollte nicht neues Leben sagen, das macht nur depressiv. Besser klingt Lebensabschnitt – und ein ziemlich kurzer Abschnitt dazu. Nicht mehr als drei Monate, hat mein Vater gesagt. Neunzig Tage. Dann ist die Episode in diesem gottverlassenen Nest vorüber und ich werde mein Leben aufgeräumt haben. Ich werde schneller als das Licht wieder in Hamburg sein, zurück in der Zivilisation, mir einen neuen Job ohne teuflische Chefin suchen und eine aparte kleine Altbauwohnung im Schanzenviertel mieten. Meinetwegen auch mit stillem Örtchen auf halber Treppe.

Eigentlich müsste es in Strömen regnen, das würde besser zu meiner Gemütslage passen. Stattdessen strahlt die Sonne von einem ultramarinblauen Himmel auf die umliegenden grünen Wiesen und gelben Felder, auf denen runde Strohballen gestapelt sind. Ein ziemlich hübscher Anblick, muss ich zugeben. Schnell schiebe ich den Gedanken beiseite. Auf einer Weide stehen ein paar halbwüchsige hellbraune Pferde, die abwechselnd grasen und neugierig zu meinem quietschroten VW Käfer hinüberblicken. Sie fragen sich wohl, warum ich hier nun schon seit einer geschlagenen Viertelstunde am Fahrbahnrand im Auto sitze und mich weder dazu durchringen kann auszusteigen noch weiterzufahren. Das Ortsschild zu passieren.

Natürlich weiß ich, was mich in Süderbüll erwartet. Ich habe lange genug hier gewohnt, wenn auch in einem anderen Leben. Und natürlich weiß ich genauso, was mich davon abhält, den »Neubeginn«, wie meine Freundin Helena mir voller Enthusiasmus mein Leben auf dem Land zu verkaufen versucht, in Angriff zu nehmen. Lieber atme ich noch einmal tief durch, auch wenn dabei übler Güllegeruch meine Nasenflügel attackiert, und lasse meine Augen ziellos umherwandern.

Zwischen den Ponys entdecke ich plötzlich eine irgendwie hippiemäßig aussehende, feiste junge Frau in bunter Blumentunika und mit seitlich geflochtenem, dunklem Zopf, der unter einem übergroßen Strohhut hervorguckt. Die Frau bückt sich hinter einem der Tiere und verschwindet aus meinem Sichtfeld, doch bevor ich meinen Blick abwenden kann, kommt noch eine zweite Frau mit blonder Kurzhaarfrisur zum Vorschein, die mir trotz der Distanz vage bekannt vorkommt. Gerade, als die Blonde sich völlig unvermittelt ihr blaues Spaghettiträgerkleid über den Kopf zieht und den Blick auf ihren schlanken, vollkommen unterwäschefreien Körper freigibt, taucht auch die Brünette wieder auf – ebenfalls splitterfasernackt. Ich muss schlucken. Doch bevor ich weiter darüber nachgrübeln kann, ob ich nun ein zweites Mal innerhalb weniger Tage ungewollt Zeugin frivoler Handlungen werde, stellen sich die beiden in einigem Abstand einander gegenüber und strecken ihre Arme seitlich nach oben, bis sich die Handflächen über ihren Köpfen berühren. Nach wenigen Sekunden bücken sich die zwei Frauen so weit nach vorne, dass ihre Hände auf dem Boden aufliegen. Jetzt bleibt mir wirklich nichts mehr verborgen.

Das ist doch der Sonnengruß. Die machen Yoga zwischen Pferdeäpfeln und Kleeblumen. Nackt, ungeniert und nahtlos braun gebrannt.

Wie gebannt starre ich zur Wiese hinüber. Früher ging es hier noch nicht so freizügig zu. Zumindest ein paar Dinge scheinen sich geändert zu haben, seit ich Süderbüll vor zwölf Jahren den Rücken gekehrt habe. Andere Dinge sind vermutlich beharrlich gleich geblieben, eine unverrückbare Konstante. Das flimmernde Sonnenlicht ist schlagartig so grell, dass ich die Augen schließen muss. Und sofort sind sie wieder da, diese Bilder. Ein Knäuel nackter, sich windender Gliedmaße und der überraschte, ja beinahe vorwurfsvolle Gesichtsausdruck meines Langzeitfreundes Tom. Nunmehr mein Ex-Freund.

Kaum zu glauben, dass meine Welt noch vor sechzehn Tagen vollkommen heil schien. Ich hatte einen unbefristeten Job, eine gemütliche Wohnung in der vielleicht schönsten Stadt der Welt und einen fabelhaften Freund, von dem ich annahm, dass es ihm ernst war, wenn er sagte, er liebte mich. Noch immer erscheint es mir undenkbar, dass ein Haufen Hundekacke diese Welt aus heiterem Himmel zum Einsturz brachte.

Es war wieder einer dieser Tage. Ich hatte den Wecker überhört, wie neuerdings so häufig, so dass mir keine Zeit blieb, meine Haare zu waschen und ein sauberes Outfit zusammenzusuchen, geschweige denn zu bügeln. Schließlich wollte ich pünktlich in der Agentur auf der Matte stehen, um meiner bärbeißigen Chefin Imme (genannt *die Schlimme* oder auch schlicht *das Stück*) keinen weiteren Anlass zu bieten, mich vor versammelter Mannschaft abzukanzeln. Außerdem wollte ich Toms wohlverdienten Schlaf nicht dadurch stören, dass ich polternd in unserem Kleiderschrank herumwühlte, denn er hatte so starke Kopfschmerzen, dass er sich für den Tag krankmelden musste. Zum zweiten Mal in diesem Monat. Schon allein deswegen hätte ich misstrauisch werden müssen.

Als ich mit fettigem Haaransatz, nahezu ungeschminkt und im zerknitterten zitronengelben Noa-Noa-Blusenkleid des Vortags bei Starbucks in der Kümmellstraße für meinen allmorgendlichen Caffè Americano anstand, schnappte mein Vordermann mir den letzten Triple Chocolate Muffin vor der Nase weg. Und zur Krönung trat ich direkt am Eingang zur U-Bahn-Station Eppendorfer Baum in einen gewaltigen Hundehaufen. Mit meinen nagelneuen Velours-Sandaletten von Michael Kors, die Tom mir erst kürzlich zu unserem zweiten Jahrestag geschenkt hatte. Zwar waren sie eine Nummer zu groß und genau genommen habe ich nicht gerade ein Faible für Hacken, aber trotzdem war es eine Riesensauerei.

Im trockenen Gras vor der Haltestelle versuchte ich angewidert, den gröbsten Dreck abzuwischen, während ich leise über nachlässige Hundehalter fluchte. Natürlich fuhr mir die U-Bahn direkt vor der Nase davon – zu spät im Büro wäre ich also trotzdem.

Der Tag konnte wohl kaum mehr schlimmer werden. Dachte ich.

Nach einer quälenden U-Bahn-Fahrt, bei der die anderen Fahrgäste über den offensichtlichen Fäkalienmief die Nase gerümpft und sich demonstrativ umgesetzt hatten, erreichte ich die Agentur in der Hafencity. Ich war gerade auf dem Weg zu den Waschräumen, um – Velours hin oder her – meinen linken Schuh unter den Wasserhahn zu halten, als sich mir die schöne Ella aus der Grafikabteilung in den Weg stellte. Mit einem verschwörerischen Grinsen raunte sie mir zu: »Fee, unsere spezielle Freundin ist bei den Radiofuzzis in Kiel. Und das Beste: Sie bleibt den ganzen Tag. Einer langen Mittagspause bei *Luigi* steht also nichts im Weg.«

»Das klingt hervorragend.« Die ganze Misere um meinen Lieblingsmuffin und die Hundekacke war schlagartig vergessen. Jeder Tag, an dem ich das Stück nicht sehen musste, war ein guter Tag.

Doch bevor sich zu viel Euphorie breitmachen konnte, fügte Ella unbarmherzig hinzu: »Himmel, was stinkt denn hier so bestialisch? Das ist ja scheußlich.« Geziert hielt sie sich eine ihrer perfekt manikürten Hände vor Mund und Nase und musterte mit hochgezogenen Augenbrauen meinen schlampigen Aufzug, den sie erst jetzt wahrzunehmen schien.

Natürlich bekam ich einen roten Kopf. Zu meinem unaufhörlichen Leidwesen verfärben sich, solange ich denken kann, am laufenden Band meine Wangen, sobald ich in Verlegenheit gerate – nicht niedlich und entzückend, wie bei der grazilen Heldin einer romantischen Komödie, sondern tief karmesinrot, fast schon purpurfarben, so als hätte ich hohes Fieber.

»Ich fürchte, das sind meine Schuhe. Aber wenn die Schlimme heute einen Auswärtstermin hat, kann ich ja noch mal kurz nach Hause fahren und sie wechseln. Und nebenher nach Tom schauen und ihm etwas aus der Apotheke mitbringen.« Und vielleicht sogar ein wenig Lipgloss auftragen.

»Dein schöner Musterschüler feiert krank? Es geschehen noch Zeichen und Wunder!«

Ich musste schlucken. Natürlich war mir klar, dass Tom von einigen meiner Kolleginnen als karrieregeiler Super-Banker wahrgenommen wurde. Schließlich war es ein-, zweimal vorgekommen, dass er mit der Begründung, sich noch um irgendwelche Losgrößen- oder Risikotransformationen kümmern zu müssen, eine abendliche Verabredung sausen ließ, nachdem ich mich schon in der Damentoilette umgezogen und sorgfältig mein Make-up aufgefrischt hatte. Dennoch bereiteten mir Ellas ironischer Tonfall und das spöttische Lächeln Unbehagen.

Als ich vierzig Minuten später mit einer Schachtel Dolormin und einer Tafel von Toms Lieblingsschokolade in der Hand unsere Wohnungstür aufschloss, spürte ich gleich, dass etwas nicht stimmte. Ich hörte ein lautes Poltern aus dem Schlafzimmer, ganz so, als wäre jemand aus dem Bett gefallen, gefolgt von einem noch lauteren Lachen. Einem Frauenlachen.

Wie ferngesteuert ging ich den Flur entlang bis zum Schlafzimmer. Die Tür stand offen. Auf dem Flokati vor dem Bett – *meinem* dunkelgrauen Designer-Polsterbett, das ich erst vor wenigen Monaten, direkt nach meinem Einzug, eigens für *unsere* Zweisamkeit ausgesucht hatte – entdeckte ich zwei nackte Leiber, ein ineinanderverschlungenes Gewirr von Armen, Beinen, Brüsten, Kissen und verwuschelten Haaren. Ich muss einen erstickten Laut von mir gegeben haben, denn gleich darauf tauchten zwei Köpfe aus dem Knäuel auf – und unweigerlich trat ich einen Schritt zurück. Mein ganzer Körper fühlte sich taub an, mein Gehirn weigerte sich, die Bilder zu verarbeiten, die sich direkt vor meinen Augen abspielten.

Tom und Imme.

Wie vor den Kopf gestoßen starrte Tom mich an. Erstaunt, fassungslos, bestürzt, schließlich beinahe anklagend. Dann wurde sein Blick plötzlich leer. So, wie er manchmal guckte, wenn ich ihn bat, das Altpapier zum Container zu bringen oder mich auf meinen längst überfälligen Besuch bei meinem

Vater zu begleiten. Als würde er sich aus der Wirklichkeit zurückziehen, sobald es unangenehm wurde.

Ich hatte das schreckliche Gefühl zu fallen, und mein Herz pochte so heftig, dass ich fürchtete, es würde herausbrechen. Ein eisiger Schauer jagte durch meinen Körper, sogar in meinen Haarspitzen spürte ich ein Frösteln. Ich sollte nicht hier sein.

»Felicitas! Was machst du hier?« Endlich schien Tom seine Worte wiedergefunden zu haben. Auch wenn es nicht gerade erquickliche Worte waren. Felicitas nannte er mich nur, wenn ich ihm furchtbar auf die Nerven fiel. Zum Beispiel, als ich mir seinen heiligen Alfa Romeo ausgeliehen hatte, nachdem mein Käfer mal wieder nicht angesprungen war, um ihn dann gegen einen Poller vor der Reinigung zu setzen (der wirklich nicht zu sehen gewesen war). Normalerweise hieß ich für ihn Hase oder zumindest Fee.

»Dasselbe frage ich dich.«

Rückblickend lege ich mir immer wieder tausend Dinge zurecht, die ich unbedingt hätte loswerden müssen, bevor es zu spät war, bevor ich auch das letzte Fünkchen Selbstachtung verlor. Aber auch mir fiel in dem Moment nichts Besseres ein.

Am liebsten hätte ich ihn gerüttelt, ihm mit den Fäusten auf die Brust getrommelt, aber ich konnte mich nicht von der Stelle rühren. Wie erstarrt versuchte ich, in seinen Augen, in seiner Mimik Hinweise darauf zu finden, dass ich alles irgendwie falsch verstanden hatte, dass alles wieder in Ordnung kommen könnte. Aber natürlich war da nichts. Es gab nicht das Geringste falsch zu verstehen und gar nichts würde jemals wieder in Ordnung kommen.

»Fee, es tut mir leid. Es ist einfach so passiert«, flüsterte er schließlich so leise, dass ich ihn kaum verstand.

Ich fiel immer weiter, immer tiefer. Es war wie in einem

dieser schlechten Filme: Ich ertappte meinen Freund in flagranti mit einer anderen Frau – und nicht irgendeiner anderen Frau – und er sagte *Es ist einfach so passiert.* Was für ein Klischee! (Aber wenigstens machte er halt vor *Es ist ganz anders, als es aussieht.*) Und er schien nicht gewillt, in irgendeiner Form Stellung zu beziehen, sondern begann stattdessen, stoßweise zu atmen und zu zittern, ein kleines, kaum vernehmbares, monotones Schluchzen. Ersatzweise schickte sich das Stück an, *mein* grünes Eulenkissen vor die Brüste gedrückt, zu einer Erklärung anzusetzen, aber auch ihr fehlten, möglicherweise zum ersten Mal überhaupt, die Worte.

Sie würden ohnehin lügen, dass sich die Balken biegen. Oder, noch schlimmer, sie könnten die Wahrheit sagen.

Da setzte endlich mein natürlicher Fluchtinstinkt ein.

Zu meiner Schande muss ich gestehen, dass mir gar nicht in den Sinn kam, Teller und Tassen zu werfen oder jemandem die Augen auszukratzen. Dazu fehlte mir jegliche Energie. (Und um ehrlich zu sein, ein solches Diva-Gehabe liegt sowieso nicht in meiner Natur.) Stattdessen hörte ich mich selbst mit bebender Stimme sagen: »Das ist so niederträchtig. Ihr seid niederträchtig. Das war's! Zwischen uns ist es vorbei, Tom! Und ich kündige fristlos! In dieses verdammte Apartment und auch in die Agentur setze ich keinen Fuß mehr.« Ich fürchte, dann fügte ich auch noch hinzu: »Hoffentlich fallen euch alle Haare aus. Und die Zähne.«

Die Worte hingen in der Luft zwischen uns und gingen nicht mehr weg. Dann endlich drehte ich mich um, mit hochrotem, glühendem Kopf, und verließ ohne ein weiteres Wort die Wohnung, in die ich erst zwei Monate zuvor eingezogen war, um mir mit Tom ein gemeinsames Leben aufzubauen. Wie zum Hohn fiel die Tür mit einem besonders leisen Klicken hinter mir ins Schloss.

Ich war erst einunddreißig und mein Leben war vorbei – und das schon zum zweiten Mal.

Ein unsanftes Klopfen an meine Autoscheibe holt mich abrupt ins Hier und Jetzt zurück. Ich sehe einen ziemlich muskulösen Arm, an dem ein groß gewachsener Körper in einem kurzärmeligen karierten Flanellhemd und, soweit ich das erkennen kann, Cordhosen und Gummistiefeln hängt. Ein wenig widerwillig kurbele ich die Scheibe herunter.

»Moin! Fee, richtig? Herzlich willkommen zurück, ich freue mich, dich zu sehen«, sagt ein großer, freundlich aussehender Mann in seinen Zwanzigern mit tiefer Stimme.

»Ähm, danke. Und ich, äh, freue mich, nun ja, wieder da zu sein. Wenn auch nur für ein paar Monate«, füge ich hastig hinzu. Wer ist dieser blonde Typ? Und woher kennen wir uns? Sollte es sich in den kommenden Wochen immer so verhalten, dass die Leute mich erkennen und ich keine Ahnung habe?

Er scheint mein Dilemma bemerkt zu haben und sagt hilfsbereit: »Leo Büttelmeyer, der kleine Bruder von Ole. Als wir uns zuletzt gesehen haben, war ich zwölf, klein und schmächtig. Aber ich habe dich sofort erkannt.«

»Leo, wie schön! Natürlich erinnere ich mich«, sage ich und hoffe, ich klinge nicht allzu lustlos. Schließlich will ich niemanden vor den Kopf stoßen.

»Ole wird ganz aus dem Häuschen sein, wenn er hört, dass du zurück bist.«

Zumindest einer aus der alten Truppe hat also nicht das Weite gesucht, sobald sich die erste Gelegenheit bot. Doch nun, da Ole schon mal in meinen Gedanken aufgetaucht ist, wird mir bewusst, dass ich mich ebenfalls freuen würde, ihn wiederzusehen. Denn er hatte mit der Sache damals nichts zu tun.

»Du bist genau zur rechten Zeit gekommen, um diese Jahreszeit ist die Landschaft hier besonders schön. Aber das weißt du ja sicher noch«, fährt Leo unbeirrt fort.

»Da hast du vermutlich recht.« Auf dem Weg hierher ist die Landschaft unbemerkt an mir vorbeigeschwommen, viel zu sehr war ich damit beschäftigt, in Selbstmitleid zu baden. Und natürlich habe ich auch allen Grund dazu: Vom Freund sitzen gelassen, arbeitslos, ohne Wohnung, Geld oder Perspektive, das muss mir erst mal einer nachmachen. Was wissen die Dorfbewohner wohl über mein beispielloses Scheitern in der Stadt? Dass es hier nur wenig Privatsphäre gibt, ist kaum ein Geheimnis.

»Dann will ich dich mal nicht länger aufhalten. Den Weg kennst du ja sicher noch. Und noch mal, schön, dass du wieder da bist.«

Ich bedenke Leo mit einem freundlichen Lächeln, bevor er sich umdreht und im gegenüberliegenden Schweinestall verschwindet.

Noch länger tatenlos vor dem Ortsschild herumzulungern hinterließe zweifellos einen fragwürdigen Eindruck, also starte ich nun, da ich weiß, dass ich unter Beobachtung stehe, den Motor. Als mein Blick ein letztes Mal zur Pferdewiese wandert, sehe ich, dass die beiden offenherzigen Yoginis mittlerweile Gesellschaft von zwei kleinen Kindern in wild gemusterten Pumphosen bekommen haben, die ausgelassen um die Frauen und die Ponys herumtanzen. Die seltsame kleine Gruppe scheint mehr einer Esoterik-Reklametafel entsprungen als dem nordfriesischen Flachland.

Ich kann nicht anders, ich muss trotz allem lachen. Vielleicht wird meine Stippvisite in Süderbüll doch interessanter als erwartet – solange es mir nur gelingt, die Vergangenheit und *das große Debakel* ruhen zu lassen. Ich setze den Blinker und kehre auf die holprige Fahrbahn zurück, die hoffentlich kein Sinnbild für die kommenden Monate ist.

2

Tom und das Stück. Das hätte Aristoteles dann wohl als ausgleichende Gerechtigkeit bezeichnet. Ich habe mich seit vielen Jahren darauf gefasst gemacht, dass mir eines Tages etwas Derartiges passiert, so dass ich mich schon halbwegs darauf eingestellt hatte – schließlich musste die Rechnung irgendwann mal kommen. Nun war ich selbst der bemitleidenswerte, verschlafene Einfaltspinsel. Und trotzdem kam das Ende viel zu plötzlich und überraschend.

Im Nachhinein frage ich mich, warum ich die Zeichen nicht gesehen habe, die eigentlich nicht übersehen werden konnten. Verhielt sich Tom nicht zuletzt auffallend diskret, wann immer ich den Raum betrat, klappte seinen Laptop zu und nahm zu mehr als einer Gelegenheit sein Handy mit aufs Klo? Falls er überhaupt mal zu Hause war, denn er hatte neuerdings noch mehr Überstunden als sonst geschoben und war plötzlich auf diversen Geschäftsreisen unabkömmlich, verbrachte er Stunden im Bad und nebelte sich ausgiebig mit Aftershave ein. Ich entdeckte sogar eine neue Bodylotion, die er diskret im Waschbeckenunterschrank aufbewahrte. Und eine neue Krawatte mit geschmacklosem Bananenmuster hing in unserem Kleiderschrank. Bananen! Aber ich hielt meine Augen fest verschlossen.

Und hatte Imme die Schlimme – schon immer desinteressiert in guten Zeiten, geradezu sadistisch in schlechten – sich nicht in letzter Zeit besonders auf mich eingeschossen? Nun, da ich darüber nachdachte, wurde mir bewusst, dass sie ungefähr zu dem Zeitpunkt beinahe unerträglich geworden ist, als ich mit Tom zusammengezogen bin. Es ist mir immer schwerer gefallen, auf Durchzug zu schalten, denn die Schmähvorträge, die sie vom Stapel ließ – etwa bei einer zehnminütigen Verspätung am Morgen oder einem nicht gleich von den ersten Entwürfen überzeugten Kunden, selbst wenn er nachweislich besonders schwierig und verhasst war –, wurden immer haarsträubender. Ich hatte es so gedeutet, dass sie eine unzufriedene, frigide Jungfer war, die so durch und durch einsam war, dass sie das Liebesglück anderer nicht aushalten konnte. Fast hatte sie mir schon leidgetan. Von wegen einsam und frigide!

Wann, wo, wie und vor allem warum hatte das Ganze mit den beiden angefangen? Hatten sie sich schon auf der Weihnachtsfeier verstohlene Blicke zugeworfen? Oder sogar bereits bei dieser Segway-Schnitzeljagd zum zehnjährigen Firmenjubiläum im letzten Sommer? Was fand Tom nur an dieser sauertöpfischen Frau? Oder zeigte sie sich ihm von einer ganz anderen Seite? Lieber Gott, war es etwa etwas Ernstes? Stundenlang irrte ich ziellos und wie benommen, mit einem pochenden Schmerz im Hinterkopf durch die Straßen, rempelte Fußgänger an, die mich beunruhigt musterten, und wurde um ein Haar von einem wild hupenden Auto gerammt. Es war schon später Nachmittag, als ich mich schließlich vor einer vertrauten dunkelgrünen Haustür wiederfand – nur drei Querstraßen von Toms und meiner Wohnung entfernt. Auf dem Klingelschild standen zwei säuberlich gedruckte Namen: *Färber* und *Sturm*. Ein handgeschriebener Zettel mit der Aufschrift *Schaller* war mit transparentem Packband an die darüberliegende Wand geklebt worden.

Auf mein Sturmklingeln öffnete eine hochgewachsene, gertenschlanke Rothaarige in Leggings und Tanktop. Allein ihr Anblick war Balsam für meine verwirrte Seele.

»Mein Name steht ja noch immer auf dem Schild«, sagte ich anstelle einer Begrüßung. Ich wusste, dass ich einen schauerlichen Anblick bot, leichenblass, bis auf die roten Flecken im Gesicht. Und dann war da ja noch die Sache mit den ungewaschenen Haaren und der Hundekacke an den Schuhen.

»Ich habe Gin da. Und Zitronen.« Helena, meine langjährige Freundin und ehemalige Mitbewohnerin, die ihrer Namensvetterin aus der griechischen Mythologie in Sachen Schönheit in nichts nachsteht, zog mich in die Wohnung, ohne weitere Worte zu verschwenden.

Sobald ich in dem wohlbekannten, gelb gestrichenen Flur stand, merkte ich, wie sich mein Körper ein klitzekleines bisschen entspannte. Vier herrliche Jahre lang hatte ich gemeinsam mit Helena in diesem Apartment gewohnt. Erst vor acht Wochen war ich ausgezogen, um ein neues Leben mit Tom zu beginnen, und hatte damit gleichzeitig das Feld für Helenas Partner Ingo geräumt, einen talentierten, warmherzigen Musiker, der noch am Tag meines Auszugs seine wenigen Habseligkeiten hierhergebracht hatte.

»Ingo ist im Brauhaus«, schien Helena meine Gedanken zu erraten. Bis seine Musikkarriere richtig Fahrt aufnimmt, muss er als Kellner sein Zubrot verdienen. Das kam mir nicht ungelegen – mir stand gerade nicht der Sinn nach Gruppendiskussionen.

Erst als ich endlich im Wohnzimmer auf dem gemütlichen roten Sofa saß, mit angezogenen Beinen und einem Kissen vor den Bauch gedrückt, und Helena auf dem kleinen Beistelltisch Zitronen in Scheiben schnitt, fragte sie: »Was ist passiert?«

»Tom. Und … die Schlimme.« Ich begann stockend zu erzählen. Zusammenhanglos, konfus und unverständlich, aber am Ende konnte Helena sich die ganze Geschichte zusammenreimen. Und sie reagierte genau richtig: Sie schmähte, sie schimpfte, sie schnaubte vor Entrüstung.

»Dieser verdammte Narr ist deiner treuen Seele gar nicht würdig, Fee.« Sie nahm meine Hand und lehnte ihren Kopf gegen meinen. »Ich hoffe, diese Sado-Imme setzt ihm ordentlich zu. Und er ihr!«

Ich schwieg.

»Darauf trinken wir!« Sie reichte mir ein großes, randvoll mit einer orangeroten Flüssigkeit gefülltes Wasserglas, das in typischer Helena-Manier neben Gin und Zitrone offenbar noch irgendwelche wild zusammengemischten Säfte und Liköre enthielt. (Auf Helena ist Verlass. Wann immer sich die Gelegenheit bietet, schnurrt sie ihr Lieblingsmantra herunter: *Außergewöhnliche Umstände erfordern außergewöhnliche Getränke*. Und kaum jemals war die Gelegenheit passender als heute.) Dabei fiel ihr Blick auf die Dolorminschachtel und die Schokoladentafel, die ich achtlos neben mir aufs Sofa hatte fallen lassen, verziert mit tief in die Packungen hineingegrabenen Fingernagelspuren. Angewidert verzog sie das Gesicht. »Traube-Nuss! Ich wundere mich über gar nichts mehr.«

Ich nahm ein paar kräftige Schlucke des orangefarbenen Cocktails. Süß und klebrig. Mir war bewusst, worauf sie hinauswollte. »Helena, ich weiß, du glaubst, Tom ist ein langweiliger Bürohengst, nur weil er Banker ist –«

»Das ist es nicht. Obwohl es natürlich nicht gerade für ihn spricht, dass seine Vorstellung von größtem Vergnügen darin besteht, mit seinen einschläfernden Arbeitskollegen ein *alkoholfreies* Feierabendbier zu trinken und dabei über Bilanzierungen und Rechnungslegungsstandards zu philosophieren.« Als ich nicht reagierte, fuhr sie ungerührt fort: »Ich behaupte zwar nicht, dass ich Tom nicht leiden kann. Oder doch: Ich kann ihn nicht leiden. Und das nicht erst seit heute.«

Natürlich wusste ich, dass Tom nicht gerade den größten Stein bei ihr im Brett hatte, dazu waren die beiden einfach zu verschieden. Aber sie hatte unsere Beziehung immer akzeptiert. Dachte ich. Schließlich wollte sie, dass ich glücklich bin. »Nicht jeder ist so makellos wie Ingo, dass es fast schon unheimlich ist. Tom und ich haben … Wir hatten eine wundervolle, gleichberechtigte Beziehung, sonst hätte sie wohl kaum zwei Jahre lang gehalten. Und wir haben unzählige Gemeinsamkeiten.« Ich brach ab. Warum verteidigte ich diesen treulosen Mistkerl überhaupt?

Als hätte sie meine Gedanken gelesen, sagte Helena: »Du nimmst ihn doch wohl nicht immer noch in Schutz? Und welche Gemeinsamkeiten meinst du überhaupt? Ihr beiden seid so grundverschieden, dass ich überrascht bin, dass es überhaupt so lange gut gegangen ist. Das konnte nur klappen, weil du sehr viele Kompromisse eingegangen bist. Das habe ich dir auch immer und immer wieder gesagt, aber du wolltest nicht zuhören.«

Um einer Antwort zu entgehen, leerte ich mein Glas in wenigen Zügen. Aber Helena war offenbar noch nicht fertig. »Tom ist von exzessivem Ehrgeiz getrieben. Er stemmt Gewichte im Fitnessstudio. *Er sammelt närrische Actionfiguren*. Beim Fußballgucken darfst du ihn nicht ansprechen. Er ist unfreundlich zu Kellnern und kann eine Kastanie nicht von einer Eichel unterscheiden. Du findest, in Bier gehört Alkohol, du vermeidest jede Art von Sport, vor allem aber Fußball. Du bist so zuvorkommend zu Kellnern, dass du ihnen fast ihren Job abnimmst, und du liebst die Natur. Habe ich noch etwas vergessen? Ach ja: Er verlangt, dass du seine wässrigen Freunde mit perfekten T-Bone-Steaks beeindruckst, und schon stellst du dich an den Herd – als überzeugte Vegetarierin.«

So lange am Stück hatte ich sie selten reden hören; normalerweise hört sie lieber zu – das ist wahrscheinlich eine Berufskrankheit. Helena arbeitet als Psychologin in einer Gemeinschaftspraxis, die auf jugendliche Straftäter spezialisiert ist.

»Kompromisse muss jeder eingehen«, sagte ich schließlich lahm. Mein Gesicht war bei ihrem Ausbruch immer heißer geworden. Hätte ich ihr das mit den Steaks nur nie erzählt. Er hatte nicht *verlangt*, dass ich für seine Freunde koche, ich hatte es angeboten. Und dann diese unappetitlichen Fleischscheiben zu schwarzen Lederklumpen verkohlen lassen. Unbeabsichtigt natürlich.

Normalerweise liebe ich Helena dafür, dass sie es als ihre Pflicht als Freundin ansieht, schonungslos ehrlich zu sein. Während andere verhalten sagen: »Nun, das rote Kleid sieht toll aus, aber warum probierst du nicht noch mal das schwarze an?«, gibt Helena einem unbarmherzig zu verstehen: »In dem roten Kleid siehst du aus wie zwölf, du hast weder Busen noch Hüfte. Wenn du also nicht darauf aus bist, ein paar Minderjährige anzumachen, zieh lieber das bauschige schwarze an.« Sie tut das nicht aus böser Absicht, sondern sie spielt Advocatus Diaboli, um ihre Liebsten vor Hohn und Spott zu bewahren. Doch jetzt wollte ich nichts davon hören.

Gut, Tom ist ein Arbeitstier, aber er bekleidet nun mal eine wichtige Stellung bei der Deutschen Bank. Deswegen ist er doch nicht gleich krankhaft ehrgeizig. Oder langweilig. Und dass er seinen Körper, der ohne Zweifel einen höchst erfreulichen Anblick bietet, hegt und pflegt, ist wohl kaum ein Makel.

»Und selbst wenn wir nicht viel gemeinsam haben: Gegensätze ziehen sich an«, fuhr ich leise fort. Ich wusste, dass ich mit leeren Floskeln um mich warf – das tat ich immer, wenn ich mich in die Defensive gedrängt fühlte.

»Nun, wissenschaftlich betrachtet führen eher die Gemeinsamkeiten zu einer stabilen Partnerschaft. Das Sprichwort *Gleich und gleich gesellt sich gern* wird –«

»Er hat auch wirklich viele gute Seiten«, unterbrach ich sie. Heute ging mir ihr Psychogequatsche höllisch auf den Geist.

»Ich bin ganz Ohr.«

»Nun ja«, überlegte ich, »er ist großzügig, witzig, klug, er sieht umwerfend aus und ein zärtlicher Liebhaber ist er auch.«

Betroffenes Schweigen. Das mit dem Liebhaber hätte ich besser für mich behalten.

»Tja, und nun zeigt er einer anderen, wie zärtlich er sein kann. Deiner Chefin! Verdammt noch mal, damit hat dieser rücksichtslose Mistkerl dir alles genommen. Dir blieb ja gar nichts anderes übrig, als deine Wohnung und deinen Job aufzugeben«, sagte Helena schließlich.

Natürlich wusste ich, dass sie recht hatte.

»Und ehrlich, Fee, *witzig* ist er nun wirklich nicht.«

»Aber ich liebe ihn.« Meine Stimme brach. Nerven aus Stahl sahen anders aus.

Helena hingegen klang ruhig und besonnen. »Das glaubst du vielleicht. Aber ich vermute eher, dass du dich mit Tom in die Stabilität geflüchtet hast. Du hattest es bequem mit ihm, es war zu behaglich, um das Ganze zu beenden. Wer will schon alleine sein? Du musstest nicht zu viele Gefühle investieren und konntest dafür nicht über die Maßen verletzt werden.«

Bevor ich entrüstet Einspruch erheben konnte (denn nun war ich doch wohl über die Maßen verletzt worden!), fuhr sie unbeirrt fort: »Wir kennen uns nun schon seit zehn Jahren, Fee. Und in all diesen Jahren gab es keinen einzigen Mann, den du wirklich an dich herangelassen hast. Und auch Tom hast du auf Abstand gehalten. Woran liegt das?«

Meine Hände zitterten und ich spürte wieder diesen stechenden Schmerz im Hinterkopf. Plötzlich konnte ich kein einziges Wort mehr ertragen. »Bitte, lass uns morgen weiterreden. Ich möchte mich ausruhen, es war ein furchtbar langer Tag.«

Tatsächlich, ich fühlte mich so müde und erschöpft wie dieser griechische Läufer, der nach der Schlacht von Marathon den langen Weg nach Athen rannte. Nur die Botschaft *Wir haben gesiegt* konnte ich leider nicht verkünden. Dafür bin ich aber auch nicht tot zusammengebrochen, auch wenn es sich ein bisschen so anfühlte.

Helena erhob keine Einwände. Mit undurchdringlicher Miene machte sie sich daran, mein Nachtlager vorzubereiten.

Als ich später auf dem roten Sofa lag, eingehüllt in meine kuschelige alte Lieblingsdecke, die Tom wegen ihres wilden Farbmixes in unserem neuen Wohnzimmer nicht haben wollte, konnte ich trotz aller Erschöpfung – und Helenas bunten Gebräus – nicht einschlafen. Den ganzen Tag hatte ich keine einzige Träne vergossen. Ich wünschte, ich könnte endlich weinen, dann würde vielleicht das ganze Elend aus meinem Körper herausgespült. Aber keine Tränen kamen. Stattdessen kamen mir immer wieder Helenas Worte in den Sinn. *Du hast dich mit Tom in die Stabilität geflüchtet. Du musstest nicht zu viele Gefühle investieren und konntest dafür nicht über die Maßen verletzt werden.*

Darüber konnte ich jetzt nicht nachdenken.

Ich hatte immer angenommen, dass meine Beziehung zu Tom eine durch und durch intakte Angelegenheit war, die, wenn ich mal ehrlich war, vielleicht nicht von unbändiger Leidenschaft und überschwänglichem Gefühlstaumel getrieben war, aber bruchfest, stabil und vernünftig schien. Aber hatte ich dabei mein Leben tatsächlich so sehr nach Tom ausgerichtet, dass meine eigenen Wünsche und Bedürfnisse viel zu häufig ins Hintertreffen geraten waren? Nur, um ihn bei mir zu halten und nicht allein zu sein? Nun, das hat ja hervorragend geklappt! Jetzt vögelte er meine Chefin, von der er genau wusste, wie sehr ich sie verabscheute, und lachte sich mit ihr zusammen wahrscheinlich über mich ins Fäustchen. Obendrein hatte ich keinen Job mehr und campierte bei meiner Freundin auf der Couch, um nicht unter der Lombardsbrücke zu landen.

Erst im Morgengrauen, als die Vögel schon mit ihrem durchdringenden Gezwitscher anfingen, fiel ich endlich in einen unruhigen Schlummer. Und ich träumte. Nicht von Tom, sondern davon, vollkommen nackt in der U-Bahn zu sitzen und aufstehen zu müssen, weil die Endstation erreicht war.

Die Klänge von *Auf der Reeperbahn nachts um halb eins* rissen mich nach einer viel zu kurzen Nacht aus dem Schlaf. Mein Handy. Ich brauchte einen Moment, um mich zu orientieren, doch dann stürzten die Ereignisse des Vortags so unvermittelt auf mich ein, dass ich anfing, am ganzen Körper zu zittern. Wieder hatte ich das Gefühl zu fallen. Mein rasender Puls beruhigte sich erst etwas, als ich den Anrufer auf dem Display erkannte: Es war nur mein Vater.

Heinrich rief an, um sich zu erkundigen, ob er mich für unser bevorstehendes Treffen bei mir zu Hause abholen könne, bevor wir in die Deichtorhallen, die Elbphilharmonie und anschließend ins libanesische Restaurant gingen. (Bei ihm in Husum ist die kulturelle und kulinarische Auswahl ein bisschen beschränkt, da muss er möglichst viel herausholen, wenn er den Sprössling alle paar Monate in der Großstadt besucht.) Schließlich wolle er Toms und meine erste gemeinsame Bleibe genauestens unter die Lupe nehmen (das war nicht sein exakter Wortlaut, aber das, was er meinte).

Ich schluckte. Ich hatte Angst, dass es real werden würde, wenn ich es meinem Vater erzählte. Aber natürlich blieb mir keine andere Wahl, als ihm reinen Wein einzuschenken.

Also holte ich tief Luft und sagte: »Papa, reg dich bitte nicht auf, aber eine gemeinsame Bleibe gibt es nicht mehr. Und meinen Job auch nicht, wo wir schon mal dabei sind.« In kurzen Sätzen setzte ich ihn über den Wirbel des vergangenen Tages in Kenntnis, wobei ich die allzu schmutzigen Details lieber ausklammerte.

Langes Schweigen am anderen Ende der Leitung. Ich fürchtete schon, er hätte einfach aufgelegt, als er endlich seine Sprache wiederfand. Sein Ton war erst überrascht, dann mitleidig und wurde schnell geschäftsmäßig, als er versprach, an ein paar Schräubchen zu drehen und zu sehen, was er für mich tun könne.

Jetzt war ich an der Reihe zu schweigen. Welche Schrauben? Ich wollte keine Schrauben. Die neuesten Entwicklungen in meinem Leben waren schon mehr Veränderung, als ich verkraften konnte. Zudem war mein Vater nicht gerade die erste Adresse, wenn ich jemanden um Hilfe bitten musste. Aber ich war froh, dass er mich nicht beschuldigte, überstürzt oder unüberlegt gehandelt zu haben, als ich auf einen Schlag Job, Wohnung und jegliche Perspektive aufgegeben hatte. Von meiner Mutter erwartete ich da weniger Zurückhaltung, weswegen ich mit diesen neuen Informationen auch noch hinterm Berg hielt, als mich ein paar Wochen später einer ihrer seltenen Anrufe aus Mallorca erreichte.

»Jetzt bist du sicher beruhigt, wo du doch Tom so verabscheust.« Diese Bemerkung konnte ich mir nicht verkneifen.

»Ja, also, eigentlich –« Er unterbrach sich. »Sei nicht albern, ich verabscheue ihn nicht.« Aber er verabscheute ihn wohl. Von Anfang an. Ebenso wie Helena, wie es schien. Weil Tom zu viel Wert auf Äußerlichkeiten legt, zu viel arbeitet, zu viel beruflichen Erfolg hat, zu viel Sport treibt. Von allem zu viel. War ich die Einzige, die auch seine guten Seiten sah?

»Fee, steck den Kopf nicht in den Sand«, sagte mein Vater zum Abschied. »Alles im Leben ist immer für irgendetwas gut. Auch wenn es mal schmerzhaft ist – das ist dann eben der Schleifstein, der dem Diamanten zu vollem Glanz verhilft.« Das war vermutlich wieder eines seiner geschätzten Zitate, aber von schmerzhaften Schleifsteinen wollte ich gerade nichts hören.

Ich hatte kaum aufgelegt, als ich Helena im Flur herumpoltern hörte. Gerne hätte ich unser Gespräch von gestern fortgeführt, um ihr klarzumachen, dass Tom sehr wohl meine große Liebe ist, aber sie hatte es eilig, zur Arbeit zu kommen. Das Einzige, das sie noch sagte, bevor die Tür hinter ihr ins Schloss fiel, war: »Bleib hier, so lange du willst. Ingo holt nachher ein paar Sachen aus deiner Wohnung, schreib ihm einfach eine Liste.«

Als ich nach einer ausgiebigen Dusche die Küche betrat, saß Ingo am Tisch und löffelte Müsli aus einer geblümten Schale. Er schaute auf, sobald er mich hörte, und sein einfühlender Blick, den ich sonst so mochte, verdarb mir jeglichen Appetit. Natürlich war ich dankbar für das Angebot, aber ich konnte nicht hierbleiben, wo mir Tag für Tag mit Mitleid und Anteilnahme mein eigenes Scheitern vor Augen geführt würde. Außerdem war die Wohnung für drei Personen viel zu klein – vor allem für zwei Turteltauben und ein überflüssiges drittes Rad am Wagen.

Niedergeschlagen rollte ich mich wieder auf dem Sofa zusammen. Warum auch nicht? Schließlich hatte ich keine wichtigen Termine, zu denen ich hetzen musste, so wie all die anderen Menschen, deren Leben nicht über Nacht zu einem

Scherbenhaufen verkommen waren. Eine neue Wohnung und einen neuen Job konnte ich mir morgen immer noch suchen. Dass es so weit nicht kommen sollte, ahnte ich nicht.

Ich hatte mir in der vergangenen, schlaflosen Nacht in meiner Phantasie immer wieder zähneknirschende, reuevolle Anrufe ausgesponnen und mir vorgestellt, wie Tom tief beschämt vor Helenas Tür auftauchte und wahlweise Sätze wie »Es ist allein Immes Schuld, sie hat mich nach allen Regeln der Kunst verhext«, »Es bedeutet mir nichts, sie ist mir egal«, »Ich war betrunken und es war nur schneller Sex« und »Ich liebe nur dich, ich werde dich immer lieben« von sich gab. Die Realität holte mich allerdings viel zu schnell ein, denn ich hörte: nichts. Nicht in der Nacht – ich hatte mein Handy direkt neben das Kopfkissen gelegt –, nicht an diesem Tag und am darauffolgenden Tag ebenso wenig. Auch meine Kolleginnen oder gar Imme, Gott bewahre, meldeten sich nicht, um in Erfahrung zu bringen, wo ich steckte. Offenbar hatte die Meldung über meine fristlose Kündigung bereits die Runde gemacht.

Dafür rief einige Stunden später – ich lag noch immer auf dem Sofa und grübelte unablässig über meine miserable Situation und wie ich sie ändern könnte – wieder mein Vater an. Ohne sich mit langen Vorreden aufzuhalten, erklärte er: »Du gehst zurück nach Süderbüll. Die alte Elfriede Mommsen ist vor einigen Monaten verstorben und die Erben konnten ihr Landgut gar nicht schnell genug auf den Markt bringen. Die Investoren sind dabei, das Anwesen zu sanieren und es in ein Meereskunde-Museum umzuwandeln, um damit den Tourismus weiter in Schwung zu bringen. Das ist ein gewaltiges Projekt in der Region und du übernimmst die gesamte Öffentlichkeitsarbeit, erst einmal bis zur Eröffnung. Wenn alles nach Plan verläuft, wird das in etwa dreieinhalb Monaten sein. Drei Monate, in denen du dich sammeln kannst.«

Mir stockte der Atem, meine Kopfhaut begann zu kribbeln. Süderbüll, das Mommsen-Haus, ein Museum. Genau das, was ich mir so lange Zeit gewünscht hatte. Was *wir* uns gewünscht hatten. Hatte *er* etwas damit zu tun? Alte, längst begraben geglaubte Erinnerungen drängten sich mir auf und trugen mich in die Welt von gestern davon. In eine Zeit, in der ich noch hochfliegende Wünsche, Träume und Ziele hatte, bevor sie mir im Laufe einer einzigen Nacht abhandengekommen waren. Da war ich erst neunzehn und im Vergleich zum *großen Debakel* war Toms Stelldichein mit dem Stück bloß ein Sturm im Wasserglas.

Ich war so aufgewühlt, dass ich den bestimmenden Ton meines Vaters kaum zur Kenntnis nahm. Erst ein erwartungsvolles Räuspern am anderen Ende der Leitung holte mich in die Realität zurück.

»Süderbüll, das ist ausgeschlossen! Ich weiß deinen Einsatz wirklich sehr zu schätzen, Papa, aber ich kann hier unmöglich einfach alles stehen und liegen lassen, mein ganzes Leben aufgeben –« Ich brach ab. Welches Leben war mir denn in Hamburg geblieben? Aber *dorthin* konnte ich auf keinen Fall zurück.

»Weißt du, Kind, dir wird im Leben nur selten etwas geschenkt. Herumsitzen und in Selbstmitleid baden bringt dich nicht weiter. Jetzt kannst du die Sache selbst in die Hand nehmen.«

»Aber ausgerechnet in Süderbüll? Ich schlittere doch nicht von einem wachen Alptraum in den nächsten!«, entfuhr es mir, bevor ich mir auf die Zunge beißen konnte.

»Liebes, wovon redest du?«

Ich schwieg. Das Gespräch ging mir entschieden zu sehr in die falsche Richtung.

»Ich weiß, dass dich die Sache damals ziemlich aus der Bahn

geworfen hat. Aber das ist doch schon so lange her. Meinst du nicht, dass es jetzt endlich an der Zeit ist, wieder nach Hause zu gehen?« Nach Hause.

»Du hast doch keine Ahnung, was damals wirklich vorgefallen ist!«, wollte ich ihn anfahren, aber stattdessen fragte ich zahm: »Wie hast du es eigentlich geschafft, mir dort so kurzfristig einen Job zu verschaffen? Wie heißen deine *Schräubchen*?« Weiche Fragen, die du nicht beantworten willst, immer mit einer Gegenfrage aus. So viel hatte ich schon im Kindergarten gelernt.

»Einer der Investoren ist mein Golfpartner. Hat ein Handicap von vierzehn. Die Dame, die ursprünglich für diese Position vorgesehen war, ist im letzten Moment abgesprungen. Anscheinend hat sie kurzfristig ein Visum für Kasachstan bekommen und sich ohne zu zögern auf den Weg zum Flughafen gemacht, um zu ihrem Verlobten zu eilen. Es werden also zwei Fliegen mit einer Klappe geschlagen.«

Während ich einerseits die Vergangenheit und das Museum nicht aus dem Kopf bekam und mir andererseits das Hirn darüber zermarterte, wie ich meinen Vater am effektivsten abwimmeln konnte, ohne zu viel zu verraten, fuhr er eifrig fort: »In spätestens zwei Wochen müsstest du anfangen. Wohnen kannst du in unserem alten Haus – Familie Kohlmann ist vor ein paar Monaten ausgezogen und nun steht es fast leer. Nur eine junge Neuseeländerin bewohnt seit Kurzem die hinteren Räume, aber mit ihr wirst du dich prächtig verstehen. Die Einliegerwohnung, Oma Lenes frühere Wohnung, ist noch immer an den netten Geschichtsprofessor vermietet.« Ich hatte keine Ahnung, wer Familie Kohlmann oder der nette Professor waren. Für das Haus meiner Kindheit interessierte ich mich schon seit Jahren nicht mehr. Trotzdem spürte ich ein unerklärliches Prickeln in der Brust.

Mein Vater hielt mein Schweigen wohl für Rührseligkeit oder gar Sentimentalität. Grund genug für ihn, noch einen draufzusetzen: *»Des Menschen größtes Verdienst bleibt wohl, wenn er die Umstände so viel als möglich bestimmt und sich so wenig als möglich von ihnen bestimmen lässt.«* Schon wieder eines seiner heiß geliebten Zitate. Goethe gefiel ihm besonders.

Mir war natürlich schmerzlich bewusst, dass mich in Hamburg rein gar nichts mehr hielt. Ich wusste aber auch, wenn ich jetzt ginge, wäre es mit Tom unwiderruflich vorbei. Konnte ich das wirklich verkraften? Im Film oder Roman ist immer alles klipp und klar: Betrügt er dich, verlässt du ihn. Warum solltest du auch bleiben? Aber im wahren Leben sind die beiden betroffenen Existenzen so eng miteinander verwoben, dass es nahezu undenkbar scheint, sie auseinanderzureißen.

Außerdem wollte ich Heinrich nicht zu Dankbarkeit verpflichtet sein, denn auch wenn unsere Versöhnung nach dieser Sache damals nicht völlig gehaltlos war, so trage ich ihm das, was er meiner Mutter und mir angetan hat, doch noch immer nach. Aber das Schlimmste war, ich würde die Geister der Vergangenheit rufen, wenn ich nach Nordfriesland zurückginge.

Andererseits: Das Mommsen-Haus wurde zum Museum! Davon hatte ich lange geträumt. Und nun konnte ich Teil davon sein.

Während ich mich von meinem Vater verabschiedete (»Ja, Papa, ich melde mich! Ja, morgen. Ja, bestimmt!«), hörte ich die Wohnungstür ins Schloss fallen und anschließendes Rumoren in der Küche. Helena hatte für den Tag offenbar genügend kriminelle Heranwachsende therapiert.

Mit zwei Gläsern in der Hand, gefüllt mit einer undefinierbaren gelblichen Flüssigkeit, kam sie ins Wohnzimmer. Ich hätte nicht erfreuter sein können, sie zu sehen und ihr von dem haarsträubenden Plan meines Vaters erzählen zu können. Ich ließ das Telefon in der Hand sinken, nahm mein Glas entgegen und leerte es in einem Zug.

»Es würde nicht funktionieren. Ich kann nicht fortgehen. Was soll ich Tom sagen, wenn er sich meldet?«, jammerte ich. Helena und ich lümmelten, jede mit ihrem dritten Gin-Cocktail in der Hand, auf der Couch herum. Mittlerweile hatte die Dämmerung eingesetzt.

»Felicitas!« Sie nannte mich nie Felicitas. Als sie weitersprach, klang es mild und nachsichtig, als würde sie mit einem kleinen, etwas begriffsstutzigen Kind reden: »Wenn er vorhätte anzurufen, hätte er es längst getan.«

Natürlich war mir klar, dass sie recht hatte. Außerdem hatte ich keinen Schimmer, was ich Tom sagen würde, sollte er tatsächlich anrufen. Ich konnte ihn ja schlecht einfach zurücknehmen, nach allem, was vorgefallen war. Aber dieser Schwebezustand, dieses Nicht-abschließen-Können, war einfach unerträglich.

»Weißt du, was das Schlimmste ist? Wenn Imme, diese Vettel, wenigstens jung und schön wäre, dann könnte ich es womöglich sogar nachvollziehen. Dann wäre es bloß ein Ausrutscher gewesen. Aber sie ist weit über vierzig und auch wenn sie vielleicht nicht hässlich ist, ist sie doch zumindest keine Augenweide. Sie hat Hängetitten, das weiß ich aus erster Hand« – ich wünschte, es wäre nicht so – »und hast du mal diesen Hintern gesehen? Ein Walross ist nichts dagegen.« Ha, das tat gut. »Wenn man deinen Frauenzeitschriften Glauben schenken kann, bedeutet das, ihm liegt wirklich etwas an dieser schrulligen Hexe.«

»Aber hier geht es gar nicht um die Schlimme, sondern um deinen untreuen Liebhaber. Er war *nicht* der Fang deines

Lebens, *nicht* die einzig wahre Liebe!« Ich schluckte eine Erwiderung hinunter, während sie seelenruhig fortfuhr: »Es ist natürlich ein großer Kraftaufwand, einen anderen Menschen zurückzulassen, denn damit nimmst du Abschied von einem ganzen Leben. Noch mehr Gin?«

Ihre Psychologen-Lebensweisheiten fielen mir gerade wirklich auf den Wecker.

»Ich brauche die Großstadt wie die Luft zum Atmen«, versuchte ich es aus einer anderen Richtung.

»Du brauchst die Großstadt ganz und gar nicht, du altes Landei. Wer diskutiert denn immer über miese Luft, Lärm, Kriminalität, Wohnblocks wie Ameisenhaufen, Verkehrschaos und einfach viel zu viele Menschen, wohin man auch schaut? Plus, hier im Kiez erinnert dich alles an Tom.« Sie äffte meine Stimme nach und wedelte dabei mit ihren langen Armen in der Luft: »›Oh, bei dem Bäcker haben wir sonntags unsere Croissants gekauft‹, ›In der Reinigung habe ich immer Toms Hemden abgeholt‹, ›In dem Café sind wir uns das erste Mal begegnet.‹ Was ist denn, wenn du ihm mit dieser Imme im Arm über den Weg läufst?«

Daran hatte ich auch schon gedacht und bei der Vorstellung hatte sich mir der Magen umgedreht. Lange Zeit schwieg ich.

»Es gibt noch einen weiteren Grund, warum ich nicht nach Nordfriesland zurückkann«, gestand ich endlich leise. Es war spät geworden, nur noch die Straßenlaternen und die Scheinwerfer der vorbeifahrenden Autos erhellten den Raum, aber keine von uns stand auf, um das Licht einzuschalten.

»Jetzt machst du mich aber neugierig«, flüsterte Helena verschwörerisch und lehnte sich so weit nach vorne, dass sie beinahe vom Sofa fiel.

»Ich habe noch nie jemandem davon erzählt. In meinem Kopf nenne ich es immer *das große Debakel*, das war vor zwölf

Jahren«, begann ich vorsichtig. Und zum ersten Mal erzählte ich jemandem von jener Nacht, nach der mein Leben nicht mehr dasselbe war. Ich erzählte von falschen Hoffnungen, enttäuschten Erwartungen, Betrug und unwiderruflich gebrochenen Herzen. Vom Labyrinth. Von meiner überstürzten Flucht.

»Felicitas!« Da, schon wieder nannte sie mich so. Das *Warum hast du mir das nie erzählt?* blieb zwar stumm, aber es entging mir trotzdem nicht. »Das alles ist doch nicht deine Schuld gewesen, das musst du doch wissen!«

»Das weiß ich ja mittlerweile auch. Trotzdem ist es ein unbehagliches Gefühl, jetzt zurückzukehren. Das alles hat mich ganz schön aus der Bahn geworfen.«

Scheinbar unbeeindruckt von meiner Antwort fuhr sie fort: »Dir bleiben jetzt genau zwei Möglichkeiten: Entweder du siehst deine miserable Gesamtsituation als einen Catch-22 – wie du es auch drehst und wendest, du kannst nicht gewinnen –, oder du hörst auf zu winseln und krempelst die Ärmel hoch. Diese Sache damals war natürlich einschneidend, aber wie lange willst du dir deswegen denn noch Vorwürfe machen? Zwölf Jahre müssten doch reichen, wieder auf die richtige Bahn zurückzukommen. Und nach allem, was du weißt, wohnt er gar nicht mehr in diesem Kaff. Und seien wir mal ehrlich: Welche Wahl bleibt dir denn? Wo sich eine Tür schließt, öffnet sich irgendwo anders ein Fenster. Mach nicht den Fehler, weiterhin auf die geschlossene Tür zu starren.«

Vielleicht war es der Alkohol, aber langsam dämmerte mir, dass es stimmte. Mir blieb keine Wahl. Ich wollte mich nicht einfach fügen, während mein Leben um mich herum in tausend Stücke zerbarst. Ein bisschen Abstand würde mir guttun. Ich musste mich einfach dazu zwingen, mit dieser furchtbaren Sache vor zwölf Jahren zurechtzukommen – ich konnte ohnehin nichts mehr ungeschehen machen, auch wenn ich alles dafür geben würde. Die endlosen Tage in der nordfriesischen Abgeschiedenheit und Einsamkeit könnte ich nutzen, mein Leben neu zu sortieren und mir einen narrensicheren Plan zu machen, wie meine Zukunft aussehen soll. Mir wieder ins Gedächtnis zurückrufen, was *ich* vom Leben wollte. Tom aus meiner Erinnerung zu löschen. Und wenn ich mal alle anderen Argumente beiseiteschob: Ich konnte nicht mal vor mir selbst leugnen, dass ich neugierig war. Ein Meereskunde-Museum im Mommsen-Haus! Nie hätte ich damit gerechnet, dass dieser Plan wirklich mal in die Tat umgesetzt würde. Ich könnte es für *sie* tun.

»Also, Fee, betrachten wir es mal realistisch. Wie würdest du dein Leben bewerten? Keine Liebe, kein Sex, kein Job, keine Bleibe. Einer von fünf Smileys wäre noch optimistisch bewertet. Mickrig! Aber du hast Aussichten, das zu ändern! Eine neue Umgebung, ein Sommer an der Nordsee, eine neue Wohnung, sogar ein Haus mit Garten, ein neuer Job – zwar befristet, aber dafür einer, den du dir immer gewünscht hast –, und, vorsichtig geschätzt, bestimmt zwanzig Männer, die in dein Beuteschema passen und aus denen du nur zu wählen brauchst. Und schon hast du mehrere Smileys hinzugewonnen! Landen die Nordfriesen nicht sogar regelmäßig ziemlich weit oben auf der Liste der zufriedensten Deutschen?«

»Es sind sogar die zufriedensten.« Warum sagte ich das?

»Siehst du? Ich werde dich bestimmt besuchen, die frische Landluft soll ja gut für den Teint sein. Und was sind schon vier Monate?«

»Drei!«

Und das war es, die Entscheidung war gefallen. In Ginlaune. In der Dunkelheit. Irgendwie war aus meinem allumfassenden Scheitern die euphemistische Operation *Mehr Smileys müssen her* geworden.

Also packte ich einige Tage später, an einem besonders sonnigen Montag im Mai, mit zwiespältigen Gefühlen ein paar Taschen und Koffer mit meinen wichtigsten Habseligkeiten, die Ingo mir zuvor aus meiner alten Wohnung geholt hatte, in meinen Käfer und startete zurück in die Vergangenheit. Im Radio sang Nelly Furtado *Why do all good things come to an end.*

3

Direkt hinter dem Ortsschild von Süderbüll und jenem luftverpestenden Schweinestall von Bauer Büttelmeyer entdecke ich ein offenbar neu errichtetes, weiß gestrichenes Holzkonstrukt mit der Aufschrift *Willkommen in Süderbüll.* Ansonsten hat sich in den vergangenen zwölf Jahren zumindest auf den ersten Blick nicht viel geändert – auch wenn mein Vater am Telefon behauptet hat, dass das Wachstum und vor allem die touristische Entwicklung des Örtchens unaufhaltsam voranschreite und vieles moderner geworden sei. Nun ja, er wollte mich natürlich auch hierherlocken. Außerdem lebt er selbst seit vielen Jahren in Husum und weiß es vielleicht nicht besser.

Während ich die Hauptstraße entlangrumpele, die, wenn überhaupt möglich, noch mehr Schlaglöcher zu bieten hat als früher, fallen mir neben dem Schlachter Rothdorf die Bäckerei Holm und die winzige Kirche ins Auge. Ich sehe verwitterte Schilder, die den Weg zur Freiwilligen Feuerwehr, zur Grundschule und zum Schützenhaus weisen. Ganz wie früher. Aus mehreren Fenstern starren die Leute, als hätten sie ein Raumschiff gesehen. Manche winken mir zu wie einer alten Bekannten.

Zahlreiche Erinnerungen bahnen sich ihren Weg zurück an die Oberfläche. Ich denke an die Nordsee, die Weite, den Wind. An Bauernhöfe, Schafe, Feuerwehrumzüge, Ringreiten,

Trachten. Daran, wie frei wir uns hier als Kinder immer gefühlt haben. In jeder Hinsicht. Wie glücklich ich war, hinterm Deich aufwachsen zu dürfen.

Mir fällt ein, wie wir in der vierten Klasse am Zeugnistag die Schule ausfallen ließen, indem wir mehr als vierzig ausgewachsene Frösche in der Aula aussetzten, die wir aus dem Klaxbüller See gekeschert hatten. Später, mit fünfzehn, als wir alle in unserer vegetarischen Phase waren und Streiche nicht mehr sinnfrei sein durften, klebten wir degoutante Bilder von gequälten Rindern in LKWs ans Schaufenster der Schlachterei, um auf die Missstände bei Tiertransporten aufmerksam zu machen. Erwischt wurden wir nicht. Wir hatten große Pläne damals und fühlten uns so erwachsen. Wie kommt es, dass ich mir heute viel weniger erwachsen vorkomme? Jetzt hätte ich doch allen Grund dazu.

Greetje und Ole waren damals auch dabei. Und *er*. Und natürlich Bente.

Kurz fährt wieder das vertraute Frösteln durch meinen Leib, dann rufe ich mich zur Ordnung. Das ist schließlich alles Schnee von gestern. Inzwischen bin ich eine patente Frau, die den Kinderschuhen längst entwachsen ist. Und die ganz andere Probleme hat – sonst wäre ich wohl kaum hier.

Ganz in Gedanken versunken wäre ich beinahe an meiner Abzweigung vorbeigefahren. Eigentlich ist es unmöglich, sich in Süderbüll zu verirren: Es gibt nur eine lange Hauptstraße, von der zwei Querstraßen abgehen, eine nach rechts und eine nach links, ein paar kopfsteingepflasterte Sackgassen und einige Sandwege. Mein Ziel, das Mommsen-Anwesen, liegt an der Querstraße zur Linken. Gerade noch rechtzeitig schaffe ich den Bogen, komme mitten in der Kurve ein wenig ins Schlingern – und trete das Bremspedal bis zum Bodenblech durch. Wie aus dem Nichts ist rechts von mir eine kleine, zerzauste schwarze Katze aufgetaucht und rennt wie von der Tarantel gestochen auf die Straße. Direkt vor meiner Stoßstange legt sie eine kleine Pause ein und blickt mich irgendwie vorwurfsvoll an, dann verschwindet sie auf der linken Straßenseite zwischen ein paar wild blühenden Rhododendronbüschen. Potz Blitz! Eine schwarze Katze, die von rechts nach links läuft, bringt das nun Glück oder Unglück? Normalerweise kann ich über solch abergläubischen Firlefanz nur schmunzeln, aber was ist momentan schon normal? Mein Herz schlägt wie verrückt gegen meine Rippen, und ich muss mich schwer zusammenreißen, um nicht die Fassung zu verlieren. Das war nur ein Tier mit schwarzem Fell, nichts weiter. Seufzend fahre ich weiter.

Ein neues kleines Holzschild mit der Aufschrift *Nordsee-Museum für Meereskunde* weist den Weg zum ehemaligen Herrenhaus der Familie Mommsen, wahrscheinlich, damit sich auch die ortsfremden Handwerker nicht in den drei Straßen des Dorfes verirren. Mein Herz beginnt erneut, wie wild zu pochen, als ich in eine lange Allee aus riesigen knorrigen Ahornbäumen einbiege und über einen Sandweg an Streuobstwiesen und Pferdekoppeln vorbeiholpere, bis ich schließlich auf einem runden Kiesplatz direkt vor dem Haus zum Stehen komme. Ich atme noch ein paarmal tief durch, dann steige ich aus. Der Güllegeruch ist hier nicht mehr allzu bestialisch, aber meine Nase weigert sich noch immer vehement, sich zu akklimatisieren.

Das Gebäude ist noch schöner, als ich es in Erinnerung hatte. Ein schlichter, aber stattlicher einstöckiger Querbau aus rotem Backstein, der auf einem niedrigen Sockelgeschoss aus Naturstein steht. Eine breite Treppe, ebenfalls aus Naturstein, verjüngt sich auf dem Weg zu einem kunstvoll verschnörkelten, rundbogigen Eingangsportal aus Sandstein, das nicht so recht zum übrigen Bauwerk passen will. Die Fassade rechts und links des Eingangs wird symmetrisch von großen weißen Sprossenfenstern unterbrochen, an den Enden springen zwei kurze Seitenflügel hervor. Es gibt wohl nicht viele schönere Arbeitsplätze, schießt es mir durch den Kopf.

Hier werde ich die nächsten Monate also arbeiten und mein Wissen einbringen. Genau genommen habe ich von der Materie keine Ahnung. In meiner bisherigen Laufbahn habe ich mich ganz unsexy mit mehr oder weniger nachhaltigen Lebensmitteln und überteuerten Produkten für mehr Volumen im Haar oder weniger Falten im Gesicht beschäftigt – und wenn ich ehrlich bin, PR-DNA für Fashion, Beauty, Food und Beverage scheine ich nicht zu haben. Nun soll ich mich für den Schutz der Meere, Meeresbiologie und Fischereiwesen der Nordsee dienstbar machen. Vielleicht für manche auch nicht gerade sexy, aber für meinen Geschmack wahnsinnig interessant. Bedeutsam und lehrreich.

Ich bin froh, dass sich mir ab sofort nicht mehr das stechende Gefühl aufdrängen kann, dass sich alles im Leben nur um die besondere Schärfe von Ingwerlimonade oder den Glanz des rötesten Lippenstifts dreht. Wie oft habe ich die Bemerkung gehört, die Arbeit im Bereich Public Relations hätte etwas Glanzumwobenes? Man wird zu Vier-Gänge-Geschäftsessen in Sternerestaurants gebeten, jettet durch die Weltgeschichte, geht auf glamouröse Partys, trifft außergewöhnliche Leute. Die Wahrheit ist: Glanzumwoben ist das letzte Wort, das mir einfällt, um meinen Broterwerb zu beschreiben. Die gelegentlichen Geschäftsessen finden beim Italiener um die Ecke statt – und natürlich wird genau in dem Moment eine scharfsinnige Antwort von einem erwartet, wenn man gerade auf einem Arancino herumkaut. Das In-der-Weltgeschichte-Herumgondeln beschränkt sich meist auf E-Mails und Telefongespräche.

Die von Zeit zu Zeit stattfindenden Partys sind weniger glamourös als vielmehr anstrengend. Die außergewöhnlichen Leute sind großteils unzufriedene Kunden (in meinem Fall auch noch aus der Kosmetikindustrie), die ihre phantastischen Vorstellungen von ihren phantastischen Produkten umgesetzt sehen wollen, die nicht selten gänzlich an der Realität vorbeigehen. Und Abend für Abend wird man von Vorgesetzten und Streber-Kollegen mit einem stummen Vorwurf bedacht, wenn man nach einem Zehn-Stunden-Tag die Computer-Herunterfahr-Orgie in die Wege leitet und seine Jacke vom Haken nimmt.

Dennoch war ich immer glücklich, nicht eine von denen zu sein, die ausgeklügelte Pressemitteilungen verfassen müssen, in denen vollkommen mittellosen afrikanischen Frauen weisgemacht wird, Muttermilch sei für ihre Babys nicht gesund und sie sollten doch besser modernes und viel nahrhafteres Milchpulver kaufen. Oder in denen bagatellisiert wird, dass westliche Getränkekonzerne die Wasserquellen der Entwicklungsländer plündern, bis nur noch Staub übrig ist – denn schließlich schaffen sie auch massenhaft Arbeitsplätze in der Region, und was ist nun wichtiger?

Aber ich verliere den Faden.

Ich habe mir auf jeden Fall fest vorgenommen, mich mit ganzem Elan einzubringen. Wennschon, dennschon. Schließlich ist das Thema wichtig und spannend – und wenn ich unter anderen Umständen zurück nach Süderbüll gekommen wäre, um den Traum meiner Jugend zu leben und das lang ersehnte Meereskunde-Museum zu eröffnen, wäre ich vor Freude an die Decke gesprungen. Außerdem werde ich ohnehin nicht viel nebenher unternehmen können. Das Kultur- und Freizeitangebot fällt hier fraglos nicht sehr üppig aus, es sei denn, es hat sich in den letzten Jahren eine kulturelle

Revolution ereignet. Unwahrscheinlich. Es gibt vermutlich noch immer weder Theater noch Kino, nur ein Restaurant (die *Aalsuppe*, hier ist der Name Programm), eine Kneipe (*Kalles Bierschuppen*, eine düstere Spelunke, in der sich die örtlichen Bauern an der Theke anordnen, um sich über die fallenden Milchpreise zu beklagen) und einen Sportverein, der diesen Namen kaum verdient, weil er außer Fußball und Tischtennis nichts Erwähnenswertes anzubieten hat. Und bald also ein Museum.

Um mich herum herrscht reger Betrieb. Hier wird offenbar schon eifrig gearbeitet, denn überall laufen dienstbeflissene Bauarbeiter mit Glasscheiben, Farbeimern, Werkzeugen oder Klemmbrettern unterm Arm schnellen Schrittes durch die Gegend und wissen scheinbar genau, wo sie hinmüssen. Ein wenig ratlos blicke ich umher und frage mich, wo wohl mein neuer Arbeitsplatz eingerichtet ist, als auch schon ein tonnenförmiger Mann mittleren Alters mit blauem Schutzhelm über dem Glatzkopf und Schnauzbart in seinem runden Gesicht auf mich zugeeilt kommt. »Moin! Kann ich dir helfen, min Deern?«, fragt er freundlich.

»Moin! Ich suche das Büro von Hinnerk Petersen.« Das ist der Kurator, mein neuer Vorgesetzter respektive Ansprechpartner. Weil es sich um ein relativ kleines Museum handelt, übernimmt der Kurator hier augenscheinlich sehr viele Aufgaben – er selbst hat sich bei unserem einzigen Telefonat, das nicht länger als fünf Minuten dauerte, mit bemerkenswert heiserer Stimme lapidar als *Mädchen für alles* vorgestellt. Seine wichtigste (und eigentlich einzige) Frage war, ob ich tatsächlich so kurzfristig zur Verfügung stehe.

»Alles Weitere besprechen wir dann, wenn Sie hier ankommen. Und vergewissern Sie sich bitte, dass Sie die neueste Ausgabe der *Land & Leute* gelesen und Gummistiefel im Gepäck haben. Gute Fahrt!«, hat er noch hinzugefügt. Wollte er mich aufziehen? Ich war mir nicht sicher. Vorsichtshalber habe ich dann aber doch ein Paar Gummistiefel in eine meiner Reisetaschen gestopft. Bei der *Land & Leute* habe ich etwas gezögert, mich aber dann selbst davon überzeugt, dass das nur ein Anflug nordfriesischen Humors gewesen sein konnte.

»Ah, dann bist du die Großstadtmieze«, sagt Schnauzbart. »Der Hinnerk ist im ersten Stock. Treppe hoch, dann links, zweite Tür rechts. Pass auf, dass du ihn nicht aufweckst, der macht um diese Zeit seinen Mittagsschlaf.« Feixend dreht er sich um und tut wieder das, was Bauarbeiter eben so zu tun haben.

Ich werfe noch einen letzten Blick auf das imposante Gebäude, bevor ich die Stufen zur weiß gestrichenen, weit geöffneten Eingangstür – durch die locker ein ausgewachsener Elefantenbulle hindurchpassen würde – hinaufsteige. Ich weiß, dass es in den vergangenen Jahrhunderten immer wieder umgebaut und erweitert wurde, so dass sich hier verschiedene Architekturstile wiederfinden. Welche Stile das sind, weiß ich allerdings nicht, dazu habe ich früher im Kunstunterricht vielleicht nicht ausreichend aufgepasst.

Ich habe das Anwesen schon unzählige Male von außen gesehen, aber noch nie einen Blick ins Innere erhaschen können. In einer herrschaftlichen, zentralen Eingangshalle bleibe ich auf einem komplexen Mosaik aus Steinfliesen stehen und sehe mich neugierig um. Hier herrscht noch mehr Trubel als draußen, so dass ich mich ein wenig an die Wand drücken muss, um nicht allzu sehr im Weg herumzustehen.

Die Diele ist mannshoch mit aufwendig verschnörkelten, dunklen Holzpaneelen verkleidet, die dem Ganzen einen urigen, ein bisschen düsteren Touch verleihen. An den weiß getünchten Wänden über den Holzvertäfelungen wechseln sich alte, goldgerahmte Ölporträts mit dunklen, rechteckigen Umrissen ab, wo offenbar vor kurzer Zeit noch Bilder hingen. Einige Gemälde lehnen an der Wand darunter. Viereinhalb Meter über mir, an der mit Stuck verzierten Decke, balanciert ein Handwerker auf einer Leiter, um einen goldenen Lüster abzunehmen. Offen stehende, breite Flügeltüren zeigen, dass die Eingangshalle zu beiden Seiten von weitläufigen, meterhohen Sälen flankiert wird. Ein Zwischenflur führt in den hinteren Teil des Hauses. Es riecht nach Farbe, Feuchtigkeit und Staub. Alles sieht etwas ramponiert aus, aber man kann die einst herrschaftliche Innenausstattung noch erahnen. Es ist wunderschön.

Da packt es mich plötzlich, ein unerklärliches Hochgefühl, das ich angesichts der äußeren Umstände irgendwie fehl am Platz finde. Aber es ist, als würde ich es erst jetzt wirklich realisieren: Das, was wir immer wollten, geschieht tatsächlich – wir bauen das Mommsen-Haus in ein richtiges, echtes Museum um. Nein, nicht wir. Die anderen sind nicht dabei. Aber ich.

Fast bin ich ein wenig versöhnt mit der Situation, als ich die breite, frei stehende Holztreppe in den ersten Stock hinaufsteige. Obwohl, *schreiten* wäre wohl der passendere Ausdruck, denn beinahe komme ich mir wie eine Prinzessin aus *Grimms Märchen* vor. Hoffentlich nicht eine von denen, die besonders tief fallen.

Oben angekommen, ist es unerwartet still. Vor der Tür, die der Schnauzbart mir beschrieben hat, bleibe ich stehen und klopfe an. Von der anderen Seite kommt so lange keine Antwort, dass ich beschließe, einfach hineinzugehen.

Im Türrahmen bleibe ich wie erstarrt stehen. Eine irgendwie verwirrt wirkende Frau Mitte zwanzig, von oben bis unten in schrille Orangetöne gekleidet, mit einem rotblonden Lockenkopf, hockt auf allen vieren unter einem riesigen Schreibtisch am Fenster und ist gerade dabei – ich muss noch mal genauer hinsehen –, geräuschvoll mit ihrer Zunge Milch aus einer kleinen Schüssel zu schlürfen. Ich bin so perplex, dass ich mich unwillkürlich frage, was eigentlich in den vergangenen zwölf Jahren in Süderbüll passiert ist, dass sich hier plötzlich so viele Persönlichkeiten mit, sagen wir mal, ausgeprägten individuellen Charakterzügen herumzutreiben scheinen. So farbenfroh hatte ich die Gegend gar nicht in Erinnerung. Helena hätte hier ihre helle Freude.

Die Milchschlürferin ist inzwischen zum nächsten Level vorgerückt: Immer wieder gibt sie ausgiebige Mmmh-Laute von sich, die wohl andeuten sollen, wie wohlschmeckend das Ganze ist. Bei einem besonders hingebungsvollen »Mmmmmh« kann ich mir ein Lachen nicht länger verkneifen, aber ich versuche, mein Losprusten durch ein Husten zu tarnen. Schließlich will ich niemanden in Verlegenheit bringen.

Erschrocken fährt die junge Frau hoch und stößt polternd mit dem Kopf an die Unterseite des Schreibtischs.

»Entschuldige bitte, ich wollte dir keinen Schrecken einjagen. Ich bin gerade erst reingekommen«, sage ich freundlich, als hätte ich nichts Ungewöhnliches bemerkt, und strecke die Hand aus. »Fee Sturm, die Ersatz-PR-Beraterin.« Ich mache eine mentale Notiz, in diesem Haus nie wieder einen Raum zu betreten, ohne vorher ein deutliches »Moin und kumm rin« vernommen zu haben. Oder zumindest ein »Herein«.

»Herzlich willkommen. Ich bin Britt Brauer. Eigentlich hatten wir erst morgen mit dir gerechnet«, entgegnet sie. Genau genommen sagt sie eher: »Herzlichwillkommenichbinbrittbrauereigentlichhattenwirerstmorgenmitdirgerechnet.« Sie redet so schnell, dass ich Mühe habe, ihr zu folgen. Ob es nun Scham über das Ertapptwerden in einer etwas unvorteilhaften

Position, der Schreck oder ihre gängige Sprechweise ist, kann ich nicht sagen.

»Nun, ich wollte erst mal hierherkommen, um mir einen Eindruck von meiner neuen Arbeitsumgebung zu verschaffen, bevor ich meine Sachen in, äh, mein Haus bringe.« Da ich nicht weiß, was mich dort erwartet, zögere ich das gern noch ein bisschen länger hinaus. Außerdem war ich einfach zu neugierig auf das Mommsen-Anwesen und den Stand der Dinge bei den Umbauarbeiten.

»Schön, dass du es schon heute geschafft hast.« Ich denke, sie redet immer so schnell. »Ich kann dir gerne alles zeigen, denn wie es aussieht, schaffe ich es gerade sowieso nicht, Mohandas dazu zu bewegen, aus einer Schale zu trinken. Bisher nimmt er nur die Flasche.« Erst da bemerke ich unter ihrem Schreibtisch einen winzigen Hundewelpen, der mich aus tellergroßen blauen Augen wachsam ansieht. »Er heißt Mohandas Karamchand Gandhi, besser bekannt als Mahatma Gandhi. Du kannst ihn Mo nennen.«

Ich trete zwar nicht gerne in ihre Hinterlassenschaften, aber eigentlich liebe ich Hunde. Und dieses kleine Exemplar ist besonders niedlich, ein weiches, zotteliges Knäuel, das mit seinem rotblonden, gelockten Fell eine frappierende Ähnlichkeit mit seinem Frauchen hat. Ich gehe in die Knie und strecke meine Hand nach ihm aus – und siehe da, das Hündchen kommt angetapst und leckt mit seiner weichen, feuchten Zunge über meine Finger.

»Bist du süß«, stelle ich verzückt fest.

»Das tut er sonst nicht, er ist sehr scheu. Ich habe ihn gefunden, nachdem er an der Landstraße ausgesetzt worden ist. Vermutlich hat er schlechte Erfahrungen mit Menschen gemacht, aber dich scheint er zu mögen.«

Ich weiß nicht, worüber ich erleichterter bin: Dass wenigstens

Hunde, ganz im Gegensatz zu Männern, nichts an mir auszusetzen haben oder dass meine neue Arbeitskollegin wohl doch nicht so durchgeknallt ist, wie es zuerst den Anschein hatte. Einer plötzlichen Eingebung folgend ziehe ich das Schüsselchen unter dem Tisch hervor und lege meine Finger, die Mo immer noch abschleckt, hinein. Und tatsächlich, der kleine Hund folgt meinen Fingern, leckt noch ein wenig daran herum und fängt schon nach kurzer Zeit an, die Milch direkt aus der Schale zu trinken.

»Wow! Darauf bin ich noch gar nicht gekommen.« Britt sieht mich anerkennend an und setzt sich im Schneidersitz neben Mo auf den Boden.

Erst jetzt komme ich dazu, mich im Raum umzublicken. Mehrere halb leere Regale reihen sich an den Wänden aneinander und drei riesige Schreibtische – zwei graue einander gegenüberliegend am Fenster, ein weißer neben der Tür – verschwinden unter einem Wust von Papieren und Notizen. Ein in verschiedenen Brauntönen gemusterter Juteteppich verdeckt Teile des Fischgrätenparketts darunter. Und obwohl der Raum groß und das Mobiliar spärlich ist und alles kunterbunt zusammengewürfelt und chaotisch scheint, wirkt es irgendwie anheimelnd.

Das Schönste aber sind die gewaltigen Sprossenfenster, die einen grandiosen Blick auf den parkähnlichen Garten freigeben. Ich trete ans Fenster und halte die Luft an. Buchsbaumgrüppchen, gewaltige, weiß und pink blühende Rhododendren, weite, wellige Rasenflächen, ein grüner Teich, der über und über mit Seerosen bedeckt ist, und, im hinteren Winkel des Anwesens, das Labyrinth. Schnell wende ich den Blick ab.

»Du kannst den Schreibtisch dort am Fenster nehmen, die Aussicht ist unübertroffen.« Britt holt mich mit einem Ruck in die Gegenwart zurück. Kurzerhand schiebt sie auf einem der Tische einige Zettel zu einem ordentlichen Stapel zusammen und rückt die Tastatur und das Telefon gerade.

»Ich bin hier das Mädchen für alles«, erklärt sie mir beiläufig. Das hatte ich doch schon mal gehört. »Eigentlich bin ich wissenschaftliche Volontärin, aber in einem so kleinen Team verschwimmen manchmal die Grenzen.«

Werde ich dann auch mehr oder weniger für alles zuständig sein? Ich sehe mich schon Fördermittelanträge stellen, Ausstellungsobjekte organisieren, die Museumsdatenbank führen oder – herrjemine – Führungen mit vorlauten Grundschülern veranstalten. Obwohl – wenn es so weit ist, dass das Museum geöffnet hat, um Schulklassen die ökologischen Interaktionen zwischen maritimen Organismen und ihrer Umwelt zu erklären, bin ich längst zurück in der Zivilisation.

Wie auch immer, im souveränen Auftreten bei völliger Ahnungslosigkeit konnte ich in meinem vorherigen Job schon eine gewisse Expertise entwickeln, und immerhin, Langeweile wird hier gewiss nicht aufkommen.

»Am dritten Schreibtisch sitzt für gewöhnlich Swantje Holm, unsere Teamassistentin. Mädchen für alles.« Natürlich ist sie das. »Momentan hat sie Urlaub und ist auf einem Prophetie-Seminar.«

Ich muss ein bisschen ratlos ausgesehen haben, denn Britt präzisiert entgegenkommend: »Orakel, Wahrsagerei, Runen, Tarotkarten. Super interessant, ich war auch schon da«, ergänzt sie mit glänzenden Augen.

»Aber dass ich heute schon auf der Matte stehen würde, hat dir die Glaskugel offenbar verschwiegen«, lache ich. Das kann ja spannend werden.

»Ich übe noch«, stimmt Britt in mein Lachen ein. Sie ist wirklich sympathisch. »Im Büro nebenan sitzt Hinnerk und auf der anderen Seite des Gangs befindet sich die dunkle Seite der Macht in Form von Joost und Axel. Joost ist Finanzheini und Axel hilft bei der Umsetzung des Museumskonzepts und den Kooperationen mit anderen Bildungseinrichtungen und Museen. In ihren Augen haben sie die wichtigsten Jobs hier. In den seltenen Fällen, in denen man ihnen im Flur über den Weg läuft, murmeln sie Wörter wie Drittmittel, Personaldecke, Versicherung und Haushaltsplan vor sich hin. Zum Lachen gehen sie in den Keller. Aber mach dir keine Sorgen, du wirst sie kaum zu Gesicht kriegen: Die kommen nur aus ihrem Kabuff heraus, wenn der Feueralarm losgeht. Lieber arbeiten sie den lieben langen Tag. Ich habe den leisen Verdacht, dass sie sogar im Büro schlafen.« Sie schüttelt sich. »Ihr Raum hat zwar auch ein riesiges Fenster, aber nur mit Blick auf den Parkplatz«, fügt sie etwas schadenfroh hinzu.

Inzwischen hat der kleine Mo seine Milchschüssel bis auf den letzten Tropfen geleert und fängt an, an Britts Bein hochzuspringen. Er schafft es kaum über den Knöchel. Dabei gibt er fiepsende Geräusche von sich, die mich irgendwie an ein Meerschweinchen erinnern.

»Vielleicht muss er mal?«, frage ich und beuge mich hinunter, um sein weiches Ohr zu kraulen.

»Er war erst vor einer halben Stunde. Aber ich gehe lieber noch mal mit ihm raus – er ist noch nicht ganz stubenrein und der See ist immer einen Besuch wert. Ich nenne ihn den Elfen-Weiher, denn ich stelle mir vor, wie die nordfriesischen Elfen und Feen auf den Seerosenblättern tanzen und sich im klaren Wasser tummeln. Du hast übrigens einen wunderschönen Namen. Und du bist ein guter Mensch.« Und ehe ich mich versehe, ist sie, Mo unter den Arm geklemmt, zur Tür hinaus.

Ähm.

Bevor ich weiter darüber nachgrübeln kann, ob meine neue Kollegin eventuell doch so irre ist, wie der erste Eindruck vermittelt hat, öffnet sich zwischen zwei Regalen schwungvoll eine schmale Tür, die ich bisher für einen Wandschrank gehalten habe – und auf der ein DIN-A4-Zettel mit der von Hand geschriebenen Aufschrift *16 rauchfreie Tage* klebt. Ein hochgewachsener Mann im zerknitterten hellblauen Nadelstreifenanzug, mit Bauchansatz und Vokuhila-Ringellöckchen, die mich an den Achtziger-Jahre-Rudi-Völler erinnern, kommt hereinspaziert. Das muss Hinnerk Petersen sein. Er sieht tatsächlich aus, als sei er gerade aufgewacht.

»Haben Sie sich verirrt?« Seine heisere Stimme ist unverkennbar. Sie klingt, als würde sie täglich durch maßlosen Tabak- und Whiskykonsum gehegt und gepflegt, und scheint bestens zu der wunderlichen Erscheinung vor mir zu passen. Hinter seinem Ohr klemmt eine Zigarette.

»Hallo, Herr Petersen, mein Name ist Felicitas Sturm. Wir haben telefoniert.«

»Ah, Felicitas, wir haben erst morgen mit dir gerechnet.« Sobald er hört, wer ich bin, geht er zum Du über. »Aber dein Arbeitseifer ehrt dich. Es gibt so viel zu tun, dass wir jede Hilfe gut gebrauchen können.« Als ungeheuer arbeitsam habe ich mich bisher noch nicht wahrgenommen. Aber wenn zu den vielen Aufgaben, die es zu bewältigen gilt, auch gehört, Hundewelpen Gassi zu führen und ein Nickerchen auf dem Schreibtisch zu machen, kann sich das ja noch ändern.

»Nun, ich werde mich erst mal an meinem Arbeitsplatz einrichten und mir einen Überblick über das Projekt verschaffen: Museumskonzept, Zeitplan, Entwicklung und Profil, Leitbild, institutionelle und finanzielle Basis, Sammlung, Management. Und natürlich vor allem über die Medien.« Plötzlich klinge ich selbst für meine Ohren furchtbar eifrig.

»Immer mit der Ruhe, hier mahlen die Mühlen etwas langsamer als in der Großstadt«, rudert er zurück. »Komm erst mal an und guck dich ein wenig um. Britt wird dir alles Notwendige zeigen. Und unsere Assistentin Swantje soll dir dann die wichtigsten Infos zusammentragen, sobald sie zurückkommt.« Dann murmelt er etwas von einem ungeheuer wichtigen Meeting und ist auf und davon.

Die nächste Stunde verbringe ich damit, meinen Rechner einzurichten, in den Regalen zu stöbern, aus dem Fenster zu blicken und die Toilette zu suchen. Dabei komme ich nicht umhin, auf Britts Schreibtisch mehrere geschnitzte Holzfiguren mit übergroßen Phalli, einen am Bildschirm hängenden Traumfänger und eine bestickte Decke, die sie über den Schreibtischstuhl geworfen hat, auszumachen.

Ich habe noch nie vorschnell geurteilt. Und nett sind meine neuen Kollegen auf jeden Fall. Sehr nett sogar. Verglichen mit dem gruseligen Sammelsurium humorloser Egozentriker aus meiner Hamburger Agentur sind Britt und Hinnerk, Esoterik-Freaks und Sonderlinge hin oder her, sogar die reinste Freude. Außerdem, was sind schon ein paar Monate? Dann kann das wahre Leben wieder beginnen. Aber was ist das wahre Leben?

Ich fange gerade an, meinen Computer auf eigene Faust nach brauchbaren Informationen zu durchforsten, als Hinnerk mit Mo auf dem Arm und New-Age-Britt im Schlepptau zurückkehrt. Ein noch nicht stubenreiner Hundewelpe im Büro? Der Chef sieht es offenbar locker.

»Wir stoßen noch an. Ich habe wie gesagt erst morgen mit dir gerechnet, daher haben wir nichts Prickelndes da, aber dafür gibt es noch etwas von meiner Spezialmischung. Ein Geheimrezept.« Voller Stolz überreicht Britt Hinnerk und mir zwei nicht mehr ganz weiße Kaffeetassen, die mit einem Om-Zeichen bedruckt und zur Hälfte mit einer bräunlichen Flüssigkeit gefüllt sind.

»Auf eine entspannte Zusammenarbeit. Fee, schön, dass du

den Weg ins platte nordfriesische Nirgendwo gefunden hast.« Hinnerk hebt andächtig seine Tasse.

»Wo das riesengroße Nichts direkt hinter dem Dorfausgang beginnt«, grinst Britt.

»Oder sogar davor«, setzt Hinnerk einen drauf.

»Wo es mehr Deichschweine gibt als Menschen.«

»Wo man Mischwatt, Schlickwatt, Sandwatt und Waat dat Watt unterscheidet.«

»Wo Schietwedder erst bei Windstärke zwölf anfängt.«

»Wo es keine Geheimnisse gibt«, zwinkert Hinnerk und ich zucke zusammen. Dann erklärt er feierlich: »Britt, ich liebe deine Spezialmischung.«

Ich nehme einen vorsichtigen Schluck.

Schmeckt wie Katzenstreu mit Eukalyptusgeschmack.

4

Auf dem kurzen Weg vom Mommsen-Anwesen zum Haus meiner Kindheit begegnen mir ein paar beige gekleidete Senioren mit fahrbaren Gehhilfen, zwei winkende Kinder, die mitten auf der Straße Himmel und Hölle spielen, und wieder diese vermaledeite schwarze Katze. Diesmal läuft sie eine Weile hinter meinem Käfer her, bis ich auf die Hauptstraße abbiege, und sie hinter dem Stamm einer blühenden Kastanie verschwindet. Natürlich finde ich den Weg problemlos – ich muss nur von der Querstraße links der Hauptstraße zur Querstraße rechts der Hauptstraße fahren. Künftig werde ich sicherlich zu Fuß zur Arbeit gehen oder mir ein altes Fahrrad besorgen, das schont die Umwelt und wäre genau die richtige Menge Bewegung für meinen Geschmack.

Ich muss zugeben, dass Süderbüll seinen Charme hat. Vor idyllischen Fachwerkkaten stehen blau angestrichene Bänke, in liebevoll angelegten, zum Teil etwas verwilderten Gärten blühen Büsche, Bäume und Blumen, deren Namen ich nicht kenne, in allen Farben.

Es ist ja auch nicht so, dass ich niemals wieder aufs Land ziehen wollte. Ich hatte nur nicht vor, dass ganz alleine zu tun, sondern in einigen Jahren gemeinsam mit Tom, unseren beiden reizenden, hellblonden Kindern, die wir bis dahin sicher hätten – ein Junge und ein Mädchen natürlich –, und gegebenenfalls einem Golden Retriever. Und ganz so weit raus sollte es auch nicht sein, mehr so an den Hamburger Stadtrand. Auf keinen Fall nach Süderbüll. Aber Plan A hat nicht funktioniert.

Mein Herz pocht vor Aufregung, als ich direkt vor einem roten, reetgedeckten Backsteinhaus anhalte. In der Einfahrt stehen schon zwei Autos – ein silbriger Mercedes und ein rostig blauer Ford Fiesta –, deswegen parke ich am Straßenrand und hole noch einmal tief Luft, bevor ich aussteige. Die vielen weißen Holzfenster, das Moos auf dem Dach, die gelben Rosen, die halbrunde Gaube – ich bin überrascht, wie vertraut mir noch alles ist. Kurz schießt mir ein Bild in den Kopf, als ich das selbst gebaute Vogelhaus in der Blutpflaume entdecke: mein Vater und mein siebenjähriges Ich mit Säge in der Hand, Farbklecksen auf der Hose und einem breiten Zahnlückenlachen im Gesicht.

Schnell schiebe ich den Gedanken zur Seite, nehme zwei meiner Reisetaschen und gehe langsam über den schmalen, mit Natursteinen gepflasterten Weg durch den kleinen, gepflegten Vorgarten. So fühlt es sich also an, wenn man das Haus, in dem man aufgewachsen ist, nach jahrelanger Abwesenheit zum ersten Mal wiedersieht. Irgendwie unwirklich. Aber besser als erwartet. Unter anderen Umständen hätte ich mich wahrscheinlich sogar gefreut, wieder hier zu stehen, kommt es mir unerwartet in den Sinn.

Vor der dunkelgrün lackierten Haustür bleibe ich einen Moment stehen und atme noch ein paarmal tief durch, um mich zu sammeln. Mich überkommt das Bedürfnis, umzudrehen, ins Auto zu steigen und loszufahren, irgendwohin. Die Augen zu verschließen, mein Scheitern zu ignorieren. Ich seufze. Natürlich bin ich dazu zu pflichtbewusst, schließlich verlassen sich mein Vater und meine neuen Kollegen auf mich. Ich finde den Schlüssel unter dem runden Stein im Rosenbeet, ganz so, wie Hein es beschrieben hat, und stecke ihn ins Schloss.

Das Erste, was ich drinnen bemerke, ist ein köstlicher, süßer Duft. Ist das selbst gebackenes Brot? Oder Kuchen? Es riecht nach Heimkommen, nach Beieinandersein. Ich bin überrascht über meine eigenen Gedanken. Heimkommen? Aber tatsächlich, neben dem Duft nach Essen nehme ich noch einen anderen, flüchtigeren Geruch wahr. Den Geruch meiner Kindheit, meiner Familie, meines Zuhauses. Ich dachte, ich hätte ihn längst vergessen.

Aus der Küche dröhnt ohrenbetäubende Musik, irgendein Hardrock-Sound. Das muss die neue Mieterin sein, mit der ich mich so »prächtig« verstehen werde.

Am liebsten würde ich mich einfach in meinem alten Kinderzimmer verschanzen und die Decke über den Kopf ziehen, um diesen ereignisreichen, emotionalen Tag in Ruhe Revue passieren lassen zu können, aber es duftet so herrlich nach Essen und ich bemerke, dass ich vor Hunger fast umkomme – da bleibt kein Platz für Selbstmitleid. Also stelle ich meine Taschen neben der Haustür ab und gehe den vertrauten, mittlerweile aber knallgrün gestrichenen Flur entlang. Dabei fährt meine Hand wie von selbst über die Tapete, als wollte sie unter der grünen Farbe das alte, gelb-weiße Streifenmuster ertasten.

In der Küche, unserer altmodischen Landhausküche mit den blauen und weißen Fliesen, jahrelang das Zentrum des Hauses, bietet sich mir ein beflügelnder Anblick: Eine junge Frau mit dunkler Löwenmähne hüpft, eine geblümte Schürze um die üppigen Formen gebunden, im Takt der Musik zwischen Backofen, Kühlschrank und Esstisch hin und her, schwingt einen Kochlöffel, streut Gewürze und singt dabei lauthals mit. Ich registriere den uralten weißen Servierwagen von Oma Lene, den ich früher immer als mobilen Kaufmannsladen zweckentfremdet habe, die kunterbunt zusammengewürfelten Bauernstühle, die meinem Vater und mir so oft als Eisenbahn gedient haben, und die große dunkle Truhe mit der Bettwäsche, in der Greetje und ich uns als Kinder gerne versteckt haben. Kaum zu glauben, dass diese Möbelstücke noch immer hier stehen. Oder hat die neue Mieterin die Sachen vom Dachboden wieder zurück ans Tageslicht befördert?

Wegen der Lautstärke hat meine neue Mitbewohnerin mich nicht bemerkt und da ich ihr keinen Herzinfarkt einjagen will, warte ich, bis das Lied endet, bevor ich vorsichtig an den Türrahmen klopfe. Ich hoffe, mein Vater war besonnen genug, mich anzukündigen.

Die Frau dreht sich um und auf ihrem bildhübschen Gesicht breitet sich ein strahlendes Lächeln aus.

Ich erkenne sie sofort.

Die Nackte von der Pferdewiese.

»Fee, da bist du ja endlich«, sagt sie mit starkem englischem Akzent, und sie wirkt dabei so aufrichtig und herzlich, als würde sie eine alte Freundin begrüßen. Sofort fühle ich mich viel weniger allein. »Ich bin Meghan Fielding aus New Zealand. I'm so glad to finally meet you. Hein hat so viel Gutes von dir erzählt.« Mein Vater hat über mich geredet? Auch über die Gründe, warum ich hier bin?

»Hallo, Meghan, ich freue mich auch.« Ich muss lächeln. Meine neue Mitbewohnerin hat eine so liebenswürdige, gewinnende Art, dass sie mich direkt für sich eingenommen hat. Und trotz der Nackt-Yoga-Einlage heute Vormittag wirkt sie überraschend normal – vor allem im Vergleich zu meinem neuen Kollegium. Unauffällig blicke ich mich im Raum um und bin beruhigt, keine Traumfänger und extravaganten Holzschnitzereien zu finden. Dafür entdecke ich auf allen verfügbaren Oberflächen Gewürzgläser, Ölbehälter, Rührschüsseln, Messbecher, Obstschalen und Weinflaschen.

»Ich habe extra für dich gekocht. Wraps mit europäischen und asiatischen Zutaten, natürlich alles vegetarisch, und zum Nachtisch eine Pavlova. In meiner Heimat gibt es nämlich nicht nur Wine und Craft Beers. I hope you're hungry«, sagt sie gut gelaunt und verteilt nebenbei so viele Töpfe, Tiegel und Schüsseln auf dem Tisch, dass ich mich unwillkürlich frage, wen sie noch alles erwartet.

»Und wie! Vielen Dank.« Ich bin gerührt und beginne, in den Küchenschränken – es sind noch immer die alten, weiß lasierten Eichenfronten von damals – nach Tellern und Besteck zu kramen und den Tisch zu decken, um wenigstens einen kleinen Teil beitragen zu können. Selbst das Geschirr, ein Sammelsurium bunt zusammengewürfelter Keramikteller und farbig bemalter Becher, erkenne ich von früher wieder. Mein Vater hat bei seinem übereilten Auszug darauf verzichtet, etwas mitzunehmen, und meine Mutter wollte in Spanien ganz neu anfangen.

Als wir schließlich gemeinsam am Tisch sitzen, machen wir uns wie zwei ausgehungerte Wölfe über das Essen her, und es schmeckt genauso hervorragend, wie es riecht. Wenn ich in Hamburg mit meinen Freundinnen oder Arbeitskolleginnen in einem dieser hippen Restaurants saß, war es an der Tagesordnung, dass sie aus Angst davor, ein paar Gramm zuzunehmen und nicht mehr dünn wie ein Streichholz zu sein, ein paar Reiskörner, ein Rucolablatt ohne Dressing und eine halbe Cocktailtomate von einer Seite ihres Tellers zur anderen schoben und dann erklärten, sie seien pappsatt. Ich kam mir dann immer vor wie ein ausgemachter Gierschlund (und bildete mir ein, ein entsetztes Raunen ginge durch die Menge), wenn ich meine Portion in ihrer Gesamtheit verdrückte. Vor lauter Schuldbewusstsein verzichtete ich nicht selten aufs Dessert. (Ich habe natürlich gut reden, ich bleibe dünn wie eine Bohnenstange, auch wenn ich jeden Tag eine ganze Sahnetorte esse. Früher, als ich noch Kurven wie Dita von Teese wollte, hat mich das maßlos geärgert, aber mittlerweile wissen wir ja, dass es okay ist, ein bisschen unterernährt auszusehen, und ich beglückwünsche mich selber zu meinem Stoffwechsel. Wahrhaftige Brüste hätte ich aber immer noch gerne.)

Doch mit Meghan zu schlemmen ist eine Wohltat. Sie erlegt sich keine Zurückhaltung auf und langt ordentlich zu. Während sie Wein, einen Sauvignon Blanc aus ihrer Heimat, nachschenkt, frage ich sie, woher sie ihre ausgezeichneten Deutschkenntnisse hat.

»Meine Grandma kommt aus Bergisch Gladbach und ich war mehrere Jahre auf der German School Wellington«, erklärt sie und knabbert genüsslich an einer Käsestange. »Und was verschlägt dich nach Süderbüll? Heimweh?«

Ich weiß, dass diese Frage irgendwann kommen musste. Was soll ich darauf sagen? Ich hatte keine Alternative? Zumindest hat mein Vater offenbar nicht aus dem Nähkästchen geplaudert – dann hat vielleicht auch der Rest des Dorfes keinen blassen Schimmer. Noch nicht.

Bei jedem anderen Fremden hätte ich vielleicht mit einer Gegenfrage geantwortet (»Viel interessanter ist doch: Was bringt dich vom anderen Ende der Welt hierher?«), doch irgendetwas an Meghan, ihre Fröhlichkeit, ihre Echtheit, ihre herzliche Offenheit, flößt mir unverhofft so viel Vertrauen ein, dass ich einer Wildfremden, die freundlich genug war, für mich zu kochen, alles erzähle: wie ich meinen Freund, meine Arbeit, meine Wohnung und meine Selbstachtung verlor.

»Ich wusste, ich war schachmatt – und mir blieb keine andere

Wahl, als hierher zurückzukehren, wenn ich mich nicht in die lange Schlange vor dem Sozialamt einreihen wollte, um wenigstens ein paar Reiswaffeln kaufen und die Miete für ein karges Kellerloch in einer Wohngemeinschaft mit acht verlotterten Soziologiestudenten aufbringen zu können«, schließe ich meine Geschichte.

»What do you call that? Sarkasmus?« Meghan grinst mich verschwörerisch an.

»Was bleibt mir übrig?« Ich grinse zurück und erhebe mein Glas. Es ist schon wieder leer.

»Die Buddhisten meinen, alles sei vergänglich. Das soll ein Trost sein. Weitaus tröstender finde ich eine große chocolate bar.« Schon springt meine neue Freundin auf, wühlt in einer Schublade und kommt mit einer riesigen Tafel Milka Mandel-Karamell und einer weiteren Flasche Sauvignon Blanc zurück – und ich weiß, ich habe eine Verbündete gefunden.

Ich spüre ein Ziehen in der Brust, das ich mir nicht erklären kann, als ich mich später in meinem alten, weiß angestrichenen Kiefernholzbett auf einer neunzig Zentimeter breiten Matratze zusammenrolle, die ich mir mit zahllosen Kuscheltieren teilen muss. Trotz aller Müdigkeit und dem Wein kann ich nicht einschlafen. Von oben aus der Einliegerwohnung dringt unaufhörliches Getrappel an mein Ohr. Es fühlt sich eigenartig an, nach so langer Zeit wieder in meinem Kinderzimmer zu sein. Nicht so befremdlich, wie ich angenommen habe. Sogar auf seltsame Weise vertraut, denn mein Vater hat zu meiner Überraschung keine Mühen gescheut, meine alten Kinderzimmermöbel vom Dachboden zurück ins Licht zu ziehen, damit ich mich direkt heimisch fühle (oder zumindest, damit ich nicht auf dem harten Holzboden schlafen muss) – aber warum hat er auch gleich alle Teddys und uralten Bücher und Schneekugeln herbeigeschafft? Ich dachte, das alles wäre längst auf dem Sperrmüll gelandet. Sogar ein paar alte Fotoalben und Tagebücher liegen im Regal. Mein Gott, hoffentlich hat die niemand gelesen.

Ich weiß nicht, warum mir das jetzt in den Sinn kommt (vielleicht sind es die Schneekugeln), aber ich muss an unser letztes gemeinsames Weihnachten in diesem Haus denken. Alle hatten sich um den Tannenbaum versammelt: mein Vater Heinrich, meine Mutter Hannah und Oma Lene, die Mutter meines Vaters. Die Stimmung war trotz meines damaligen Herzschmerzes recht ausgelassen; wir haben veganen Linsenbraten im Blätterteigmantel gegessen und anschließend unsere Geschenke geöffnet. Ich bekam einen Tourenrucksack und eine Kamera für meinen Backpacking-Trip, den ich nach dem Abitur in einigen Monaten plante. Nach der Bescherung begann meine Mutter, auf dem Klavier einen altmodischen Walzer zu spielen, und mein Vater und ich tanzten mit wiegenden Schritten über das Parkett im Wohnzimmer, während er die Melodie leise vor sich hin summte.

Solange ich denken kann, haben mein Vater und ich gemeinsam getanzt. Mit zwei Jahren hat er mich auf den Arm genommen, um mit mir im Rhythmus der Musik durch die Räume zu fegen, und als ich größer wurde, brachte er mir Wiener Walzer, Polka und Foxtrott bei. Noch bevor ich lesen konnte, beherrschte ich den Paso Doble und den Jive.

Wir tanzten und tanzten durch die folgenden Jahre; selbst als Teenager schaffte es mein Vater noch, mich aus meinen adoleszenten Zwickmühlen zu befreien, indem er mich über den Perserteppich wirbelte.

Nach dem Walzer spielte meine Mutter einen Quickstep. Mein Vater drückte meine Hand, wir lächelten uns zu und setzten uns wieder in Bewegung. Das war das letzte Weihnachtsfest, das wir gemeinsam verbrachten. Oma Lene verstarb im darauffolgenden Februar. Zwei Monate später brannte mein Vater mit seiner sechzehn Jahre jüngeren Sekretärin durch. Danach wollte ich nie wieder mit ihm tanzen.

5

Eigentlich habe ich bis zu meinem Schulabschluss ein recht untadeliges Leben geführt – von Kleinigkeiten wie einem geklauten Lippenstift als Mutprobe oder der Sache mit den Fröschen in der Aula mal abgesehen. Ich hatte große Pläne, wollte unbedingt etwas Bedeutsames mit meinem Leben anfangen. Damals hatte ich mir in den Kopf gesetzt, investigative Journalistin zu werden und als unkonventioneller Freigeist dafür zu sorgen, dass die Menschen unsere Welt anders wahrnehmen.

Aber in der Nacht meines Abiballs lösten sich alle Pläne, alle Wünsche und Vorstellungen, wie mein Leben verlaufen sollte, auf wie nasses Papier. Mit Musterhaftigkeit, Zuverlässigkeit und Tugendhaftigkeit war es mit einem Schlag vorbei. Ebenso mit meinen großen Zielen. Ich wählte den unspektakulären Weg und wurde nach einigen Umwegen PR-Lady, so dass ich nun, anstatt weltweit Umweltskandale, Schwarzgeldaffären und die Abhängigkeiten zwischen Politik und Wirtschaft aufzudecken, an einem grauen Schreibtisch in Süderbüll sitze und einen Presseverteiler erstelle. (Ich fürchte, ich wurde ohnehin nicht zur investigativen Journalistin geboren. Es liegt einfach nicht in meinem zaghaften Blut, in einer dunklen Gasse möglichen Whistleblowern aufzulauern und Antworten einzufordern, mit denen sie nicht ohne Weiteres herausrücken wollen. Tatsächlich mag ich es, Presseverteiler zu erstellen.)

Am Schreibtisch gegenüber hört Britt – wie schon gestern und vorgestern, als ich dabei war, mir eine Übersicht über meine zukünftigen Aufgaben und den Leitfaden des Museumskonzeptes zu verschaffen – nicht auf zu quasseln. Aber da Frauen ja bekanntlich Königinnen des Multitaskings sind, schaffen wir es irgendwie, nebenbei trotzdem zu arbeiten. Mo liegt selig und vollkommen unbeeindruckt auf ihrem Schoß zusammengerollt, während sie wild in die Tasten haut und gleichzeitig in einem Sprechtempo, das mich kaum folgen lässt, über Männer, die offenbar allesamt unbrauchbar sind, über Mikroplastik in den Weltmeeren, Meditation und indianische Trommeln schwadroniert. Meine Gesprächsbeteiligung beschränkt sich auf ein gelegentliches Lächeln, ein freundliches Kopfnicken oder einen erstaunten Ausruf an den richtigen Stellen – mehr wird nicht von mir erwartet. Nur meine Aura lässt sie nicht in ihren endlosen Monolog einfließen, und ich bin mir nicht sicher, ob das nun ein gutes oder schlechtes Zeichen ist.

Ich nutze eine Redepause und frage: »Britt, lebst du eigentlich auch in Süderbüll?«

Irritiertes Lachen. »Nein, ich wohne in Borken.« Wie um mich zu besänftigen, fügt sie eilig hinzu: »Aber Swantje ist vor vier Jahren aus Köln nach Süderbüll gezogen.«

»Warum?«

»Wie, warum?«

»Ja, warum? Aus Köln?!« Ich will es wirklich wissen. Was bewegt eine junge Frau dazu, freiwillig eine Metropole zu verlassen, um ihre Tage in der Einöde zu fristen? Oder war es ebenso *freiwillig* wie bei mir?

»Warum nicht?«

»Na ja, wo soll ich anfangen? Beim Nachtleben, bei den Shoppingmöglichkeiten, den kulturellen Einrichtungen, der

Anonymität, den schrägen Charakteren oder den Karriereaussichten?« Andererseits – an schrägen Charakteren mangelt es hier ja beileibe nicht.

»Dafür gibt es auf dem Land viel Platz, Ruhe und Natur. Und die Wohnungen sind billiger. Swantje ist hier geboren und nach der Schule für einige Zeit weggezogen, genau wie du. Wahrscheinlich seid ihr euch sogar begegnet, ich glaube, sie ist nicht viel älter als du.«

In dem Moment, es ist mittlerweile Viertel nach zehn, geht die Tür auf und eine Frau Mitte dreißig, groß und breitschultrig, mit einem dunkelblonden, hüftlangen Haarschopf, steht vor uns.

»Wenn man vom Teufel spricht. Swantje, das ist unsere neue Kollegin Fee Sturm. Sie ist seit Montag hier und unglaublich fleißig. Fee, das ist Swantje Holm, besser bekannt als Chaos-Swantje.«

Ich stehe auf und strecke dem Neuankömmling lächelnd meine Hand entgegen. Britt hat recht, die Frau kommt mir vage bekannt vor. Vielleicht war sie auf meiner Schule. Aber erst, als ich sehe, wie sie ihre Augen weit aufreißt, sobald Britt mich vorgestellt hat, fällt es mir plötzlich siedend heiß ein: Sie ist Bentes Freundin Swanni. Grundgütiger! Sofort sehe ich Bentes schweißnasses, schlafendes Gesicht vor mir und meine Kopfhaut beginnt zu prickeln. Was weiß sie von den damaligen Ereignissen?

Swantje nimmt meine Hand und begutachtet mich konzentriert. »Fee, ich freue mich sehr. Wie ist es dir ergangen?«

Bevor ich mir eine zufriedenstellende Antwort einfallen lassen kann, fährt Britt neugierig dazwischen: »Wie war denn deine Speeddating-Party?« Die nächsten Minuten lässt Swantje sich ausschweifend über schräge Typen und ihre absurden Selbstdarstellungen aus. Der kleine Mo wählt gerade den Moment, in dem sie mit verstellter Stimme einen Stiersperma-Entnehmer nachahmt, um von Britts Schoß zu springen und winselnd anzudeuten, dass er ein dringendes Geschäft zu erledigen hat.

»Ich gehe mit ihm raus«, biete ich an, schnappe mir den Hund und fliehe mit ausholenden Schritten die Treppe hinunter, so schnell es meine Selbstachtung zulässt. Draußen atme ich ein paarmal tief durch, bevor ich Mo betont gelassen in Richtung See lotse. Das hat mir gerade noch gefehlt – nun bin ich kaum drei Tage hier und schon hat mich die Vergangenheit eingeholt, dabei hatte ich so sehr gehofft, das alles hinter mir lassen zu können.

Am See setze ich mich auf eine Bank und schließe die Augen. Meine Gedanken halten wie von allein Rückschau, während der kleine Mo aufgeregt umherspringt und die Enten auf dem Wasser anbellt.

Bente und ich lernten uns kennen, als wir spindeldürre Neunjährige waren, und sofort erkannten wir uns als verwandte Seelen. Sie war mit ihren Eltern aus Flensburg nach Süderbüll gezogen, weil ihr Vater Bernd sich als Leiter der örtlichen Grundschule verpflichtet hatte, und obwohl sie ein sehr umschwärmtes, weil einfallsreiches und verwegenes Kind war, wählte sie ausgerechnet mich, die ruhige Träumerin, als ihre beste Freundin. Zusammen mit meiner Kindergartengefährtin Greetje wurden wir ein unschlagbares Trio, das gemeinsam alle linkischen Phasen des Heranwachsens überstand und sogar freudig zelebrierte. Wir fühlten uns wie Luftballons, die in den Himmel fliegen konnten.

Als Kind warf ich mich direkt nach dem Aufwachen in Jeans und T-Shirt und rannte zusammen mit Greetje die Straße hinunter zu Bentes Haus, vorbei an den Johannisbeerbüschen, die wir immer plünderten, den Kastanienbäumen, in deren höchsten Ästen wir saßen und Schimpfwörter übten, und dem Haus der Wilkens-Jungs, die wir aus der Ferne anhimmelten. Wir klebten aneinander wie Teer und Federn und ließen uns nur nachts widerwillig für ein paar Stunden trennen.

Später rannten wir nicht mehr, sondern schlenderten so, wie wir es für anmutig und lässig hielten, die Straßen Süderbülls entlang und sprachen über Jungs und darüber, wer wir sein und wie wir die Welt verändern wollten. Wir hungerten nach Erfahrungen. Zusammen rauchten wir unsere erste Zigarette, erlebten unseren ersten Vollrausch, diskutierten im Detail unsere ersten Zungenküsse (ich hatte meinen mit Bengt Wilkens – eine Waschmaschine ist harmlos dagegen).

Ich erinnere mich daran, wie wir mit anderen Kindern Kettenbrechen spielten. Bente, Greetje und ich umklammerten unsere Hände und sangen »Der Kaiser schickt seine Soldaten aus«, während gegnerische Mitspieler versuchten, in vollem Lauf unseren Griff zu durchbrechen. Aber wir hielten uns aneinander fest und ließen nicht los. Wir dachten, wir würden für immer zusammengehören, wären unauflöslich miteinander verbunden. Wie hätten wir auch ahnen können, dass kurz vor Bentes achtzehntem Geburtstag alles begann, so entsetzlich schiefzugehen?

Ein lautes Platschen katapultiert mich in die Gegenwart zurück. Mo ist augenscheinlich in seinem Eifer, eine Ente dingfest zu machen, mit einem Satz in den See gehüpft und macht nun mit lautem Jaulen und panischem Paddeln darauf aufmerksam, dass er es bisher versäumt hat, schwimmen zu lernen. Ohne zu überlegen, springe ich kopfüber hinterher. Erst als ich das kleine, winselnde Fellknäuel sicher an Land gebracht habe und triefend nass und fröstelnd auf der Wiese stehe, wird mir klar, dass ein Satz ins kalte Wasser nicht nötig gewesen wäre. Der See ist am Rand so flach, dass ein einfacher

Schritt nach vorne vollkommen ausgereicht hätte. Vermutlich wäre mir sogar genug Zeit geblieben, vorher meine heiß geliebten türkisfarbenen Seil-Sandalen auszuziehen.

Ich zittere vor Kälte und sehe wahrscheinlich aus wie ein begossener Pudel, als ich mich mit dem kleinen Mo unter dem einen und meinen Schuhen unter dem anderen Arm wieder zum Haus zurückschleppe. Die Wimperntusche läuft mir über die Wangen, meine Haare kleben an meiner Kopfhaut und mein Kleid an meinem Körper. Als ich die Blicke der Bauarbeiter sehe (einer traut sich tatsächlich zu pfeifen), danke ich der Vorsehung, dass ich heute Morgen das dunkelblaue und nicht das weiße Kleid gewählt habe.

In der Eingangshalle kommt mir Britt entgegengestürzt und drückt mich so fest, dass mir die Luft wegbleibt.

»Du hast ihn gerettet! Du hast ihn gerettet!«, stammelt sie, während sie den Hund aus meinem Arm nimmt und ihm viele Küsse auf die kleine, feuchte Nasenspitze gibt.

Hinter ihr taucht Swantje auf. »Wir haben euch vom Fenster aus beobachtet. Am besten fährst du nach Hause, nimmst ein heißes Bad und ziehst dir etwas Trockenes an. Du kannst den Presseverteiler auch von dort erstellen.« Sie drückt mir lächelnd meine Tasche und meinen Laptop in die Hand.

Auf dem Weg zu meinem Auto ziehe ich eine nasse Spur hinter mir her, die im Sonnenschein glänzt. Wann war es im Mai zuletzt so sonnig und warm? Trotzdem klappere ich mittlerweile mit den Zähnen.

In dem Moment erregt eine Gestalt meine Aufmerksamkeit. Ein Mann, der auf dem Parkplatz eine Aktentasche, mehrere Zeichenrollen und etwas, das entfernt nach einem Werkzeugkoffer aussieht, aus dem Kofferraum eines dunkelgrünen, alten Land Rovers lädt. Er steht unmittelbar neben meinem Käfer. Ich sehe genauer hin.

Ein Pulsschlag.

Er ist es.

Ich schaudere – und das nicht nur, weil ich ausgekühlt und klitschnass bin. Plötzlich bin ich so nervös, dass mir schwindelig wird, Adrenalin rast wie eine Armee von Kampfjets durch meinen Körper. Was tut er hier?

Er sieht anders aus, älter, aber immer noch bestürzend attraktiv. Groß, dunkelblond, strubbelig, in dunkelblauer Jeans, hellblauem Hemd und Sneakern.

Ich muss mir schnellschnellschnell etwas einfallen lassen, um ein Aufeinandertreffen zu vermeiden. Schon an einem guten Tag hätte ich ihm nicht zufällig über den Weg laufen wollen, aber erst recht nicht heute, mit verschmiertem Gesicht, klebriger Kleidung und der unverkennbaren Aura des Scheiterns. Und ohne Erklärung für das, was damals passiert ist.

Das stechende Bedürfnis umzukehren, wieder im Haus zu verschwinden und mich hinter meinem Schreibtisch zu verstecken, wird fast übermächtig, aber ich merke, dass mir meine wackeligen Beine nicht mehr gehorchen wollen. Wie häufig habe ich mir ausgemalt, ihm wieder gegenüberzutreten? Aber bei dieser Begegnung sollte ich jung, bildschön und selbstbewusst sein, mit perfekter Frisur, perfekten Schuhen und einem perfekten Leben, während er vorzeitig gealtert wäre, dickbäuchig, mit Geheimratsecken bis zum Hinterkopf und tiefen Sorgenfalten auf der Stirn. Ich kann nicht zulassen, dass er mich so sieht.

Ich zwinge mich, zügig weiterzugehen, denn noch hat er mich nicht bemerkt. Einer plötzlichen Eingebung folgend hole ich mein Telefon hervor und rufe Helena an. Noch bevor sie abheben kann, rufe ich munter ins Handy: »Und wusstest du eigentlich, dass Stiersperma-Entnehmer ein tatsächlicher Beruf ist? Ist das nicht urkomisch?« Mein Lachen klingt hohl und aufgesetzt. Um Himmels willen, ich mache alles nur noch schlimmer. Warum hätte ich nicht wenigstens den spontanen Impuls haben können, verrucht ins Telefon zu gurren und damit vorzugeben, dass ich, wenn ich schon einen so schauerlichen Anblick biete, zumindest ein intaktes Liebesleben hätte. Aber vielleicht habe ich Glück, und er nimmt gar keine Notiz von mir.

»Fee, bist du das? Was ist bei dir los?« Helena klingt verwirrt. Inzwischen bin ich unmittelbar neben ihm, wage es aber nicht aufzublicken. Mein Telefon noch immer fest ans Ohr gepresst, steige ich in mein Auto ein und gebe Gas.

Im allerletzten Moment schaue ich auf und starre direkt in seine weit aufgerissenen, meergrünen Augen.

So, nun stecke ich ganz offiziell in einer glücklosen Phase.

6

Ich bin so froh wie nie zuvor, mein Elternhaus zu sehen. Noch glücklicher bin ich, als nachmittags auch Meghan von ihrem Freiwilligendienst bei Ökobauer Büttelmeyer nach Hause kommt und sich bereitwillig meine Geschichte von Mo und dem Seeunfall anhört. Über *ihn* bringe ich in diesem Augenblick kein Wort über die Lippen. Gerade setze ich Teewasser auf, als es klingelt.

Vor der Haustür steht ein etwa sechsjähriges, bemerkenswert hübsches Mädchen mit Strohhut und Holzfällerhemd.

»Guten Tag. Mama und ich möchten gerne Meghan und ihre neue Freundin besuchen. Bist du das?«

Bevor ich sie hereinbitten kann, erblicke ich hinter ihr eine schlanke, hochgewachsene Frau mit blonder Kurzhaarfrisur in einem weiten, bunt gemusterten Minikleid, die über den Gartenweg auf mich zukommt. Und zum zweiten Mal an diesem Tag packt mich ein heftiges Schwindelgefühl. Es ist Greetje. Die Haare sind kürzer, die Hüften ein klein wenig breiter, aber das Lächeln ist dasselbe.

»Du bist wieder da!« Sekundenlang fixieren wir uns mit Blicken. Dann eile ich mit schnellen Schritten auf sie zu und umarme sie so fest, dass irgendetwas in mir zerbirst. Die Berührung, die Nähe zu einem einst so vertrauten Menschen trifft mich im tiefsten Inneren und zum ersten Mal seit dem unheilvollen Hundekacke-Tag kann ich weinen. Bis zu diesem Moment habe ich die Tränen fest in meinem Inneren verschlossen, aber nun ist es, als sei ein Bann gebrochen. Ein ganzer Staudamm. »Ihr treuloser Freund hat sie belogen«, höre ich hinter mir Meghans mitfühlende Stimme. Sie fragt nicht, woher Greetje und ich uns kennen – offenbar hat Greetje ihr schon erzählt, dass sie früher mit Heins Tochter befreundet war. Im nächsten Augenblick bekomme ich eine Handvoll Klopapier an meine tropfnasse Wange gedrückt. Meghan führt uns durchs Haus in den sonnigen Garten, wo Greetje und ich uns unterm Apfelbaum auf gemütlichen Korbstühlen mit blau-weiß gestreiften Kissen niederlassen, während Meghan und die Kleine unter wildem Geschrei und Gekicher ein Fußballspiel in Gang bringen.

»Willst du darüber reden?«, fragt Greetje – ganz so, als hätten wir erst gestern intime Geschichten über Männer und das Leben an sich ausgetauscht und uns nicht jahrelang aus den Augen verloren. Als wäre ich nicht Hals über Kopf verschwunden, ohne ihr eine Erklärung abzuliefern oder mich jemals wieder zu melden.

Ich bin mir nicht sicher, worauf sie anspielt, entscheide mich aber vorsichtshalber für den einfachen Weg. Und obwohl ich mir für unser erstes Wiedersehen nach so vielen Jahren tausend andere Gesprächsthemen vorgestellt habe, zucke ich ein wenig unbeholfen mit den Achseln und murmele: »Es geht um meinen Freund, Tom. Das ist eine lange Geschichte.« Verlegen wische ich mir eine Träne aus dem Augenwinkel.

»Dann kürze sie für mich ab.« Aufmunternd lächelt sie mich an.

Als ich einen Überblick über die Ereignisse gegeben habe, merke ich, dass ich, nachdem ich einmal mit der Heulerei angefangen habe, offenbar nicht mehr damit aufhören kann.

»Es ist so schre-ecklich, wahnsinnig tra-aurig«, jammere ich, ohne zu wissen, was genau ich eigentlich meine.

»Wirklich, es ist noch trauriger, als wenn Kate Winslet Leonardo DiCaprio im Eismeer erfrieren lässt, weil sie die Tür für sich alleine will«, erklärt Greetje mit todernster Miene. *Titanic* haben wir uns früher immer und immer wieder gemeinsam angesehen und an dieser Stelle geheult wie die Schlosshunde. »Und auch trauriger als Leonard Cohens *Hallelujah*!« Das Lied war für uns beide, unabhängig von unserem aktuellen Gemütszustand, immer und jederzeit ein Grund, in Tränen auszubrechen.

»Auf jeden Fall!« Aber sie hat ihre Aufgabe zu aller Zufriedenheit ausgeführt – ich kann wieder grinsen. »Bist du nicht die andere Nackte von der Pferdeweide?«

»Wir wurden beobachtet? Schon wieder!«, lacht sie völlig ungeniert und ich stimme in ihr ansteckendes, herzliches Gelächter ein. »Beim nächsten Mal kommst du mit. Yoga entspannt ungemein, und das hast du gerade bitter nötig. Und Nacktyoga stärkt zusätzlich das Körpergefühl.«

Ich merke, wie mir ein schwerer Stein vom Herzen fällt. »Ach Greetje, es tut mir alles so entsetzlich leid! Dass ich nichts mehr von mir hören lassen und dich so schändlich im Stich gelassen habe. Ich habe dich fürchterlich vermisst!« Und es stimmt, ich bin unendlich froh und erleichtert, sie wieder in meinem Leben zu haben. Die letzten zwölf Jahre, in denen wir keinen Kontakt hatten, sind nun, da wir uns wieder gegenübersitzen, wie weggespült.

»Ich hätte dich in den letzten Jahren auch gut gebrauchen können.«

Die Wehmut, die in ihrer Stimme mitschwingt, lässt mich schwer schlucken. Ich bin ihr noch immer eine Erklärung schuldig. Bald, verspreche ich ihr im Stillen.

In dem Moment brechen Meghan und die Kleine in einen besonders lauten Lachanfall aus und purzeln unkontrolliert übereinander.

Eine Weile beobachten wir schweigend, wie die beiden ihr Fußballspiel wieder aufnehmen.

»Deine Tochter ist wunderschön.«

»Sie heißt Felicitas. Wir nennen sie Feli. Der Zweitname ist Bente.«

Schon merke ich, wie sich meine Augen wieder mit Tränen füllen. Warum habe ich mich bloß nie getraut, mich wieder bei ihr zu melden? Was habe ich sonst noch alles verpasst?

»Ich glaube, ich habe heute deinen Bruder gesehen«, sage ich vorsichtig. Und verspüre den unbändigen Drang, mich völlig sinnlos zu betrinken.

»Er ist als einer der beiden Architekten am Museumsprojekt beteiligt. Dafür ist er extra für ein paar Monate aus Berlin hergekommen.«

Dann hatte ich also wirklich keine Halluzination. Schlimmer noch, er arbeitet im gleichen Gebäude – da wird es unvermeidlich sein, ihm erneut über den Weg zu laufen. Hoffentlich bin ich das nächste Mal zumindest nicht gerade dem See entstiegen.

»Und er ist verlobt.« Greetjes Stimme ist beinahe ein Flüstern.

Mir stockt der Atem.

»Mit einer Französin, die er vor zwei Jahren in Boston kennengelernt hat, als sie beide dort arbeiteten. Sie heißt Aurélie und ist Anwältin für Menschenrechte.«

Natürlich ist sie das. Eine zierliche, mondäne Coco Chanel mit sexy Akzent, dem sagenumwobenen, très eleganten französischen Stilbewusstsein und dazu noch einem Job, der die Welt verändern kann.

Aber mir kann es ja egal sein.

»Weißt du noch, wie wir uns früher vorgestellt haben, das Mommsen-Haus eines Tages in ein Museum zu verwandeln? Und nun passiert es wirklich«, lenke ich ab.

»Ja, man mag es kaum glauben, nach all den Jahren. Aber Jasper hat zusammen mit seinem Gründungspartner alles geplant und so lange nach Investoren gesucht, bis die Finanzierung stand.«

Er hat also den Stein ins Rollen gebracht. Der Drang, mich sinnlos zu betrinken, wird immer größer.

Als ich später nach einem gemütlichen Mädelsabend frohgemut, aber todmüde in mein Zimmer komme, fällt mein Blick auf meine Koffer und Taschen, die noch immer unausgepackt neben dem Bett stehen. Ich habe bisher nur meinen Kulturbeutel, ein bisschen Unterwäsche und einen Schlafanzug zwischen meinen Gummistiefeln und einer Ausgabe von Austens *Stolz und Vorurteil* hervorgezogen und ein paar Sommerkleider aufgehängt, damit sie nicht noch weiter zerknitterten. Doch da ich ja noch einige Zeit in Süderbüll festsitzen werde, möchte ich es lieber gleich hinter mich bringen und meine übrigen Klamotten in den Kleiderschrank und meine Bücher ins Regal sortieren.

Sofort mache ich mich an die Arbeit. Um hinreichend Platz zu haben, schiebe ich ein paar der alten Kisten und Kartons mit Fotos und anderen Erinnerungen zur Seite, die mein Vater in einem offenkundigen Anflug von Melancholie herbeigeschafft hat. Dabei kippt ein weißer Pappkarton kopfüber aus dem Regal und eine Flut alter Briefe und Bilder breitet sich auf dem Boden aus.

Mist, jetzt muss ich erst mal aufräumen. Seufzend knie ich mich hin und sammle die Aufnahmen zusammen. Oma Lene und ich mit erhitzten Gesichtern beim Futjes-Backen nach traditionellem Familienrezept. Greetje und ich beim Rummelpott-Laufen, kunstvoll verkleidet als Hexe und Engel, mit einem ganzen Korb voller Kinderriegel in den Händen und mit Schokolade verschmierten Pausbäckchen. Ole und Leo auf einem dieser rasend schnellen, dreirädrigen Strandsegler. Greetje und Bente im Kirschbaum. Meine Eltern und ich beim Drachenfestival in Sankt Peter-Ording. Greetje, Bente und ich in unseren wogenden Abiballkleidern. Mit erwartungsfrohen, strahlenden Gesichtern vor dem großen Abend. Wie vom Blitz getroffen werfe ich die Fotos zurück in den Karton.

Plötzlich fällt mir ein hellblauer Papierbogen ins Auge, der unter einem Fotoalbum hervorlugt. Ich weiß auf Anhieb, was ich da gefunden habe.

Meine Liste.

Die Liste mit all den kleinen und großen Dingen, die ich im Lauf meines Lebens erleben wollte. Ich habe sie im Alter von vierzehn zusammen mit Greetje und Bente verfasst und mich ein paar Jahre lang kräftig ins Zeug gelegt, um hinter möglichst viele Punkte ein Häkchen setzen zu können. Voller Neugier nehme ich sie in die Hand.

Zum Sziget-Festival nach Budapest fahren (check)
Am Time Square Silvester feiern (check)
Mich verlieben (check)
Nachts im Meer schwimmen (check)
Unterm Sternenhimmel schlafen (check)
Als Enthüllungsjournalistin die Welt verändern
Mindestens drei Kinder haben
Mich für einen guten Zweck engagieren (check)
Polarlichter sehen
Barfuß durch den Schnee laufen (check)
Mich für einen Schwächeren einsetzen (check)
Das Leben in vollen Zügen genießen (check)

Mit dreißig Jasper heiraten – wenn ich bis dahin keinen geeigneteren Kandidaten finde

Nicht mehr zu allem Ketchup essen (check)

Im Regen tanzen (check)

Jemandem meine Liebe gestehen

Mit Jasper so lange in eine Richtung reisen, bis wir aus der anderen wieder zurückkehren, ohne ein Flugzeug zu besteigen, und dabei die schönsten Orte der Welt sehen

Beim vorletzten Punkt bin ich nicht mehr dazu gekommen, ein Häkchen dahinterzusetzen. Und den letzten Punkt habe ich erst später hinzugefügt.

Jasper.

Die Alarmglocken gehen an. Ich erinnere mich nicht mehr, ob ich die Erlebnisse nach Priorität sortiert habe. Wahrscheinlich nicht.

Als ich die Liste zurücklege, fällt mein Blick auf eine Bleistiftzeichnung, die halb vom Kartondeckel verdeckt wird. Zögernd ziehe ich sie hervor. Das Bild zeigt drei alte Frauen, die gemeinsam in einem Strandkorb sitzen und aufs Meer hinausschauen. Darunter steht in akkurater Handschrift geschrieben: *Wir sind noch nicht am Ende unserer Reise.*

Der Alarm schrillt immer lauter. Aber bevor ich zum zweiten Mal an diesem Tag hemmungslos losheulen kann, reißt Meghan die Tür auf.

»What happened? Ich habe ein lautes Poltern gehört.«

Doch als sie das Chaos auf dem Zimmerboden entdeckt, bricht sie in lautes Gelächter aus, so dass auch ich nicht umhinkann, sie wenigstens schief anzugrinsen. Trotzdem dauert es einen Moment, bis ich mich wieder so weit gefasst habe, dass ich mit Blick auf das Rummelpott-Bild fragen kann: »Meghan, wie kommt es, dass du die ganze Welt bereist und ausgerechnet in Süderbüll hängen bleibst?«

Meghan strahlt noch immer. »Das ist ganz einfach: Ich bin hier wegen der warmherzigen, offenen Menschen und der grünen Landschaft.«

Ich bin wirklich überrascht: Der typische Norddeutsche gilt als weder offen noch warmherzig, sondern eher als reserviert, wortkarg und in sich gekehrt. Oft muss »Jo« als vollständiger Satz ausreichen. Hört man jemanden »Ich finde dich nicht ungenießbar« sagen, geht das schon als Kompliment durch. Aber das ist dann auf jeden Fall auch ehrlich gemeint.

»Aber die Menschen sind doch in Neuseeland viel offener und die Landschaft ist viel grüner«, bemerke ich. Ich war lange genug da, um das zu wissen. Damals, vor zwölf Jahren.

Ehe sie mir eine Antwort geben kann, fällt Meghans Blick erneut auf die vielen Fotos und Zettel um mich herum und sie sieht mich nun doch etwas besorgt an.

»Hey, are you alright?«

»Ja, danke. Ich bin auf jeden Fall sehr froh, dass du in Nordfriesland gelandet bist. Schlaf schön, Meghan.«

Wie schon in den vergangenen Nächten höre ich von oben leise Schritte. Was mache ich hier? Das alles war nicht Teil des Plans. Kann etwas so Unverfängliches wie ein Haufen Hundekacke wirklich einen so kolossalen Stein ins Rollen bringen, dass mein gesamtes Leben auf den Kopf gestellt wird? Das sind meine letzten Gedanken, bevor ich zum ersten Mal seit Langem in einen tiefen, traumlosen Schlaf falle.

7

Noch immer schlafe ich jede Nacht nicht mehr als fünf Stunden. Seit dem Zwischenfall, wie Toms Betrug in meinem Kopf nun heißt, grübele ich abends meist noch stundenlang, bevor mich der Schlaf schließlich wie ein Segen übermannt. Doch jeden Morgen beim Aufwachen stürzt die Realität rücksichtslos auf mich ein.

Doch ich bemerke eine Veränderung: War es beim Aufwachen auf Helenas Sofa in Hamburg noch der Gedanke an Tom, der mir das Gefühl gab, in die Hölle hinabzusteigen, buhlen seit meiner Ankunft in Nordfriesland vor allem die Gedanken an meine Vergangenheit und meine Flucht aus Süderbüll um meine Gunst. Vor allem denke ich an Bente. In den langen Jahren seit damals hat mein Kopf längst verstanden, dass nicht ich es war, die das Unheil zu verantworten hat. Aber mein Herz ist noch immer gebrochen. Jeden Morgen nehme ich mir fest vor, sie endlich zu besuchen. Und jeden Abend schelte ich mich für meine Feigheit.

Am Freitagmorgen, ich wanke gerade ins Badezimmer, reißt mich das Klingeln des Telefons aus meinem Gegrübel. Es ist Helena.

»Wie läuft es mit dem Smiley-Projekt? Ist schon einer hinzugekommen?«

»Ich arbeite daran. Geht es dir gut? Du klingst so seltsam.«

»Ich muss dir etwas sagen.« Sie hört sich an, als hätte ein Kaugummi ihre Zähne verklebt und schlagartig bin ich hellwach: Irgendetwas muss geschehen sein.

»Was ist los? Ist was mit Ingo?«

»Als Ingo und ich gestern Nacht aus dem Kino nach Hause kamen, nun ja, da … Also, wir … Wir fuhren mit dem Auto, und da sahen wir … Wir sahen …« Sie bricht ab.

»Helena, bitte! Du machst mich ganz wahnsinnig!«

»Wir sahen Tom mit dieser Imme. Und sie wirkten sehr vertraut, als würden sie sich, wie soll ich sagen … Als hätten sie etwas füreinander übrig.«

Ich sinke auf den Badewannenrand, mein Herz beginnt zu rasen.

»Er ist ein Mistkerl, das wusstest du.«

Selbstverständlich wusste ich das. Und die brennende Vermutung, dass ihn mit Imme mehr verband als nur flüchtiger Sex, hatte ich auch. Doch die Bestätigung fühlt sich trotzdem an wie ein Schlag in die Magengrube.

Daher wundert es mich sehr, dass mir weder Rachephantasien in den Sinn kommen noch ich den Wunsch verspüre, Tom anzurufen und ihn zur Rede zu stellen – auch wenn ich dazu natürlich sowieso keine Berechtigung mehr habe.

Seit dem Hundekacke-Tag haben wir nur ein einziges Mal miteinander gesprochen. Ich war in unsere Wohnung gegangen, um die Sachen zu holen, die Ingo vergessen hatte und die ich für Süderbüll brauchte (wie zum Beispiel meine uralten Gummistiefel), und plötzlich stand er vor mir, ein bisschen überrumpelt und verdrießlich zwar, aber bei Weitem nicht von Gram gebeugt.

Lange blickten wir uns einfach nur stumm an.

»Wie geht es dir?«, fragte er schließlich.

»Einigermaßen.«

»Du ziehst weg?«

»Woher weißt du das?«

»Ingo.«

»Ah.«

»Verzeih mir!«

Mehr sagte er nicht. In dem Moment wallte heißer Zorn in mir hoch. *Du bist schuld*, wollte ich ihn anschreien, *du hast alles kaputt gemacht. Wie könnte ich dir verzeihen?* Aber noch ehe ich die Worte herausbrachte, war der Wutanfall auch schon wieder vorüber. Es hatte einfach keinen Sinn. Es war vorbei.

Als wir uns verabschiedeten, war es, als wären wir Fremde. Den Schlüssel ließ ich in der Schale im Flur zurück.

»Fee, bist du noch dran?« Helenas Stimme dringt wie aus weiter Ferne an mein Ohr und ich lasse vor Schreck fast mein Handy in die Wanne fallen.

»Mach dir keine Sorgen, mir geht es gut.«

»Du musst die bunten Puzzleteile des Lebens nun neu zusammensetzen. Ablenkung ist dabei immer noch die beste Medizin. Such dir einfach einen knackigen Bauern und lass dich im Heuschober vernaschen. Und denk daran: Wenn das Leben dir Zitronen gibt, trinke Gin dazu.«

»Du klingst wie eine nymphomanische Alkoholikerin. Ich muss jetzt zur Arbeit.«

Auf dem Weg zum Auto (nein, ich habe mich noch nicht um ein Fahrrad bemüht) kommt mir mit überraschend energischen Schritten eine greisenhafte Frau mit ausladenden Formen entgegen. Ihre schneeweißen Haare sind unter einem Netz gefangen. Und ist das eine Kittelschürze?

»Felicitas, wir hatten noch gar keine Gelegenheit, uns die Hand zu schütteln«, begrüßt sie mich mit brüchiger Stimme. »Ich habe deinen Vater zu fassen bekommen, als er deine Sachen umgeräumt hat. Wie geht es dir, Kind? Warum bist du wieder da? Wie lange bleibst du? Wo arbeitest du?«

Ich erinnere mich an unsere unverblümte Nachbarin Frau Durchdenwald. Sie war schon damals uralt – und trug ihren Namen auch da schon mit Fassung, vielleicht sogar mit ein bisschen Stolz. Einen Herrn Durchdenwald hat es nie gegeben. Bereits als Kind habe ich gemutmaßt, dass sie mit einem Fernglas auf der Lauer lag, um zwischen den Fliederbüschen hervorzuspringen, sobald sich auf der Straße etwas Aufpeitschendes ereignet – und sei es, dass jemand morgens zum Auto gehen will, um zur Arbeit zu fahren.

»Schön, Sie zu sehen, Frau Durchdenwald«, begrüße ich sie bemüht freundlich.

»War das der junge Büttelmeyer, der am Sonntagmorgen aus eurem Haus kam?«

Leo? Was hat der denn bei uns zu suchen? Meghan und er sind doch nicht etwa … Davon hat sie gar nichts erzählt! Aber ich rühre besser nicht die Buschtrommel.

»Nein, da müssen Sie sich getäuscht haben.«

»Sag mal, isst du nichts? Du bist ja immer noch so dünn.«

Ganz im Gegenteil, ich habe zugenommen. An Nachsicht mit allzu unsensiblen Mitmenschen.

»Tut mir leid, aber ich muss jetzt wirklich zusehen, dass ich zur Arbeit komme. Ich wünsche Ihnen einen schönen Tag.«

Als ich wenige Minuten später das Büro betrete, nehme ich mir vor, eine überzeugende Fassade von Normalität zur Schau zu stellen, denn ich habe meinen Kolleginnen bisher nichts von Tom erzählt und habe auch jetzt keine Lust, den anderen die Laune zu verderben. Doch ich muss wohl ziemlich niedergeschlagen aussehen, denn Britt sagt mit ernster Miene: »Nichts passiert, was nicht passieren muss«, und Mo reibt sich wie eine Katze mitleidsvoll an meinem Bein.

»Aber was ist es denn, das passieren musste?« Jetzt mischt sich auch Swantje ein.

»Ich bin dabei, die bunten Puzzleteile meines Lebens neu zusammenzusetzen«, gebe ich Helenas Worte wieder. »Anders ausgedrückt: Mein Ex-Freund ist jetzt mit meiner Ex-Chefin zusammen.«

Drei Augenpaare sehen mich bestürzt an (nun ja, unter Umständen interpretiere ich in Mos Ausdruck ein bisschen viel hinein).

»Es ist Zeit für meine Spezialmischung!«, ruft Britt.

»Bloß nicht! Ich meine, kein Alkohol am Arbeitsplatz. Erst recht nicht morgens um halb zehn.«

»Dann mache ich dir einen Tee. Es gibt kaum etwas, das man nicht mit einer Tasse Yogi-Tee bereinigen könnte. Und in der Mittagspause sammel ich dir ein paar Wildkräuter, die dich von seelischen Belastungen freimachen und die bei Liebeskummer sehr hilfreich sind.« Wie passt ihr rasantes Sprechtempo eigentlich zu ihren Freizeitaktivitäten?

»Ich habe noch eine Idee, wie ich mich freimachen kann: In meiner Freizeit gönne ich mir ab sofort nur das Allerbeste für meine Seele. Eine heiße Schokolade, ein gutes Buch in einer Liege unter dem Apfelbaum, eventuell, wenn mal die Pferde mit mir durchgehen, sogar eine Joggingtour am Deich. Ohne Lärm, ohne Abgase, ohne Männer, ohne Kummer, endlich entschleunigen.« Während ich mich so reden höre, beginne ich langsam, wirklich daran zu glauben. Schließlich wollte ich die Zeit in Süderbüll nutzen, um mein Leben aufzuräumen – und dabei sollte doch wohl mein Seelenheil oberste Priorität haben.

»Mit dem Entschleunigen kannst du gleich heute Abend anfangen. Bei meinem Cousin Arne findet einmal im Monat unsere musikalische Märchenstunde statt: Wir erzählen uns positive Geschichten, schlagen Trommeln, spielen Tamburin und singen dazu. Das vertreibt deine negativen Gedanken im Nu.« Britts Augen beginnen zu leuchten.

Gütiger Himmel!

»Das klingt sehr verlockend, aber ich bin mir nicht sicher, ob ich Zeit habe.«

Bis zu Helenas Anruf heute morgen hatte ich vor, übers Wochenende nach Hamburg zu fahren, um die Nächte mit meinen Freundinnen in zwielichtigen Clubs auf der Tanzfläche, die Vormittage auf Helenas rotem Sofa und die Nachmittage auf wackeligen Stühlen in Straßencafés zu verbringen. Jetzt bin ich mir nicht mehr so sicher – ich bin nämlich nicht besonders scharf darauf, Tom und Imme knutschend auf der Straße zu sehen.

Die nächsten Stunden verbringe ich nicht etwa damit, eine Pressemitteilung über das Projekt für die örtlichen und überregionalen Medien zu verfassen oder andere Pläne zu entwickeln, den Bekanntheitsgrad des Museums zu fördern, sondern helfe stattdessen Hinnerk und Britt dabei, wie schon am Tag zuvor, verschiedene Expositionsinhalte zu recherchieren und die dazugehörigen Texte für die Ausstellung und die Webseite zu formulieren. Ich stürze mich enthusiastisch in Exzerpte über die Biologie von Meereshöhlen, Riesenhaie und die Reduktion von Phytoplankton durch den Klimawandel und bin überrascht, wie viel ich in so kurzer Zeit schon über Meereskunde gelernt habe.

Als einer der Bauarbeiter (ich glaube, es ist der, der gepfiffen hat, als ich klatschnass aus dem See stieg) mich mittags fragt, wofür ich denn hier zuständig sei, antworte ich: »Öffentlichkeitsarbeit. Aber eigentlich bin ich Mädchen für alles.«

Und dann ist die erste Arbeitswoche auch schon vorüber. Schneller als erwartet – und wenn ich ehrlich bin, hat es großen Spaß gemacht. Nur noch zweidreiviertel Monate.

Auf dem Weg nach Hause bin ich so froh, nicht wieder Jasper Hansen über den Weg gelaufen zu sein – auch wenn ich heute einen weit weniger erbärmlichen Anblick biete als beim letzten Mal –, dass ich das Radio auf volle Lautstärke drehe und beschwingt mit Ava Max um die Wette trällere.

Meghan erwartet mich bereits. »Hooray, it's Friday, der beste Tag der Woche. How can you not be happy on a Friday – da ist immer Ladies Night im *Heimathafen*.«

»Eigentlich dachte ich, ich könnte vielleicht nach Hamburg –«

»Wir können uns hemmungslos betrinken.«

»Ich habe Helena gesagt –«

»Und zu *I Will Survive* tanzen.«

»Also, das klingt –«

»Ein reiner Frauenabend. Ein Mann würde das gar nicht durchhalten. Zu gefährlich.«

»Ich glaube –«

»Komm, wir bringen uns auf Hochglanz und holen dann Greetje ab. Die hat heute kinderfrei.«

»Überredet!«

Ich weiß zwar nicht, wofür ich mich herausputze, aber Meghans Make-up-Täschchen erweist sich als wahres Füllhorn von Zauberutensilien und im Nu ist unsere Gesichtshaut matt, unsere Lippen, Haare und Augen dafür umso glänzender.

Meghan besteht darauf, heute Abend zu fahren – schließlich habe sie, aufgewachsen auf einer abgeschiedenen Farm im ländlichen Neuseeland, ausreichend Übung darin, ein Fahrzeug selbst sternhagelvoll noch sicher zu lenken, und Taxis gebe es hier so häufig wie Einhörner. Als wir aber in ihrem rostigen blauen Fiesta sitzen und sie eiernd und schlenkernd losjuckelt, bin ich mir nicht mehr sicher, ob das eine so brillante Idee war.

»Hast du keinen Führerschein? Oder bist du etwa schon betrunken?«

»Die Gangschaltung bringt mich noch um. Ich bin mein ganzes Leben lang mit Automatikgetriebe gefahren.«

Wir rollen also unter großem Geruckel weiter, wobei wir die gesamte Breite der Straße geflissentlich ausnutzen. Als vor uns ein Radfahrer auftaucht, bremst sie so stark ab, dass wir beinahe durch die Windschutzscheibe fliegen. Ich kralle mich am Türgriff fest, bis meine Knöchel weiß hervortreten.

»Und mit Automatik klappt es, ähm, besser?«

»Auf der rechten Seite zu fahren, it just feels so wrong«, sagt sie mit todernster Miene und rutscht dabei nur wenige Zentimeter an einer Reihe geparkter Autos vorbei. Unauffällig fange ich an, nach einer versteckten Kamera Ausschau zu halten.

Als wir endlich vor einem idyllischen, über und über mit wildem Mauerwein berankten gelben Bungalow halten, mache ich drei Kreuze. Ich fühle mich um fünf Jahre gealtert, aber Meghan hüpft heiter vor mir den Kiesweg entlang und ist sich keiner Schuld bewusst.

Auf einem bunt bemalten Holzschild über der Klingel lese ich: *Hier leben, lieben und lachen Greetje, Ole, Felicitas und Enno Büttelmeyer.* Wie wundervoll! Greetje und Ole haben tatsächlich geheiratet. Er ist der Vater ihrer Kinder. Schon mit sechzehn war sie in ihn verliebt, aber er hatte ihr Interesse scheinbar nie erwidert. Sogar auf ihrer Liste hatte sie ihm ein Denkmal gesetzt. Wie habe ich es beim letzten Mal versäumen können, sie nach ihrem Mann zu fragen?

In dem Moment steckt sie ihren Kopf zur Tür heraus.

»Ole heiraten – check!«, begrüße ich sie lächelnd.

»Weißt du noch, wen du mit dreißig heiraten wolltest?«, fragt sie verschmitzt.

»Nun, ich dachte wohl, dreißig liegt in so weiter Ferne, dass ich da ohnehin nie hinkommen würde«, antworte ich ausweichend.

»Sicher! Ich bin gleich fertig, kommt noch kurz rein.«

»Wenn sie sich in den letzten zwölf Jahren nicht grundlegend geändert hat, warten wir jetzt mindestens zwanzig Minuten«, raune ich Meghan ins Ohr.

»Eher vierzig«, wispert sie zurück.

»Ich stehe vor euch, ich kann euch hören«, trällert Greetje fröhlich und verschwindet wieder im Haus.

Im Wohnzimmer ist Ole gerade dabei, Feli und ihrem kleinen Bruder Enno eine Gutenachtgeschichte vorzulesen. Sobald er mich sieht, legt er das Buch zur Seite und zieht mich in seine Arme. Sein stilles, aber ganz und gar nicht langweiliges Wesen habe ich immer besonders gemocht.

»Jetzt ist fast die ganze Truppe wieder zusammen«, flüstert er mir ins Ohr. »Du, Greetje, Jasper und ich.« Nur Bente fehlt, aber das sagt er natürlich nicht. Aber wir denken es vermutlich beide.

»Wie hat es mit dir und Greetje doch noch geklappt?«, frage ich.

Er lächelt versonnen. »Als ich nach meinem Studium hierher zurückgekehrt bin und meine Praxis in Weeden eröffnet habe, haben wir uns wieder fast täglich gesehen. Aber es war irgendwie anders als früher, wir waren erwachsen geworden. Ich wusste nicht, wie selbstverständlich mir ihre Gegenwart geworden war, bis sie im Anschluss an ihre Ausbildung für ein halbes Jahr nach Island auf diesen Pferdehof ging. Da habe ich gemerkt, wie sehr mir ihr Lachen und ihre verrückten Einfälle fehlen. Als sie dann zurückkam, hat sie mich zum Indoor Skydiving eingeladen. Danach war es um mich geschehen. Ein paar Wochen später hat sie mir erzählt, dass durch Angst und

Adrenalin die gleichen Hormone ausgeschüttet werden wie bei körperlicher Anziehung.«

Ich muss lachen. »Ich bin so froh, dass ihr euch doch noch gefunden habt«, sage ich und nehme den *Bullerbü*-Band entgegen, den Feli mir auffordernd in die Hand drückt.

Fünfundvierzig Minuten später stehen Meghan, Greetje und ich in unserer ganzen Pracht auf der Straße. Sobald Greetje sieht, dass Meghan ums Auto herum zum Fahrersitz geht, ruft sie scharf: »Stopp! Ich fahre!«

8

Der *Heimathafen* ist offenbar ein neuer kleiner Nachtclub im Nachbarort Weeden, der, verpackt in einem kolonialen Holzhaus, an den Wochenenden gerammelt voll ist mit trinkfreudigen Dörflern jeder Altersklasse. Drinnen gibt es dunkles Holz, Backsteinwände, dröhnende Discohits und viele Sorten Bier auf der Karte.

»Fee, wie war das noch mit deinem Smiley-Projekt? Heute gewinnst du einen hinzu. Du brauchst nur einen Mann, that's it. Guck dich mal um, die Auswahl ist endlos. The choice is yours.« Meghan ist Feuer und Flamme von ihrer Idee, während Greetje, ihrem Gesichtsausdruck nach zu urteilen, nicht ganz so angetan scheint. Ich gebe ihr recht.

»Ich will keinen Mann, nie wieder. Und schon gar nicht heute, da gibt es nur uns. Was muss frau denn tun, um hier etwas zu trinken zu bekommen?«

Im schummrigen Licht arbeiten wir uns durch das Gedränge bis an die Bar vor, wo wir einen ungefähr dreizehnjährigen Barkeeper auf uns aufmerksam machen.

»Was möchten die schönen Ladys bestellen?«, fragt er augenzwinkernd, und irgendwie schafft er es, dass dieser einfache Satz anzüglich klingt.

»Save water, drink beer«, antwortet Meghan wie aus der Pistole geschossen. »Flens.«

»Einen Gin Basil Smash, bitte«, sage ich.

Ein langer Blick.

»Einen Mexican Mule mit Tequila und Zuckersirup?«

Schweigen.

»Na gut, ich nehme etwas mit Alkohol drin. Möglichst eisgekühlt.«

»Für mich auch. Überrasche uns.« Greetje beugt sich zu mir und flüstert: »Bin ich froh, dass du nicht eine von den dürren Tussis geworden bist, die fettarmes, alkoholfreies Wasser bestellen, ohne Sprudel natürlich, dafür mit einer dünnen Scheibe unbehandelter Zitrone.«

Mit unseren Getränken – meins ist gelb und schmeckt leicht bitter, genügt aber den heutigen Ansprüchen – setzen wir uns an den letzten freien Tisch direkt an der Tanzfläche, die für diese frühe Uhrzeit schon ziemlich voll ist. Ich erinnere mich an die neugierige Frau Durchdenwald, die erwähnt hat, kürzlich Leo Büttelmeyer morgens aus unserem Haus schleichen gesehen zu haben, und scherze, dass Meghan und Greetje dann wohl bald miteinander verwandt sind.

»Bedauerlicherweise bin ich komplett beziehungsunfähig, der größte Taugenichts ever. Deswegen klappt es auch mit Leo nicht.« Meghan klingt plötzlich so verzweifelt, dass ich es sofort bereue, dieses Thema angeschnitten zu haben.

»Den Titel habe ich schon inne, erinnerst du dich? Da macht mir keiner etwas vor. Aber du? Du bist klug, wunderschön, nicht unerträglich neurotisch – wenn es für dich schon eine unlösbare Aufgabe ist, den richtigen Mann zu finden, welche Aussicht besteht dann überhaupt noch für uns Normalsterbliche?« Ich nehme einen großen Schluck von meinem namenlosen Cocktail. Deswegen ist Meghan also in Süderbüll hängen geblieben. Wegen Leo.

»Glaub mir, Fee, du bist alles andere als normalsterblich.«

»Auch in meiner Ehe ist nicht alles Gold, was glänzt«, mischt sich Greetje ein. Vermutlich will sie uns aufheitern. »Seit der Hochzeit hat Ole mich zum Beispiel zur großen Sachenfinderin auserkoren. Ich meine, woher soll ich wissen, wo er sein Ladekabel oder die Praxisschlüssel deponiert hat? Und warum wäscht er seine T-Shirts nicht einfach selbst, wenn ich sie immer verfärbe?« Sie sagt das mit einer so entrückten Miene und solcher Hingabe, dass mir ganz warm ums Herz wird. Sie und Ole scheinen perfekt füreinander.

»Wie geht es denn bei der Arbeit, Fee? Hast du dich schon eingelebt?«

Ich muss grinsen. »Ich bin kopfüber in den See gesprungen, um einen kleinen Hund zu retten! Und kennst du noch Swantje? Sie sitzt auf meiner einen und eine Lebensrhythmus-Trommlerin auf meiner anderen Seite, mein Chef ist ein Drückeberger, und, ach ja, ich bin jetzt Mädchen für alles. Und das waren erst die ersten viereinhalb Tage. Aber wisst ihr was? Auf eine morbide Art gefällt es mir viel besser als erwartet, denn Langeweile kommt da bestimmt nicht auf.«

»Vielleicht wird aber auch lediglich deine masochistische Ader angesprochen«, grinst Meghan.

»Entweder das oder es liegt an der spannenden Thematik und dem wunderschönen Arbeitsplatz. Und daran, dass der Spaßfaktor großgeschrieben wird.« Nur dass ich Gefahr laufe, dort Jasper zu über den Weg zu laufen, gefällt mir nicht besonders.

In dem Moment ertönen die ersten Klänge von Beyoncés *Single Ladies* und wir stürmen auf die Tanzfläche. Wir schieben ein paar Jünglinge mit Bierflaschen in der Hand zur Seite, um uns ein wenig Platz zu verschaffen, und tanzen und tanzen, als würde unser Leben davon abhängen. Erst als Greetje verkündet, sie müsse mal für kleine Mädchen, machen wir uns auf die Suche nach der Damentoilette.

Auf dem Weg dorthin werde ich nacheinander von einem irgendwie bäuerlich aussehenden Moppelchen mit glasigen Augen (»Glaubst du an Liebe auf den ersten Blick oder soll ich noch mal reinkommen?«) und einer Gruppe von angesäuselten Oberstufenschülern in Fußballtrikots (»Der Barkeeper hat gesagt, dass dieser Drink unwiderstehlich macht, und jetzt wollten wir mal fragen, ob er schon wirkt«) angequatscht und Meghan zwinkert mir aufmunternd zu.

»Was soll ich denn mit denen? Ich mache mich strafbar!«

»Du sollst merken, dass jeder hier dich anstarrt.«

»Das liegt daran, dass ich Frischfleisch bin. Auf dem Dorf kennt doch jeder jeden.«

Mehrere alkoholhaltige, eisgekühlte Getränke später wirbeln wir immer noch auf der Tanzfläche umher. Ich kann nicht recht glauben, mein altes Leben in Hamburg vor nicht einmal fünf Tagen mit dem Gedanken zurückgelassen zu haben, niemals wieder glücklich zu sein – und hier bin ich, betrunken zwar, aber überraschend unbeschwert.

Bis zu dem Moment, als mein Blick auf eine Gestalt am Rand der Tanzfläche fällt. Ein großer, schlanker Mann mit dunkelblonden Haaren, die ihm in strubbeligen Strähnen in die Stirn fallen. Zweifelsohne der bestaussehende Mann im Raum.

Aus der Entfernung kann ich es zwar nicht erkennen, aber ich weiß, dass er meergrüne Augen hat. Dass seine Wimpern so lang und dunkel sind, dass jede Frau vor Neid erblasst. Dass sich in seine linke Wange ein kleines Grübchen gräbt, wenn er lächelt. In die rechte nicht. Dass er für die längste, dunkelste Stunde meiner Seele verantwortlich ist.

Sein undurchdringlicher Blick ist auf mich geheftet. Erst als ich angerempelt werde, bemerke ich, dass ich wie erstarrt mitten auf der Tanzfläche stehen geblieben bin. Mit wild pochendem Herzen wende ich mich ab und überlege gerade fieberhaft, wie ich mich der Situation entziehen kann, als auch Meghan und Greetje ihn entdecken.

»Guckt mal, da vorne steht Jasper!«, ruft Meghan über die Musik hinweg und bahnt sich schon einen Weg zu ihm.

Greetje spürt mein Zögern und sagt mitfühlend: »Du kannst ihm nicht ewig aus dem Weg gehen. Er ist mein Bruder und die Geschichte liegt zwölf Jahre zurück.« Behutsam nimmt sie meinen Arm, als hätte sie Angst, dass ich in die andere Richtung davonrenne, und zieht mich durch die Menge der Tanzwütigen hinter sich her. Zumindest ist heute meine Kleidung trocken, ich trage Schuhe, mein Make-up ist nicht zerlaufen und auch das Haar klebt mir nicht in nassen Strähnen am Kopf.

Jasper begrüßt Meghan und Greetje mit einem Kuss auf die Wange, dann wendet er sich mir zu und sagt: »Hallo, Fee.« Zwei Wörter, die einen kühlen, reservierten Unterton haben.

»Jasper.« Meine Stimme klingt zu hoch, fast schon schrill, und bricht bei der zweiten Silbe. Natürlich bekomme ich schon wieder einen hochroten Kopf.

Es folgt eine entsetzliche Pause. So viele Jahre habe ich mir ausgemalt, was ich ihm alles an den Kopf werfen würde, wenn er mir wieder gegenüberstünde, aber jetzt stehe ich stumm wie ein Fisch vor ihm und wünsche mir nichts sehnlicher, als dass ich dieses Wochenende nach Hamburg gefahren wäre. Auch Jasper schweigt.

Meghan, augenscheinlich irritiert über diese distanzierte Begrüßung, fragt: »Warum so förmlich? Ihr müsst euch doch kennen, er ist schließlich Greetjes Bruder.« Erwartungsvoll schaut sie von mir zu ihm und wieder zurück. Sie ist mittlerweile voll wie eine Haubitze. »Wart ihr etwa mal zusammen?«

Mir rutscht das Herz in die Hose. Warum habe ich an einem

der letzten Abende nicht einfach die Gelegenheit ergriffen, ihr von Jasper zu erzählen? Dann wäre uns allen diese abgrundtiefe Peinlichkeit erspart geblieben.

»Nein, wir waren nie zusammen!« Ich lüge nicht und dennoch werden meine Wangen, wenn überhaupt möglich, noch heißer als zuvor.

»Aber ihr hattet eine verhängnisvolle Affäre!«

»Wir hatten auch keine Affäre! So klein ist Süderbüll nun auch wieder nicht. Uns verbindet gar nichts miteinander außer die Tatsache, dass er mit meiner Freundin verwandt ist.«

Bevor sie uns mit weiteren Mutmaßungen noch mehr in Verlegenheit bringen kann, mischt sich zu meiner ungeheuren Erleichterung ein hellblonder, gut aussehender Typ ins Gespräch ein. In meiner Schockstarre hatte ich gar nicht bemerkt, dass Jasper nicht alleine hier ist. Sein Begleiter streckt mir nun die Hand entgegen und sagt: »Mikkel Bodilsen, Jaspers Partner im Architekturbüro und Innenarchitekt des Museumsprojekts. Ich freue mich sehr, dich kennenzulernen.«

Vielleicht hält er meine Hand einen Herzschlag zu lange fest und guckt mir ein bisschen zu tief in die Augen, aber er wirkt so höflich und sympathisch und seine Aussprache klingt so entzückend, dass es mich nicht im Geringsten stört. Sein umwerfendes Aussehen ist natürlich auch nicht gerade von Nachteil. Fast wird mir Jaspers beklemmende Gegenwart ein wenig erträglicher.

»Außerdem freue ich mich sehr, dass du mit meinem Partner weder zusammen warst noch eine Affäre hattest«, fügt er schelmisch lächelnd hinzu und die braun gebrannte Haut um seine Augenwinkel verwandelt sich in ein Feld von kleinen, sternförmigen Lachfältchen.

»Woher kommst du?« Dieser Akzent ist wirklich zu süß.

»Aus Kopenhagen. Ich gehöre damit offiziell zu den glücklichsten Menschen der Welt. Das dänische Glückskonzept heißt Hygge, das bedeutet ungefähr so viel wie essen, trinken und in netter Gesellschaft ganz entspannt Zeit verbringen.« Damit hebt er seine Bierflasche und prostet mir zu.

Mikkel macht es einem leicht, sich zu unterhalten. Mit Humor und Charme verwickelt er mich in ein Gespräch über Robben und die alternative Berliner Kunstszene, Shanty-Chöre und die Vorzüge von Bier gegenüber klebrigen gelben Cocktails. Irgendwann zieht Meghan Greetje mit sich und auch Jasper verschwindet Richtung Bar, während wir uns einen frei gewordenen Stehtisch schnappen.

Erst als ich mich selbst laut lachen höre, wird mir bewusst, dass es Urzeiten her ist, dass mir zuletzt danach zumute war. In dem Moment dämmert mir: Ich bin wirklich single. Wieder auf dem Markt. Ich kann tun und lassen, was ich will. Helenas Worte kommen mir in den Sinn: *Ablenkung ist die beste Medizin.* Und auch wenn ich als gebranntes Kind gerade kein Interesse habe, eine ernsthafte Bindung einzugehen, so ist es doch überraschend aufregend, mit einem Wildfremden zu flirten.

Fast bin ich ein bisschen enttäuscht, als Greetje und Meghan wieder neben uns auftauchen. Jasper sehe ich in einiger Entfernung in eine Diskussion mit einer Gruppe von Leuten vertieft, die mir dunkel bekannt vorkommen.

»Nachschub«, grinst Greetje und drückt mir einen neuen Cocktail in die Hand. »Und jetzt müssen wir dich leider entführen. Das ist ein reiner Frauenabend, weißt du noch?«

Mit einem entschuldigenden Lächeln schaue ich zu Mikkel zurück, als ich mich von Greetje wieder auf die Tanzfläche ziehen lasse, tröste mich aber mit dem Gedanken, dass ich ihn sicher nicht zum letzten Mal gesehen habe. Schließlich arbeitet er auch am Museumsprojekt. Trotzdem wundere ich mich etwas, dass die Mädels, die am Anfang des Abends noch so erpicht darauf waren, mich wahllos an irgendeinen Typen abzutreten, um einen Smiley hinzuzugewinnen, meine Unterhaltung mit ihm so abrupt unterbrochen haben. Wobei, eigentlich war es nur Meghan, die sich Helenas Meinung angeschlossen hat, ein Übergangsmann wäre die beste Medizin gegen Liebeskummer.

»Mikkel ist süß, charmant, ein gefeierter Designer, aber auch ein berüchtigter Ladykiller«, brüllt mir Greetje über die Musik hinweg ins Ohr. Ironischerweise singt Robert Smith gerade *Friday I'm In Love.* »Außerdem halte ich es ohnehin für falsch, wenn du dich so schnell in etwas Neues stürzt.«

»Ich will ja keine Beziehung, nicht einmal Sex – Tom und ich sind kaum vier Wochen getrennt. Ich will nur ein bisschen flirten.« Wahrscheinlich bin ich nach den Ereignissen der letzten Wochen einfach ausgehungert nach Selbstbestätigung.

»Und dazu musst du dir ausgerechnet den größten Weiberhelden Nordfrieslands aussuchen? Du bist so sensibel, das kann doch nur schiefgehen. Wir wollen nicht, dass du direkt wieder verletzt wirst.«

»Ich kann auf mich aufpassen.«

»Bist du dir da sicher?«

»Woher wollt ihr das mit dem Schürzenjäger überhaupt wissen?«

»Jasper.«

Das hätte ich mir denken können. Muss dieser Ignorant immer alles miesmachen?

Doch bevor ich etwas Derartiges sagen kann, hören wir die verheißungsvollen ersten Töne von Gloria Gaynors *I Will Survive.*

»Ladys, Männer kommen und gehen, but the dance floor is

forever!« Meghan schwingt ihre runden, wohlgeformten Hüften.

Wir tanzen immer weiter, die ganze Nacht hindurch. Oder vielmehr bis zu dem Zeitpunkt, als alles um mich herum anfängt sich zu drehen und mir so speiübel wird, dass ich mitten auf der Tanzfläche anfange, Würgegeräusche von mir zu geben. Die Gitarrenklänge von U2 sind so laut, dass es keiner bemerkt – oder vielleicht sind die anderen auch einfach zu benebelt.

Ich habe Alkohol noch nie besonders gut vertragen und der letzte gelbe Cocktail war definitiv schlecht. Möglicherweise liegt es auch daran, dass mein Abendessen nur aus zwei Spiegeleiern bestand.

»Mädels, ich gehe mal kurz frische Luft schnappen.«

»Fee, du Weichling! It's Bono!« Meghan lacht und schleudert unkontrolliert ihre Arme in die Luft.

»Ich komme mit«, lallt Greetje mir hinterher.

»Das schaffe ich schon, bleib du ruhig hier. In fünf Minuten bin ich zurück.«

Mit schwimmendem Kopf und wackeligen Knien kämpfe ich mich zu den Klängen von *Sunday Bloody Sunday* zum Ausgang durch. Auf dem Parkplatz atme ich ein paarmal tief ein und obwohl die kühle Nachtluft dafür sorgt, dass sich das Drehen um mich herum ein bisschen verlangsamt, ist mir immer noch furchtbar elend. Nie, nie wieder werde ich so tief ins Glas schauen.

Wie aus dem Nichts taucht plötzlich jemand neben mir aus der Dunkelheit auf und verpasst mir um ein Haar einen Herzanfall. Fast wäre ich vor Erleichterung in Tränen ausgebrochen (Alkohol macht mich immer ein bisschen emotional), als ich erkenne, wer es ist. Im nächsten Moment werde ich wütend.

»Du bist kein Frauenmörder und Vergewaltiger.«

»Dafür bist du völlig betrunken«, antwortet Jasper.

»Messerscharf beobachtet. Auch zu *I Will Survive* habe ich schon getanzt, die Ziele des Abends sind also erfüllt.« Meine Zunge will mir nicht so recht gehorchen, ich höre selber, dass ich lalle.

Inzwischen habe ich mich am Rand des Parkplatzes auf die Steineinfassung eines erhöht angelegten Beetes gesetzt. Als mich eine neue Woge der Übelkeit überkommt, lasse ich den Kopf zwischen die Knie sinken.

»Vielleicht solltest du es einfach mal lassen, Alkohol zu trinken. Du konntest früher schon nichts vertragen.«

»Vielleicht solltest *du* es einfach mal lassen, dich in das Leben anderer Leute einzumischen. Das hat früher schon nicht funktioniert.«

»Touché.«

Ich fühle mich benommen und habe das Bedürfnis, mich ein bisschen auf den kühlen Boden zu legen. Doch bevor ich dem nachgeben kann, krümme ich mich unter einer besonders heftigen Welle der Übelkeit und übergebe mich in der nächsten Sekunde ins Beet, genau zwischen die gelben und lila Stiefmütterchen. Und auf Jaspers schwarze Converse-Sneaker.

»Ich habe auf deine Schuhe gekotzt.«

»Wärmsten Dank!« Er klingt genervt, aber auch ein kleines bisschen besorgt. Doch wahrscheinlich bilde ich mir das nur ein.

Trotzdem beugt er sich zu mir hinunter, nimmt meinen Arm und zieht mich ein paar Schritte weiter. Dort nimmt er meine Haare zu einem provisorischen Pferdeschwanz zusammen, damit sie mir nicht ins Gesicht hängen, und fordert mich auf: »Sag Bescheid, wenn du fertig bist.«

Und tatsächlich, ich bin noch nicht fertig.

Jetzt wäre der passende Moment, um nach einem Erdloch

Ausschau zu halten. Aber ich fühle mich zu schwach dazu – stattdessen lasse ich mich lieber wieder auf die Beeteinfassung sinken. Immerhin besitzt Jasper die Freundlichkeit, mir ein Taschentuch zu reichen.

»Meghan und Greetje sind schuld. Mein Gott, vertragen die viel.«

»Natürlich, immer sind die anderen verantwortlich!« Plötzlich klingt er ernst. Ich bin mir nicht sicher, ob wir noch über meinen hemmungslosen Alkoholkonsum reden.

»Das war ein Scherz. Spaß, Humor, Eulenspiegelei.« Ich versuche, langsam und deutlich zu sprechen, wie mit einem einfältigen Kind, aber meine Zunge ist noch immer nicht auf meiner Seite.

»Hat dein plötzliches Auftauchen in Nordfriesland zufällig etwas mit einem Mann zu tun?«, fragt er unvermittelt.

In etwas nüchternerem Zustand wäre mein erster Impuls gewesen, mit einem entrüsteten *Nein, wie kommst du denn darauf?* zu reagieren. Ich bin aber nicht nüchtern.

»Ja, mit meiner großen Liebe. Tom«, füge ich hastig hinzu, ehe er falsche Schlüsse ziehen kann.

Jasper wirft mir einen Blick zu, den ich nicht deuten kann.

»Und du, liebst du deine kleine Französin?« Die Frage ist raus, ehe ich mich bremsen kann. Ich kann offensichtlich nicht mehr klar denken.

»Ja, das tue ich.«

Ich weiß nicht, was ich erwartet habe, warum mich das überhaupt interessiert.

»Du bist auf der Flucht vor dir selbst. Schon wieder«, stellt er mit trockener Stimme fest.

»Jetzt gerade bin ich auf der Flucht vor *dir*. Lass mich einfach in Ruhe, ich komme hier schon zurecht«, zische ich zurück.

»Das sehe ich.«

»Dann gehe ich eben wieder rein. Da ist die Luft besser.«

Ich bin schon halb aufgestanden, als ich wie durch einen Schleier Stimmen wahrnehme, die sich nähern. Kurz darauf kreuzen Meghan, Greetje und – bitte nicht! – Mikkel neben uns auf.

»Fee, da bist du ja. Fünf Minuten sind längst um, we were worried about you.« Meghan klingt tatsächlich beunruhigt. »Du bist wohl ein bisschen betrunken.«

»Vielleicht ein bisschen. Und übrigens sind die Nordfriesen nicht betrunken, sondern angetüdert«, entgegne ich würdevoll.

»Warum steht ihr denn ausgerechnet hier? Direkt neben euch hat jemand hingekübelt.« Der Abscheu in Mikkels Stimme ist nicht zu überhören. Es war nur eine Frage der Zeit, bis die anderen die Lache meines Erbrochenen entdecken. Jetzt sollte sich wirklich langsam ein Erdloch auftun.

»Ich wollte Fee ohnehin gerade nach Hause bringen«, sagt Jasper.

»Lieber krieche ich auf allen vieren.« Niemals steige ich in sein Auto. Aber mir ist so schlecht, dass ich glaube, ein aufrechter Gang ist nicht mehr möglich.

»Da wirst du nicht weit kommen.«

»Greetje, bitte lass uns fahren!« Flehentlich schaue ich meine wiedergewonnene Freundin an. Aber was ich sehe, gibt keinen großen Anlass zu Hoffnung: Mit geschlossenen Augen steht sie, den Kopf an Meghans Schulter gelehnt, auf wackeligen Beinen da, die jeden Moment unter ihr nachzugeben drohen.

»Tut mir leid, ich habe viel zu viel getrunken.« Und tatsächlich, es hört sich eher an wie: »Tumeleid, chab vilsuvil getrung.« Noch verantwortungsloser wird es vermutlich nur, wenn Meghan sich ans Steuer setzt – selbst wenn sie stocknüchtern wäre.

»Dann nimmt Jasper uns mit, it's perfectly reasonable.

Greetjes Auto holen wir morgen.« Meghan setzt sich schon in Richtung eines dunkelgrünen Land Rovers am Eingang des Parkplatzes in Bewegung, und Greetje taumelt unsicher hinter ihr her.

Ich bleibe unschlüssig stehen und blicke Mikkel an. »Vielleicht sehen wir uns bald. Du findest sicher einen Weg, an meine Nummer zu kommen«, höre ich mich sagen. Er scheint erfreut, aber auch überrascht – und ich bin es ebenso. Normalerweise dränge ich mich nicht so auf.

»Mir ist kein Weg zu weit.« Er kommt auf mich zu – und als er unmittelbar vor mir steht und die Arme hebt, um mich zum Abschied an sich zu drücken, stolpere ich vorwärts (worüber eigentlich? Meine Schuhe haben noch nicht einmal Schnürsenkel). Bei seinem heldenhaften Versuch, mich aufzufangen, schlägt meine Stirn hart gegen seine Schläfe.

Er hält sich noch immer den Kopf, als er mir einen flüchtigen Kuss auf die Wange gibt und Jasper auf die Schulter klopft, dann verschwindet er wieder im Inneren des *Heimathafens*. Meine Wangen haben den gleichen sattroten Farbton wie meine schnürsenkellosen Wedges.

»Steig ein!« Jaspers Stimme ist ruhig und bestimmend, irgendwie Furcht einflößend.

»Antidemokrat«, murmele ich kindisch vor mich hin, aber welche Wahl bleibt mir denn?

Im Auto sagt keiner ein Wort. Greetje hat sich quer über die Rücksitzbank ausgebreitet und ist eingeschlafen, noch ehe wir den Parkplatz verlassen haben, während Meghan, halb unter Greetje vergraben, am Fenster lehnt und wild auf ihrem Handy herumtippt. Ich will sie warnen: »Lass es lieber, sende niemals eine SMS, wenn du sternhagelvoll bist! Morgen wirst du es bereuen«, aber mir fehlt die Kraft dazu. Stattdessen presse ich meine Stirn gegen die kühle Scheibe und schließe die Augen.

Jasper fährt schnell, so dass wir keine zehn Minuten später vor unserem Haus stehen.

Meghan kämpft sich unter lautem Ächzen und Stöhnen unter Greetje hervor, die noch immer fest in Morpheus' Armen liegt, und wir klettern aus dem Wagen. Auf dem Weg zum Eingang – Meghan schlurft, immer noch ihr Smartphone vor der Nase, langsam hinter mir her – durchsuche ich meine Tasche angestrengt nach dem Hausschlüssel, als ich plötzlich die Autotür zuschlagen höre. Im nächsten Moment hat Jasper mich eingeholt. Er hält mich am Arm fest.

»Der ist dir wohl aus der Tasche gefallen«, verkündet er und hält meinen Schlüsselbund in die Luft.

»Danke. Zur Not hätten wir eben auf der Gartenliege geschlafen.« Auf keinen Fall hätten wir es dazu kommen lassen, denn mittlerweile ist es empfindlich kalt geworden. Selbst in meinen eigenen Ohren klinge ich kratzbürstig. Meine anerzogene weibliche Harmoniesucht und Höflichkeit setzt bei Jasper komplett aus.

»Lass uns Frieden schließen.« Seine Stimme ist kaum mehr als ein Flüstern.

Das kam unvermittelt. Und ich weiß noch nicht mal genau, was er meint. Frieden mit der Vergangenheit? Wie soll das gehen? Frieden im Sinne von Waffenstillstand, damit es zu keinen beschämenden Szenarien mehr kommt, die unangenehme Fragen aufwerfen könnten – jetzt, da wir beide bis zur Eröffnung des Museums in diesem gottverlassenen Nest festsitzen? Das klingt vernünftig.

Also murmele ich ein möglichst unbeteiligtes »Okay« und schaue ihm dabei nicht in die Augen. Aus heiterem Himmel bekomme ich einen heftigen Stoß ab, der mich geradewegs gegen seine harte Brust prallen lässt. Er weicht zurück, als hätte er sich verbrannt.

»Fee, was stehst du hier rum?« Meghan ist von hinten in mich hineingestolpert und sieht mich aus verschleierten Augen überrascht an.

»Ich hoffe, ihr habt Alka-Seltzer im Haus.« Mit diesen Worten dreht Jasper sich um und verschwindet in der Dunkelheit.

Aus dem Augenwinkel sehe ich, dass sich im Nachbarhaus die Gardinen bewegen. Ich seufze. Auf Frau Durchdenwald ist doch immer Verlass – der Süderbüller Buschfunk wird morgen sicher die Drähte heiß laufen lassen.

9

Glücklicherweise bin ich nach einer feuchtfröhlichen Partynacht noch nie mit einem selbst gestochenen Tattoo auf meinem Allerwertesten (und auch sonst nirgendwo) aufgewacht. Aber ich hatte schon so manchen Blackout. Heute würde ich mir eine Erinnerungslücke wünschen, doch die gestrigen Ereignisse sind mir unbarmherzig ins Gedächtnis gebrannt.

Ich bin mit meinen quietschroten Keilsandaletten ins Bett geschlüpft – *in* den Bettbezug. Ich habe einen berüchtigten Schürzenjäger erst angebaggert und ihn anschließend fast ausgeknockt. Ich habe auf Jaspers Schuhe gekotzt. Und habe ich wirklich mit ihm einen Friedensschluss vereinbart?

Schon seit einer geschlagenen halben Stunde stehe ich unter der Dusche und lasse warmes Wasser auf mich herabprasseln, und auch wenn meine anfangs verkrampften Muskeln nicht entspannter sein könnten – mein Kopf fühlt sich noch immer an, als würde er mit einem Vorschlaghammer bearbeitet. Nie, nie wieder werde ich klebrige gelbe Cocktails trinken.

Am schlimmsten ist, dass ich scheinbar die Einzige bin, die derart mitgenommen ist. Als ich mich vorhin nach ein paar Stunden komaähnlichen Schlafs mit unsicheren Schritten Richtung Badezimmer geschleppt und am Küchentürrahmen eine wohlverdiente Pause eingelegt habe, kam ich nicht umhin, Meghan dabei zu beobachten, wie sie pfeifend und tanzend und offenbar bester Laune und Gesundheit Orangen auspresste, Eier in die Pfanne schlug und Rollmöpse aus dem Glas fischte. Schon allein der Gedanke an Essen verursacht mir ärgstes Missbefinden. Aber einen starken Kaffee könnte ich gut gebrauchen.

Eingewickelt in meinen uralten, gemütlichen Bademantel, der Tom immer zu unsexy war, wanke ich mit halb geschlossenen, schmerzenden Augen in die Küche, als es mir plötzlich siedend heiß einfällt: Ich fürchte, ich habe trotz Meghans abschreckenden Beispiels gestern Nacht noch mal mein Handy zur Hand genommen und mit einem König-der-Welt-Gefühl eine SMS geschrieben. Dabei weiß doch jeder, dass das in alkoholvernebelten, schwachen Momenten absolut tabu ist. Hoffentlich habe ich die Nachricht nicht gesendet.

Ich taumele also in mein ehemaliges Kinderzimmer zurück, greife mir mein Handy vom Nachttisch und lasse mich kurz darauf seufzend Meghan gegenüber auf einen Küchenstuhl sinken. Ich fühle mich, als hätte ich beim Ironman-Triathlon teilgenommen.

Meghan reicht mir zwei Tabletten und ein Wasserglas und fragt mitfühlend: »Hast du etwa den Kardinalsfehler begangen?«

»Du auch, nicht wahr?« Voller Anteilnahme nehme ich ihre Hand.

»Ich? Nope, wie kommst du denn darauf?« Sie hat sich in der vergangenen Nacht mindestens ebenso viel hinter die Binde gegossen wie ich und jetzt sitzt sie mir hier gegenüber, mit frischer Haut, strahlenden Augen, perfekter Frisur und einem nachsichtigen Lächeln.

»Wem hast du denn auf der Heimfahrt geschrieben?«

»Ich habe Leo gefragt, ob er noch auf einen kurzen Schlummertrunk vorbeikommen will.« Jetzt besitzt sie die Güte, ein bisschen rot zu werden.

»Und, ist er gekommen?«

»Mmmh.«

Das erklärt ihre blendende Laune. Zumindest bin ich wohl die Einzige, die sich wie die Axt im Walde benommen hat. Andererseits, das Schreiben ging mir locker von der Hand, vielleicht ist das Ergebnis ja gar nicht so unangenehm wie befürchtet. Argwöhnisch gehe ich auf meine gesendeten Nachrichten. Und entdecke zu meinem Gräuel gleich drei von gestern Nacht. Widerwillig fange ich an zu lesen.

Die erste SMS wurde um 3:48 Uhr abgeschickt und ging an Tom: *Völih losgelös vn dre erde swebt 3as rahmshcif vollig shcwereloooooos glahb nue nich dsas ich noh 1 gedank an dis veshwend!!5*

Die zweite folgte sieben Minuten später und war für Greetje bestimmt: *Sag diem brude4 dass ibh nächts mal af seine hose ko1ze!*

Um 3:59 Uhr schrieb ich an Meghan: *Sei leiss! Was mahc du da?*

Grundgütiger! Mein hochrotes Gesicht und die heißen Wangen lassen sich nicht auf meinen alkoholinduzierten Brummschädel allein schieben. Gleichzeitig durchfährt mich eine Woge der Erleichterung, dass ich weder Mikkels noch Jaspers Nummer eingespeichert habe. Der Gedanke, dass es noch schlimmer hätte kommen können, bietet allerdings nur kurzzeitig Trost.

Tom hat nicht geantwortet – aber warum hätte er auf mein zusammenhangloses Gewäsch auch reagieren sollen? Greetje schrieb heute Morgen um 6:54 Uhr (warum ist sie überhaupt schon so lange wach? Was ist das nur mit den Süderbüllern und den Spirituosen? Ich hatte ganz vergessen, wie trinkfest die Nordfriesen sind.): *Das sagst du ihm am besten selbst. Ich hoffe, dein Kopf ist nicht allzu schwer. Probier es mal mit Meghans berühmtem Katerfrühstück.*

Meghan, die mir beim Lesen über die Schulter geguckt hat, setzt sich zurück auf ihre Seite des Tisches und schiebt mir einen Teller mit sauren Gurken, eingelegten Bismarckheringen, Rollmöpsen und Rührei zu. Daneben stellt sie ein Glas mit Wasser und eins mit Orangensaft.

»Danach fühlst du dich wie neugeboren«, verkündet sie zuversichtlich und springt leichtfüßig wieder auf, als es an der Haustür klingelt.

Nachdem ich beide Gläser in einem Zug geleert habe, entdecke ich, dass ich gestern Nacht eine weitere Nachricht in den Entwürfen gespeichert habe: *S tų mil leid! Wills u mih besuchen?* Aber zu meiner unermesslichen Freude habe ich augenscheinlich genug Geistesgegenwart besessen, Tom diese Nachricht nicht auch noch zukommen zu lassen. Und was sollte mir überhaupt leidtun?

Bevor ich weiter darüber nachdenken kann, steht Meghan wieder in der Tür, einen groß gewachsenen Mann mit grauen Schläfen und blitzenden blauen Augen im Schlepptau. Es ist mein Vater.

»Liebes! Schön, dich zu sehen. Ich hatte noch ein paar Dinge mit Professor Rathge zu besprechen und wollte mal schauen, wie es dir in der ersten Woche hier ergangen ist, ehe ich wieder zurückfahre.« Er durchquert den Raum in wenigen Schritten, küsst mich auf beide Wangen und setzt sich neben mir an den Tisch, wobei sein wachsamer Blick an unseren Frühstückstellern hängen bleibt. Fisch und saure Gurken, wenn das mal nicht eindeutig ist. Wahrscheinlich riecht es in der Küche zudem wie in einer Schnapsbrennerei. Obwohl ich schon lange erwachsen bin, fühle ich mich irgendwie ertappt.

»Hallo, Papa. Ich fühle mich heute etwas unwohl. Und wer ist überhaupt Professor Rathge?«

»Der Mieter der Einliegerwohnung. Ein zurückhaltender, aber sehr freundlicher Herr, der –«

»– ein wenig gespenstisch ist und niemals das Haus verlässt«, beendet Meghan, die sich mittlerweile zu uns an den Tisch gesetzt hat und herrlich duftenden, pechschwarzen Kaffee in drei Tassen verteilt, unaufgefordert seinen Satz. »Und wozu braucht er überhaupt ein Auto? Das steht ohnehin nur ungenutzt im Weg herum und blockiert die ganze Einfahrt.« Eigentlich böte die Einfahrt ausreichend Platz für zwei Bullis – aber nun, da ich um Meghans Fahrkünste weiß, verstehe ich, warum sie gerne mehr Platz zum Parken hätte.

»Ah, der nächtliche Läufer. Bestimmt leidet er unter Insomnie«, bemerke ich.

»Er war lange Jahre als Professor für Neuere und Neueste Geschichte an der Universität Jena beschäftigt, aber mittlerweile verdient er sein Geld mit dem Entwerfen von Kreuzworträtseln«, ergänzt mein Vater.

Ich nehme einen großen Schluck von Meghans Katerkaffee und bilde mir ein, dass sich meine Pulsfrequenz erhöht und ich wacher werde. Das war bei mir schon immer so: Während andere dreißig Minuten warten müssen, bis ihre Lebensgeister geweckt werden, stellt sich der belebende Effekt bei mir sofort ein. Trotzdem hämmert, dröhnt und pocht es noch immer in meinem Kopf. Ich habe das Gefühl, als könnte er jeden Moment explodieren. Vielleicht auch implodieren.

»Doro sendet Grüße und lässt fragen, ob du uns nicht bald mal wieder in Husum besuchen willst. Dein letzter Besuch liegt schon viel zu lange zurück«, unterbricht mein Vater meine Gedankengänge.

»Ja, natürlich. Bald.« Mal sehen. Wir konnten zwölf Jahre

lang keine große Verbundenheit feststellen, da werden wir jetzt nicht damit anfangen. Aber mein Vater sieht den Silberstreifen am Horizont und klammert sich an der Hoffnung fest, dass ich mich eines Tages doch noch mit seiner neuen Frau verschwestere. Allerdings, Fynn vermisse ich tatsächlich.

Ich weiß genau, dass mein Vater darauf brennt zu erfahren, wie es mir hier in Süderbüll bisher ergangen ist und ob es Neuigkeiten von Tom gibt. Aber er ist nun mal ein Mann und darüber hinaus noch Norddeutscher, also druckst er ein wenig herum, bis er vorsichtig anfängt: »Tut dir die frische Landluft denn gut? Du hast richtig Farbe im Gesicht bekommen.« Dabei hat der Blick in den Spiegel vorhin etwas ganz anderes behauptet. Dank meiner gestrigen Eskapaden bin ich kreidebleich und unter den Augen habe ich dunkle Schatten.

»Danke, die Sonne scheint auch ständig.«

Die Tabletten, die Meghan mir gegeben hat, scheinen ihre Wirkung zu verfehlen. Ich wünsche mir im Moment nichts sehnlicher, als mich irgendwo untätig in die Horizontale zu begeben. Es werden bestimmt ein paar Quizsendungen oder Seifenopern ausgestrahlt, die um meine Gunst buhlen. Vielleicht sollte ich sogar Tom eine erklärende SMS hinterherschicken.

»Ich habe dir für die kurzen Strecken, die du hier zurücklegen musst, ein Fahrrad mitgebracht. Das ist ökologischer und ökonomischer.«

»Prima, danke!«

Nein, ich werde Tom nicht schreiben. Dieser Casanova hat ein solches Ausmaß an Aufmerksamkeit gar nicht verdient. Am Ende kommt er noch auf die Idee, ich wolle ihn zurück. Und das will ich nach allem, was er mir angetan hat, nun wirklich nicht. Oder?

»Das Fahrrad steht im Schuppen.«

»Perfekt.«

»Gut, dann lasse ich dich jetzt mal in Ruhe deinen Kater auskurieren. Reines Kokosnusswasser rehydriert übrigens den Körper und gleicht zudem den Mineralienmangel aus. Und beim nächsten Mal kannst du vor dem Schlafengehen noch eine Magnesium- und eine Kalzium-Brausetablette nehmen. Aber vielleicht gibt es ja kein nächstes Mal. Denn du merkst ja: Alkohol lässt die Zeit verdunsten.« War das wieder eines seiner scharfsinnigen Zitate?

»Tschüs, Papa.«

Es ist nicht so, dass ich meinen Vater hasse. Nein, ich liebe meinen Vater. Aber seitdem er uns verlassen hat, haben wir den Zugang zueinander verloren und ihn auch nicht mehr wiedergefunden. Wahrscheinlich liegt das an mir.

Ich erinnere mich, als wäre es gestern gewesen, dass ich wenige Wochen vor den schriftlichen Abiturprüfungen nach der Schule nach Hause kam und meine Mutter Hannah zusammengesunken am Küchentisch vorfand, ihre Augen mit Tränen gefüllt.

»Er ist nicht mehr bei uns«, flüsterte meine Mutter. Sie trug einen rosafarbenen Morgenmantel, in ihren Haaren steckten gelbe Lockenwickler. Vor ihr auf dem Tisch stand ein Glas mit Wacholderschnaps, den sie normalerweise nur Besuchern anbot. Hatte ich sie jemals Schnaps trinken sehen?

Er ist tot, war mein erster Gedanke und mein Herz setzte aus. *Mein Vater ist tot.* Doch im nächsten Moment fügte sie hinzu: »Er hat einfach seine Zahnbürste und ein paar Socken zusammengepackt und ist ins Auto gestiegen«, und ich wusste, dass er nicht tot war. Dass er uns verlassen hat. Wie konnte das sein?

Ich sank meiner Mutter gegenüber auf einen Stuhl, als meine Knie anfingen, unkontrolliert zu zittern. Noch vor wenigen Minuten war es ein stinknormaler Mittwochnachmittag gewesen und ich hatte mir überflüssige Gedanken über die Ungerechtigkeit des Umfangs meiner Mathehausaufgaben gemacht.

»Was ist passiert? Habt ihr euch gestritten?«, fragte ich mitfühlend und nahm ihre Hand in meine. Warum musste ich bloß ein Einzelkind sein? Meine Mutter litt nach meiner Geburt an einer postpartalen Depression und wollte im Gegensatz zu meinem Vater anschließend verständlicherweise keine weiteren Kinder mehr – und so viele rote Fahrräder und Barbiepuppen konnte mir niemand schenken, um damit meine Sehnsucht nach einem Geschwisterkind auszugleichen. Besonders jetzt hätten wir einen Bruder oder eine Schwester als Unterstützung gut gebrauchen können.

»Er war schon seit geraumer Zeit nicht mehr wirklich bei uns, irgendwie abgelenkt und durcheinander. Heute Morgen habe ich ihm auf den Kopf zugesagt, dass er eine Affäre hat. Er hat es nicht bestritten.« Meine Mutter schenkte sich einen neuen Schnaps ein. Wie lange saß sie hier schon so? Sie sah aus wie ein verwundetes Tier. Ich hatte Schwierigkeiten, meine Lunge mit ausreichend Luft zu füllen.

Eine Affäre? Natürlich war mir nicht entgangen, dass mein Vater in den letzten Monaten mehr Zeit als üblich in seinem Ingenieursbüro verbracht hatte, schließlich musste er ja dieses Brückenprojekt vorantreiben, von dem er ständig sprach, damit die Überführung pünktlich eröffnet werden konnte. Aber mir gegenüber hatte er sich normal verhalten. Ich hatte nicht den geringsten Verdacht gehegt, dass etwas nicht stimmte – umso größer war nun die seelische Erschütterung.

Solange ich denken kann, war ich ein Papakind gewesen, aber jetzt quoll mein Herz über vor Liebe und Mitleid für meine Mutter. Sie saß einfach nur da und starrte vor sich hin.

Viel zu ruhig. Fast wäre es mir lieber gewesen, sie hätte die guten Teller zerschlagen. Ich wusste nicht, wie ich ihr helfen konnte. Was sollte ich sagen? Andere Mütter haben auch schöne Söhne? Ich zwang mich, heiter und frohgemut zu klingen, als ich murmelte: »Gib ihm Zeit, es wird sich alles aufklären.« Hilflos füllte ich ihr Schnapsglas auf.

Am Abend rief mich mein Vater auf meinem Handy an. Mir rutschte das Herz in die Kniekehlen, als ich seine Stimme hörte.

»Papa, wo bist du? Wann kommst du nach Hause?«

»Fee, ich erkläre dir alles.«

»Wer ist es?«

»Wichtig ist jetzt erst mal –«

»Wer? Bitte sag es mir, ich muss es wissen!«

»Es ist Doro.«

»Dorothea? Bitte nicht! Du hast uns für deine Sekretärin verlassen? Mein Gott, Papa, was für ein abgegriffenes Klischee.«

»Hör zu, Fee! Ich verstehe, dass das ein großer Schock für dich ist, dass du wütend und traurig bist.«

»Nicht nur ich bin geschockt und traurig. Mama sitzt schon den ganzen Tag im Morgenmantel am Küchentisch und starrt ins Leere. Was soll ich tun? Wie kann ich ihr helfen?«

»Natürlich ist es erst mal schwer. Aber ich habe nicht dich verlassen, sondern deine Mutter.«

»Es konnte dir gar nicht schnell genug gehen, das Weite zu suchen. In drei Monaten habe ich meine Abschlussprüfungen. Wie soll ich denn jetzt lernen? Was soll Mama ohne dich machen? Weißt du eigentlich, was du uns antust?«

»Es tut mir unendlich leid, bitte glaub mir! Ich wollte nicht, dass es so läuft. Doro ist –«

»– kaum älter als deine Tochter! Du bist seit zwanzig Jahren verheiratet! Denkst du denn gar nicht mit deinem Gehirn?« Mit zitternden Händen legte ich auf.

Ich war in meiner Kindheit und Jugend auf Höflichkeit, Verständnis und Austausch konditioniert worden und ich liebte meinen Vater abgöttisch, aber alles, was ich ihm, meinem Vorbild, in diesem Moment entgegenbringen konnte, war Wut und Verachtung.

Lange Zeit saß ich reglos am Fenster und starrte auf den Cox-Orange-Baum im Garten, ohne dabei tatsächlich etwas zu sehen. Ich konnte nicht glauben, dass es wahr sein sollte. Natürlich war mir bewusst, dass meine Eltern sehr unterschiedlich waren, der vorwitzige Gemüseapostel, der mit seiner nicht selten haarsträubenden Meinung nicht hinterm Berg hält (meine Mutter), und der ruhige, zurückhaltende und besonnene Spaghetti-Bolognese-Fan (mein Vater). Aber niemals war ich auf die Idee gekommen, dass meine Eltern nicht glücklich miteinander waren.

Dennoch, mein Vater war kein Ehebrecher-Typ. Nicht, dass er einen Bierbauch oder einen zurückweichenden Haaransatz hatte, aber er war ein liebevoller Vater, er ging kaum aus, stattdessen hörte er zu Hause die Beatles und tanzte, als ginge es um sein Leben. Am liebsten mit mir. Aber vor allem würde er nie etwas tun, was seiner Frau und seiner Tochter auch nur die kleinste Sorgenfalte auf der Stirn verursachen würde. Hatte ich gedacht.

Ich ging zurück in die Küche und kochte meiner Mutter einen starken Kaffee.

»Er ist vierundvierzig, wahrscheinlich hat er einfach eine Midlife-Crisis. Du wirst sehen, bald kehrt er zu uns zurück«, sagte ich voller Hoffnung und schob ihr einen Schokoladenkeks hin. Aber mein Vater kam nicht zurück. Zumindest nicht dauerhaft.

Als er drei Tage später das erste Mal unangemeldet bei uns aufkreuzte, um noch ein paar Dinge abzuholen und sich zu erklären, machte mein Herz einen hoffnungsvollen Hüpfer. Gleichzeitig erschien es mir unpassend, dass er mit seinem eigenen Schlüssel die Haustür öffnete. Als wäre er ein Eindringling. Ich stellte erschrocken fest, dass er schon nach den wenigen Tagen, die er fort gewesen war, verändert aussah, jünger und, ja, irgendwie entspannter. Und war das ein neuer Haarschnitt? War er wirklich glücklicher ohne uns? Meine Kopfhaut begann, unangenehm zu prickeln.

Seine Erklärung lautete wie folgt: »Ich wollte mich nicht verlieben, glaub mir. Es wäre einfacher gewesen, alles beim Alten zu belassen. Aber ich liebe Doro nun mal und sie liebt mich. Die Liebe zwischen deiner Mutter und mir ist mit den Jahren einfach verschwunden. So etwas passiert manchmal und daran trägt niemand Schuld. Es tut mir wirklich leid! Ich wollte warten, bis du die Schule abgeschlossen hast, glaub mir. Aber es ist etwas dazwischengekommen.«

»Bitte sag das nicht, Papa. Du liebst Mama. Du darfst uns nicht allein lassen.« Ich wollte nicht weinen, aber ich konnte nichts dagegen tun.

»Fee, ich werde auch weiterhin immer für dich und Mama da sein. Ich liebe dich genauso sehr wie vorher, daran wird Doro nichts ändern. Und natürlich überlasse ich euch das Haus.«

Da verließ ich mein Zuhause, um mich von Greetje und Bente aufmuntern zu lassen.

»Natürlich hat es auch Vorteile, aus einer zerrütteten Familie zu stammen. Du kannst dir jede erdenkliche Verhaltensauffälligkeit herausnehmen und trotzdem müssen alle Verständnis haben«, tröstete mich Bente.

»Und es kann außerdem sehr lukrativ sein – denk nur mal

an die doppelten Weihnachts- und Geburtstagsgeschenke«, fügte Greetje hinzu.

Wenn mich zu dem Zeitpunkt jemand gefragt hätte, was ich von Frauen hielt, die eine Affäre mit einem vergebenen Mann eingehen, hätte ich geantwortet, es seien verzweifelte, gefühlskalte Kreaturen, die andere Frauen betrügen und hintergehen. Niemals hätte ich geahnt, dass ich mich nur wenige Monate später ebenfalls als eine solche Kreatur erweisen würde, keinen Deut besser als Doro.

Die Geschichte setzte mir schwer zu. Mein Vater, der mir mein ganzes Leben lang so nahegestanden hatte, war von einem Tag auf den anderen Lichtjahre von mir entfernt. Es fühlte sich grauenhaft an. Als wäre mein Gefühlsleben zu der Zeit nicht ohnehin schon kompliziert genug gewesen. Ich war immer eine Einserschülerin gewesen, ich wollte nach der Schule die Welt erobern. Doch dass mein Vater meine Mutter und mich nun im Stich ließ, schien die ganze Welt aus den Angeln zu heben. In meinen Prüfungen schnitt ich so schlecht ab, dass ich nur dank meiner guten Vornoten ein einigermaßen akzeptables Abitur schaffte.

Drei Monate nach seinem überstürzten Auszug, nur wenige Tage, nachdem auch ich Süderbüll den Rücken gekehrt hatte, heiratete er seine Sekretärin in einer kleinen, privaten Zeremonie. Eine Woche später brachte sie einen kleinen Jungen zur Welt. Sie nannten ihn Fynn.

Mein ganzes Leben lang hatte ich mir Geschwister gewünscht. Das hatte ich nun davon!

Ich glaube, das war für meine Mutter fast die größte Enttäuschung – dass ihre Rivalin meinem Vater im Eilverfahren das Kind geschenkt hat, das sie ihm selbst jahrelang verwehrt hatte.

Doch anstatt dass der Kontakt zu meiner Mutter enger

wurde – schließlich gab es jetzt nur noch uns beide –, wurde er noch distanzierter. Ihren Schmerz Tag für Tag vor Augen zu haben und ihr nicht helfen, sie nicht einmal erreichen zu können, war so frustrierend, dass ich es kaum aushielt. Sie vergrub sich in ihrer Trauer und Enttäuschung und ließ mich trotz all meiner Bemühungen nicht daran teilhaben. Solange ich denken kann, hatte sie einen verschlossenen, beinahe kühlen Charakter besessen und war gegenüber anderen Menschen auf Distanz bedacht, jetzt aber wurde sie zeitweise regelrecht unnahbar. Lange bevor ich zwei Jahre später nach Deutschland zurückkehrte, mietete sie eine kleine Finca in Alcúdia. Seither telefonieren wir nur selten und sehen uns nicht häufiger als zweimal im Jahr, einmal auf Mallorca und einmal in Hamburg. Noch immer hat meine Mutter eine vorsintflutliche Vorstellung von mir, die seit Jahren, wenn nicht gar seit Jahrzehnten, nicht mehr den Tatsachen entspricht. Aber sie scheut die Mühe, hinter die Kulissen zu blicken.

Ich brauchte lange, um meinem Vater halbwegs verzeihen und seine Entscheidung nachvollziehen zu können. Manchmal denke ich, dass die Tatsache, dass ich aus der ersten Reihe miterleben musste, wie eine in meinen Augen große Liebe schmerzvoll zerbrach, vielleicht mitschuldig daran ist, dass ich vor allzu engen Beziehungen zurückschrecke. Vielleicht ist es aber auch einfach *das große Debakel.*

Meghan, die meinen Vater zur Tür begleitet hat, reißt mich aus meinen melancholischen Gedanken. »Komm, Fee, wir führen den Kater spazieren!«

10

»Was ist eigentlich … Wie ist es dir und Jasper damals ergangen? Danach, meine ich.« Diese Frage brennt mir schon seit zwölf Jahren auf der Seele.

»Es war hart, für uns alle«, antwortet Greetje trübselig. »Wir waren buchstäblich krank vor Trauer, und dass du nicht da warst, hat es nicht leichter gemacht.«

Es ist Dienstagnachmittag und Greetje, Meghan und ich liegen nach einem kurzen, entspannten Arbeitstag – ich habe ein paar Medienvertreter angerufen, ein paar Twitter-Beiträge formuliert, mir ein paar Maßnahmen zur späteren Besucherbindung überlegt und für Hinnerk ein paar Physalis besorgt – auf einer rot karierten Picknickdecke auf der berüchtigten Yoga-Pferdewiese, kauen Erdnüsse und Cranberrys und blicken in den strahlend blauen Himmel. Feli und der kleine Enno spielen in einiger Entfernung mit ihren beiden eigenen Shetlandponys Fangen. Wie schon ihre Mutter Henny ist auch Greetje Pferdewirtin geworden und ihren Kindern wurde die Pferdeliebe augenscheinlich ebenso in die Wiege gelegt. Auch ich liebe Pferde, während Tom sie nie ausstehen konnte. Seiner Meinung nach teilen sie vorne Bisse und hinten Tritte aus und sind in der Mitte unberechenbar.

Greetjes Antwort jagt mir einen eisigen Schauer über den Rücken. Um ein Haar verschlucke ich mich an einer Nuss. Ich kann mir lebhaft vorstellen, wie verzweifelt sie gewesen sein müssen.

»Es tut mir so leid. Ich wollte dich nicht allein lassen, aber ich konnte nicht bleiben.«

»Ich weiß. Mach dir keine Vorwürfe.«

»Und wie geht es Barbara und Bernd?« Was ich eigentlich fragen will, verschweige ich.

»Sie sind kurz danach weggezogen und seither nicht mehr hier gewesen. Sie leben jetzt in Flensburg.«

Mit wild klopfendem Herzen rolle ich mich auf den Bauch und pflücke ein Gänseblümchen. Abwesend beginne ich, nacheinander alle Blütenblätter abzuzupfen. »Weißt du, was ich mir gerne vorstelle? Dass sie als gefeierte Choreografin oder Stylistin auf der New Yorker Upper East Side lebt und in ihrer Freizeit mit dem Fallschirm über den Victoriafällen abspringt. Zur gelegentlichen Erholung nimmt sie an einem Escape-Room-Game teil oder macht eine Biwak-Wanderung im Mondlicht«, sage ich wie zur mir selbst.

Ich habe Bente immer für ihre Sorglosigkeit, ihre Energie und ihre pure Lebensfreude bewundert. Gleichzeitig war sie mitfühlend und großzügig, in jeder Beziehung. Was damals vorgefallen ist, wird mich nie wieder loslassen.

Feli und Enno kommen angelaufen und wollen Apfelsaftschorle trinken. Ich packe die mitgebrachte Flasche und zwei Becher aus und Greetje gibt ihren Kindern ein paar Möhren für die Ponys dazu. Erst als die beiden wieder losrennen, um ihre Tiere zu füttern, setze ich unser Gespräch fort: »Ich weiß, dass es für Jasper sehr schwer gewesen sein muss. Aber auch ich habe mein gesamtes Vertrauen, jegliche Hoffnung in die Waagschale geworfen und nichts dafür bekommen.« Ich merke, dass meine Stimme immer schriller wird.

Greetje weiß mittlerweile von den Schuldgefühlen, die mich

jahrelang geplagt haben. Als hätte sie meine Gedanken gelesen, sagt sie: »Du bist nicht verantwortlich für das, was geschehen ist. Das würde Bente auch nicht anders sehen, glaub mir.«

In dem Moment werden wir von einem kräftigen Pfiff unterbrochen. Wir richten uns auf und entdecken Leo Büttelmeyer, der am Zaun steht und uns zuwinkt. Hat man denn hier keine zwei Sekunden Ruhe, um eine wichtige Unterredung zu führen?

»He, Meghan, können wir uns später auf dem Deich treffen?«, ruft er zu uns herüber.

»Nein, keine Zeit«, schreit sie lauter als notwendig zurück und lässt sich wieder auf die Decke sinken. »Fuck off, jerk!«, murmelt sie leise vor sich hin.

»Was ist denn passiert?«, frage ich verblüfft.

»Bei euch beiden blickt man echt nicht durch, Meghan. Freitagnacht war doch noch alles in bester Ordnung«, meint Greetje streng. Entschuldigend winkt sie ihrem Schwager zu.

Ich wäre gerne noch mal auf Bente zu sprechen gekommen, finde aber keine Möglichkeit mehr, denn Meghan macht ihrem Ärger über diesen »oberflächlichen, flatterhaften Weiberhelden« in aller Ausführlichkeit Luft. Offenbar wollte Leo sie letzte Nacht wieder auf eine schnelle Nummer treffen, aber als sie ihn einer plötzlichen Eingebung folgend wissen ließ, dass sie dafür ab sofort nicht mehr zu haben sei, weil sie auf der Suche nach etwas Ernstem sei, zuckte er nur mit den Achseln und verlautbarte: »Aber bis du etwas Ernstes gefunden hast, können wir uns doch wohl weiterhin sehen?«

Sie klingt kreuzunglücklich, als sie sagt: »Wie kann er nur so ignorant sein? Aber deutlicher konnte er es mir nicht sagen: He only wants me for my body.« Zu ihrem allergrößten Verdruss hat sie ungeachtet ihrer guten Vorsätze trotzdem mit ihm geschlafen.

Greetje versucht zwar, ihren Schwager in Schutz zu nehmen, aber Meghan lässt nicht mit sich diskutieren. »Ich brauche keinen Mann. Ohne ist es doch viel einfacher«, jammert sie. Und dann, eine Sekunde später: »Warum kann er nicht ein bisschen mehr wie Ole sein? I know we could be so happy together.«

»Mikkel hat mich angerufen. Am Sonntag.« Eigentlich wollte ich das gar nicht sagen – der Zeitpunkt scheint ein wenig unsensibel –, aber es rutscht mir einfach so heraus. Und ein wenig Ablenkung kann nicht schaden.

»Apropos Weiberheld! Der hat ja keine Zeit zu verlieren. Was hat er gesagt?« Greetje bricht nicht gerade in Begeisterungsstürme aus.

»Er hat gemeint, dass er noch früher angerufen hätte, aber er wollte warten, bis seine Kopfschmerzen nachgelassen haben. Von unserem kleinen Zusammenstoß.« Mir steigt bei der Erinnerung schon wieder die Schamesröte ins Gesicht, aber Mikkel scheint es mit Humor zu nehmen.

»Well, zumindest spielt er nicht hard to get«, wirft Meghan nüchtern ein.

»Er will mich wiedersehen, ist aber gerade in Berlin. Wir treffen uns nächsten Montagabend im *Heringschuppen*. Der muss neu sein, ich kannte nur die *Aalsuppe*.« Ich muss lachen. Diese Namen sind aber auch zu dörflich.

»Pass bloß auf, dass du dir nicht die Finger verbrennst!«

»Greetje, kannst du dich nicht einfach für mich freuen? Mein angeknackstes Selbstbewusstsein tut das nämlich auch!«

»Ich freu mich ja. Ich mach mir nur auch ein bisschen Sorgen.«

»Ich mache mir hauptsächlich darüber Sorgen, ob der Name *Heringschuppen* tonangebend für die Speisekarte ist.«

»The Germans! Ich glaube, ihr macht euch mehr Sorgen als alle anderen Nationen zusammen«, mischt sich Meghan ein.

»Und jetzt wird es Zeit für eine Runde Nacktyoga. Ein bisschen Entspannung können wir gut gebrauchen.«

Sie grinst mich herausfordernd an und auch Greetje scheint schnell zu ihrer guten Laune zurückgefunden zu haben.

»Ach, wisst ihr, ich denke, ich finde bestimmt etwas Geeigneteres, um meinen Kreislauf in Schwung, meine Figur in Topform und meine Glückshormone in Wallung zu bringen. Da muss ich den Süderbüller Voyeuren kein Futter bieten.« Tatsächlich spiele ich, obwohl ich Sport immer regelrecht verabscheut habe, schon seit ein paar Tagen mit dem Gedanken, mein Leben mit ein bisschen mehr Bewegung zu bereichern – schließlich macht körperliche Ertüchtigung nicht nur gesund, sondern auch glücklich. Bis vor Kurzem war meine sportlichste Betätigung, die blau geblümte Dose mit den Erdnussbutterkeksen zu öffnen. Aber seit Neuestem lege ich immerhin kurze Strecken mit dem Rad zurück – und das ist ja schon mal ein guter Anfang für meine Sportlerkarriere.

Als ich mich von den anderen verabschieden will, um auf mein neues gelbes Fahrrad zu steigen und nach Hause zu radeln, kommt die kleine Feli angelaufen. Sie nimmt meine Hand und hält sie ganz fest, als sie mit todernster Miene sagt: »Fee, ich weiß, dass du gerade ganz doll traurig bist. Aber das liegt nur daran, dass deine beiden Schutzengel, ein Mädchen und ein Junge, gerade gemeinsam Urlaub machen. Das Paar Ersatzengel, das stattdessen ein Auge auf dich hat, ist träge und faul. Ihnen ist nur wichtig, dass du dir nicht mit einem Gemüseschäler den Finger absäbelst. Oder die steile Dachbodenleiter herunterpurzelst, so wie Oma Henny letztes Jahr. Den Rest der Zeit sammeln sie Tautropfen oder Sonnenstrahlen. Glaub mir, sobald deine richtigen Schutzengel aus den Ferien zurück sind, geht es wieder bergauf.« Ich finde die Worte dieser weisen Sechsjährigen seltsam tröstlich.

Zu Hause ignoriere ich die Zurufe aus der nachbarlichen Haustür, denn ich will direkt mit meinem planmäßigen Seelenbalsam-Freizeitprogramm starten, ohne zu riskieren, mir vorher von Frau Durchdenwalds allzu neugierigen Fragen über mein Privatleben die Laune verderben zu lassen. (Genug damit, dass mir unterwegs wieder diese seltsame schwarze Katze begegnet ist. Langsam glaube ich, die heftet sich absichtlich an meine Fersen, um mich zu verunsichern.) Es ist schon wieder ungewöhnlich sonnig und warm, daher mache ich mir statt einer heißen Schokolade eine Rhabarbersaftschorle und lege mich anschließend mit meiner zerfledderten Ausgabe von *Stolz und Vorurteil* auf eine gut gepolsterte Liege unter den Apfelbaum. Ich versuche, mich abwechselnd auf die Intrigen und Missverständnisse im Leben der Familie Bennet und das Vogelgesangskonzert in den Zweigen über mir zu konzentrieren und jegliche Gedanken an Tom, Mikkel und Jasper, meine turbulente Vergangenheit, meine derzeitige Situation oder meine ungewisse Zukunft kategorisch zu verbannen.

Ich scheine das Prinzip der Entschleunigung verstanden zu haben. Gerade bin ich dabei einzunicken, als Meghan hektisch an meiner Schulter rüttelt.

»Fertig mit dem Nackedei-Rumgehopse zwischen den Pferdeäpfeln?« Lächelnd blinzle ich ein wenig benommen in die grelle Sonne.

»Diese Frau Durchdenwald hat mich gerade abgefangen und ein Paket für Herrn Rathge abgegeben. Offenbar hat dieser verschlafene Postbote es mal wieder falsch zugestellt, ob mit oder ohne Absicht sei mal dahingestellt. Du musst es zu ihm nach oben bringen.« Sie klingt bestürzt.

»Ich? Warum machst du das nicht einfach schnell selbst?« Wenn die Aussicht auf eine kurze Begegnung mit unserem Nachbarn eine solche Reaktion bei ihr hervorruft, lege ich auch keinen gesteigerten Wert darauf, den gespenstischen Professor näher kennenzulernen.

»Du gehst! Ständig kriegt er Pakete und die letzten Monate musste immer ich sie ihm bringen. Solange du hier wohnst, kannst du das übernehmen«, ruft Meghan und blickt mitleidig über ihre Schulter zurück. Sie ist schon auf halbem Weg ins Haus.

Es ist nicht nur meine Neugier, sondern auch mein übersteigertes Verlangen nach Frieden und Eintracht, das mich dazu bewegt, das Paket abzugeben. Die Einliegerwohnung ist von außen über eine hölzerne Wendeltreppe zu erreichen. Zögernd steige ich nach oben, das lange, flache Paket in der Hand (ist das etwa ein Gewehr?), und verfluche das alte, angegraute Holz, das durch lautes Knarren und Ächzen mein Kommen ankündigt.

Vielleicht kann ich das Gewehr ja einfach auf dem schmalen Absatz vor der Eingangstür deponieren. Aber was, wenn der alte Professor, sollte er bei Nacht und Nebel doch mal auf die Idee verfallen, das Haus zu verlassen, darauf ausrutscht, die Treppe hinunterstürzt und sich einen Halswirbel bricht? Außerdem ist es ein hässliches Gefühl, nicht zu wissen, wer es ist, der da allnächtlich über meinem Kopf herumläuft und der meine hartgesottene Mitbewohnerin in Angst und Schrecken versetzt.

Da ich keine Klingel entdecke, klopfe ich zaghaft an die weiß lackierte Tür. Nach einer Weile höre ich, wie drinnen jemand schlurfend näher kommt, aber direkt vor der Tür hören die Geräusche abrupt auf. Ich zähle leise bis zehn, dann klopfe ich noch einmal, diesmal etwas lauter.

Zuerst vernehme ich, wie sich ein Schlüssel im Schloss bewegt, dann, wie ein langer Riegel zurückgeschoben wird, anschließend eine Kette, die ausgehakt wird, und zuletzt, wie sich noch in einem weiteren Schloss ein Schlüssel dreht. Erst dann öffnet sich langsam die Tür.

Ich muss gestehen, er sieht schon ein wenig seltsam aus, ein bisschen wie eine Mischung aus Keith Richards und Yoda. Der vielleicht sechzigjährige Mann, der da im abgenutzten grünen Bademantel vor mir steht, hat eine gigantische Hakennase, ein geteiltes Kinn, das unter dünnen grauen Bartbüscheln hervorlugt, und weit abstehende, ungewöhnlich spitze Ohren mit fluffigen, wirren weißen Haare darüber, die vermutlich seit Jahren keine Bürste mehr gesehen haben. Was jedoch am meisten hervorsticht, sind seine weit auseinanderstehenden, undurchdringlichen Augen, deren Iris irgendwie gelb schimmern, wie von einem Wolf. Gerade jetzt blicken mich diese Augen ein wenig erschrocken und zugleich abweisend an. Langsam fange ich an zu verstehen, was Meghan zurückschrecken lässt.

Als ich ihm sein Paket gebe, achtet er penibel darauf, meine Hand nicht zu berühren.

»Der Teleskopaufsatz und der Brennweitenverdoppler, siehe da«, murmelt er wie zu sich selbst. Ich weiß nicht, was ich erwartet habe, aber seine Stimme klingt überraschend normal, sogar angenehm.

»Oh, dann ist das also gar kein Gewehr?« Ehe ich mich bremsen kann, ist es mir schon herausgerutscht. Sofort werde ich rot wie ein Radieschen.

»Ist alles in Ordnung mit Ihnen?« Er blickt mich mit seinen seltsamen Augen an, als wäre ich hier das Kuriosum und nicht er.

»Sie beobachten die Sterne?«, lenke ich schnell ab. Das erklärt das ständige nächtliche Getrappel. »Es muss faszinierend sein, die Stellung bestimmter Himmelskörper deuten zu können. Ich bin ein ängstlicher Fisch – aber ich kann gar nichts dafür, gehemmt und beeinflussbar zu sein, denn ich kam drei Wochen zu früh auf die Welt und hätte eigentlich ein dynamischer, extrovertierter Widder mit viel Selbstbewusstsein und Durchsetzungsstärke sein sollen. Ist das nicht furchtbar ungerecht?«

Er scheint überrascht über meine flammende Rede – und ich bin es auch. Wie komme ich dazu, einen Wildfremden, noch dazu einen Ruhe liebenden Sonderling wie meinen neuen Nachbarn, mit meinen privatesten Charaktereigenschaften zu bedrängen? Ich kann es mir nur damit erklären, dass ich wie immer anfange zu faseln, wenn ich in Verlegenheit gerate.

»Nun ja, mich interessiert eher die Astronomie, der Aufbau des Weltalls und die Wissenschaft von den Gestirnen, und nur am Rande deren mystische Deutung, die Astrologie.«

»Damned! Ich wollte gerade die Polizei rufen. Was hast du denn so lange da oben bei diesem schrulligen Glückskeksautor gemacht?« Meghan wirkt nervös, als sie mir im Flur entgegenkommt.

»Er entwirft Kreuzworträtsel. Aber ein bisschen schrullig ist er schon. Trotzdem, er ist wirklich freundlich, und ich frage mich, warum er dir solche Angst einjagt.«

Meghan sieht mich an, als hätte ich den Verstand verloren. »Er ist ein Eigenbrötler, der aussieht wie ein Hexenmeister und niemals Besuch bekommt. Und warum läuft er Nacht für Nacht über meinem Schlafzimmer auf und ab und veranstaltet einen Lärm, als würde er unter den Dielenbrettern Leichenteile verstecken?«

»Er hat Schlafstörungen und ist Hobbyastronom. Außerdem schafft er nachts wahrscheinlich Ordnung – zumindest lässt seine picobello aufgeräumte und blank gewienerte Wohnung darauf schließen.«

»Bist du denn die fette Beute des Wahnsinns? Du warst bei ihm in der Wohnung?«

»Er hat gesagt, ein Fisch ist charmant, mitfühlend, phantasievoll und sensibel, ein Widder oft aber aufbrausend, egoistisch und unberechenbar.«

»Ah! Und das bewegt dich, zu einem fremden Mann ins Haus zu rennen? Ich dachte, dein Selbsterhaltungstrieb ist ausgeprägter!«

Meghan hat recht, noch vor wenigen Wochen hätte ich sofort die Flucht ergriffen. Aber für mich steht außer Zweifel, dass Professor Rathge vollkommen harmlos ist. Ein bisschen neurotisch und einsam zwar, aber ohne Argwohn und böse Hintergedanken. Und schon Mark Twain wusste: *Wenn wir bedenken, dass wir alle verrückt sind, ist das Leben erklärt.* Ach herrje, ich klinge ja schon fast wie mein Vater. Was passiert hier nur mit mir, dass sich meine Sichtweise auf die Dinge so plötzlich verändert?

»Außerdem läuft bei ihm mindestens zwei Stunden am Tag die Dusche«, fährt Meghan fort.

»Ich habe ja nicht behauptet, dass er normal ist. Aber wer ist das schon? Demnächst wollen wir bei klarer Nacht zusammen in den Himmel gucken. Auf dem Land ist die Lichtverschmutzung gering, da eröffnen sich ferne Galaxien. Komm doch mit. Wenn du Professor Rathge erst mal kennengelernt hast, wirst du schnell erkennen, dass du keine Angst vor ihm haben musst.«

»Lieber stelle ich mich beim Feuerwehrfest auf die Bühne und erkläre Leo vor versammelter Mannschaft meine Liebe. Und du solltest auch nicht gehen.«

»Sei keine Spielverderberin. Carpe noctem – nutze die Nacht!«

11

Was für ein Tag. Es ist kaum zehn Uhr am Freitagmorgen, und schon sind so viele Dinge schiefgelaufen. Angefangen bei dem Wetter: Als ich aufwachte, war etwas anders als sonst. Es dauerte eine Weile, bis ich dahinterkam, was es war – das Licht fiel zögerlich, wie durch einen Schleier durchs Fenster hinein und verhungerte auf halber Strecke zum Bett auf dem kleinen blau-weißen Teppich vor meinem Kleiderschrank. Der Himmel hing voller schwarzer Regenwolken, zum ersten Mal seit Wochen. Erst da wurde mir bewusst, wie selbstverständlich der pausenlose Sonnenschein für mich geworden war. Ich brauchte einen Moment, bis ich es mir ins Gedächtnis rief: Nirgendwo auf der Welt strahlt der Himmel so wunderschön grau wie in Schleswig-Holstein.

Und dann ein Anruf von Helena: Sie hatte Tom und Imme am Vorabend zusammen mit Toms Eltern bei *Luigi* gesichtet.

Ich schluckte. Er hat sie schon seinen Eltern vorgestellt. Bei unserem Lieblingsitaliener. Den Eltern, die mich trotz all meiner Bemühungen nie wirklich akzeptieren konnten, zu wenig karriereorientiert und zielbewusst war ich in ihren Augen, untauglich für ihr Juwel. Selbst nach zweijähriger Beziehung mit ihrem einzigen Sohn ließen sie sich noch mit Herr und Frau Drögemüller ansprechen. Nun wandten sie sich also der energischen, entschlossenen Imme zu – wahrscheinlich mit einer Herzlichkeit, die sie mir immer sorgfältig vorenthalten haben. Vielleicht darf sie schon Walter und Ingeborg sagen, trotz ihres Walrosshinterns.

Auch wenn ich nicht gerade behaupten kann, dass ich Toms Eltern in mein Herz geschlossen habe, versetzte mir Helenas Nachricht einen schmerzhaften Stich. Die Geschichte mit Tom und dieser Frau scheint rasant Fahrt aufzunehmen. Offenbar hat er mich schon vergessen. Bei dem Gedanken fing meine Kopfhaut unangenehm an zu kribbeln und mein Mund wurde staubtrocken.

Als sich dann auch noch meine grundsätzlich glatten, langen Haare dank der plötzlichen hohen Luftfeuchtigkeit aufs Komischste lockten und kräuselten und weder Fön noch John Frieda Abhilfe schaffen konnten, und mir, sobald ich das Haus verließ, schon wieder übelster Güllegeruch entgegenschlug, wünschte ich, ich wäre gar nicht erst aufgestanden.

Der Wunsch verfestigt sich nun, als ich im Struwwelpeter-Look das Büro betrete: Wie die wilden Hühner hetzen Swantje und Britt durch den Raum, telefonieren, hämmern auf ihre Tastaturen ein, suchen Unterlagen zusammen. So viel Arbeitseifer ist mir hier bisher noch nicht untergekommen. Mo sitzt eingeschüchtert auf meinem Schreibtischstuhl.

Der erste Stein des Anstoßes ist offenbar ein Riesenhai. Besser gesagt, dessen Skelett. Der fast fünf Meter lange Nordseebewohner soll die Museumsbesucher bald mit weit geöffnetem Maul in der großen Eingangshalle begrüßen. Wie es aussieht, wurde das vom Hamburger Meereskunde-Museum leihweise zur Verfügung gestellte Haigerippe aber schon heute Morgen geliefert – ganze zwei Monate zu früh. Die Bauarbeiten sind noch längst nicht abgeschlossen und vorher sollen die Ausstellungsstücke, die sich aus Leihgaben, Ankäufen und Schenkungen zusammensetzen, in ihren aktuellen Depots bleiben. Insbesondere die Großobjekte.

»Ich habe mich schon gewundert, was sich wohl in der gewaltigen Kiste versteckt, die neben dem Eingang im Weg herumsteht und die Bauarbeiten lahmlegt.«

Der zweite Stein: ein offizieller Sicherheitskontrolleur, der sich einen Überblick über die Notfallpläne bei Feuer, Wassereinbruch oder Sturmschäden, Schutzvorrichtungen im und am Gebäude und die Evakuierungskonzepte für Besucher, Mitarbeiter und Exponate in Notsituationen verschaffen will. Keiner weiß, wo sich diese Pläne befinden, nicht einmal Joost und Axel, die ausnahmsweise mal aus ihrem Kabuff herausgekommen sind und genauso blutleer aussehen, wie Britt sie mir beschrieben hat. Schon einen Augenblick nachdem sie unser Büro verlassen haben, weiß ich nicht mehr, wie ich sie charakterisieren könnte.

»Öffnest du bitte das Fenster?«, fragt Swantje.

»Warum? Willst du springen?«

»Nicht hoch genug. Aber ich brauche frische Luft.«

»Gute Idee.«

»Wo ist Hinnerk? Der kann sich doch kümmern«, schlage ich vor.

»Er kauft eine Wassermelone.«

»Hier ist Land unter und der Häuptling geht Obst kaufen?«

»Wusstest du, dass Melonen botanisch betrachtet zu den Kürbisgewächsen gehören? Genau genommen sind sie also kein Obst, sondern Gemüse.«

Als Hinnerk zwanzig Minuten später die Treppe hinaufhetzt, hören wir schon von Weitem sein geräuschvolles Hecheln, das an eine Aufwärmphase für einen hysterischen Zusammenbruch erinnert. Er ist also schon im Bilde (die Skelettkiste ist auch schwer zu übersehen).

»Moorhuhn weg, der Chef kommt«, flachst Britt, sobald Hinnerk in unser Büro stürzt. Die hat Nerven, jetzt noch Witze zu reißen.

Der Chef, passend zu seiner Gesichtsfarbe heute in einem dunkelroten Dreiteiler, den er mit einem pinken Regenschirm kombiniert, und der obligatorischen Zigarette hinterm Ohr, lässt eine gewaltige Wassermelone auf meinen Schreibtisch fallen, um anschließend in sein eigenes Büro weiterzueilen. Wir hören, wie er in seinen ungeordneten Regalen herumwühlt, dann ein lautes Poltern, als wären einige Ordner zu Boden gefallen, bevor er wieder auftaucht und Swantje eine blaue Fächermappe in den Schoß wirft.

»Darin findest du alte Notfallpläne – die neuen müssen erst noch erstellt werden. Vielleicht bemerken sie den Unterschied nicht. Inzwischen sind auch eine Polizistin und ein Feuerwehrmann aufgetaucht, die die Museumsbaulichkeiten in Augenschein nehmen wollen. Hefte dich an ihre Fersen.«

Swantje blickt entsetzt auf. »Die Polizistin, ist das Kira?«

»Natürlich. Wer sollte es sonst sein?« Hinnerk ist schon auf halbem Weg zurück zu seinem Schreibtisch und murmelt etwas von »LKW-Kurier muss zurückkommen … Hai wieder abholen … Daten im …« in seinen nicht vorhandenen Bart.

»Stimmt etwas nicht?«, frage ich Swantje, die sich noch immer nicht von der Stelle gerührt hat.

»Ich habe die letzten beiden Strafzettel nicht bezahlt. Genau genommen habe ich Kira bei unserer letzten Begegnung sogar gesagt, sie soll sich den Schrieb in die Haare schmieren«, antwortet sie etwas kleinlaut.

»Keine Sorge, ich mache das«, beruhige ich sie. Ich schnappe mir die Mappe und Mo, damit er etwas Bewegung bekommt, und mache mich auf die Suche nach den Sicherheitsleuten.

Mein Herz setzt einen Schlag aus, als ich die Treppe hinunterkomme und mein Blick auf Jasper fällt. Er ist neben der Eingangstür mit einer uniformierten Polizistin, vermutlich Kira, in ein Gespräch vertieft. Es ist nicht zu übersehen, dass sie ihn mit schmachtenden Blicken geradezu verschlingt. Nachdem ich letzte Woche seine Schuhe vollgekotzt habe, muss ich ihm jetzt nicht unbedingt gegenübertreten – trotz seines aus der Not geborenen Friedensangebotes –, aber Mo, der kleine Verräter, scheint andere Pläne zu haben. Er prescht mit seinen kurzen Beinchen bellend und schwanzwedelnd auf Jasper zu und springt an seiner schwarzen Jeans hoch. Er ist so aufgeregt, dass sein ganzer wuscheliger Körper bebt. Jasper hebt ihn hoch und streichelt ausgiebig seine Ohren.

Die beiden kennen sich wohl schon. Zögernd folge ich dem Welpen. Als ich bei der kleinen Gruppe ankomme, sagt Jasper gerade übertrieben zuvorkommend zu der Polizistin: »Uns ist natürlich sehr an dem Aufbau und Erhalt der Sammlung gelegen, daher haben Sicherheitseinrichtungen und spezielle Katastrophen-Notfallpläne hohe Priorität. Wenn Sie noch Fragen haben, melden Sie sich gern.«

Die Polizistin mustert mich ein wenig irritiert, dann lächelt sie Jasper noch einmal übermäßig herzlich zu und wendet sich zum Gehen. Die Notfallpläne scheinen sie nicht mehr im Geringsten zu interessieren. Glück gehabt.

»Du weißt schon, wie du es anstellen musst«, bemerke ich und kann nicht verhindern, dass es ein bisschen vorwurfsvoll klingt.

»Ich freue mich auch, dich zu sehen. Und ich freue mich, dass dein Gesicht nicht mehr grün schimmert. Sonst hätte ich mir Sorgen um meine Sambas gemacht.« Das musste er mir wohl unbedingt unter die Nase reiben.

»Der alte Charmeur. Wenn du mich jetzt entschuldigen würdest.«

Ich nehme ihm den widerstrebenden Mo aus der Hand, wobei ich darauf achte, ihn möglichst nicht zu berühren, und habe mich schon fast umgedreht, als er plötzlich sagt: »Henny fragt übrigens nach dir.«

Greetjes und Jaspers lebensfrohe, graziöse Mutter war als Kind mein leuchtendes Vorbild, ein Musterbeispiel an Toleranz und Duldsamkeit. Nachdem mein Vater uns verlassen hat, habe ich mich drei Monate lang mehr oder weniger bei Greetje einquartiert, um der Ablehnung meiner Mutter und dem Elend bei mir zu Hause aus dem Weg zu gehen, und Henny hat mich fast wie eins ihrer eigenen Kinder behandelt. Plötzlich schäme ich mich, dass ich mich seit der folgenschweren Abiballnacht auch bei ihr nicht mehr gemeldet habe.

»Ich werde sie bald besuchen«, verspreche ich. Und vorher sicherstellen, dass Jasper nicht zu Hause ist.

»Fee, erinnerst du dich? Wir haben Frieden geschlossen. Ab sofort können wir also wie ganz normale Erwachsene miteinander umgehen.« Als hätte er meine Gedanken gelesen. Schon wieder. Vielleicht liegt Helena richtig, wenn sie sagt: »Dein Gesicht ist wie ein offenes Buch, in dem man deine Gefühle einfach ablesen kann.« Wunderbar!

»Und worüber reden ganz normale Erwachsene miteinander? Über die abgründigsten Erlebnisse aus der Kindheit? Die beschämenden Geschichten, die die Oma ausgeplaudert hat? Eine Meerschweinchenzucht im Garten? Oder die geheimen Gedanken während des Englisch-Abiturs? Darüber müssen wir nicht sprechen, das kennst du alles schon.« Ich weiß nicht, woher das plötzlich alles kommt, aber mir ist bewusst, dass ich mich in Rage rede. Irgendetwas in mir setzt aus, wenn Jasper in meiner Nähe ist.

Er blickt mich nicht an, als er sagt: »Wir könnten über die schönsten Orte der Welt sprechen. Über lustige Kosenamen oder das Sziget. Über Weisheiten, die man von der Mutter gelernt hat, oder über die Angst bei Vollmond.«

»Warum tust du das?« Mein Gesicht läuft mal wieder dunkelrot an und mein Herz beginnt zu rasen. Er erinnert sich an alles. An all die Dinge, an die ich mich selbst nicht mehr zu erinnern glaubte. Mein Brustkorb schmerzt und fühlt sich plötzlich viel zu eng an.

»Es klingt wohl sehr kindisch, wenn ich sage, du hast angefangen?«

Ich kriege kaum Luft. Bekomme ich gerade einen Herzinfarkt? Ich dachte, ich hätte das Ganze längst hinter mir gelassen.

»Ich muss jetzt wirklich arbeiten«, presse ich hervor.

»Ich hatte es ernst gemeint, als ich sagte, wir sollten versuchen, ohne Streit auszukommen. In wenigen Monaten bist du wieder in Hamburg und ich bin zurück in Berlin, aber bis dahin arbeiten wir in demselben Haus und treffen bisweilen dieselben Leute. Es wird sich also schwerlich vermeiden lassen, dass wir uns gelegentlich über den Weg laufen.« Er klingt ruhig und sachlich, als er mich mit seinen grünen Augen fixiert.

Ich weiß, dass er recht hat. Trotzdem fällt es mir noch immer schwer, so zu tun, als wäre zwischen uns nie etwas vorgefallen, das mich fast um den Verstand gebracht hätte.

»Stell dir vor, ich habe mir das alles nicht ausgesucht. Im Gegensatz zu dir bin ich nicht freiwillig hier. Ich will nichts lieber als mein altes Leben zurück, meinen liebevollen Verlobten, meinen glamourösen Job, mein eigenes Apartment. Stattdessen sitze ich in diesem verwaisten Kuhkaff fest und bin von lauter Verrückten umgeben.«

Natürlich trage ich ein bisschen dick auf – weder waren Tom und ich verlobt noch hatte mein alter Job irgendetwas Glamouröses an sich. Und viel verrückter als andernorts sind die Süderbüller auch nicht. Ganz im Gegenteil: Viele der Menschen, die ich hier in den letzten Wochen getroffen habe, sind mir sehr ans Herz gewachsen. Und ich darf an diesem unglaublichen Museumsprojekt mitarbeiten. Also – der Gedanke überrascht mich selbst – ist es okay, hier in diesem verwaisten Kuhkaff festzusitzen.

»Wenn du diesen Tom immer noch so sehr liebst, warum triffst du dich dann mit Mikkel?«, unterbricht Jasper meine Überlegungen.

»Du weißt wohl über alles Bescheid? Schon mal was von Privatsphäre gehört? Ich frage dich schließlich auch nicht nach deiner Verlobten.«

»Was willst du wissen?«

Alles!

»Gar nichts. Es interessiert mich nicht mehr im Geringsten, was du mit deinem Leben anstellst.« In dem Augenblick entdecke ich draußen auf dem verregneten Kiesplatz eine Gestalt in dunkelblauer Uniform. Mist, nun habe ich meinen Schirm im Büro liegen lassen. »Und jetzt habe ich Wichtigeres zu tun. Da vorne ist der Feuerwehrmann, den ich suche – und lieber lasse ich mich bis auf die Knochen nass regnen, als mich hier weiter mit dir herumzuplagen.«

»Schließt man die Augen, klingt der Regen wie Applaus«, murmelt er leise.

»Bitte hör auf damit!« Ich will von alldem nichts mehr hören.

»Na dann: Lass dich von mir nicht aufhalten. Bevor du aufgetaucht bist, hatte ich einen ruhigen Moment an einem ruhigen Tag in einem ruhigen Leben.«

Ehe sich die Aufregung um die Notfallpläne und den Hai einigermaßen gelegt hat, ist es später Nachmittag. Der Sicherheitscheck ist offenbar zufriedenstellend verlaufen und das Skelett konnte zwar nicht wieder nach Hamburg gebracht werden, weil sich die Verantwortlichen geweigert haben, die Kosten für den Rücktransport und die Lagerung zu übernehmen, aber dafür ist es inzwischen sicher in der Süderbüller Mehrzweckhalle untergebracht. (Jemand kannte jemanden, der jemanden kannte – und schon kam Fiete Büttelmeyer, der Vater von Ole und Leo, mit einem gewaltigen Trecker angerollt und nahm die Sache in die Hand. Auf dem Dorf sind die Wege in mehr als einer Hinsicht kurz.)

Auf dem Weg zum Auto kommt mir Greetje mit Enno an der Hand entgegen.

»Wir holen Onkel Jasper ab und dann fahren wir zu Oma Henny zum Pizzaessen«, informiert mich der Kleine.

»Gut, dass wir dich treffen, Fee, ich wollte dich ohnehin anrufen«, fügt Greetje hinzu. Augenscheinlich planen Ole und sie für nächsten Samstag wie offenbar jeden Sommer eine Gartenparty und wollen mich dabeihaben.

»Ein illustres Gartenfest? Wie schön!« Die Gedanken um den Riesenhai, die Auseinandersetzung mit Jasper, Toms Eltern und meinen Frizzy Bad Hair Day werden im Handumdrehen von anderen Bildern verdrängt. Ich denke an eine schwere, rustikale Holztafel auf einer ungemähten Wiese, bunte Lampions in uralten Eichen, eine verwunschene schmiedeeiserne Bank, in alten Zink-Gießkannen drapierte, selbst gebundene Wiesenblumensträuße, Kerzen in Einmachgläsern. Es gibt Tanz und Gesang bei Mondschein und Lagerfeuerromantik, Erzeugnisse aus dem eigenen Garten auf dem Teller –

»Und bevor du fragst: Jasper wird am Samstag nicht dabei sein, denn er hat vor, am Wochenende nach Berlin zu fahren«, unterbricht Greetje meine Gedanken. »Es wird einfach ein gemütlicher Abend mit netten Gesprächen, leckerem Essen und Alkohol in rauen Mengen.«

»Du musst auch kommen, Fee, und mit mir und Feli Blinde Kuh spielen«, mischt sich Enno ein und nimmt meine Hand.

Natürlich sage ich zu. Nach Helenas Anruf heute Morgen habe ich ohnehin keine Lust mehr, an den Wochenenden nach Hamburg zu fahren. Es ist seltsam, aber schon nach weniger als zwei Wochen in Süderbüll scheint mein altes Leben wie in unerreichbare Ferne gerückt.

»Und was soll ich mitbringen? Guacamole oder einfach nur gute Laune?«, rufe ich Greetje und Enno feixend hinterher.

Als ich gerade meinen gepunkteten Regenschirm auf die Rücksitzbank des Käfers werfe und nach Hause fahren will, klingelt mein Handy. Meine Mutter. Ich schlucke und überlege nervös, wie ich dem Unausweichlichen endlich ins Auge sehen kann. Seit dem verheerenden Hundekacke-Tag haben wir nur einmal miteinander gesprochen und bei diesem Anruf vor zwei Wochen, kurz vor meinem Umzug nach Süderbüll, hat sie mich auf dem falschen Fuß erwischt: Ich war gerade dabei, Helenas Ratschlag zu beherzigen, den Trennungsschmerz nicht wegzuschließen, sondern zuzulassen, und ließ ihn an meinem Kopfkissen aus. Jetzt plagt mich mein Gewissen, dass ich ihr die neuesten Entwicklungen in meinem Leben bisher verschwiegen habe. Denn auch wenn wir uns schon vor Jahren nach unzähligen gescheiterten Annäherungsversuchen meinerseits wortlos darauf verständigt haben, eine zwar zumeist freundliche, aber dennoch unverbindliche und oberflächliche Beziehung zu führen, ohne die andere in die eigenen Krisen und Probleme jeder Art einzuweihen, so ist sie doch immer noch meine nächste Verwandte.

»Mama, wie schön, von dir zu hören. Ist es sonnig bei dir?« Ich klemme das Handy zwischen Schulter und Ohr, starte den Wagen und schaukele los.

»Es regnet. Und wie ist es bei dir in Hamburg?«

»Mama, also, ich bin, um ganz ehrlich –«

»Spar dir den Atem, Felicitas. Denn wie ich höre, bist du gar nicht mehr in Hamburg, sondern zurück in Nordfriesland.« Sie klingt nicht ganz so sachlich und unbeteiligt wie sonst und ich höre einen deutlichen Vorwurf heraus.

Oh! Reicht der Süderbüller Buschfunk etwa bis nach Spanien? Den Kontakt zu meinem Vater hat sie ja schon vor Jahren abgebrochen, der kann also nicht aus dem Nähkästchen geplaudert haben.

»Du hast recht! Es tut mir leid, dass ich es dir noch nicht erzählt habe. Das hat sich alles sehr kurzfristig so ergeben«, gebe ich kleinlaut zu. Hätte ich ihr nur direkt von der Sache erzählt, dann hätte sie zumindest keinen Grund, enttäuscht zu sein.

»Und du kommst nicht auf die Idee, mich darüber zu informieren? Ich war sehr erstaunt, einen Anruf von dieser inquisitiven Frau Durchdenwald zu bekommen, die es sichtlich genossen hat, brühwarm private Details über das Leben meiner Tochter auszuplaudern, die mir offenbar neu waren. Hätte ich dieser impertinenten Frau damals nur nie meine spanische Telefonnummer gegeben. Eigentlich war das für Notfälle gedacht.«

»Mama, entschuldige bitte, dass ich nichts gesagt habe. Das war unangebracht. Wahrscheinlich wollte ich einfach erst mal selbst mit den Veränderungen in meinem Leben zurechtkommen. Vom Partner sitzen gelassen, in wenigen Monaten brotlos auf der Straße sitzend – ich muss mein ganzes Leben überdenken und das ist gar nicht so leicht.« Ich biege auf die Hauptstraße ab.

Meine Mutter zieht scharf den Atem ein. »Tom hat sich von dir getrennt? Warum? Du bist bald arbeitslos? Was ist denn passiert?« Meine normalerweise so emotionslose Mutter klingt, als würde sie gleich einen hysterischen Anfall bekommen. Vielleicht ist sie eine der wenigen, die Tom wirklich mochten. Mist, ich dachte, wenn sie schon wüsste, dass ich wieder an der Nordsee bin, sind ihr auch die Gründe klar. Aber woher soll sie die kennen? Frau Durchdenwald kann ja nicht hellsehen.

Was soll meine Mutter nun ihren braun gebrannten mallorquinischen Nachbarinnen mit ihren scheinbar so perfekten Familienidyllen erzählen? Natürlich wäre alles meine Schuld. In ihren Augen bin ich noch immer die unvernünftige Fünfzehnjährige, die viel zu viele Fehler macht, sich von jedermann beeinflussen lässt und versucht, mit dem Kopf durch die Wand zu laufen. Dabei entsprach ich auch damals ganz und gar nicht diesem Bild.

Eigentlich weiß meine Mutter nichts von mir. Und ich weiß nichts von ihr. Ganze Themenbereiche, wie etwa die schwierige Beziehung zu meinem Vater, meine Kindheit (denn da war ja mein Vater noch bei uns) und vergangene gemeinsame Urlaube (dito), aber auch alle persönlichen Angelegenheiten, wie zum Beispiel welche Dinge wir an unserem Leben ändern wollen, werden aus unseren Gesprächen ausgeklammert. Im Prinzip unterhalten wir uns über die Arbeit, das Wetter, Filme mit Audrey Hepburn, die Vorzüge von saisonalem und regionalem Gemüse und die perfekte Zubereitung eines Latte Macchiato in drei Schichten. Noch immer macht mir unser distanziertes Verhältnis schwer zu schaffen.

Ich glaube, sie ist mir gegenüber über die Jahre immer unnahbarer geworden, weil sie mir insgeheim nicht verzeihen kann, dass ich sie nur wenige Monate nachdem mein Vater sie verlassen hat, ebenfalls im Stich ließ. Die Beweggründe für meine Flucht und meinen immer wieder verlängerten Auslandsaufenthalt habe ich ihr aus Scham nie erzählt. Auch wenn sie zu der Zeit kaum jemals das Wort an mich richtete und mich die meiste Zeit des Tages – wenn ich nicht gerade bei Greetje war – ignorierte, wollte sie um jeden Preis, dass ich bei ihr blieb und sie unterstützte. Dass ich ebenfalls traumatisiert war und ihre Unterstützung gut hätte gebrauchen können, kam ihr nie in den Sinn. Umso glühender habe ich Greetje und Jasper um ihre wundervolle, einfühlsame Mutter Henny beneidet.

»Ich weiß, es ist ein Schock für dich, aber das sind die allerneuesten Entwicklungen hier: Meine langjährige Beziehung ist gescheitert und ich habe meinen Job gekündigt.«

»Kind, du wirst sehen, Tom braucht nur ein bisschen Zeit, dann renkt sich alles wieder ein.« Wie ich gesagt habe, meine Mutter weiß nichts von mir und meinem Leben. Sie hat mir immer das Gefühl gegeben, als wären zwischenmenschliche Beziehungen etwas für Verlierertypen, die zu viel Zeit zum Schwafeln haben.

Ich überlege gerade, wie ich am besten reagieren kann, ohne ein Wortgefecht zu provozieren, als mir ein besonders tiefes Schlagloch die Entscheidung abnimmt: Das Telefon wird mir aus der Hand und in den Fußraum geschleudert.

»Felicitas? Fee? Was ist passiert?«

Ächzend beuge ich mich hinunter und hebe das Handy wieder auf. Nicht, dass Hannah noch mutmaßt, ich wäre in einen Unfall verwickelt worden.

Sobald ich wieder hinter dem Lenkrad hervorkomme, sehe ich sie, diese kleine schwarze Katze, die mitten auf der Straße steht und mich ein weiteres Mal dazu zwingt, panisch in die Eisen zu steigen. Die Katze bewegt sich keinen Zentimeter von der Stelle und glotzt mich vorwurfsvoll an.

Mich packt eine wilde Welle der Wut. Auf die Katze, auf meine Mutter, auf Tom, auf Jasper, auf all die Ungerechtigkeiten des Lebens. Ohne dass ich etwas dagegen tun könnte, springe ich mit einem Satz aus dem Auto, stelle mich mitten auf die Hauptstraße und brülle: »Lass mich endlich in Ruhe, du Mistvieh! Das nächste Mal werde ich nicht bremsen!«

Aus den Augenwinkeln sehe ich, wie eine Gruppe von Kindern erschrocken das Weite sucht.

»Felicitas? Kind, ist alles in Ordnung bei dir?«

Mit eingezogenen Schultern und tief beschämt über meinen Ausbruch setze ich mich wieder ins Auto und fahre nach Hause. Hoffentlich haben wir noch einen Sauvignon Blanc im Kühlschrank.

12

Am Montag, nach einem kurzweiligen Wochenende mit Meghan, Greetje, Ole und ganz vielen klebrigen Cocktails und Rollmöpsen, regnet es immer noch, aber im Museum ist von dem Stress am Freitag nichts mehr zu spüren. Die zentrale Eingangshalle, die ich Tag für Tag durchquere, ist nicht nur frei von jeglichen Haiskeletten, sondern mittlerweile kaum wiederzuerkennen, dabei bin ich erst vor zwei Wochen hier angekommen. Die dunklen, verschnörkelten Holzpaneele sind weiß lasiert worden, was dem Ganzen einen viel helleren, freundlicheren Eindruck verleiht, und den ehemals schmuddelig weißen Wänden darüber wurde, passend zum maritimen Thema des Museums, ein hellblauer Anstrich verpasst. Es ist einladend und wunderschön.

Zwei Wochen. In der kurzen Zeit ist so viel geschehen, dass es sich beinahe so anfühlt, als wären Monate vergangen. Doch noch immer habe ich den Gang zu Bente nicht gewagt.

Das Büro ist menschenleer. Ich nutze die seltene Gelegenheit, ohne permanente Ablenkung in Ruhe arbeiten zu können, und mache mich daran, eine ausführliche Mitteilung über den aktuellen Stand der Dinge und die Ziele des Museums für Presse, Rundfunk und Lokalfernsehen, Förderer und Tourismuseinrichtungen zu verfassen. Wenige Minuten nachdem ich den Text an meinen neu erstellten Presseverteiler gesendet habe, klingelt mein Telefon.

»Pingel hier, Holstein-Kurier«, meldet sich eine kühle, dunkle Stimme. »Die Nordfriesen meinen es offenbar ernst mit ihrem kleinen Museum. Machen die Fischköppe es also den Dithmarschern nach.« Der Holstein-Kurier mit Sitz in Heide ist mit einer verkauften Auflage von 50 000 Exemplaren das wichtigste Medium der Region, um auf unser Meereskunde-Museum aufmerksam zu machen. Herbert Pingel als neuer Chef des Kulturressorts hat die Macht, darüber zu entscheiden, ob wir in seiner Zeitung Erwähnung finden oder nicht. Ich wusste nicht, dass er so rüde ist.

»Guten Tag, Herr Pingel. Schön, Sie kennenzulernen.« Ich sage lieber nicht, dass die Nordfriesen niemandem etwas nachmachen, sondern dass, wenn überhaupt, die Kohlköppe uns kopieren – schließlich soll das Dithmarscher Museum erst im Dezember eröffnet werden, vier Monate nach unserem, und die Bauarbeiten haben gerade erst begonnen.

»Frau Sturm, ich rufe Sie an wegen Ihrer Pressemitteilung. Ich muss Sie leider enttäuschen, wenn Sie glauben, dass der Kurier als Ihr Hofberichterstatter herhält. Behindern Sie bitte nicht unsere journalistische Arbeit, indem Sie versuchen, Informationen zu blockieren.«

Ich seufze schwer. Zwischen Journalisten und PR-Leuten besteht so eine Art Hassliebe. PR-Menschen wollen ihre Auftraggeber oder Unternehmen so gut wie möglich in so vielen Medien wie möglich darstellen und schätzen Journalisten daher als hilfreiche Partner, die die Reichweite ihrer Veröffentlichungen um ein Vielfaches erhöhen. Journalisten dagegen tun eine PR-Veröffentlichung nicht selten ganz unschmeichelhaft als Manipulation oder Schleichwerbung ab, während sie sich selbst als unabhängige, objektive Berichterstatter betrachten.

Andererseits versorgen PR-Experten sie ständig mit wichtigen und oftmals neuen Informationen. Doch Herr Pingels PR-Skepsis geht offenbar weit über das normale Maß hinaus.

»Herr Pingel, ich glaube, da liegt ein Missverständnis vor. Natürlich hatte ich nicht den Anspruch, dass Sie die Mitteilung wortwörtlich übernehmen, sondern sie diente nur als Informationsquelle für Ihre Redakteure. Auf diese Weise können wir wechselseitig voneinander profitieren.« Dass ich diese einfachen Abhängigkeiten mal einem Ressortleiter erklären müsste, hätte ich nicht erwartet. Oder steckt etwas anderes hinter seiner ablehnenden Haltung?

»Als Mittler der öffentlichen Meinung haben wir die hehre Verpflichtung, den Lesern aktuelle, objektive Informationen zu liefern.«

»Das weiß ich, Herr Pingel, und die Angaben in meinem Text könnten aktueller nicht sein.«

»Nur haben Sie die wichtigsten Informationen einfach weggelassen – so objektiv gehen Sie also vor. Und jetzt wollen Sie uns vor Ihren Karren spannen. Aber wir sind kein verlängerter Arm der PR-Maschinerie.«

»Wovon sprechen Sie?«

»Ich spreche von den Notfallplänen, die offenbar nicht auf dem neuesten Stand sind, dem Chaos um einen riesigen Hai, der bei Ihnen im Weg herumsteht, und den Mittagsschläfchen, die der sogenannte Kurator auf seinem Schreibtisch macht.«

Mir bleibt die Luft weg. »Wer behauptet so etwas?«, frage ich und versuche, meiner Stimme eine gewisse Autorität zu verleihen.

»Das Prinzip des Quellenschutzes muss ich Ihnen wohl kaum erklären.« Ich kann sein süffisantes Grinsen geradezu durchs Telefon hören.

»Ich kann Ihnen versichern, dass hier alles nach Plan verläuft.« Beinahe jedenfalls. »Der Riesenhai steht an einem sicheren Ort, an den neuen Notfallplänen wird mit Hochdruck gearbeitet, so dass sie auf jeden Fall rechtzeitig vor der Eröffnung fertiggestellt werden, und Herr Petersen hält hier alles in Schwung.« Wie ist es dazu gekommen, dass ich mich rechtfertigen muss?

»Wir werden dem weiter nachgehen, Frau Sturm.« Es klingt wie eine Drohung.

Mit dem Holstein-Kurier wird wohl keine Zusammenarbeit zustande kommen. Ich mache diesen Job schon seit einigen Jährchen und habe in dieser Zeit viele Medienleute kennengelernt. Und auch wenn ich es nicht gerne zugebe: Manche Journalisten versetzen mich in Angst und Schrecken. Manchmal graut es mir davor, sie unbeabsichtigt zu beleidigen oder zu verärgern und damit ihre Feindseligkeit zu provozieren. Schließlich entscheiden diese Leute nach eigenem Gutdünken darüber, ob unser PR-Anliegen anerkennend in die Welt hinausgetragen, in der Luft zerrissen oder gar nicht erst zur Sprache gebracht wird. Doch Herrn Pingel musste ich gar nicht erst beleidigen – ich habe den Eindruck, dass er uns von Anfang an nicht wohlgesinnt war. Kann es wirklich nur daran liegen, dass der Kulturleiter die sechshundert Jahre alte Fehde zwischen den Kohlköppen aus Dithmarschen und den Fischköppen aus Nordfriesland allzu ernst nimmt? Ich dachte, diese Erbfeindschaft wird heutzutage nur noch aus Spaß kultiviert. Oder gibt es andere, persönlichere Gründe?

Doch ehe mich die Ungerechtigkeit herunterziehen kann, dass uns die größte und wichtigste Tageszeitung der Region kritisch gegenübersteht, tauchen Britt und Swantje auf, mit roten Gesichtern und nassen Haaren: Sie haben beschlossen, den Vormittag für ihre Gesundheit zu nutzen, und einen spontanen Saunagang eingelegt.

»Ah, mein drittes Auge«, stöhnt Britt, als ihr Blick auf meinen Schreibtisch fällt, und reibt sich die Stirn. »Ich bekomme schon wieder all diese ungewollten übersinnlichen Einblicke und spiritistischen Geistesblitze.«

Früher wäre sie für ein solches Verhalten abtransportiert worden, in den Hochsicherheitstrakt eines Irrenhauses. Heute ist dieser ganze New-Age-Kram offenbar gesellschaftsfähig. Ich entscheide mich, sie zu ignorieren.

»Kennt jemand von euch Herbert Pingel vom Holstein-Kurier?«, lenke ich ab.

»Pingel? So hieß doch dieser Typ, der früher mit Hinnerks Frau Gesine verheiratet war. Ich glaube, die beiden waren Studienfreunde. Und der ist jetzt beim Holstein-Kurier?«

»Dann können wir den wohl abschreiben«, seufze ich. Es gab schon schlimmere Ungerechtigkeiten, die aus Eifersucht und verletzter Eitelkeit begangen wurden.

Doch trotz dieses irritierenden Intermezzos mit Herrn Pingel ist der Tag so produktiv, dass ich kaum Zeit finde, einen Gedanken an den bevorstehenden Abend zu verschwenden. Am Nachmittag schaffe ich es, Freizeit- und Bildungseinrichtungen, Touristikanbieter, Hotels und Gaststätten der Region zu kontaktieren, um sie als Kooperationspartner im Bereich Marketing für unser Museum zu gewinnen – und das, obwohl Britt und Swantje nebenbei lautstark versuchen, mit Mo ein paar Tricks einzustudieren. Erst als Greetje am späten Nachmittag anruft, fällt mir wieder siedend heiß ein, was heute noch anliegt.

»Date-Tag. Bist du sicher, dass das eine gute Idee ist?«

»Ich weiß, dass du dir Sorgen machst, Greetje. Aber ich kann wirklich auf mich aufpassen.«

»Ich frage mich nur, ob das alles richtig ist.«

»Wer immer versucht, alles richtig zu machen, verpasst vielleicht die schönsten Fehler seines Lebens.« Noch vor wenigen Wochen hätte ich nicht solche Reden geschwungen. Helena würde sagen, ich sei der Prototyp der Frau, die immer alles richtig machen wollte.

Meghan ist zwar nicht gerade bester Stimmung – sie wartet seit Tagen sehnsüchtig auf einen Anruf von Leo –, dennoch macht sie sich, das Telefon auf dem Schoß balancierend, in unserem hellgrauen Badezimmer mit Feuereifer daran, mich mithilfe ihrer Kosmetik-Zaubertüte für meine Verabredung mit Mikkel herzurichten.

»Damit du ihn aus den Socken haust und wenigstens eine von uns happy ist. Ich werde es nie wieder sein!«

»Vielleicht bleibe ich besser hier. Irgendwie werde ich das Gefühl nicht los, du solltest heute Abend nicht alleine zu Hause sein.«

»Nichts da. Ich will doch nicht schuld sein, wenn die größte Liebesgeschichte seit Romeo und Julia wegen meiner Befindlichkeiten nicht zustande kommt.«

»Bist du sicher? Dann versprich mir aber bitte, nichts Unüberlegtes zu tun. Und mich jederzeit anzurufen, wenn etwas ist.«

Als sie mit ihrer Styling-Arbeit fertig ist, muss ich trotz meines Hangs dazu, mich selbst stets kritisch zu beäugen, zugeben, dass ich ausgesprochen apart aussehe.

»Mission accomplished: You look beautiful! Bist du nervös?«

»Eigentlich nicht. Seltsam, oder? Hoffentlich ist das ein gutes Zeichen.«

»Wenn er dich langweilt oder unerwünscht zudringlich wird, schreib mir einfach unauffällig eine SMS mit *SOS*. Ich rufe dich dann sofort an und sage, the house is on fire und du müsstest mir unbedingt helfen, meine Schuhsammlung in den Garten zu schaffen.«

»Brillante Idee!«

»Ich helfe, wo ich kann.«

»Du hast gar keine Schuhsammlung.«

»Das Haus wird auch nicht Feuer fangen.«

»Bestimmt zeigt er sich nur von seiner Schokoladenseite. Dänen lügen nicht, das weiß doch jeder.«

»Aber dein Hintertürchen steht sicherheitshalber offen.«

»Vielen Dank, ich werde es mir merken.«

Als es um Punkt acht Uhr klingelt, raunt sie mir noch einen letzten gut gemeinten Ratschlag zu: »Denk daran: Das bisschen Denkvermögen, das ein Mann hat, hat er *nicht* im Kopf.«

»Vielleicht werde ich jetzt doch etwas nervös.«

»Hoffentlich ist er heute genauso sexy wie im *Heimathafen*, als du ihn durch die alkoholinduzierte rosarote Brille gesehen hast.«

Und tatsächlich, Mikkel sieht erfreulicherweise auch nüchtern betrachtet umwerfend aus. Er begrüßt mich mit einem Kuss auf die Wange und führt mich zu seinem Auto, irgendeinem kleinen japanischen Sportwagen. Schon auf der kurzen Fahrt bringt er mich wiederholt zum Lachen und ich bin erleichtert, dass er sich als ebenso charmanter Gesprächspartner erweist, wie ich es von unserer letzten Begegnung in verschwommener Erinnerung habe. Meghans Hintertürchen werde ich bestimmt nicht brauchen.

Der *Heringschuppen*, eingerichtet in einer historischen Mühle, ist zwar rustikal, aber moderner und hipper, als der Name vermuten lässt. Wir sitzen in einer ruhigen Ecke am Fenster, von wo aus wir einen guten Überblick über den ganzen Raum haben, essen Halligbrot mit Krabben und Spiegelei (er) und Mehlbüdel (ich), trinken Flens dazu, quatschen über Poetry Slams, allzu hungrige Ziegen im Streichelzoo, unsere geheimen Bowling-Techniken und darüber, wie wir uns unsere Zukunft in zehn Jahren vorstellen. (Er will in zehn Jahren ein eigenes Architekturbüro an einem warmen Ort in Strandnähe leiten, das sich auf nachhaltiges und ökologisches Bauen spezialisiert hat, nebenbei genug Freiraum haben, um zu surfen oder mit seiner Familie – mindestens drei Kinder sollen es sein – die Sonne und den Wind zu genießen, und möglichst frei von gesellschaftlichen Zwängen und Erwartungen leben. Ich dagegen weiß noch nicht einmal, wie meine Zukunft in zweieinhalb Monaten aussieht, aber um nicht allzu abgehalftert und hoffnungslos daherzukommen, denke ich mir spontan eine kleine Geschichte aus, in der viele Reisen, eine verantwortungsvolle Stelle bei einer auf Umwelt- und Klimaschutz spezialisierten Non-Profit-Organisation, viel Zeit für meine Familie und meine Freunde und ein Balkon mit Blick aufs Meer vorkommen. Vage erinnere ich mich daran, dass ich tatsächlich einmal ähnliche Vorstellungen hatte.)

Wir flirten und haben einfach eine gute Zeit miteinander. Von unangenehmen oder gar peinlichen Redepausen keine Spur. Und dieser Akzent!

Bisher läuft mein erstes Date seit zwei Jahren ziemlich gut.

»Ich liebe nicht nur das Meer, sondern auch das Dorf. Je kleiner, desto besser. Morgen früh muss ich schon wieder für ein paar Tage nach Berlin fahren und ich habe überhaupt keine Lust dazu.«

»Warum? Berlin ist fabelhaft.«

»Die Vögel sind viel lauter auf dem Land. Und hast du mal das Keckern und Quaken eines nächtlichen Froschkonzertes gehört? Die werben noch mit vollem Einsatz um ihre Braut. Fast schon *zu* laut – aber es klingt allemal schöner als eine

S-Bahn.« Er hat gerade, schneeweiße Zähne und sein Lächeln ist hinreißend.

»Rollige Katzen sind noch lauter als Frösche – deren Schreie klingen fast so, als würde ein Schwein geschlachtet. Da höre ich lieber der S-Bahn zu.«

»Fee, gib doch zu, dass es dir auch auf dem Land gefällt.«

»Sicher. Man kann Hühner halten und jeden Tag ein frisches Ei essen. Leider haben wir keinen Hühnerstall.«

»Ich könnte dir einen entwerfen.«

»Bitte mit runden roten Samtkissen, auf denen die Hühner ihre Eier legen können.« Es hat Vorteile, einen Architekten zu kennen.

»Was immer du willst.« Wieder dieses blendende Lächeln.

Die hübsche Kellnerin bringt unseren Nachtisch (Friesenwaffeln für ihn, Fliederbeersuppe für mich). Obwohl sie ihn überschwänglich anstrahlt und ihm fast ihren ausladenden Busen ins Gesicht drückt, würdigt Mikkel sie keines Blickes, sondern lässt mich nicht aus den Augen. Enttäuscht tritt sie den Rückzug an.

»Und auf dem Land liefert der Milchmann im Morgengrauen die Milch in diesen typischen Halbliterflaschen direkt an die Haustür. Er hält einen Plausch mit den Frühaufstehern oder wechselt bei seinen älteren Kunden auch mal eine Glühbirne aus. Nur kommt der Milchmann nicht nach Süderbüll – wahrscheinlich liegt es zu weitab vom Schuss«, führe ich unser Gespräch lachend fort.

In dem Moment betreten zwei neue Gäste das Restaurant. Und schon stellt sich das mittlerweile vertraute Gefühl des Herzrasens ein: Es ist Jasper, der sich in Begleitung eines kleinwüchsigen, minderjährigen Püppchens mit dunkelbraunen Haaren, schwarzem Kleid und rotem Lippenstift befindet. Das muss seine kleine Französin sein. Er hat uns auch entdeckt und sieht mich unverwandt mit seinen undurchdringlichen Augen an.

Die Französin folgt seinem Blick und mustert mich von oben bis unten. Bilde ich es mir ein, oder drückt ihr Gesicht Missbilligung aus? Hat er ihr die Geschichte von damals erzählt? Das kann ich mir kaum vorstellen, schließlich kommt er bei dem *großen Debakel* auch nicht gerade gut weg. Sie nimmt besitzergreifend seinen Arm, als er sie zu einem freien Tisch am anderen Ende des Raumes führt. Ich versuche, mich wieder auf Mikkel zu konzentrieren.

Vielleicht lache ich ein bisschen lauter als zuvor. Möglicherweise werfe ich den Kopf dabei auch ein bisschen weiter in den Nacken. Und es ist ebenfalls nicht auszuschließen, dass ich meine langen Haare schwungvoller aus dem Gesicht schüttele als notwendig. Und das alles nicht nur, um Mikkel nachhaltig zu beeindrucken, sondern auch, um Jasper zu beweisen, dass ich keine verzweifelte alte Jungfer bin und es sehr wohl Männer gibt, die sich für mich interessieren. Allerdings weiß ich nicht, ob er überhaupt Notiz von meiner Darbietung nimmt, denn ich schaue kein einziges Mal zu seinem Tisch hinüber.

Als Mikkel und ich unseren Espresso getrunken und er darauf bestanden hat, die Rechnung zu übernehmen, stehen wir auf und schicken uns an, das Lokal zu verlassen – er muss morgen in aller Herrgottsfrühe nach Berlin aufbrechen. Fast hätten wir es nach draußen geschafft, als er Jasper und seine Französin doch noch entdeckt.

Sofort ändert er die Richtung. »Ich hoffe, es macht dir nichts aus, aber ich muss noch kurz etwas mit meinem Kollegen besprechen.« Widerstrebend folge ich Mikkel, der wie selbstverständlich meine Hand nimmt und sich einen Weg zwischen den anderen Tischen hindurch bahnt.

»Hallo, Aurélie«, sagt Mikkel und begrüßt die kleine Französin ganz mediterran mit Küsschen links, Küsschen rechts. Meine Hand lässt er nicht los.

»Fee, das ist Aurélie. Jasper kennst du ja. Aurélie, Fee.« Ich nicke ihr zu und murmele eine möglichst freundliche Begrüßung. Sie bleibt stumm und inspiziert mich wieder mit ihren schwarzen Augen. Auch Jasper sagt nichts.

Ich muss zugeben, dass sie sehr hübsch ist. Zwar ein bisschen klein und schmalschultrig, aber das bin ich auch. Aus der Nähe betrachtet sieht sie auch nicht mehr aus wie ein Teenager, sondern wie die selbstbewusste Endzwanzigerin, die sie vermutlich ist.

Mikkel bekommt von alldem nichts mit. Voller Elan wendet er sich an Jasper: »Lieber Kollege, die Frist wurde verlängert. Die Entwürfe für den Planungswettbewerb können noch bis Ende Juli eingereicht werden.«

»Bleibt trotzdem noch das Problem mit dem Kinderheim.«

Ich versuche, ihre Stimmen und die Blicke der Französin auszublenden und schaue mich im Raum um.

Als Mikkel und ich wenige Minuten später endlich auf der Straße stehen, atme ich ein paarmal tief durch. »Gerade fällt mir noch etwas ein, das auf dem Land besser ist: Die Luft, davon kann ich gar nicht genug bekommen.« Ich drehe mich zu ihm um.

Er steht nur wenige Zentimeter vor mir und hält noch immer meine Hand fest. »Darf ich dich küssen?«

»Ich weiß nicht.« Ich weiß es wirklich nicht. All die Ereignisse der letzten Wochen sind so verwirrend, dass ich gar nicht mehr durchblicke.

Da bemerke ich Jasper und seine kleine Französin, die hinter uns aus dem *Heringschuppen* treten. Er fixiert mich wieder mit diesem Blick, als könnte er in mich hinein und direkt in meine Seele schauen.

Ach, was soll's.

»Ja, ich denke, du darfst«, flüstere ich.

Und das tut er. Seine Bartstoppeln prickeln auf meiner Haut, als seine Lippen meine berühren. Vorsichtig zuerst, dann immer drängender, wie selbstverständlich und ganz unausweichlich. Ich bin überrascht von seiner Zärtlichkeit. Und davon, wie gut es sich anfühlt. Wie wenig falsch.

Als ich mich nach einer Ewigkeit von ihm löse, ist Jasper verschwunden.

Und erst als ich mich zu Hause auf meinem schmalen Bett zusammengerollt habe, denke ich an Tom.

13

Als ich am Dienstagmorgen aufwache, strahlt die Sonne wieder von einem azurblauen Himmel und überschüttet die Welt mit triumphierendem weißgelbem Licht.

»Triumphierendes Licht? Dein Date gestern war wohl ein voller Erfolg?« Meghan, die mich heute an einem üppig gedeckten Frühstückstisch erwartet, klingt belustigt. »Bin ich jetzt etwa der einzige Single? Ich dachte, wir wären partners in crime. Siehst du meine Sorgenfalten auf der Stirn? Die sind neu.«

»Keine Angst, so erfolgreich war es nun auch wieder nicht«, lache ich. Aber ich muss gestehen, dass Mikkel charmant, humorvoll, großzügig und wirklich sehr, sehr gut aussehend ist. Und er küsst wie ein Profi (Greetje würde jetzt vermutlich behaupten: *Übung macht den Meister*).

Meine Gedanken werden vom Klingeln des Telefons unterbrochen.

»Ich geh schon!« Meghan stürzt in den Flur, bevor ich überhaupt die Gelegenheit habe, meine Kaffeetasse abzustellen.

Während des restlichen Frühstücks taucht sie nicht wieder auf – stattdessen höre ich sie pausenlos kichern und flüstern wie ein Teenager. Sie telefoniert noch immer, als ich später an ihr vorbei zur Haustür gehe, und ich sehe, wie sie sich entrückt lächelnd eine ihrer langen Haarsträhnen um den Finger wickelt und auf ihre Unterlippe beißt.

Von wegen einziger Single. Das bin dann wohl ich.

Gestern Abend noch war sie ein nervöses Wrack. Leo hat ihr vergangene Woche nach dem Nacktyoga aufgelauert und versprochen, sie anzurufen und eine Erklärung abzuliefern. Seither ließ sie das Telefon keine Sekunde aus den Augen, schob sich einen Schaumkuss nach dem anderen in den Mund und murmelte etwas von hundertfünfzig Kilo, die sie in Kürze wöge, Valium, das sie einwerfen müsste, und Fingernägeln, die sie bis zur Nagelsohle abkauen würde, wenn sich nicht bald etwas täte. Mir fiel kaum noch etwas ein, womit ich sie ablenken konnte, und ich bin heilfroh, dass er endlich den Mumm hatte, ihrer Warterei ein Ende zu bereiten.

Als ich aus der Haustür trete, bleibe ich einen Moment stehen und sauge den Duft von geschnittenem Gras, Rosen, Sommerregen und dem Meer auf. War er die letzten Tage auch schon so betörend? Als ich weitergehe, wäre ich beinahe über einen kleinen Korb gestolpert, der unterhalb der Eingangsstufe abgestellt wurde. Ich sehe genauer hin – und hätte beinahe laut losgeprustet: In dem Korb liegen eine kleine Flasche Milch und zwei schneeweiße Eier. Außerdem ein kleiner weißer Briefumschlag: *Für dich kommt der Milchmann sogar nach Süderbüll. Ich habe unser Date gestern sehr genossen. Ich melde mich, sobald ich aus Berlin zurück bin. x*

Wenn das mal nicht einen Smiley-Punkt bringt. Helena wird begeistert sein. Der Trotzkopf in mir muss sich zügeln, um nicht eine SMS an Tom zu senden: *Chance verpasst. Bin jetzt in Hygge-Stimmung.*

Ich fühle mich leichtfüßig und beschwingt, als ich mit dem Fahrrad zur Arbeit radele. Warum nur hatte ich solche Angst davor, hierher zurückzukehren? Im Büro scheint meine gute Laune ansteckend. Swantje stimmt mit ein, als ich Jamie Lawsons *Wasn't expecting that* vor mich hinsumme, während ich an einem Ausstellungskalender für die Museums-Homepage und die sozialen Netzwerke arbeite.

Als Hinnerk, heute in einem sonnengelben Leinenanzug und natürlich mit Zigarette hinterm Ohr, mich, den Neuling, nach meiner Meinung fragt, was ich als wertvoll und relevant für unsere Ausstellung erachte und welche Exponate dem Publikum gezeigt werden sollten und welche nicht, kann ich nicht aufhören, wie ein Honigkuchenpferd zu grinsen.

Die nächste Stunde unterstütze ich Britt dabei, Mittel und Wege auszuarbeiten, unser Museum dazu zu nutzen, sich den großen wissenschaftlichen und gesellschaftlichen Herausforderungen unserer Zeit zu stellen: Die Öffentlichkeit für den Erhalt der marinen Biodiversität und die Sicherstellung einer nachhaltigen Nutzung von Fischereiressourcen zu sensibilisieren.

Gegen Mittag taucht Hinnerk wieder aus seinem Hinterzimmer auf (an dessen Tür heute ein Zettel mit der Aufschrift *31 rauchfreie Tage* klebt). Er wirkt guter Dinge, als er zufrieden feststellt: »Irgendetwas muss dran sein an der globalen Erwärmung. Normalerweise spielt sich der norddeutsche Sommer an zweieinhalb Tagen ab. Wenn wir Glück haben.«

Swantje blickt entrüstet von ihrem Kreuzworträtsel auf. »Chef, die Erderwärmung ist etwas *Negatives*. Gletscherschmelze, Wetterextreme, Artensterben, Ausbreitung von Parasiten und Tropenkrankheiten – schon mal gehört?«

»Ich gehe jetzt ein bisschen an die frische Luft – und genieße die Sonne.« Feixend macht Hinnerk sich aus dem Staub.

»Anstieg der Meeresspiegel, Korallenbleiche, Zusammenbruch von Ökosystemen, Umweltflüchtlinge«, brüllt Swantje ihm hinterher. »Lehre der unlösbaren Fragen des Seins mit dreizehn Buchstaben«, wendet sie sich an uns.

»Agnostizismus«, antworte ich wie aus der Pistole geschossen. »Ich gehe zum Essen auch ein bisschen raus. Wir können genauso gut heute Nachmittag mit der Rettung der biologischen Vielfalt weitermachen, Swantje. Erderwärmung hin oder her – wer weiß, wie lange das Wetter mitspielt. Kommt jemand mit?« Fragend schaue ich die anderen an. Mo springt auf und fegt zur Tür, sobald er sieht, dass ich meine Tasche vom Haken nehme.

Fünf Minuten später sitze ich mit Britt und Swantje am See in der warmen Junisonne und teile mit ihnen die selbst gemachten Olivenschnitten und Rucolabagels aus meiner Lunchbox (nach einem Rezept von Meghan – ich liebe meine neue Foodie-Mitbewohnerin). Mo ist wieder dabei, wilde, formvollendete Hopser aufzuführen und Stockenten anzubellen, aber ich tröste mich mit dem Gedanken, dass er aus seinen Fehlern gelernt hat und sich nicht noch einmal kopfüber ins Wasser stürzen wird. Heute macht er bestimmt keinen Ärger.

Weit gefehlt.

Dass der kleine Hund klug genug ist, den Enten nicht noch einmal in den See zu folgen, bedeutet nicht, dass er sich nicht einbilden würde, an Land die reelle Chance zu haben, eine zu erwischen. Als sich mehrere der Wasservögel in Bewegung setzen und im Tiefflug über die Wiese flattern, jagt er ihnen wie von der Tarantel gestochen hinterher, so schnell ihn seine kurzen Beinchen tragen. Wir blicken ihm nach.

»Nicht so weit, Mo«, ruft Britt ihm halbherzig hinterher, als wäre er ein stürmisches kleines Kind, das zur Rutsche am anderen Ende des Spielplatzes flitzt. »So, wie er sich verausgabt, wird er sicher den ganzen Nachmittag schlafen.«

Aber Mo rennt weiter, den Kopf gen Himmel gereckt. Und rennt. Und rennt.

»Er verschwindet im Labyrinth!«

»Mo! Bei Fuß!«, rufen wir unisono.

»Wir müssen ihn da wieder rausholen. Er ist noch so klein, alleine findet er den Weg nicht.« Britt wirkt ernsthaft besorgt.

»Nein, bitte nicht!« Meine Stimme klingt heftiger als beabsichtigt. Zwei Augenpaare sehen mich verdutzt an. »Also, was ich sagen will, er ist ein Hund. Er hält sich nicht an die Wege, er rennt einfach quer durch die Büsche.«

»Vielleicht solltest du mal darüber nachdenken, deine Aura fotografieren zu lassen. Ich vermute, es wird viel Violett und Rot dabei herauskommen«, sagt Britt gewichtig. Was das zu bedeuten hat, verschweigt sie. Und ich frage lieber nicht nach.

»Es ist nur ein Labyrinth, Fee. Mit deiner Hilfe werden wir schon wieder herauskommen, du kennst dich hier doch bestens aus.« Swantje ist schon aufgestanden und läuft im Stechschritt um den See herum.

»Außerdem ist es allemal spannender, sich in der Wildnis zu verirren, als sich gleich wieder an den Schreibtisch zu setzen. Und wer weiß, vielleicht entdecken wir dort eine Elfenfamilie«, fügt Britt hinzu und setzt sich ebenfalls in Bewegung.

Ich will nicht noch mehr Augenmerk auf mich lenken, also schließe ich mich den anderen widerstrebend an. Und gehe mit wild klopfendem Herzen ins Labyrinth, zum ersten Mal seit dem großen Debakel.

Eigentlich handelt es sich nicht um ein Labyrinth im klassischen Sinn, das den Besucher auf zwar verschlungenen, aber verzweigungsfreien Wegen zwangsläufig zum Mittelpunkt führt, sondern um einen gewaltigen Hecken-Irrgarten nach barockem Vorbild mit annähernd quadratischem Grundriss und hundertfachen Verzweigungen, Schleifen und Sackgassen. Wie oft habe ich hier schon die Orientierung verloren?

»Was ist das für eine Steinstatue am Eingang?«, fragt Britt.

Ich schlucke. »Eros.«

»Der Gott der Liebe und Begierde. Wie romantisch.«

Die verwilderten, offenbar seit Ewigkeiten nicht beschnittenen Labyrinthwände aus Hainbuche sind übermannshoch und so dicht, dass wir schon nach der ersten Abzweigung wenige Meter hinter dem Eingang vollkommen eingeschlossen sind von einer grünen, blickdichten Mauer. Alle Geräusche von außen – der Lärm der Bauarbeiter und sogar das Vogelgezwitscher – klingen gedämpft. Wir rufen immer wieder nach Mo, aber der Welpe scheint vom Erdboden verschluckt.

Ich versuche, mich nur auf das leise Bellen zu konzentrieren, das in einiger Entfernung zu hören ist, und alle Gefühle und Empfindungen, die mich zu überrollen drohen, auszublenden.

Mit mäßigem Erfolg.

Je weiter wir auf den komplizierten Wegenetzen ins Innere des Irrgartens vordringen, desto mehr unerwünschte Erinnerungen bahnen sich einen Weg zurück an die Oberfläche. Ich denke an das rote Kleid, das ich in meiner Abiballnacht getragen habe – und das ich, erfüllt von Selbsthass und voller Wut auf Jasper, einen Tag später in die Mülltonne gestopft habe, unter die Tapetenreste (die meine Mutter in einem Anfall von Alles-muss-neu-jetzt-wo-Heinrich-weg-ist von den Wänden gerissen hat), damit es vor neugierigen Augen verborgen blieb. Ich denke an diese meergrünen Augen, die mich daran erinnern, dass sich Geschäfte mit dem Teufel selten auszahlen. Und an *ihre* stahlblauen Augen, die mich jahrelang in meinen Träumen verfolgten.

»An dieser Stelle sind wir schon mal vorbeigekommen«, unterbricht Swantje meine Gedanken. »Fee, wo müssen wir lang?«

»Ich war zuletzt vor zwölf Jahren hier.«

»Ich glaube, sein Bellen wird lauter. Wir sind auf dem richtigen Weg!«, mischt sich Britt ein.

Und tatsächlich, einige Meter vor uns springt Mo plötzlich

aus einer grünen Wand hervor. Als er uns sieht, bleibt er wie angewurzelt stehen und scheint abzuwägen, in die entgegengesetzte Richtung davonzujagen und das schöne Spiel fortzuführen oder Britts Order Folge zu leisten. Der Gehorsam (oder die Müdigkeit) überwiegt, und er lässt sich widerstandslos hochnehmen.

»Mo, ich glaube, du hast die Mitte des Labyrinths gefunden«, lobt ihn Britt erfreut. »Seht mal, auch hier gibt es eine Statue.«

In der Tat, vor uns steht Minerva, die Göttin der Weisheit. Hier habe ich die unweiseste Entscheidung meines Lebens getroffen.

Plötzlich kann ich keinen Meter mehr weitergehen. Mein Kopf dröhnt und meine Beine drohen, unter mir nachzugeben. Ich setze mich auf den Steinsockel der Statue und sage: »Ich bleibe noch einen Moment hier sitzen. Geht ihr ruhig schon vor, ich hole euch bestimmt ein.«

Britt und Swantje sehen mich ein wenig verblüfft an, setzen sich dann aber in Bewegung. Und lassen mich allein mit der Minerva zurück.

Zu meiner Überraschung füllen sich meine Augen mit Tränen.

14

Ich habe in meinem Leben Männer getroffen, die so umwerfend gut aussahen, dass es sich bei unserer ersten Begegnung anfühlte, als würde ich von einer Dachpfanne getroffen. Ich glaube, Jasper gehört zu genau dieser Sorte. Die Dachpfanne traf mich allerdings nicht bei unserer ersten Begegnung – die fand in Greetjes Plantschbecken statt, ich war drei Jahre alt und er war fünf. Wir waren beide nackt, und ich hatte einen lila Zauberstab in der Hand. Die Dachpfanne traf mich erst viele Jahre später, vollkommen unvermittelt.

In meiner Kindheit wünschte ich mir nichts sehnlicher, als dass Jasper auch mein Bruder wäre. Und er verhielt sich auch ganz so: Er zeigte mir, wie man freihändig Fahrrad fuhr (und holte ein Pflaster, wenn ich mir dabei die Knie aufschlug), wo man die größten Krebse fangen konnte, wann die Äste zu dünn wurden, um noch sicher weiterzuklettern. Er verteidigte mich ebenso vehement wie Greetje gegen die streitlustigen Kinder auf dem Schulhof und unsere gelangweilte Nachbarin Frau Durchdenwald, die uns ständig zu belauern schien, um uns auf frischer Tat bei kleinen und großen Verfehlungen zu ertappen (was sie nur selten schaffte, denn wir waren Meister darin, unsere Spuren zu verwischen).

Ich hatte ihn immer gemocht. Ich mochte, wie stark und schnell und mutig er war. Kein Baum war ihm zu hoch, kein

Sprung zu weit, kein Gewässer zu tief, keine Auseinandersetzung zu furchterregend. Außerdem war er einnehmend und witzig und clever und aufrichtig. Und es war offensichtlich, dass er mich ebenfalls mochte.

Er sagte, dass Feen nicht die harmlosen, niedlichen, geflügelten Figürchen seien, wie sie in vielen Märchenbüchern abgebildet werden, sondern mächtige Geschöpfe mit magischen Kräften, die sich nehmen können, was sie wollen. Er nannte mich Melusine nach der guten Fee, die ewig schön und jung war und ihre Zauberkräfte stets tugendhaft und selbstlos einsetzte (erst viele Jahre später fand ich heraus, dass Melusine zudem ein typisches Beispiel für das Motiv der tragischen Liebe zwischen einer Fee und einem Sterblichen ist) und ich nannte ihn Nisse nach dem klugen, anständigen, aber schlitzohrigen Hausgeist Nis Puk, der zwanzigmal höher springen kann, als er lang ist, und dessen Streiche und Abenteuer jeder Friese kennt. Wenn ich etwas zu erzählen hatte, hatte Jasper diese rührende Angewohnheit, konzentriert zuzuhören und zu lächeln, ohne mich dabei anzusehen. Aber nicht ein einziges Mal nahm ich ihn als potenziellen Auserkorenen wahr.

Ohne Frage gab es auch viele Zeiten, in denen er lieber Kitesurfen ging, mit seinen Jungs herumlungerte und mit seiner Vespa durch die Gegend raste, als sich mit seiner kleinen Schwester und ihren Freundinnen abzugeben. Aber wenn es darauf ankam, konnte ich mich immer auf ihn verlassen.

In der Oberstufe trafen wir uns auf dem Deich und im Park oder wir schlichen uns, um den Reiz des Verbotenen auszukosten, heimlich ins Labyrinth auf dem Mommsen-Anwesen, um das zu tun, was Jugendliche eben so tun: Wir tranken Bier, rauchten und protzten mit irgendwelchen Halbwahrheiten über Sex (die Jungs); wir tranken Bier, rauchten und tuschelten und kicherten über Sex (die Mädchen). Im Kreis des Vertrauens waren nicht nur Jasper und Greetje und ich, sondern auch Ole und Bente. Oft ließen wir auch noch andere Freunde und Schulkameraden teilhaben.

Weil Jasper zwei Jahre älter ist als Greetje, Bente und ich, verließ er Süderbüll, als wir gerade die elfte Klasse beendet hatten, um als Ersatz für den Zivildienst einen ADiA zu absolvieren. Er ging für zwölf Monate nach Namibia und half dabei, an der Diamantenküste in der Nähe der kleinen Küstenstadt Lüderitz ein Meereskunde-Museum aufzubauen.

Nach ungefähr einem halben Jahr kehrte er für einen kurzen Heimatbesuch nach Süderbüll zurück – genau in der Weihnachtswoche, in der ich mit meinen Eltern, damals noch scheinbar glücklich vereint, in New York urlaubte. (*Am Times Square Silvester feiern* – check! Wie lange musste ich Hannah und Heinrich überreden, mit mir in die USA zu reisen.)

Als ich wieder nach Hause kam, war Jasper schon fort, zurück in der Namib-Wüste, aber er hatte etwas zurückgelassen: einen offenbar unauslöschlichen Eindruck seiner selbst, denn Bente sprach von nichts anderem mehr als von seinen »irrsinnig tiefen grünen Augen, in denen man einfach versinken *muss*«, seinem »strahlenden Lächeln mit den unwahrscheinlich weißen Zähnen« und seiner »schockierend erotischen Ausstrahlung«.

»Und hast du mal diesen Waschbrettbauch gesehen?«

»Ähm, ich denke schon. Vielleicht beim Schwimmen?« Ich wusste genau, wovon sie sprach. Mir war in den letzten Jahren natürlich auch nicht verborgen geblieben, dass Jasper groß und schön und breitschultrig und schmalhüftig war. Bente und ich saßen zusammen mit Greetje an einem eisigen Januarabend unter dem Sternenhimmel im Labyrinth auf dem Sockel der eingeschneiten Minerva-Statue und ließen eine Flasche Batida de Côco aus Hennys Minibar kreisen.

»Fee, er ist so stark und zugleich so einfühlsam und sensibel.«

»Mmmh.«

»Gefühlvoll, offen, voller Humor.«

»Ich glaube, du hast die schlanken, langfingrigen Hände und das beträchtliche, aber nicht arrogant wirkende Selbstbewusstsein ausgelassen.«

»Mach dich nur lustig. Er ist umwerfend, einfach perfekt! Warum habe ich das nur vorher nie erkannt?«

»Gut, mein Bruder ist also ein eierlegendes Wollmilchschwein. Er verweilt aber derzeit am anderen Ende der Welt. Können wir uns jetzt also bitte wieder dem Hauptanliegen unseres kurzfristig anberaumten Notfalltreffens zuwenden? Wie kann ich Ole endlich davon überzeugen, dass ich nicht nur die unbekümmerte kleine Schwester seines besten Freundes bin? Und das am besten, *bevor* er im Herbst sein Veterinärmedizinstudium in Leipzig aufnimmt«, mischte sich Greetje ein bisschen ungeduldig ein.

»Ich liebe ihn! Wir passen perfekt zueinander! Ich will mein ganzes Leben mit ihm verbringen«, murmelte Bente mit verklärtem Gesicht, als hätte sie Greetje nicht gehört.

»Bente, immer langsam mit den jungen Pferden! Dazu müsstest du überhaupt erst mal mit ihm ausgehen. Mein Bruder ist erst in sechs Monaten zurück – und dann auch nur für sechs Wochen, bevor er nach Kiel zieht, um dort Architektur zu studieren.«

»Sechs Wochen sind doch besser als nichts. Und vielleicht kommt er danach ab und zu an den Wochenenden und in den Semesterferien nach Hause.«

»Aber er gehört doch praktisch zur Familie. Wäre es nicht irgendwie seltsam, fast schon inzestuös, mit ihm zusammen zu sein?«, fragte ich. Dieser Gedanke war mir in den letzten Monaten wieder und wieder im Kopf herumgespukt. Wir waren fast wie Geschwister aufgewachsen, wir kannten uns, seitdem wir kleine Kinder waren, wir gingen im Haus des anderen ein und aus.

»Jasper ist nicht mein Bruder – das wäre ja ein Alptraum. Sorry, Greetje! Und sollte sich eine von euch jemals in Bahne verlieben: Meinen Segen habt ihr.« Bahne war Bentes sieben Jahre jüngerer Bruder, der vermutlich nervigste Zehnjährige, den die Welt je gesehen hat.

»Denkbar unwahrscheinlich, aber herzlichen Dank für dein Vertrauen«, warf Greetje ein.

Eigentlich gab es in meiner ganzen Jugend keinen anderen Jungen als Jasper. Auch wenn ich nicht in ihn verliebt war – zumindest nicht bewusst, das kam erst später –, so hatte ich doch insgeheim immer die naive Vorstellung gehabt, dass wir irgendwie zusammengehörten, dass er mir gehörte und ich ihm. Das spiegelte sich auch auf meiner Liste wider. (Vielleicht war es auch einfach der Mangel an Alternativen, Süderbüll ist schließlich keine Großstadt.) Als ich mich mit vierzehn Jahren von Bengt Wilkens küssen ließ, fühlte es sich beinahe so an, als würde ich Jasper hintergehen. Und als ich ihn Händchen haltend mit Dina aus der Zwölften sah, packte mich eine Welle heißer Wut.

Dass Bente nun Ansprüche auf ihn erhob, irritierte und verunsicherte mich zutiefst. Auch ohne sie war meine Gefühlswelt schon verwirrend genug. Natürlich hätte ich das niemals einer Menschenseele erzählt, ich war ja nicht meschugge. Er war immerhin fast so etwas wie mein eigener Bruder. Ich konnte mir diese Gedanken selber nicht erklären.

Kurz bevor Jasper vergangenen Sommer nach Namibia geflogen war, hatten wir diese Begegnung. Er hat zu mir gesagt: »Ich werde dich vermissen, Fee!«, und ich habe erwidert: »Mich und all die anderen bedauernswerten zurückgelassenen Mädchen, die dich vergöttern und die du mit deiner schmerzlichen Abwesenheit zwingst, ein Jahr lang Valium einzuwerfen und auf den Haarspitzen herumzukauen. Aber zumindest du bist fein raus: In ein paar Tagen hast du eine milchkaffeebraune, temperamentvolle Schönheit an deiner Seite.«

Ich habe gelacht und erwartet, dass er das ebenfalls tun würde, doch sein Gesichtsausdruck ließ mein Lachen ersterben. Er hat mich irgendwie verständnislos, fast schon wie eingefroren angestarrt. Ich wusste, dass ich etwas Falsches gesagt habe, jedoch nicht, warum unser übliches unbeschwertes Wortgeplänkel aus heiterem Himmel eine solche Reaktion hervorgerufen hat. Woher kamen plötzlich diese seltsamen Spannungen zwischen uns?

Ich schob es auf seine Vorfreude und die Aufregung wegen Namibia. Aber schon zwei Tage später gab es wieder einen Vorfall, der mich aus dem Sattel warf. Jasper hatte Greetje und mich in seinem alten gelben VW-Bus mit nach Flensburg genommen, wo er noch letzte Besorgungen für Namibia zu erledigen hatte, während wir Mädels die Gelegenheit ergreifen wollten, Bikinis zu shoppen. An der Straßenecke, an der wir uns verabredet haben, um nach dem Einkaufstrip gemeinsam nach Süderbüll zurückzufahren, ist Greetje kurz in einer Drogerie verschwunden, um eine Rolle Geschenkband zu holen, während ich am Straßenrand auf die beiden wartete.

Ich wusste nicht, wie genau es passiert ist, aber irgendwie ist ein kleiner Junge gegen meine Beine gestolpert und ich bin auf die Straße gestrauchelt. Ich sah mich schon kopfüber auf den Asphalt stürzen, als mich etwas hart am Handgelenk packte und zurückriss – nur einen kurzen Atemzug, bevor ein Fahrradkurier an mir vorbeischoss.

Im Nachhinein habe ich die Szene Hunderte Male in meinem Kopf wieder aufleben lassen. In einem Moment wurde ich beinahe von einem Radfahrer umgepflügt, im nächsten lag ich in Jaspers Armen, eng an seine Brust gepresst, und atmete seinen sauberen, betörenden Duft ein. Doch ich schaffte es einfach nicht zu rekonstruieren, wie es dazu kommen konnte, dass plötzlich seine Lippen auf meinen lagen. So sanft, dass es fast schon kitzelte. Sein halb geöffneter Mund war weich und warm und alles um mich herum begann sich zu drehen.

»Fee? Versteckst du dich?« Greetjes Stimme drang wie durch einen Schleier an unsere Ohren und wir sprangen auseinander, nach Luft ringend, als hätte man uns einen Stromschlag verpasst.

Erschrocken blickte ich ihn an. Zum ersten Mal überhaupt war ich in seiner Gegenwart verlegen. »Morgen werden wir vergessen haben, was soeben passiert ist.«

»Werden wir nicht.«

Danach war nichts mehr wie vorher.

Ich dachte, wir kannten uns. Ich dachte, es gäbe keine Geheimnisse. Er hatte mich direkt nach dem Aufstehen mit verquollenen Augen gesehen und ich ihn in seinem Konfirmationsanzug. Ich wusste von seiner Genesis-CD und er von meiner Vorliebe für Käsebrot mit Maggi. Er war dabei, als meine Meerschweinchen Mia und Mio eingeschläfert werden mussten und ich stundenlang heulte wie ein Schlosshund. Unzählige Male waren wir nebeneinander eingeschlafen, im Zelt, auf dem Teppich, im Gras. Niemals hätte ich erwartet, dass es noch so vieles gab, das wir nicht voneinander wussten. Mit dem wir uns überraschen konnten.

Ich begann, mich zu fragen, ob ich die Feiertage unbedingt in New York hatte verbringen wollen, um Jasper aus dem Weg zu gehen. Um all diese verwirrenden Gefühle nicht aushalten zu müssen.

Ich machte mir keine großen Hoffnungen, dass Bentes glühende Begeisterung für Jasper schnell nachlassen würde, denn sie war keine von denen, die überstürzt ihr Herz verloren. Und richtig: In den nachfolgenden Wochen und Monaten wurde ihre Schwärmerei sogar noch inbrünstiger. Tag für Tag erklärte sie mir, wie sehr sie ihn liebte. Dass es ihr sehnlichster Wunsch wäre, dass er ihre Liebe erwiderte. Unruhig sehnte sie den Tag seiner Rückkehr herbei wie Bauern in der Sahelzone die Regenzeit.

Ich hingegen empfand in aller Stille sowohl Freude als auch Furcht, wenn ich mir unsere erste persönliche Begegnung seit einem Jahr ausmalte. In den vergangenen Monaten hatte ich unseren Kuss wieder und wieder im Kopf durchgespielt und war zu dem Ergebnis gekommen, dass er nichts zu bedeuten haben konnte. Alle SMS und E-Mails, die wir seither ausgetauscht hatten, drehten sich um alltägliche Dinge, von schwelenden Spannungen war nicht das Geringste zu bemerken. Und trotzdem blieben ein schaler Beigeschmack und ein emotionales Chaos zurück, das ich weder einordnen noch abschütteln konnte.

Dass mich die Dachpfanne an dem Tag treffen würde, als seine Familie und Bente ihn vom Flughafen abholten, ahnte ich nicht. An diesem Freitag hatte ich dankbar die Einladung meiner Oma Lene angenommen, sie in ihrer Seniorenresidenz in Husum zu besuchen, in der sie wegen ihrer Alzheimererkrankung seit ein paar Monaten lebte. Den ganzen Tag versuchte ich, mich auf meine Großmutter zu konzentrieren, die ich wie verrückt vermisste, dabei kreisten meine Gedanken um nichts anderes als um Jasper.

Als ich mich auf den Heimweg machen wollte, hatte Oma Lene, dünn wie ein Windhund unter ihrem allgegenwärtigen Cardigan und mit praktisch durchscheinender Haut, scheinbar den ersten klaren, ungetrübten Moment des Tages. Sie ergriff mein Handgelenk, blickte mich mit diesen klugen Augen an, die ich so sehr liebte, und sagte mit brüchiger Stimme: »Kind, eine verzweifelte Liebe ist niemals eine Sünde. Seelenpartner sucht man nicht, die finden sich von ganz allein.«

Ich wusste nicht, wovon sie sprach. Vielleicht war der Moment doch nicht so klar und ungetrübt gewesen.

Auf der Busfahrt nach Hause schüttete es wie aus Eimern. Mein Vorhaben, die fünf Kilometer lange Strecke vom Busbahnhof in Weeden bis nach Süderbüll zu Fuß zurückzulegen, schien mir nicht mehr sehr verlockend, also schrieb ich Greetje eine SMS und fragte, ob sie schon zurück wäre und mich abholen könnte. Seit ihrer Führerscheinprüfung vor einigen Wochen nahm sie dankbar jede Gelegenheit wahr, in der Gegend herumzukutschieren.

Ich dachte an das, was meine Oma gesagt hatte, und wurde nicht schlau daraus. Meinte sie, Jasper und ich seien die Seelenpartner oder die verzweifelten Liebenden? Sie hat schon immer diese irrationale Vorstellung gehegt, dass wir eines Tages zusammenfinden würden – und ich habe mich immer über sie lustig gemacht. Vor zwei Jahren hat sie einmal zu Jasper und mir gesagt, als er in unserer Küche stand, um mich zu einer Wattwanderung abzuholen: »Wie lange wollt ihr eigentlich noch warten? Fee, Liebes, du hast doch schon vor Jahren auf deiner Liste verewigt, dass du Jasper heiraten willst.«

Damals wäre ich am liebsten im Erdboden versunken. Vor allem, als Jasper die Augenbrauen hochzog und mich voller Neugier fragte: »Welche Liste?«

»Ein Mädchen ohne Geheimnisse ist wie ein Schmetterling ohne Farben«, erwiderte ich mit hochrotem Kopf.

»Greetje wird es mir bestimmt verraten.«

»Das glaubst du doch selbst nicht.«

»Fee hat eine Liste geschrieben mit all ihren großen und kleinen Wünschen und Zielen. Eines der Ziele ist es, sich mit dreißig von dir zum Traualtar führen zu lassen«, mischte sich ungefragt meine Oma ein. Als hätte sie nicht schon genug Schaden angerichtet.

»Danke, Oma!«

»Du willst mich heiraten?«

»Nur, wenn niemand anderes übrig bleibt. Nein, wahrscheinlich nicht mal dann. Viel lieber würde ich Adam Levine nehmen. Oder zumindest Ryan Reynolds.«

»Gut, ich ziehe ohnehin Gisele Bündchen vor.«

Als ich mich an ihm vorbeidrängelte, um meine Jacke zu holen, flüsterte er mir augenzwinkernd zu: »Zeigst du mir die Liste eines Tages?«

Das Piepen meines Handys holte mich in den Bus zurück. Eine Nachricht von Greetje: *Haben zur Feier des Tages angestoßen. Ich bin nicht mehr fahrtauglich, habe aber integren Ersatz geschickt.*

Als ich aus dem Bus stieg, war niemand zu sehen. Ich hatte keinen Regenschirm dabei und war binnen Sekunden nass bis auf die Haut. Notdürftig hielt ich mir die Tasche über den Kopf und verrenkte mir den Hals, um einen Unterschlupf ausfindig zu machen, als mich unvermittelt das Gefühl beschlich, dass mich jemand beobachtete. Als ich mich umdrehte, sah ich ihn.

Und von einer Sekunde auf die andere war alles anders. Es war, als sähe ich ihn das erste Mal. Seine strubbeligen Haare, seine meergrünen Augen, sein Lächeln. Als unsere Augen sich fanden, traf es mich wie ein Schlag. Ich weiß nicht, ob ich tatsächlich gestolpert bin oder ob es sich nur so anfühlte, aber ich weiß, dass meine Beine aus Pudding waren und ich nur schwer das Gleichgewicht halten konnte, als ich langsam auf ihn zuging. Ich spürte meinen Herzschlag im Hals und sogar in den Ohren.

Als ich nur noch wenige Meter von ihm entfernt war, bemerkte ich eine Veränderung in seinen Augen. Ich hatte schon davon gehört, es aber vorher noch nie selbst gesehen – seine Pupillen weiteten sich so sehr, dass die grüne Iris nahezu schwarz war. Er sagte nichts, sondern blickte mich nur unverwandt an. Er war schmaler geworden, reifer, kein Kind mehr.

Er nahm meine Hand und es war, als berührte er damit mein Herz.

»Du stehst im Regen«, stellte ich fest, nur um etwas zu sagen.

»Du bist so ein Mensch, auf den ich stundenlang im Regen warten würde, nur um ihn zu sehen.« Seine Stimme war kaum mehr als ein Flüstern.

»Schließt man die Augen, klingt der Regen wie Applaus.«

So standen wir da, bewegungslos wie Statuen, meine Hand in seiner, und ließen den Sturzregen auf uns niederprasseln. Wir konnten den Blick nicht voneinander abwenden.

Bis sich das Telefonat, das ich kurz zuvor, auf dem Weg zum Husumer Busbahnhof, mit Bente geführt hatte, einen Weg in mein Bewusstsein bahnte: »Fee, ich bin so glücklich, dass er endlich zurück ist. Ich wollte ihm meine Gefühle offenbaren, eben im Watt, doch dann ist mir plötzlich einer dieser gigantischen Taschenkrebse über den Fuß gekrabbelt, ich musste schreien und die besondere Atmosphäre war vorbei.«

Der Gedanke daran verdarb auch jetzt die besondere Atmosphäre. Ich schluckte und zog meine Hand zurück.

Im Bulli auf dem Weg nach Hause musterte ich ihn unauffällig von der Seite und fragte mich, warum er mich plötzlich so fesselte. Wir unterhielten uns über Dinge, die noch erfunden werden müssten, über Namibia und das Meereskunde-Museum, über Schwarze Löcher im Weltall, aber ein Thema klammerten wir entschieden aus. Bis wir vor meinem Haus parkten und ich schon meinen Vater sehen konnte, der uns munter durch das Küchenfenster zuwinkte. Ich hielt es nicht aus, nicht zu fragen.

»Was ist mit Bente?«

»Was soll mit ihr sein?«

»Dir ist bewusst, dass sie dich liebt.«

»Ich hatte eine Vermutung.«

Ich wollte fragen *Liebst du sie auch?*, aber ich brachte kein Wort heraus. Ich kannte die Antwort.

Lange Zeit sah er mich mit diesen vertrauten meergrünen Augen an. »Ich werde mit ihr reden«, sagte er schließlich leise und legte seine kühle Hand auf meinen Arm.

»Warum?«

»Du weißt, warum.«

»Jasper, das geht nicht. Du bedeutest ihr so viel, ich könnte ihr niemals dazwischenfunken. Ich will keine so miserable Freundin sein.« Aufgewühlt zog ich meinen Arm weg.

»Eine miserable Freundin ist eine, die nicht bei der Wahrheit bleibt.«

Darauf hatte ich keine Antwort. Ich wusste, dass er recht hatte. Noch nie hatte ich ein Geheimnis vor Bente und Greetje, meinen besten Freundinnen, meinen Seelenverwandten, gehabt.

»Warum kannst du nicht einfach in Windeseile nach Kiel ziehen und für alle Zeiten enthaltsam leben?«, murmelte ich und lehnte meine Stirn gegen die kühle Scheibe.

Fast war ich erleichtert, als in dem Moment mein Vater neben dem Auto auftauchte. Er riss die Fahrertür auf und schloss Jasper in seine Arme. »Wo bleibt ihr denn so lange? Junge, wir freuen uns alle sehr, dass du wieder da bist. Du bist braun geworden. Und richtig erwachsen siehst du aus.«

Als wir uns verabschiedeten, sah ich ihm nicht in die Augen. Ich hatte Angst vor dem, was ich dort lesen würde. Eine Welle von Übelkeit erfasste mich und ich flüchtete ins Haus, ohne mich noch einmal umzudrehen.

In den Stunden, in denen ich mich in dieser Nacht schlaflos in meinem Bett hin- und herwälzte, traf ich eine Entscheidung: Ich musste Bente über meine Gefühle für Jasper aufklären. Denn auch wenn sie die Erste war, die sich in ihn verliebt hat, so bedeutete er mir bestimmt nicht weniger. Und ich musste ihr sagen, dass er meine Gefühle erwiderte. Über das, was dann geschehen würde, konnte ich nur spekulieren.

Es war ein sonniger, kühler Morgen, die Luft war klar und es roch nach Salz und Schlick, als ich mit schweißnassen Händen und wild pochendem Herzen die schmale Straße zu Bentes Haus hinunterlief. Ich hatte mir keinen Plan zurechtgelegt. Ich wusste, wenn ich erst mal damit begänne zu überlegen, wie ich vorgehen würde, wäre die Gefahr groß, dass ich kneifen und einen Rückzieher machen würde.

Erst nach mehrmaligem Klingeln öffnete Bentes Mutter Barbara die Tür. Sie war eine hochgewachsene, strenge Frau, die Wert auf ein akkurates Äußeres legte, doch heute erkannte ich sie kaum wieder. Ihre ungeschminkten Augen waren glasig, ihr Gesicht fahl und eingefallen, dunkle Haarsträhnen lösten sich aus ihrem sonst so ordentlichen Dutt.

»Gut, dass du da bist. Bente ist im Garten«, begrüßte sie mich knapp und trat einen Schritt zur Seite, um mich hereinzulassen.

»Ist alles in Ordnung?«, fragte ich, doch sie war schon wieder in der Küche verschwunden. Ein wenig beunruhigt marschierte ich durch den langen Flur bis zur Terrasse. Dort saß

Bente, eingerahmt von wild blühenden Hortensien, Löwenmäulchen und Ringelblumen, auf einer blauen Holzbank und blickte in den Sommerhimmel. Doch der idyllische Anblick wurde getrübt durch den Ausdruck in ihren Augen – sie waren leer, irgendwie unbelebt.

Vergessen war der Grund, warum ich hier war, als ich mich neben sie auf die Bank setzte und den Arm um ihre Schultern legte.

»Was ist passiert?«, fragte ich.

Keine Antwort.

»Bente, bitte rede mit mir! Ist etwas mit deinen Eltern? Ich bin gerade deiner Mutter begegnet, sie sieht aus, als hätte sie einen Geist gesehen.«

»Ich habe Krebs«, erklärte sie ohne Umschweife. Sie klang sachlich, beinahe unbeteiligt. Ich fühlte mich, als wäre mir ein Schlag in die Magengrube verpasst worden.

Meine Zunge fühlte sich taub an, als ich mühsam hervorpresste: »Krebs … Aber … du bist siebzehn.«

»Leukämie. Meine Mutter hat mich doch letzte Woche zum Arzt geschleppt, weil ich in letzter Zeit immer so müde und abgeschlagen war und ständig Nasenbluten hatte. Gestern Abend kamen die Testergebnisse.«

Ich merkte, dass meine Hand sich so fest um ihre Schulter gekrallt hatte, dass meine Knöchel weiß hervortraten. Sie schien es nicht zu bemerken. Schnell ließ ich sie los. Erst da blickte sie mich an. Und was ich sah, ließ mein Herz beinahe entzweibrechen.

Ich zog sie in meine Arme und wir klammerten uns aneinander fest, so dass es fast schon wehtat. Ich fühlte ihre Angst und die Tränen, die auf meiner Schulter landeten, und auch mir schnürte die Panik die Luft ab. Erst Minuten später ließ ich sie wieder los.

»Genug davon«, sagte sie und wischte sich mit dem Ärmel das Gesicht trocken.

Ich zwang mich ebenfalls zu einem zuversichtlichen Lächeln. Schließlich erkrankten ständig Menschen an Leukämie und überstanden es. Oder? »Wir schaffen das. Gemeinsam stehen wir das durch, deine Familie, Greetje, Jasper, ich. Wir werden dich nicht im Stich lassen.«

»In neun Tagen beginnt die Behandlung. Vorher feiern wir aber noch meinen Achtzehnten, als gäbe es kein Morgen.«

»Versprochen.« Doch es würde ein Morgen geben, alles andere war undenkbar.

Sie lehnte ihren Kopf an meine Schulter. »Ich bin so froh, dass du da bist. Und dass Jasper zurück ist.«

Jasper. Ich schluckte und nahm ihre Hand in meine. Lange Zeit saßen wir schweigend da, lauschten dem Rascheln der Blätter in der Kastanie über uns und beobachteten ein paar Vögel, die sich um die Johannisbeeren balgten.

»Worüber wolltest du eigentlich mit mir sprechen?«, fragte Bente schließlich.

»Was?«

»Du bist schon so früh hier, dabei wolltest du doch heute Vormittag eigentlich an einem Erinnerungs-Fotoalbum für Oma Lene arbeiten. Gibt es dafür einen Grund?«

»Das ist nicht wichtig. Ganz und gar nicht wichtig.«

15

»Was sind wir doch für mickrige Mikroben in diesem Kosmos!«

Professor Rathge und ich sitzen bei sperrangelweit geöffneten Fenstern in gemütlichen Korbstühlen in seinem picobello aufgeräumten Arbeitszimmer, jeder von uns eine schneeweiße Tasse Pfefferminztee in den Händen und eine sorgfältig gefaltete Wolldecke über den Beinen. Ich weiß nicht, was mich an dem alten Kauz so fasziniert – vielleicht ist es die Tatsache, dass ich schon immer ein Faible für Außenseiter hatte –, aber er ist ein wahres Lexikon, nicht nur in Bezug auf unser Universum, und für einen ausgewachsenen Eigenbrötler zeigt er überraschend tiefe Einsichten in das menschliche Seelenleben. Außerdem sieht er in meinen Augen kaum mehr übermäßig absonderlich, geschweige denn gespenstisch aus. Höchstens ein bisschen verschroben.

Als mir am späten Freitagnachmittag auf dem Weg nach Hause einfiel, dass ich mich für abends mit Professor Rathge zum Beobachten der Sterne verabredet habe, war mein erster Gedanke, dass ich noch vor wenigen Wochen inmitten eines großen Kreises von Freundinnen in Hamburg nach der schrägsten Party gesucht habe und heute mit einem einsamen alten Kauz am Rande der Zivilisation Rote Zwerge suche. Mein zweiter Gedanke überraschte mich selber: Ich freute mich sehr auf den Abend. Tatsächlich wollte ich schon als Kind gerne mal zur Milchstraße reisen. Außerdem interessierte mich mein ungewöhnlicher Nachbar. Nicht zuletzt war ich heilfroh, den Abend nicht allein verbringen und auf Netflix nach einem Krimi suchen zu müssen. (Liebesfilme oder romantische Komödien sind momentan tabu.)

Zum Glück haben sich die Wolken der letzten Tage verzogen, so dass der Blick in den Himmel ungetrübt ist – und zum Glück war Meghan heute mit ihrer Arbeitskollegin Solveig verabredet, um sich für den Watt-Dauerlauf im August zu stählen, sonst hätte sie vermutlich versucht, mich aufzuhalten.

Ich war zu früh: Als der Professor seine augenscheinlich übliche Entriegeln-der-tausend-Schlösser-Prozedur beendet hatte, war es noch taghell. Das hielt ihn nicht davon ab, mich schon mal theoretisch in die Geheimnisse von Okularauszügen und Barlowlinsen, wirbelnden Spiralgalaxien und Deep-Sky-Objekten einzuweihen. Mir schwirrte der Kopf und ich behielt nur einen Bruchteil seiner Erläuterungen, doch ich konnte es kaum abwarten, endlich sein ansehnliches Teleskop zu testen.

Und es war eine Offenbarung – Planeten, Kometen und Galaxien zum Greifen nah, aber auch gewaltige Nebel und kosmische Gaswolken, die durch das UV-Licht der Sterne zum Leuchten gebracht wurden. Ein unbeschreiblicher Anblick.

Vielleicht liegt es an meinem neuen Blickwinkel, wie mikroskopisch klein wir angesichts der Größe des Universums sind, dass wir mittlerweile von Kugelsternhaufen und dem Orionnebel M 42 abgekommen und bei dem Sinn des Lebens gelandet sind.

»Ich will kein sinnloses Leben leben.«

»Wir Menschen insistieren, reklamieren und postulieren, dass unsere Existenz mit einem höheren Sinn verknüpft ist. Aber was ist für Sie der Sinn, Fräulein Sturm? Warum sind wir auf der Welt?«, fragt Professor Rathge und schenkt Pfefferminztee nach.

»Wenn ich das wüsste, hätte ich längst einen Bestseller geschrieben. Um einfach nur da zu sein und Erfahrungen zu sammeln? Oder um unser Karma abzuarbeiten? Um Gutes zu tun? Eine etwas dürftige, zu universale Erklärung.« Der Tee ist kochend heiß und ich verbrenne mir die Zunge.

»Vielleicht sollten Sie sich viel eher darauf besinnen, wer Sie wirklich sind, was Sie vom Leben wollen und was Sie können. Einen Sinn zu finden macht nur Sinn, wenn man sich ihm auch konkret und ganz praktisch in seinem Leben widmen kann.« Professor Rathge trinkt seinen Becher mit großen Schlucken leer, als wäre es kalter Orangensaft.

Ich stelle meine Tasse auf den polierten Beistelltisch zurück. »Ich fürchte, mir ist die Gewissheit, wer ich bin und was ich will, abhandengekommen, als sich mein Leben in einen Scherbenhaufen verwandelt hat.« Ich beiße mir auf die Zunge. Eigentlich will ich das gar nicht sagen. Es ist nicht meine Art, einem wildfremden Menschen mein Herz auszuschütten.

»Scherben können Glück bringen, denken Sie nur mal an einen Polterabend oder eine Schiffstaufe.«

»Und was ist mit Gläsern und Spiegeln? Auf sieben Jahre Pech verzichte ich lieber.« Plötzlich fällt mir noch etwas ein: »Und diese kleine schwarze Katze! Die verfolgt mich schon seit Wochen, rennt von rechts nach links über die Straße und bringt mir Unglück! Oder war es von links nach rechts?«

»Auf mich wirken Sie gar nicht unglücklich, Fräulein Sturm. Vielleicht sollten Sie noch mal eingehende Überlegungen darüber anstellen, welche positiven Dinge es in Ihrem Leben gibt: Menschen, Gefühle, Ereignisse. Sie haben doch Freunde, Sie haben einen Beruf und Sie haben Ihren Vater.«

»Mein Vater hat meine Mutter und mich im Stich gelassen,

als wir ihn am meisten gebraucht hätten, um mit seiner Sekretärin eine neue Familie zu gründen«, murmele ich und laufe im nächsten Moment dunkelrot an.

Erstaunt blickt er mich an.

»Tut mir leid. Ich weiß nicht, warum ich das gerade zu Ihnen gesagt habe.«

»Sagen Sie ruhig, was Sie denken. Ich glaube aber, dass Sie Herrn Sturm unrecht tun. Zwar bin ich nicht genau im Bilde darüber, was zwischen Ihnen beiden vorgefallen ist, auch wenn er vorsichtige Andeutungen darüber gemacht hat, doch ich sehe, wie viel Unbehagen ihm Ihre Entfremdung bereitet, und ich höre, dass er in den höchsten Tönen von Ihnen spricht. Machen Sie bitte nicht denselben Fehler wie ich, Sie würden es Ihr Leben lang bereuen.«

»Was meinen Sie?«

»Das erzähle ich Ihnen ein andermal.« Er steht auf, um noch einen Pfefferminztee zu kochen.

Ich brenne darauf nachzuhaken und zu fragen, was ihn nach Süderbüll verschlagen hat, warum er nachts nicht schlafen kann, ob er jemanden hat, der ihm nahesteht. Ob er jemanden braucht, der ihm zuhört. Doch ich sehe an seiner verschlossenen Miene, dass weitere Erkundigungen unerwünscht sind.

Als er mich in den frühen Morgenstunden zu seiner Wohnungstür begleitet, habe ich plötzlich eine Eingebung: »Der Sinn des Lebens ist vielleicht einfach, sinnvoll zu leben. Jeden Augenblick bewusst wahrzunehmen und wirklich zu spüren. Die innere Spur wiederzuentdecken und ihr zu folgen. Etwas Gutes in die Welt zu bringen. Im Gleichklang mit den Nächsten zu leben, mit der Familie und den Freunden. Nur ist das leichter gesagt als getan.«

»Ich glaube fest daran, dass Sie das schaffen, Fräulein Sturm.«

»Ich glaube, Sie schaffen das auch.«

Als ich die Treppe schon zur Hälfte hinabgestiegen bin, ruft Professor Rathge leise »Masel Tov!« hinter mir her.

»Was bedeutet das?«

»Finden Sie es heraus.«

Als ich eine Viertelstunde später in meinem Bett liege und die tanzenden Schatten beobachte, die das Mondlicht (vielleicht ist es aber auch schon das erste Sonnenlicht) durch die Äste des Cox-Orange-Baums an meine Wand wirft, muss ich wie so häufig an Tom denken und will ihm sagen: Sieh nur, ich bin dabei, den Sinn des Lebens zu entdecken. Und du bist nicht mehr Teil davon. Jetzt muss ich nur noch meine innere Spur wiederfinden.

In den vergangenen Nächten – seit Helena mich darüber informiert hat, dass Tom Imme schon seinen Eltern vorgestellt hat – habe ich Stunde um Stunde mit weit geöffneten Augen an die Decke gestarrt, dem leisen Trappeln aus der Einliegerwohnung gelauscht und darüber nachgegrübelt, ob es tatsächlich Toms Affäre war, die zur Trennung führte, oder nicht vielmehr die vielen lächerlichen Kleinigkeiten, an denen sich unsere Liebe aufgerieben hat. Seit dem Vorfall mit dem heiligen Alfa und dem unheilvollen Poller war unser Zusammenleben irgendwie befremdlich geworden. Jetzt bin ich mir nicht mehr sicher, ob die unbehagliche Atmosphäre vielleicht sogar schon vorher angefangen hat. Langsam beginne ich zu glauben, dass Helena recht hatte und ich mit ihm auf Nummer sicher gehen wollte, mein Heil in der Stabilität gesucht habe. Es schmerzt noch immer, an ihn zu denken, aber es wird von Nacht zu Nacht besser.

Sind das etwa Britts selbst gepflückte Wildkräuter, die diese Sinneswandlung bewirkt haben? Ist es der räumliche Abstand, der mich klarer sehen lässt? Ist es das Gespräch über den Sinn des Lebens? Ist es Mikkel? Womöglich war Helenas Ratschlag, nach Ablenkung zu suchen, goldrichtig. Oder ist es einfach Süderbüll?

Drei Flaschen Wein – eine rot, zwei weiß – reihen sich neben der Eingangstür aneinander, als ich gegen halb acht am nächsten Abend meine Jacke und Tasche vom Haken nehme.

»Meghan, das ist eine Gartenparty!«

»You're right«, antwortet sie ausgelassen und kommt eine Minute später mit einer weiteren Flasche zurück.

Draußen stellt sich uns schon wieder die neugierige Frau Durchdenwald in den Weg.

»Wo geht's denn hin?«

Ehe mir eine passende Antwort einfällt, erwidert Meghan mit todernster Miene: »Wir sind in Eile, denn wir wurden zu einem Tatort gerufen.« Dann marschiert sie zielstrebig zu ihrem rostigen Fiesta, reißt unbekümmert die Fahrertür auf und will gerade an Bord gehen, als sie, gestoppt durch einen schrillen, alarmierten Schrei, mitten in der Bewegung innehält und sich mit hochgezogenen Augenbrauen zu mir umdreht. Ich werde ein bisschen verlegen, als mir dämmert, dass der Schrei von mir kam. Frau Durchdenwald schüttelt den Kopf und schlurft mit hängenden Schultern davon.

Lauter als beabsichtigt rechtfertige ich mich: »Wir wollen doch mit heiler Haut bei Greetje ankommen! Ich beschwöre dich, bitte steig nicht ein!«

»Das liegt alles nur daran, dass ihr Deutschen unbedingt auf der falschen Seite fahren müsst«, murmelt Meghan schmollend, knallt aber folgsam die Autotür zu. »Fährst du? Oder willst du mit all dem Wein in der Hand etwa laufen?«

»Nun ja, es sind ungefähr fünfhundert Meter. Die Sonne scheint, die Vögel zwitschern – das werden wir schon schaffen.«

Jede von uns zwei Flaschen unter den Arm geklemmt, machen wir uns auf den Weg die Straße hinunter. Schon nach wenigen Schritten hat meine frohgemute Mitbewohnerin ihr inneres Gleichgewicht wiedergefunden und schießt gut gelaunt kleine Kieselsteinchen vor sich her.

»Kommt Leo auch?«

»Yep! Mikkel?«

»Der ist noch immer in Berlin. Er hat aber heute Morgen angerufen.« Ich war entzückt, seine Stimme zu hören, aber mein Herz hat keine wilden Sprünge gemacht. Dazu ist es vermutlich noch zu früh.

»Wann seht ihr euch wieder?«

»Nächsten Freitag.«

»Dieser Tom ist so was von Geschichte!«

»Ohne Frage.«

»Lass einfach alles auf dich zukommen.«

Eine Weile gehen wir schweigend weiter, jede hängt ihren Gedanken nach. Da fällt mir plötzlich ein, was Professor Rathge mir zum Abschied hinterhergerufen hat.

»Meghan, du bist so viele Jahre um die Welt gereist. Ist dir mal der Ausdruck *Masel Tov* begegnet?«

»Das ist hebräisch und bedeutet frei übersetzt *Viel Glück*.«

»Hat das etwas mit Scherben zu tun? Oder dem Sinn des Lebens? Oder Vätern?«

Meghan sieht mich verdutzt von der Seite an, als wäre ich ein bisschen absonderlich. »Als ich in Israel war, habe ich bei einer Hochzeit erlebt, dass der Bräutigam ein Glas zertrat – als Symbol für die Zerstörung des Tempels zu Jerusalem. Alle Gäste brüllten im Chor *Masel Tov*, um Glück herbeizurufen und Unglück abzuwehren. Daraus leitet sich das Sprichwort *Scherben bringen Glück* ab. Warum fragst du?«

»Ach, nur so.« Ich kann mir kaum vorstellen, dass mein Scherbenhaufen irgendwann Glück verheißen wird.

»Wo warst du eigentlich letzte Nacht?«, fragt Meghan, plötzlich skeptisch.

»Sieh nur, da vorne ist es schon!«

Wir hören schon von Weitem, dass wir nicht die Ersten sind. Aus dem Garten hinter dem gelben Bungalow dringen lautes Gelächter, Wortfetzen und das vergnügte Gekreische von Feli und Enno auf die Straße.

Meine Hoffnungen auf ein ländliches Gartenfest werden nicht enttäuscht: Tatsächlich ist der gesamte Garten, jeder Baum und jeder Strauch, mit farbenfrohen Papierlaternen geschmückt, einige riesige, selbst gepflückte Wildblumensträuße stehen neben Windlichtern auf rustikalen, bunt zusammengewürfelten Holztischen, auf allen Oberflächen befinden sich Schalen mit Erdbeeren und Crostini, und zwei dunkelbraune Pferde strecken neugierig ihren Kopf von der benachbarten Weide über den Zaun und lassen sich von den Gästen streicheln. Die perfekte Idylle.

Greetje flitzt gut gelaunt zwischen Terrasse und Garten hin und her und drängt ihren Gästen überdimensionierte Cocktailgläser auf, die bis zum Rand mit einem rötlichen Gebräu gefüllt sind. »Meine eigene Kreation: Whisky, Kirschlikör, Ananas, Honig. Ich nenne sie *Erste-Hilfe-Kasten*.«

Schon nach dem ersten Schluck brennt mir die Kehle. Meghan leert ihr Glas in einem Zug. »Don't worry, morgen zaubere ich uns wieder ein köstliches Katerfrühstück.«

Unsere mitgebrachten Weinflaschen stellen wir vorsichtshalber auf dem Küchenboden ab, als wir die vielen Wein- und Spirituosenflaschen entdecken, die sich gegenseitig vom Tresen zu drängen scheinen. Meghan wirft mir noch einen Luftkuss zu, bevor sie sich an Leos Hals hängt und ich mich unter die Leute mische.

Die Gäste, eine Mischung aus anderen Pferdewirten, Kollegen aus Oles Tierarztpraxis, Nachbarn und alten Freunden, wirken sympathisch und aufgeschlossen – und sind entgegen meiner geheimen Befürchtungen nicht als Pärchen unterwegs. Zumindest nicht ausschließlich.

Ich halte Greetje an, die mit einem leeren Tablett an mir vorbeifegt.

»Kann ich dir nicht irgendwie zur Hand gehen?«

»Alles im Griff, entspann dich einfach.«

»Wo sind überhaupt die Kinder? Ich habe versprochen, mit ihnen Blinde Kuh zu spielen.«

Sie zögert einen Moment zu lange. »Die zeigen Jasper ihr neues Baumhaus.«

Doch sie hätte nichts sagen müssen, denn in dem Moment entdecke ich ihn. Mit Enno auf den Schultern und einer wild gestikulierenden Feli im Schlepptau (»Jetzt bin ich dran! Ich will auch mal! Ich, ich, Onkel Jasper!«) kommt er galoppierend hinter der Hausecke zum Vorschein. Ihnen folgt langsam eine zierliche Brünette – seine kleine Französin, realisiere ich bestürzt – und gemeinsam setzen sie sich nach ein paar rasanten Rodeo-Runden quer über den Rasen zu einem älteren Paar, das es sich in der von Weinpflanzen umrankten Laube gemütlich gemacht hat.

»Warum ist er nicht in Berlin?«, frage ich.

»Er und Aurélie haben es sich anders überlegt. Stattdessen ist sie jetzt hier.«

Das sehe ich. »Ich glaube, ich hole mir noch so einen *Ersthelfer!*«

»Bleib ruhig hier. *Erste-Hilfe-Kasten* kommt sofort.« Greetje verschwindet im Haus.

Ich überlege gerade etwas unschlüssig, ob ich mich dem Gespräch über Hufrehe und Koliken, das ein paar enthusiastische Pferdefreunde direkt neben mir führen, anschließen soll, als ich spüre, dass ich beobachtet werde. Ich blicke zur Laube hinüber und muss schlucken: Sechs Augenpaare blicken mich an. Im nächsten Moment springen Feli und Enno auf, stürmen über den Rasen auf mich zu, greifen jeder eine meiner Hände und ziehen mich durch den Garten.

»Du musst unbedingt Oma Hallo sagen. Sie ist ganz kribbelig, dass du da bist.«

Es ist Henny. Ihre dunkelblonden Haare sind mit weißen Strähnen durchzogen und sie sieht ein bisschen schmaler aus, aber ihre Augen leuchten noch genauso lebendig wie früher. Sie kommt uns auf halbem Weg entgegen und schließt mich fest in ihre Arme. Ich fühle mich wie eine lange vermisste Tochter. Beschämt denke ich daran, dass ich sie seit meiner Ankunft in Süderbüll trotz aller guten Vorsätze noch immer nicht besucht habe.

»Liebes, liebes Kind.«

»Henny! Es ist so schön, dich zu sehen!« Ich muss meine Augen fest zusammenkneifen, um Tränen der Rührung zu unterdrücken.

»Ich bin froh, dass du den Weg zurückgefunden hast. Und ich hoffe, du bleibst uns hier noch eine Weile erhalten.« Mit ihrem dünnen Arm um meine Schultern lenkt sie mich geschickt zur Laube, wo ich Jasper und seiner Französin möglichst freundlich zunicke. Während er mich vorsichtig angrinst, setzt sie ein gekünsteltes Lächeln auf und sagt: »Allo Felicita!« Vermutlich will sie bei ihren künftigen Schwiegereltern keinen unfreundlichen Eindruck hinterlassen. Feli und Enno klettern auf Jaspers Schoß.

Erst dann fällt mein Blick auf den Stuhl neben mir. Dort sitzt ein großer, breitschultriger Mann mit grünen Augen und grauem Haar. Es ist Hennys Mann Helge, Greetjes und Jaspers Vater. Als Kind habe ich ihn fast nie zu Gesicht bekommen:

Er ist Mathematiker mit irgendeinem unerklärlichen Job in Flensburg und war früher so gut wie nie zu Hause. Keiner schien von seiner ständigen Abwesenheit viel Notiz genommen zu haben und ich habe ihn beinahe vergessen. Nun erhebt er sich schwerfällig, kommt mit ausgebreiteten Armen auf mich zu und zieht mich mit seinen gewaltigen Bärenpranken an seine massige Brust. »Meine Beinahe-Schwiegertochter, du bist ja über die Jahre noch schöner geworden.«

»Helge, das ist ja eine tolle Überraschung! Und du bist wohl noch größer geworden.«

»Und vor allem weiser!«

»Daran habe ich keinen Zweifel.«

»Was ist eine Schwiegertochter?«, fragt Enno munter.

»So was wie Ole, nur als Mädchen«, erklärt Feli.

Helge setzt an, etwas zu ergänzen, als Henny ihm warnend die Hand auf den Arm legt. Betretenes Schweigen in der übrigen Runde. Ich spüre schon wieder diese vermaledeite Röte in mein Gesicht steigen. Nur die Kinder turnen weiterhin unbeirrt auf Jasper herum. Oles laute Stimme, die von der Terrasse herüberdringt, unterbricht die verlegene Stimmung. »Alle Mann an die Tische. Essen ist fertig!«

Mitten auf dem Rasen quetschen sich vierzehn Leute an den Gartentisch, der eigentlich für acht gedacht ist. Für die übrigen Gäste haben Ole und Leo kurzerhand den Esstisch und Oles Schreibtisch herausgeholt.

Ich schnappe mir einen der letzten freien Stühle und bemerke zu spät, dass Jasper und die kleine Französin mir gegenübersitzen. Aurélie starrt mich an, als wäre ich eine Giraffe und sie eine viktorianische Forscherin. Plötzlich bin ich froh, dass mein Haar sich heute einigermaßen anständig benimmt und, wie ich hoffe, glatt und glänzend mein dezent geschminktes Gesicht umrahmt.

Ich stelle mein leeres *Erste-Hilfe-Kasten*-Glas ab und lasse mich von meiner Sitznachbarin zur Linken, einer etwas nervösen, aber sympathischen jungen Mutter, die ihr Kind heute zum ersten Mal einem Babysitter überlassen hat und wie jede junge Mutter kein anderes Thema kennt als ihren Sprössling und seine Großtaten, in ein nettes Geplauder verwickeln.

»Ach wirklich, er geht schon alleine aufs Töpfchen? Das ist aber früh«, sage ich vielleicht ein bisschen zu überschwänglich. Die Französin starrt weiterhin ununterbrochen zu mir hinüber.

Während ich ein Weißbrot mit Olivenöl bestreiche, stellt Ole große Schalen mit dampfenden Gnocchi und Steinpilzsauce auf den Tisch.

»Er hüpft schon auf dem Trampolin? Das klingt ja sportlich.«

Sobald die ersten Gäste anfangen, sich Essen auf ihre Teller zu laden, und das beginnt, was ich früher immer »das große Rumschicken der Schüsseln« genannt habe, muss ich laut loslachen. Was für Außenstehende ein wenig verwirrend anmuten kann, ist für die Nordfriesen ganz normal: Essen wird hier grundsätzlich von einem zum nächsten gereicht. Nimmt sich jemand etwas aus einer Schüssel, stellt er sie anschließend nicht wie anderswo wieder auf den Tisch zurück, sondern reicht sie an seinen rechten Sitznachbarn weiter. Erst wenn jeder Teller am Tisch gefüllt ist, werden die Schalen abgesetzt. Zumindest so lange, bis jemand sich daranmacht, Nachschlag zu nehmen – dann wird eine Kettenreaktion in Gang gesetzt und das Ganze geht wieder von vorne los.

Ich nehme der jungen Mutter also die Platte mit Antipasti ab und fülle gerade etwas davon auf meinen Teller, als ich erfreut aus den Augenwinkeln wahrnehme, dass sich Henny auf dem freien Platz zu meiner Rechten niederlässt.

»Entschuldigung, ich musste Greetje noch in der Küche helfen«, erklärt sie und nimmt die Platte aus meiner Hand. »Irgendjemand hat Weinflaschen auf den Fliesen abgestellt und Enno hat sie mit einem Fußball umgeschossen. Kein Sauvignon Blanc heute.« Munter lädt sie sich eine Riesenportion Aubergine und Zucchini auf ihren Teller und bemerkt nicht, dass mein Gesicht rot wird wie ein Radieschen. Ich muss daran denken, morgen früh aufzustehen, um hier beim Aufräumen zu helfen.

Übergangslos wendet sich die junge Mutter an ihren linken Sitznachbarn – zweifellos, um die Schüssel mit Salat in Empfang zu nehmen und ihm dabei mit weiteren Geschichten über ihren Sonnenschein die Zeit zu vertreiben.

»Fee, erinnerst du dich noch an das Baumhaus in unserem Garten, in dem ihr als Kinder so oft gespielt habt?«

»Natürlich.« Greetje, Bente und ich haben ganze Sommer dort oben verbracht.

»Mit zehn ist Greetje heruntergefallen und hat sich den Arm gebrochen. Jasper und du habt sie gemeinsam ins Haus getragen und den Krankenwagen gerufen, weil Helge und ich bei der Arbeit waren. Anschließend seid ihr in die Notaufnahme gefahren. Alle zusammen.« Ich muss unwillkürlich lächeln, als ich mir den Vorfall ins Gedächtnis rufe. Jasper und ich haben Greetje keine Sekunde aus den Augen gelassen, bis endlich Henny, bleich wie eine Wand, aus dem Reitstall eintraf. Hinterher war Greetje stolz wie ein Schwan auf ihren Gips, den wir bunt bemalen durften, und auf ihre beiden »Lebensretter«.

»Ihr wart so ein wunderbares Team«, sagt Henny.

Ich sage nichts. Stattdessen nehme ich meiner Sitznachbarin zur Linken die Gnocchi ab und reiche sie an Henny weiter. Dann fülle ich einen trockenen Rotwein in unsere beiden Gläser. Ich weiß, dass ich eigentlich nichts mehr trinken sollte, wenn ich morgen früh nicht in der Badewanne oder im Strandkorb aufwachen will.

»Nun bist du auf jeden Fall wieder zurück. Ich kann dir gar nicht sagen, wie sehr ich mich darüber freue. Nicht nur, dass du hier bist, sondern auch, dass du Teil des Museumsprojekts bist.«

»Ich bin auch froh darüber. Es ist ein ganz besonderer Arbeitsplatz.«

»Seit Jasper in Namibia gearbeitet hat, habt ihr den Plan gefasst, das Anwesen der Mommsens eines Tages in ein Meereskunde-Museum umzuwandeln. Ihr wolltet die Menschen für die Themen Naturschutz und biologische Vielfalt sensibilisieren und Naturphänomene und Lebensräume der Wattenmeerküste veranschaulichen. Erinnerst du dich?«

Natürlich erinnere ich mich. Der Plan verfestigte sich an unzähligen Abenden kurz vor meinem Abitur, nachdem unsere kleine Gruppe wieder zueinandergefunden hatte. Ich dachte, dass die anderen es längst vergessen haben.

»Und nun hat Jasper den Weg geebnet und damit gezeigt, dass es sich dabei nicht nur um jugendliche Träumereien gehandelt hat.« Hennys Stimme bebt förmlich vor Stolz.

Weil ich gerade auf einer großen Ladung Salat herumkaue, entgehe ich einem Kommentar. Wahrscheinlich ist es nur der Alkohol, aber wie aus dem Nichts schießt mir der Gedanke durch den Kopf, dass der Zwischenfall mit Tom und dem Stück passieren *musste*, damit ich hierherkommen und mich an meinen Traum erinnern konnte.

»Erzähl doch mal, meine Liebe. Wie ist es dir in der weiten Welt ergangen? Wo bist du vor zwölf Jahren hingegangen und welche Orte hast du gesehen?«

Mich beschleicht das irritierende Gefühl, dass sich Jasper und seine Französin, auch wenn sie selbst in ein vertrauliches

Zwiegespräch verwickelt scheinen, alle Mühe geben, unserer Unterhaltung zu lauschen, daher lasse ich bei meiner Antwort Vorsicht walten.

»Nun, ich war erst eine Weile in Australien und Neuseeland, wo ich mich als Cowgirl auf einer Schaffarm, als Erntehelferin oder mit anderen Gelegenheitsjobs über Wasser gehalten habe. Dann war ich in Afrika«. In Namibia. An der Diamantenküste in der Nähe der kleinen Küstenstadt Lüderitz. »Anschließend bin ich weitergeflogen nach Südamerika. Ich habe als Fremdenführerin in Patagonien und als Kellnerin in Lima gearbeitet.«

»Eigentlich sahen deine Pläne doch ganz anders aus«, stellt Henny fest.

»Pläne ändern sich.« Manchmal schneller als gedacht. Jasper blickt auf und starrt mir unverwandt in die Augen – mit einem Ausdruck, den ich nicht deuten kann.

»Auf jeden Fall hast du schon einige der schönsten Orte der Welt gesehen. Ich mit meiner Flugangst komme nicht weiter als bis Rømø.«

»Ich liebe Rømø«, lache ich.

»Was mochtest du denn besonders am Reisen?«

»Es ist ein intensives Leben. Oft am Limit, manchmal auch darüber hinaus.« Ich muss schlucken, als ich an mein erstes Jahr im Ausland denke. »Doch es lohnt sich. In die Welt hinauszuziehen, aus welchen Beweggründen auch immer, um sie mit all ihren Facetten zu erobern, bedeutet so viel mehr als nur malerische Strände, romantische Sonnenuntergänge und schneebedeckte Gipfel. Man bricht aus den gewohnten Strukturen aus, ist frei, selbstbestimmt, ungebunden und lernt sich dabei wirklich selbst kennen. Und wenn man dabei ein Lächeln auf den Lippen trägt, bekommt man auch sicher eins zurück.« Ich nehme einen großen Schluck Wein und füge hinzu, wie zu mir selbst: »Irgendwann mache ich es noch mal.«

»Was ist passiert, als du nach Deutschland zurückgekehrt bist?«

»Ich habe in Hamburg Kulturmanagement studiert, bin irgendwie in einer PR-Agentur gelandet und dortgeblieben. Bis vor Kurzem«, füge ich ein wenig kleinlaut hinzu. Ist mein Weinglas schon wieder leer? Mein Kopf fängt bereits an zu schwimmen.

»Und was bringt dich zurück?«

Noch immer habe ich das Gefühl, dass Jasper und die kleine Französin an meinen Lippen hängen. In dem Moment, es ist mittlerweile halb zehn, kommt Feli vom anderen Ende des Tisches herübergelaufen und beklagt sich: »Onkel Jasper, Mama sagt, wir müssen schon ins Bett. Als wären wir kleine Babys. Kommst du mit und liest uns die Geschichte von dem roten Drachen vor?«

»Nein, nein, die ist zu gruselig. Lieber die von den Einhörnern«, wirft Enno mit tellergroßen Augen ein.

Jasper lächelt. »Ich weiß, was wir machen: Ich lese Pippi Langstrumpf vor. Die Geschichte, in der sie gegen den Hai kämpft.« Schwungvoll nimmt er Enno auf den Arm.

»Ja, Pippi ist cool!«, freut sich der Kleine.

Feli gibt Henny und mir einen Kuss und sagt: »Gute Nacht, Oma. Schlaf gut, Fee.« Die kleine Französin ignoriert sie und ich empfinde eine seltsame Genugtuung.

Sobald sie außer Hörweite sind und ich sehe, dass auch Aurélie aufsteht und sich mit ihrem Chanel-Handtäschchen unterm Arm in Richtung Badezimmer davonmacht – vermutlich, um ihr winziges Näschen nachzupudern –, wende ich mich wieder Henny zu. Ich weiß, ich kann ihr vertrauen. »Es gab eine Zeit, und damit meine ich nicht die Sache vor zwölf Jahren, da hatte ich das Gefühl, mein Leben ist schiefgelaufen. Einer von fünf Smileys, höchstens. Doch mittlerweile ist mindestens einer hinzugekommen – und das nicht nur dank eines Hühnereis und einer Flasche frischer Kuhmilch.«

»Smileys?«

»Ich glaube sogar, es sind inzwischen drei Smileys. Mindestens.« Ich halte inne. »Es fühlt sich nämlich gar nicht so an, als wäre mein Leben eine einzige Katastrophe. Nicht mehr. Nie hätte ich geglaubt, dass es so schnell bergauf geht.« Natürlich wäre es bequemer gewesen, wenn alles beim Alten geblieben und der Zwischenfall mit Tom und Imme nie passiert wäre. Doch mein Leben in Hamburg, in meiner alten PR-Agentur und an der Seite von Tom, erscheint mir urplötzlich gar nicht mehr wünschenswert. Auf Kosmetikkampagnen und närrische Actionfiguren kann ich gut verzichten.

»Es ist seltsam, aber gerade kam mir zum ersten Mal der Gedanke, dass ich, wäre ich nicht von meinem Partner hintergangen worden, auch nicht wieder hier bei euch gelandet wäre. Ich brauchte eine Weile, aber nun verstehe gar nicht mehr, warum ich mir so lange nicht vorstellen konnte zurückzukehren. Denn fernzubleiben ändert an den Tatsachen auch nichts mehr.«

»Das ist die Magie Süderbülls.« Henny grinst. »Denke nicht an das, was dir fehlt, sondern an das, was du hast.«

Auch ich muss grinsen. »Gleich sagst du noch: Kein Mensch kommt ohne Grund in dein Leben. Der eine als ein Geschenk, der andere als eine Lektion.« Ich fühle mich wieder wie neunzehn, als Henny wie eine Ersatzmutter für mich war und für Greetje und mich die besten Lebensweisheiten parat hatte. Während ich von meiner eigenen Mutter in dieser Zeit nur Sätze wie »Du glaubst zwar nicht mehr an den Weihnachtsmann, aber ganz offenbar daran, dass deine schmutzigen Shirts von ganz allein in die Waschmaschine fliegen« oder »Dafür, dass du so wenig Ahnung hast, hast du viel zu viel

Meinung« hörte, blickte Henny tiefer, bot Ratschläge und Anregungen an. Und sie wusste auch genau, wann ich keinen Rat brauchte, sondern einfach nur ein Ohr, das mir zuhörte, oder ein Herz, das mich verstand.

Zu ihren liebsten Lebensweisheiten gehörte: *Es gibt immer einen Weg, man muss ihn nur finden*. Ich erinnere mich, wie sie Jasper und mir kurz vor der verhängnisvollen Abiballnacht mit dieser Erkenntnis die Augen öffnen wollte. Den Weg, den wir gewählt haben, hat sie bestimmt nicht gemeint.

»Ich weiß noch etwas Besseres – schließlich wird man bekanntermaßen im Alter immer weiser«, unterbricht Henny meine Gedanken. »Nur wer sein Gestern und Heute akzeptiert, kann sein Morgen frei gestalten. Dir stehen alle Türen offen, Fee.«

Mittlerweile drehen die Schüsseln ihre zweite Runde und ich nehme mir noch ein paar eingelegte Champignons.

»Himmel, ich habe dich so sehr vermisst. Warum habe ich das erst jetzt bemerkt?« Lächelnd drücke ich Henny die Platte mit dem schon deutlich geschrumpften Antipastiberg in die Hand.

Als ich aufblicke, bemerke ich, dass Aurélie uns wieder gegenübersitzt und mich von oben bis unten mustert. Ich frage mich, was sie gegen mich einzuwenden hat, ob sie von Jasper und mir weiß (nach Helges Kommentar vorhin wäre das keine große Überraschung) oder sie sich nur daran stört, dass ich mich so vertraut mit ihrer künftigen Schwiegermutter unterhalte, während sie sich vielleicht nicht besonders nahestehen.

Gegen ein Uhr morgens, die Kerzen sind inzwischen niedergebrannt, machen Henny und Helge Anstalten, nach Hause zu gehen. Auch ich bin bettreif nach den überbordenden Partyspielen – nach dem Gurkentanz sind wir jetzt beim witzigen Kleidertausch angekommen – und blicke mich suchend und schwankend nach Meghan um, doch sie ist zwischen den mittlerweile zerrauft und zerzaust aussehenden Gästen, deren Köpfe den Tischen sehr viel näher gekommen sind als zu Beginn des Abends, nirgendwo zu sehen.

»Heute ist Vollmond. Soll dich jemand begleiten?«, fragt Henny teilnahmsvoll.

»Danke, das ist lieb, aber ich habe keine Angst mehr bei Vollmond. Ich bin doch jetzt erwachsen.« Das stimmt nicht ganz, aber ich weiß, dass Jasper und die kleine Französin, die ebenfalls aufbrechen und sich gerade von Henny und Helge verabschieden wollen, jedes Wort mitbekommen. Und welche gestandene Frau fürchtet sich vor dem Vollmond?

Zum Abschied schließt Henny mich fest in die Arme und flüstert in mein Ohr: »Ein langer Streit beweist, dass beide Seiten unrecht haben.«

Als ich vor die Tür trete, biegen Jasper und seine Französin gerade vom Gartenweg in die Straße ein. Er hat beschützend den Arm um ihre Schulter gelegt, sie umschlingt fest seine Hüfte. Ich muss in dieselbe Richtung, also folge ich ihnen langsam und in sicherem Abstand bis zu meinem Haus. Die beiden scheinen in ein Gespräch vertieft und bemerken mich nicht.

In meiner Einfahrt angekommen, werfe ich noch einen letzten Blick auf das Paar. Unter einer Straßenlaterne sind die beiden stehen geblieben und ich sehe, wie die Französin ihm einen zarten Kuss auf die Wange gibt. In dem Moment blickt Jasper über ihren Kopf hinweg genau in meine Richtung. Erschrocken weiche ich zurück. Ich weiß, er kann mich trotz des Vollmonds in der Dunkelheit zwischen den Rosenbüschen nicht erkennen, und doch schleiche ich so schnell wie möglich zur Haustür.

Obwohl von oben zur Abwechslung mal kein Getrappel zu

hören ist, kann ich, zusammengerollt in meinem schmalen Kinderbett, nicht einschlafen. Der Mond scheint durch die Vorhänge hell in mein Zimmer und ich wälze mich hin und her, ohne Ruhe zu finden. Ich denke an Henny und daran, dass mir alle Türen offen stehen. Mein eigenes Leben steht auf dem Prüfstein und plötzlich weiß ich, dass ich mich nicht unterkriegen lassen werde. Nicht von einem Mann, nicht von diesem Leben auf dem Dorf, nicht von der Vergangenheit. Vor allem nicht von der Vergangenheit.

Mir kommt dieser Song in den Sinn, *Always look on the bright side of life*. Ich nehme mir vor, diesen Grundsatz nie wieder zu vernachlässigen, denn nichts im Leben passiert ohne Grund – und ich glaube, ich habe meine Lektion endlich gelernt und kann wieder nach vorne blicken.

Schließlich habe ich allen Grund dazu, nach vorne zu blicken, denn ich bin von lauter wundervollen Menschen mit charmanten Ecken und Kanten umgeben, ich kann reife Erdbeeren und Erbsen direkt vom Strauch pflücken, im Watt wandern und auch beruflich läuft es rund. Erst heute Morgen, als ich die Zeitung aufschlug, fiel mir direkt die erste Hälfte eines zweiteiligen Gewinnspiels ins Auge, das ich mir spontan während eines Interviews ausgedacht und für das Hinnerk, angetan von der Idee, auf diese Weise die Aufmerksamkeit der Menschen auf unser Museum zu lenken, auf Anhieb zwei Jahresfreikarten springen lassen hatte. Besser hätte der Tag nicht starten können.

Ich will die Dinge nicht mehr einfach geschehen lassen. Ich will nie wieder tatenlos danebenstehen und zusehen, als würde jemand anders mein Leben leben. Denn jeder Moment zählt. Warum nicht auch mal Nacktyoga ausprobieren? Oder besser noch, in den Sportverein eintreten. Nein, nicht der Sportverein. Aber ich sollte sportlich endlich aktiver werden, das ist gut für Körper und Seele. Vielleicht jeden Abend nach einem erfüllten Arbeitstag durch die Natur joggen. Oder zumindest jeden zweiten Abend.

»Stopp!«, sage ich laut in die Dunkelheit hinein. Genug mit der Theorie! Jetzt wird endlich etwas unternommen – und zwar zuerst mal dagegen, dass ich in wenig mehr als zwei Monaten abermals ohne Arbeit auf der Straße sitzen werde. Also stehe ich wieder auf und lasse mich an dem kleinen weißen Kiefernholzschreibtisch nieder.

Ich muss mein Gestern und Heute akzeptieren. Und ich möchte mein Morgen frei gestalten. Energisch schalte ich meinen Laptop ein und finde mich schon kurze Zeit später auf StepStone wieder.

Als ich im Morgengrauen endlich einschlafe, gilt mein vorletzter Gedanke der Magie Süderbülls, wie Henny es formuliert hat. Mein letzter Gedanke gilt Jasper. Ich frage mich, warum mich der Anblick dieses harmlosen Wangenkusses so zusammenzucken ließ.

16

Nach Bentes verheerender Diagnose war plötzlich alles anders. Greetje und ich waren krank vor Sorge, doch wir taten unser Bestes, um uns unsere Unruhe nicht anmerken zu lassen und Bente nicht wie ein rohes Ei zu behandeln. Stattdessen stürzten wir uns voller Elan in die Vorbereitung ihrer Geburtstagssause in der Süderbüller Mehrzweckhalle.

Wir mussten ihr versprechen, vorher niemandem ein Sterbenswörtchen über ihre Krankheit zu verraten, denn sie wollte in dieser Nacht das Leben und ihre Volljährigkeit feiern, ganz ohne durch mitleidige Blicke oder bohrende Fragen daran erinnert zu werden, was ihr in den nächsten Monaten bevorstand. Uns allen war klar, dass es für lange Zeit ihre letzte Party sein würde.

Ich wusste, Jasper würde auch dort sein. Seit unserem schicksalhaften Wiedersehen am Busbahnhof vor einer Woche hatte ich ihn weder gesehen noch gesprochen. Ich musste der Wahrheit ins Auge sehen: Ich liebte Jasper und Bente, Bente liebte Jasper, und Bente hatte Krebs. Also war Jasper für mich tabu, so einfach war das.

Nur, dass es nicht wirklich so einfach war. Ich fühlte mich zerrissen wie nie zuvor. Die wenigen Male, bei denen seine Nummer auf dem Display aufleuchtete, schleuderte ich mein Handy mit wild pochendem Herzen quer durchs Zimmer gegen die Wand, nur um mit einem Hechtsprung hinterherzujagen und nachzusehen, ob er mir eine Nachricht hinterlassen hat. Hat er nicht. Ich redete mir ein, mein Herz hatte ihm achtzehn Jahre lang widerstanden, dann schaffte es das jetzt auch. Schließlich sollte er in wenigen Wochen wegziehen, und ich würde ihn kaum mehr zu Gesicht bekommen. Und bis es so weit war, würde ich ihm so gut es ging aus dem Weg gehen.

Viel zu lange stand ich vor dem Badezimmerspiegel, um mich für die Party zurechtzumachen. Kein Concealer schien die dunklen Schatten unter meinen Augen verdecken zu können, kein Blush ließ meine viel zu blassen Wangen wieder frisch aussehen. Am wenigsten aber konnte ich bei meinen Augen ausrichten. Sie wirkten traurig und leer.

»Reiß dich zusammen, Fee! Jetzt zählt nur, dass Bente wieder gesund wird«, sagte ich mit fester Stimme zu meinem Spiegelbild.

»Ist alles in Ordnung bei dir, Liebling?«, rief mein Vater aus dem Flur.

Mit einer Kiste Sekt, ein paar Tüten Luftballons, einer selbst gebrannten CD mit all ihren Lieblingsliedern und einem Schutzengel aus Edelstahl, der ursprünglich für den Rückspiegel ihres neuen Minis, das Geburtstagsgeschenk ihrer Eltern, gedacht war, jetzt aber eine viel wichtigere Funktion übernehmen musste, stieg ich am späten Nachmittag aus dem Volvo meines Vaters. Bente kam mir mit großen Schritten entgegengeeilt und fiel mir um den Hals. Greetje folgte ihr auf dem Fuß und schlang ihre langen Arme um Bente und mich. Lange Zeit standen wir ohne ein Wort zu sagen eng aneinandergedrückt da.

»Bente, es wird alles wieder gut«, murmelte ich schließlich.

»Daran denken wir Montag.« Montag war der Tag, an dem sie ihre erste Zytostatikum-Dosis erhalten sollte. Sie hatte ungeheure Angst vor den Nebenwirkungen. Vor allem aber davor, dass die Chemotherapie nicht helfen würde. »Und nun Schluss mit der Gefühlsduselei! Los, Mädels, wir haben eine Party vorzubereiten.«

Die Halle war groß, doch schon gegen halb neun drängten sich die Leute ausgelassen vor der provisorischen, aus Europaletten gezimmerten Bar und auf der Tanzfläche unter unseren eigens angebrachten bunten Discokugeln dicht aneinander. Ich glaube, Bente hatte die gesamte Oberstufe eingeladen. Fatih aus der Dreizehnten hatte sein DJ-Pult aufgebaut und spielte einen Mix aus aktuellen Chart-Hits und Rocksongs vergangener Jahrzehnte.

Jasper hatte ich noch nicht entdeckt, obwohl ich immer wieder unauffällig den Raum scannte. Ich hatte keine Ahnung, was ich ihm sagen sollte, wenn er vor mir stünde.

Bente, Greetje und ich stießen abwechselnd auf Bentes Volljährigkeit an, obwohl sie eigentlich nicht so viel trinken sollte, und sprangen scheinbar ausgelassen auf der Tanzfläche herum. Doch selbst unser ausschweifender Sekt- und Tequilagenuss zeigte nicht die erwünschte Wirkung: Keine von uns war wirklich gelöst. Das lag vor allem an der drohenden schwarzen Wolke, die Bentes Krankheit für uns war, doch außerdem ärgerte Greetje sich maßlos über Ole, der ihr nicht die Aufmerksamkeit zukommen ließ, die sie sich wünschte, und Bente war am Rande eines Nervenzusammenbruchs, weil Jasper nicht auftauchte. Über meine eigene innere Zerrissenheit wollte ich jetzt gar nicht erst anfangen nachzudenken.

Erst gegen Mitternacht begann ich, mich langsam zu entspannen: Vielleicht würde er doch nicht mehr kommen. Vielleicht musste ich das Gespräch, das uns unweigerlich bevorstand, nicht unbedingt heute führen. Gleichzeitig spürte ich einen schmerzhaften Stich der Enttäuschung.

Doch plötzlich wusste ich, dass er da war. Ich fühlte seine

bohrenden Blicke wie Dolche in meinem Rücken, als ich mich gerade angeregt mit Sören Thomas unterhielt. Sören war eine willkommene Ablenkung: Er war freundlich, witzig, klug und loyal. Leider war er auch – und daraus hatte er nie einen Hehl gemacht – schon seit der Achten in mich verliebt.

Als ich später auf dem Weg zur Toilette an einer unbeleuchteten Nische vorbeikam, packte mich jemand fest am Arm und zog mich hinein. Jasper. Mein Mund war trocken wie die Atacama-Wüste, mein Herz sank zum Mittelpunkt der Erde.

»Warum gehst du mir seit Tagen aus dem Weg?« Wütend und unbeherrscht.

»Ich gehe dir nicht aus dem Weg. Ich hatte viel um die Ohren.« Lahm und unsicher.

»Was willst du plötzlich von diesem Sören?« Wenn überhaupt möglich, wurde seine Stimme noch unbeherrschter. Er war ziemlich betrunken.

»Gar nichts. Wir unterhalten uns.« Warum schoss mir nur immer in den unpassendsten Momenten das Blut ins Gesicht?

»Scheiße, Fee! Mach dem armen Jungen bitte keine falschen Hoffnungen. Nicht wegen mir.«

Ich wurde immer unruhiger. Nicht mehr lange konnte ich in diese meergrünen Augen blicken und die Contenance wahren. Außerdem war mir bewusst, dass Bente gerade jeden Stein umdrehte, um ihn zu finden. Keinesfalls durfte sie uns zusammen in dieser Nische entdecken – die Spannung zwischen uns würde ihr nicht entgehen.

Da wusste ich, ich konnte nicht nichts sagen, obwohl ich es ihr versprochen hatte. Es wäre einfach nicht fair gewesen – und außerdem würde Jasper es früher oder später ohnehin erfahren. Jeder in Süderbüll würde es erfahren.

»Es tut mir leid, Jasper. Dass ich deine Anrufe ignoriert habe. Aber es ist etwas passiert.«

»Was meinst du?«

»Bente. Sie braucht jetzt unsere Hilfe.«

»Wobei?«

»Sie ist krank. Übermorgen beginnt ihre Behandlung.«

»Wie krank?«

»Wirklich krank. Leukämie.« Die Worte kamen mir kaum über die Lippen.

Er sah aus, als hätte ich ihm einen Schlag ins Gesicht verpasst. Unwillkürlich wich er einen Schritt zurück.

Ich spürte, wie mir Tränen in die Augen stiegen, als ich wiederholte: »Sie braucht jetzt unsere Hilfe.«

»Ich weiß.«

»Sie liebt dich. Bitte kümmere dich um sie.«

»Fee –«

»Versprich es mir!«

Lange Zeit sah er mich mit seinen meergrünen, vertrauten Augen an. Und ich sah den Schmerz in seinem Blick, die Einsicht. Er wusste, dass wir keine Chance hatten.

Es brach mir das Herz.

»Ich verspreche es«, flüsterte er.

Als er seine Hand nach mir ausstreckte, drehte ich mich um und stürmte in Richtung Mädchenklo davon.

Ich wollte schnell nach Hause und nahm erleichtert Sörens Angebot an, mich zu begleiten. Auf dem Weg nach draußen fiel mein Blick auf Jasper, der an der Bar stand und uns mit grimmiger Miene anstarrte.

Nach einer unruhigen, schlaflosen Nacht stand ich um elf Uhr am nächsten Vormittag in Bentes Schlafzimmer, um sie zum Aufräumen der Party-Überreste abzuholen. Sie lag noch im Bett, war blass und wirkte erschöpft, doch ihre Augen leuchteten wie die eines Kindes, das dem Weihnachtsmann begegnet ist.

Ich wusste instinktiv, was geschehen war, noch bevor sie etwas sagte. Meine Kopfhaut begann zu prickeln. Und tatsächlich, als ich mich neben sie auf die uralte grüne Schildkröten-Bettdecke legte, rief sie, plötzlich voller Energie: »Fee, du errätst nie, nie, nie, was gestern passiert ist.« Ihre Stimme überschlug sich beinahe.

»Wenn du mich so fragst … hat es sicherlich etwas mit … Jasper zu tun.« Meine Kopfhaut fühlte sich schon ganz taub an.

Bente schien mein Stottern gar nicht zu bemerken. »Ich habe ja schon gar nicht mehr gewagt, daran zu glauben, aber, Fee, im Laufe der letzten Nacht, als du schon weg warst – warum bist du eigentlich so plötzlich verschwunden? –, da habe ich all meinen Mut zusammengenommen und ihn geküsst. Und es war himmlisch.«

Genau das, was ich gewollt hatte. Ich glaube, mein Herz hörte tatsächlich für ein paar Sekunden auf zu schlagen.

Offenbar hatte Bente Jasper an der Bar erwischt und ein Bier mit ihm getrunken, dann noch eins. Und noch eins. Nachdem sie sich ausreichend Mut angetrunken hatte, hatte sie ihn auf die Tanzfläche gezerrt und sie haben, beschwingt vom Alkohol, eine kesse Sohle aufs Parkett gelegt.

»Na ja, ganz so kess war es vielleicht nicht. Er wirkte irgendwie bedrückt, aber wenn überhaupt, dann hat ihn diese Melancholie nur noch anziehender gemacht. Wahrscheinlich war er einfach nur betrunken.«

»Ja, wahrscheinlich.«

»Und dann, als die ersten Töne von *Chasing Cars* zu hören waren und er ein bisschen unschlüssig vor mir stand, habe ich einfach die Initiative ergriffen, ihn an mich gezogen und ihn geküsst. Ich meine, was habe ich denn jetzt noch zu verlieren? Sonst hätte ich mich das im Leben nicht getraut.«

Ich bekam kaum Luft.

»Wenn ich mir einen Moment zum Sterben aussuchen müsste, dann würde ich genau diesen wählen.« Bente griff nach ihrem Lieblingskuscheltier Einstein, einem Orang-Utan, den sie zum ersten Geburtstag geschenkt bekommen hatte, und begann, ihm geistesabwesend den Kopf zu streicheln.

»Rede bitte nicht vom Sterben, Bente.«

»Tut mir leid. Aber keine Sorge, ich habe gar keinen Grund, ins Gras zu beißen.«

»Und er … hat den Kuss erwidert?«

»Er wirkte anfangs schon ein bisschen angespannt. Aber, Fee, du ahnst nicht, wie wundervoll er küssen kann. Diese *Lippen*!«

Doch, ich ahnte es.

»Bente, ich freue mich so für dich. Wenn jemand dieses Glück verdient hat, dann bist es du.«

»Du klingst aber irgendwie traurig.«

Sie kannte mich so gut. »Ich bin nur müde und habe einen Kater. Ist ja nicht jede von uns bis obenhin vollgepumpt mit Serotonin und Endorphinen.« Ich zwang mich zu einem Lächeln und stieß sie in die Seite. Mit der Zeit würde ich mich schon an den Gedanken gewöhnen, dass Jasper und Bente sich näherkamen.

»Stimmt, deine Wangen haben tatsächlich die Farbe von frisch angerührtem Zement.« Sie beugte sich zu mir herüber und strich mir die Haare aus der Stirn. »Kann ich dir etwas bringen, das deine Schmerzen lindert?«

»So etwas gibt es nicht.«

»Aspirin? Rollmops? Wasser?«

Ich schloss die Augen – und öffnete sie schnell wieder, als Jaspers Gesicht vor mir auftauchte. Dieses Gesicht, das mich so voller Geringschätzung angestarrt hatte, als ich gemeinsam mit Sören die Halle verlassen hatte.

»Trotzdem war es doch auch für dich ein schöner Abend – zumindest scheinst du ja endlich aus deinem Dornröschenschlaf erwacht zu sein«, fuhr Bente fort.

»Was meinst du?« Mein Gott, warum laufen meine Wangen schon wieder dunkelrot an?

»Sören!«

»Ach, der.« Erleichterung.

»Wer denn sonst?«

»Niemand natürlich.«

»Gute Wahl übrigens. Ich habe dich ja immer gefragt, warum du ihn jahrelang abblitzen lassen hast. Ich sage nur: Augen wie das Blaulicht der Feuerwehr, Haare so schwarz wie eine Rabenfeder.« Bente stand auf, zog ihr Nachthemd über den Kopf und riss wahllos ein paar Klamotten aus ihrem Kleiderschrank.

Ich kam nicht umhin, mehrere blaue Flecken auf ihrem Rücken zu bemerken. Als hätte sie meinen Blick gespürt, kam sie noch mal zum Bett zurück und drückte mir einen Kuss auf die Stirn. »Fee, wenn dieser blöde Krebs nicht wäre, wäre ich so glücklich wie noch nie in meinem Leben!«

17

Meghan bleibt wie angewurzelt stehen, als sie am Montagmorgen in die Küche kommt und ihr Blick auf den neuen kleinen Pulsmesser fällt, den ich in der Hand halte.

»Was tust du? Du trägst eine Jogginghose!«

»Ich will über den Deich bis nach Weeden laufen.«

»Laufen? Aber du hasst Sport!«

»Es ist nie zu spät, etwas zu ändern«, antworte ich mit einem breiten Grinsen. »Aber bevor du fragst: Die Anmeldefrist für den Watt-Dauerlauf ist längst abgelaufen.«

Als ich fünfundvierzig Minuten später wieder in unserer Küche stehe, schwitze und hechele ich, als hätte ich gerade einen Marathon in der Sauna hinter mich gebracht. Aber ich fühle mich gut. Sehr gut sogar. Auch wenn ich es bei Weitem nicht bis nach Weeden geschafft habe.

Natürlich komme ich zu spät zur Arbeit. Zusammen mit Britt und Swantje. Wir treffen uns bei der großen Eiche neben dem Kiesplatz, an die wir ringsum unsere Fahrräder lehnen.

»Ich habe einen Kaktus gehäkelt«, erklärt Swantje ihr Zuspätkommen.

»Ich habe die Tiefenschichten der Wirklichkeit erforscht. Normale Menschen sind ja sehr einschichtig«, sagt Britt, ohne mit der Wimper zu zucken.

»Ich war joggen«, verkünde ich stolz.

»Joggen war gestern«, verpasst Swantje meiner Hochstimmung einen kleinen Dämpfer. »Komm doch demnächst mal mit zum Joggling – das ist eine Kombination aus Joggen und Jonglieren.«

Bevor mir eine passende Antwort einfällt, höre ich, wie hinter mir jemand laut meinen Namen ruft. Als ich mich umdrehe, entdecke ich Feli und Enno, die gerade aus Hennys Auto steigen und mit vor Aufregung funkelnden Augen auf uns zugerannt kommen. Sofort hängen sich die beiden an meine Hände und plappern munter durcheinander.

»Oma hat uns hergebracht, weil ...«

»... und dann habe ich gespuckt, über meinen ganzen Autositz.«

»... aber ich wollte unbedingt am höchsten schaukeln und dann ...«

»... und Papa sagt, dass wir noch nicht alt genug sind ...«

»... wollen Hinnerk was geben, was ganz Wichtiges.«

Die Kinder mit ihrem 1000-Watt-Lächeln wecken mühelos wahlweise Interesse, Mitgefühl und Entzücken in mir. Mittlerweile hat sich auch Henny zu uns gesellt und wir machen uns auf den Weg Richtung Haus. Neugierig frage ich: »Was wollt ihr Hinnerk denn geben?«

»Wir haben im Watt Ofenkacheln und Scherben gefunden«, erklärt Enno mit stolzgeschwellter Brust. »Die sind uralt, vielleicht aus der Steinzeit.«

»Und wir dachten, mit diesen wichtigen archäologischen Funden kann man –« Feli gerät ins Stocken.

»– Aussagen zur Entstehungs-, Siedlungs- und Kulturgeschichte der Küstenregion treffen?«, hilft Britt aus.

»Genau!« Sie strahlt uns an.

»Das ist eine tolle Idee«, lobe ich die Kinder. »In einem separaten Bereich richten wir ein Museum der Meeresschätze ein. Jedes Kind kann selbst etwas dafür mitbringen und erfahren, was es ist und woher es kommt.«

»Wenn du willst, helfe ich dir bei der Vorbereitung«, bietet Swantje an und lächelt mir zu.

»Vielleicht sind die Scherben ja sogar aus Rungholt«, spekuliert Feli.

»Das werden wir herausfinden«, verspreche ich.

Was für ein guter Start in den Tag. Selbst der Berg Arbeit, der sich so hoch wie der Kilimandscharo auf meinem Schreibtisch türmt, kann mir meine gute Laune nicht verderben. Denn noch nie zuvor hat mir mein Job so viel Freude bereitet wie dieser.

Erst als ich gegen Mittag am Telefon die kühle Stimme des überheblichen Herrn Pingel vom Holstein-Kurier erkenne, wirkt das wie eine kalte Dusche.

»Mir ist etwas höchst Unerfreuliches zu Ohren gekommen, Frau Sturm. Trifft es zu, dass Ihnen das Geld ausgeht und der Umbau nicht fortgeführt werden kann?« Bilde ich es mir nur ein oder hat seine Frage einen frohlockenden Unterton?

»Ganz im Gegenteil, Herr Pingel. Die Investoren glauben fest an unser Projekt und zudem haben vor einigen Tagen mehr als zwanzig engagierte nordfriesische Bürger einen Förderverein gegründet, um unserem Museum ideelle und finanzielle Unterstützung zukommen zu lassen. Ich habe auch schon gespendet. Wenn Sie sich ebenfalls beteiligen wollen, schicke ich Ihnen gerne die Kontodaten.«

Er klingt enttäuscht, als er auflegt.

Als Britt am Abend vorschlägt, auf der Sonnenwendfeier in Klaxbüll gemeinsam einen draufzumachen, um den längsten Tag und die kürzeste Nacht des Jahres zu zelebrieren, stimme ich sofort zu. Ich denke an ein fröhlich-buntes friesisches Fest, wie es auch die Schweden begehen, mit Maibaum und Blumen, Essen, Trinken, Tanzen und dörflichem Charme. Außerdem passt die Idee hervorragend zu meinen neuen Vorsätzen: mich mit ganzem Herzen auf alles einlassen, was mir über den Weg läuft.

»Das Fest der Reinigung, des Lichtes und des Feuers. An keinem Tag des Jahres sind die Tore zwischen den Welten weiter geöffnet. Wir werden auf jeden Fall Feen und Elfen begegnen.«

Manchmal bin ich einfach ein wenig zu voreilig.

»Ich muss leider noch meine Dachrinne vom Laub befreien«, erklärt Hinnerk und ist im nächsten Augenblick zur Tür hinaus.

»Im Juni?«, ruft Britt hinter ihm her, doch es kommt keine Antwort mehr.

»Musik, ein Lagerfeuer, ein paar Spiele und Matjes gibt es auch. Ist doch egal, dass die Feen heute ebenfalls ihr Sommerfest feiern«, wirft Swantje ein, als sie mein Gesicht sieht.

Ich rufe mir noch mal meine Absicht ins Gedächtnis, offener zu sein und mein Leben auf dem Dorf und alles, was auf mich zukommt, zu akzeptieren, nein, zu begrüßen, und dann lade ich meine Kolleginnen und den kleinen Mo in den Käfer, den ich zuvor zu Hause geholt habe.

Bei unserer Ankunft knistert schon ein prasselndes Lagerfeuer auf der Gemeindewiese neben dem großen See und die ersten Tanzwütigen, viele von ihnen mit buntem Blumenschmuck auf dem Kopf, schieben sich ausgelassen im Rhythmus der Blaskapelle um die mit bunten Bändern, Blumen, Laub und zwei großen Kränzen verzierte Mittsommerstange. An den Bewegungen und der Art, wie die landestypischen Lieder eher gelallt als gesungen werden, erkenne ich, dass schon reichlich Kräuterschnaps geflossen ist.

»Als Erstes brauchen wir die vier Elemente, damit der Schleier zur Welt der Naturgeister gehoben wird«, erklärt Britt. Und ohne die fragenden Blicke der anderen Besucher zu beachten, macht sie sich ungerührt daran, rund ums Feuer in alle vier Himmelrichtungen zuerst ein Teelicht im Glas, dann eine Schale, in die sie etwas von Mos Trinkwasser füllt, ein Töpfchen mit Erde und zuletzt ein paar Federn auf dem Boden zu verteilen.

»Die Federn symbolisieren die Luft«, klärt sie uns auf.

Es dauert ein paar Sekunden, dann wirft Swantje mir einen Blick zu, und wir fangen beide lauthals an zu lachen.

»Ich hole uns erst mal etwas zu trinken«, biete ich an, nachdem ich mich ein wenig beruhigt habe.

Schwer beladen mit Bier, Matjes, Knäckebrot und Erdbeeren mache ich meine Kolleginnen einige Zeit später in der Mitte einer langen Holzbank ausfindig, wo sie mir einen schmalen Platz freigehalten haben. Ich zwänge mich zwischen Swantje und eine wohlbeleibte Oma, die mir mit einem Augenzwinkern einen Schnaps hinhält, während Britt eine Zuhörerschar mit Geschichten von Trollen und Elfen und verborgenen Klüften der Erde unterhält.

Swantje, die Mo auf dem Schoß hält, prostet mir breit grinsend zu. »Auf die Heimat!«

»Es ist so schön hier.« Ich nehme einen großen Schluck aus meiner Flasche und fahre fort: »Nach dieser furchtbaren Sache damals hätte ich geglaubt, dass die Erinnerungen daran nach meiner Rückkehr nach Süderbüll alles andere, alles Gute in den Schatten stellen. Dass meine Schuldgefühle wieder mit voller Wucht zurückkehren würden. Ich bin überrascht, wie wohl ich mich fühle.«

»Welche Schuldgefühle?« Sie beißt herzhaft in ihr Heringsbrötchen. »Lecker. Fischbrötchen sind wahrhaftig ein handfestes Frühstück, ein anständiges Mittagessen und ein kräftiges Abendbrot. Wie herrlich es ist, Nordfriesin zu sein.«

Ich habe noch immer keine Vorstellung, was sie über die damaligen Ereignisse denkt und weiß. Vielleicht löst der Alkohol meine Zunge, denn plötzlich höre ich mich fragen: »Erinnerst du dich noch an damals, als Bente und Jasper zusammen waren?«

»Die beiden waren doch gar nicht richtig zusammen, oder? Ich habe immer gedacht, er hat sich nur um sie gekümmert, während dieses einen Jahres«, murmelt sie mit vollem Mund.

»Du hast recht. Aber was ich eigentlich fragen wollte – kam dir nie der Gedanke, dass sie mit ihm zusammen, nun ja, wenn er sie wirklich … Vielleicht wäre sie dann –«

Sie sieht mich an, als hätte ich den Verstand verloren. »Ich denke nicht, dass hier irgendjemand einen Fehler gemacht hat. Dass irgendjemand die Schuld trägt.«

»Das weiß ich. Es hat lange genug gedauert, aber jetzt weiß ich es.« Ich bin nicht schuld, dass sie jetzt nicht als Choreografin in New York lebt und über den Victoriafällen Fallschirm springt. *Die Vergangenheit betrauern heißt dem Wind hinterherlaufen*, sagt mein Vater immer so schön. Endlich habe ich es kapiert.

»Welche Schuld?«, wirft Britt ein, nachdem sie gerade eine Geschichte von magischen Mittsommerkräutern und der Zubereitung von Heil- und Zaubertränken beendet hat. Als wir sie ignorieren, wendet sie sich übergangslos wieder ihren Zuhörern zu und zieht sie mit der Legende um die in der großen Marcellusflut versunkene Stadt Rungholt in ihren Bann, die alle sieben Jahre in der Nacht der Sommersonnenwende aus dem Meer auftauche. Nächstes Jahr soll es wieder so weit sein.

Eine Weile hören Swantje und ich ihr gedankenversunken zu,

dann verkünde ich: »Ich werde sie bald besuchen. Das wollte ich längst tun.« Denn die guten Vorsätze anzugehen heißt eben nicht nur, ab und zu die Joggingschuhe überzustreifen.

»Ich war letzte Woche auch das erste Mal seit Monaten wieder bei ihr. Denn als du hier aufgetaucht bist, war plötzlich alles wieder da. Ich habe dort Jasper getroffen«, sagt Swantje, während sie Mo geistesabwesend zwischen den kleinen Ohren krault.

»Welcher Jasper? *Der* Jasper? Der schöne Architekt?« Als Britt, deren Zuhörerschaft mittlerweile stark zusammengeschrumpft ist, noch immer keine Antwort bekommt, steht sie auf und verkündet: »Ich gehe jetzt mit Mo zum Waldrand und sammle schon mal die sieben Blumen und Kräuter für später.«

»Welche Blumen? Was ist später?«, fragen Swantje und ich unisono.

»Aber wisst ihr das denn nicht mehr von früher? Alle unverheirateten Frauen müssen in der Mittsommernacht frische Margeriten, Glockenblumen, Klee, Timotheusgras, Veilchen, Vergissmeinnicht und Wollgras unter ihr Kopfkissen legen. Dann werden sie im Traum ihren zukünftigen Ehemann sehen. Denn in dieser Nacht berühren sich Himmel und Erde.«

»Und was, wenn einem mehrere Männer erscheinen?« Das kommt von Swantje.

»Das wäre bei den heutigen Scheidungsraten kein Wunder«, entgegnet Britt trocken, hebt Mo von Swantjes Schoß und wendet sich zum Gehen.

»Und wenn man gar nicht von einem Mann träumt, sondern, sagen wir mal, von einem Apfel?«, rufe ich ihr hinterher.

»Die Kräuter lassen dich die Zukunft sehen. Den Rest kannst du dir jetzt selber beantworten, Fee.«

»Kann ich das?«, will ich fragen, doch in diesem Moment

springt Swantje auf und zieht mich in Richtung Maibaum. Jetzt höre ich es auch: Die Blaskapelle spielt, begleitet vom eigenen Echo, das vom anderen Seeufer herüberschallt, das Tanzlied von den hüpfenden Fröschen. Für dieses Lied habe ich die Mittsommernächte als Kind besonders geliebt, und so hüpfe und springe ich inmitten einer begeisterten Tänzerschar voller Nostalgie wie ein Frosch und singe lauthals mit.

Anschließend lehne ich mich an einen großen Felsen am Rande des Sees und ringe nach Luft.

»Himmel, früher taten meine Knie danach aber nicht so weh«, jammert Swantje, die in gebeugter Haltung neben mir steht. »Ich glaube, ich muss meine Gelenke kühlen. Kommst du mit?« Und schon klettert sie den riesigen Felsen hinauf.

»Was hast du vor?«, frage ich, während ich ihr langsamer folge. Oben angekommen, bietet sich mir eine malerische Aussicht. Ich sehe kleine Segelboote, die im Hafen schaukeln, grüne Wiesen und eine Ansammlung winziger Ferienhäuschen am anderen Ufer des Sees.

Ich drehe mich zu Swantje um, die gerade dabei ist, Schuhe, Hose und Shirt abzustreifen, bis sie nur noch mit Unterwäsche bekleidet vor mir steht.

»Was hast du vor?«, wiederhole ich verblüfft.

Anstatt mir eine Antwort zu geben, tritt sie näher an die Felskante und blickt aufs Wasser hinunter. Instinktiv strecke ich meine Hand nach ihr aus, doch ich greife ins Leere – sie hat sich schon in die Tiefe gestürzt. Ich höre nur noch ein lautes Platschen.

Ich halte den Atem an und schaue über den Rand des Felsens nach unten. Gerade streckt Swantje ihren Kopf wieder aus dem Wasser.

»Komm runter, Fee, das Wasser ist herrlich warm.«

»Du wusstest doch nicht mal, wie tief es an dieser Stelle ist.«

»Beim letzten Mal war es noch tief genug. Aber wenn die Großstadtpflanze sich zu fein ist, um –«

Das Ende des Satzes höre ich nicht mehr – ohne zu überlegen, springe ich mit fest zusammengepressten Augen über die Kante. Selbst der Schrei bleibt mir im Hals stecken. Als ich wieder aus dem Wasser auftauche, fällt mein Blick als Erstes auf Swantjes verblüfftes Gesicht.

»Um Himmels willen, es ist eiskalt. Du hast mir einen Bären aufgebunden.« Wild mit den Armen rudernd schnappe ich nach Luft.

»Du hast deine Klamotten angelassen. Du bist klitschnass«, stellt sie sachlich fest.

»Nicht mal meine Schuhe habe ich ausgezogen. Die liegen jetzt am Grund des Sees«, entgegne ich. Und dann fange ich laut an zu lachen, ich schütte mich aus vor Lachen und Swantje stimmt in mein Gelächter ein. Es ist so ein befreiendes Gefühl – als hätte in der letzten Zeit eine von diesen altmodischen Energiesparlampen meinen Weg erhellt, die mit einem dämmrigen Licht anfangen und erst nach einer Weile ihre volle Leuchtkraft entfalten. Jetzt gerade leuchtet die Lampe so hell wie die Sonne. Ich lache, bis ich Wasser schlucke, meine Zähne anfangen zu klappern und meine durchnässte Kleidung mich nach unten zu ziehen droht.

Gerade will ich Swantje vorschlagen, uns ein bisschen am Feuer zu trocknen, als aufgeregte Rufe mir das Wort abschneiden. »Was tut ihr da im Wasser? Seid ihr denn des Wahnsinns fette Beute?« Es ist Britt, die wild gestikulierend am Ufer auf und ab läuft.

»Es tut uns leid, wir wollten dir keinen Schreck einjagen. Natürlich ist uns klar, dass es gefährlich ist, in unbekannte Gewässer zu springen. Und dann auch noch voll bekleidet«, murmele ich kleinlaut und schwimme mit kräftigen Zügen an Land.

Als hätte sie mich nicht gehört, fährt Britt fort: »Wisst ihr denn gar nicht, dass in der Mittsommernacht der Wassergeist Neck badende Menschen mit seinem verführerischen Spiel auf der Violine in den Tod lockt?«

Als ich meine Kolleginnen in dieser Nacht vor dem Mommsen-Haus absetze, wo die beiden ihre Fahrräder abgestellt haben, reicht Britt Swantje und mir zum Abschied einen kleinen Leinenbeutel.

»Denkt daran, Mädels, die Kräuter müssen unter euren Kopfkissen liegen. Und ihr dürft eure Träume keiner Menschenseele verraten, denn sonst zerplatzen sie wie eine Seifenblase. Und seid ihr wirklich sicher, dass wir kein Fruchtbarkeitsritual ausführen sollen? In diesem Jahr gibt es keine bessere Gelegenheit mehr, Wünsche in die Anderswelt zu transportieren.»

Meine Kleidung ist noch immer feucht und ich bin barfuß, als ich müde, aber glücklich meine Haustür aufschließe. In der Küche brennt noch Licht und es duftet verführerisch nach Kräutern und gebratenen Zwiebeln.

»Ich konnte nicht schlafen«, begrüßt mich Meghan. »Und sonst bleibt mir ja nie genug Zeit, um all die Rezepte auszuprobieren, die ich im Auge habe.«

»Vielleicht solltest du dein Hobby zum Beruf machen, Meghan«, schlage ich vor. »Dein ökologisches Jahr ist doch bald vorbei. Und du kannst besser kochen als alle, die ich kenne.«

Ein wenig skeptisch blickt sie mich an. »Dazu müsste ich erst mal irgendwo eine Kochausbildung machen. Und ich möchte nicht weg aus Süderbüll.«

»Überleg es dir doch wenigstens. Du hast so viel Talent. Ich biete mich auch zum Kartoffelschälen an, wenn du neue Rezepte testen willst. Oder für andere Handlangerdienste, die unter der Würde der Sterneköchin liegen.«

»Ich werde darüber nachdenken«, verspricht sie. »Aber wie siehst du überhaupt aus? Und was hast du da in der Hand?«

»Ich habe im Klaxbüller See gebadet. Und Britt hat mich mit ein paar Mittsommerblumen bedacht, die mir die Zukunft verraten sollen.«

»Welchen Mann du heiraten wirst?«

»Irgend so etwas, ja.«

Ihr Blick wird so sehnsüchtig, dass ich anbiete: »Du kannst den Beutel gern haben, wenn du willst. Ich brauche ihn nicht.«

In dieser Nacht träume ich von einem gelben Bulli mit zwei Surfbrettern auf dem Dach, der an einem endlosen Strand steht.

18

»Meghan, ganz oben in den Hausregeln ist fest verankert: Nur eine der Bewohnerinnen darf zur gleichen Zeit überschnappen!«

Es ist Freitagabend und Meghan ist kurz davor, die Nerven zu verlieren. Offenbar ist ihre On-Off-Beziehung mit Leo gerade mal wieder in einer Off-Phase, nachdem er am Tag zuvor vor ihren Augen mit einer blonden Molkereifachfrau geflirtet hat.

»Dann kann ich ja durchdrehen, so viel ich will. Du bist schließlich die Ruhe selbst«, schimpft sie.

»Schön wär's.« In weniger als zehn Minuten wird Mikkel vor der Tür stehen, um mich zu einem Picknick auf dem Deich abzuholen, und ich habe mich noch nicht mal entschieden, was ich anziehen werde, geschweige denn, mein Gesicht von den Spuren einer langen Arbeitswoche befreit. Nicht zuletzt wegen Greetje, die am frühen Abend überraschend hereingeschneit ist und die ich gerade erst zur Tür gebracht habe.

»Auf dem Deich? Inmitten von Schafscheiße bei Windstärke sieben?« Diesen Abschiedskommentar konnte sie sich nicht verkneifen. Augenscheinlich hat sie sich immer noch nicht mit dem Gedanken versöhnt, dass ich mit dem »größten Weiberhelden Norddeutschlands« (vor Kurzem war es noch Nordfrieslands) meine Zeit verschwende.

»Eigentlich wolltest du sagen, ›Romantik-Feeling im Grünen mit Blick auf die Nordsee‹, stimmt's?«, gab ich zurück.

»Nein, ich meinte Schafscheiße und Sturmböen.«

»Das ist doch kein Sturm! Nicht, solange die Schafe noch Locken haben.«

»Du bist und bleibst eine waschechte Nordfriesin, Fee«, warf Meghan anerkennend ein.

Ich musste lächeln. Bis Greetje sagte: »Gib dir nicht so viel Mühe mit dem Styling, du bist schön genug. Sonst denkt er noch, du bist verzweifelt.«

»Vielen Dank für deine Loyalität und Unterstützung, liebe Greetje! Jetzt weiß ich wieder, wozu wahre Freunde da sind«, griente ich und gab ihr einen schmatzenden Kuss auf die Wange.

Und nun stehe ich vor meinem weit geöffneten Kleiderschrank und reiße wahllos ein paar Klamotten heraus, während Meghan auf meinem Bett liegt und bekümmert eine Lakritzschnecke abrollt. Für ein mühevolles Styling bleibt keine Zeit mehr.

In Windeseile schlüpfe ich in meine schwarze Skinny Jeans und einen roten cropped Pullover (es ist zwar schon Mitte Juni und ziemlich warm, aber Greetjes Wind-Argument ist nicht von der Hand zu weisen), bürste mir die Haare und schraube gerade meine Mascaratube auf, als es klingelt.

»Wer kommt denn bitte überpünktlich zu einem Date?«, schimpft Meghan.

»Kann ich dich wirklich allein lassen?«, frage ich meine Mitbewohnerin und drücke ihr eine zweite Tüte Haribo und das Telefon in die Hand. »Ruf ihn doch einfach an.«

»Wohl kaum. Aber mach dir keine Sorgen! Ich werde mich schon nicht vor einen Zug werfen, solange mir nur genug candy bleibt«, ruft sie mir hinterher, während ich mir auf dem Weg zur Haustür etwas Gloss auf die Lippen tupfe.

Mikkel sieht mal wieder umwerfend aus. Er begrüßt mich

mit einem flüchtigen Kuss auf den Mund und sagt mit einem strahlenden Lächeln: »Ich weiß, dass Milch schön macht, aber mal im Ernst: Wie viel hast du getrunken?«

»Seit drei Tagen finde ich wundersamerweise allmorgendlich einen halben Liter vor meiner Haustür. Ich will ja nichts verkommen lassen.« Als ich am Mittwoch über die erste Flasche gestolpert bin, wusste ich, dass er aus der Hauptstadt zurück ist.

Wir legen die kurze Strecke zum Deich in seinem Sportwagen zurück, denn sein mitgebrachter Picknickkorb ist nicht so leicht unter den Arm zu klemmen, wie er mir versichert. Unterwegs erzählt er von Berlin, wo er tagelang an einem Entwurf für einen offenen Planungswettbewerb für ein nachhaltiges Hotel gearbeitet hat.

»Es gibt schließlich auch eine Zeit nach Süderbüll – leider«, sagt er in meine Richtung gewandt.

Wir sind mittlerweile an einem kleinen Sandparkplatz angekommen, wo Mikkel einen zugedeckten Korb von ungeheurem Ausmaß ans Tageslicht befördert. Wie hat der in den winzigen Kofferraum gepasst? Und wie will er mit diesem Ungetüm über den Zaun klettern, der uns vom Deich trennt? Er drückt mir eine gestreifte Picknickdecke in die Hand und schwer beladen marschieren wir los.

»Warum ist Jasper hiergeblieben und hat dir nicht geholfen? Schließlich ist es euer gemeinsames Architekturbüro, das neue Aufträge braucht.« Nur zu gut erinnere ich mich daran, dass Jasper ursprünglich ebenfalls nach Berlin fahren wollte, es sich im letzten Moment aber anders überlegt hat und auf Greetjes Gartenparty aufgekreuzt ist.

Mikkel zögert. »Nun, ich glaube, er hat kein großes Interesse an dem Projekt. Außerdem will er wohl lieber einen Auftrag nach dem anderen abarbeiten.«

Inzwischen stehen wir vor dem Zaun. Mikkel stellt den Korb auf der anderen Seite ins Gras, springt mit einer eleganten Bewegung hinterher und hebt mich – ganz der Gentleman – ebenfalls herunter. Sofort nehmen ein paar Schafe mit ihren Lämmern blökend Reißaus.

Oben auf dem Deich breite ich die Picknickdecke aus und lasse mich wohlig seufzend darauf nieder. Die Sonne steht schon recht tief, aber der Himmel ist noch blau, die Schafe grasen in sicherer Entfernung und es ist Flut, so dass wir auf das weite Meer hinausblicken können. Das Meer. Seit meiner Rückkehr nach Süderbüll ist es mir wieder bewusst geworden: Dass die glücklichsten Menschen Deutschlands laut Glücksatlas Jahr für Jahr aus Schleswig-Holstein kommen, liegt einfach daran, dass wir hier an der Küste leben.

Zwar ist es, wie Greetje prognostiziert hat, tatsächlich recht windig, aber nicht zu kalt. Mikkel, der sich neben mich gesetzt hat, zaubert eine Flasche Champagner mit zwei Gläsern aus dem Korb hervor, gefolgt von Baguette, Weintrauben, Melone, Käse und bunten Cupcakes. Selbst an Teelichter, Servietten und einen Müllbeutel hat er gedacht.

Jasper hätte noch eine Flasche Maggi für mein Käsebrot eingepackt, schießt mir plötzlich durch den Kopf. Schnell verscheuche in den Gedanken. Wie komme ich in diesem Moment auf Jasper?

Ich liebe es, ohne Messer und Gabel zu essen. Während Mikkel und ich uns an Weintrauben und Pecorino gütlich tun, gebe ich Anekdoten von meiner Arbeit der letzten Woche zum Besten. Ich erzähle von meinem ersten Interview mit einem großen Radiosender, in dem ich vor Aufregung versehentlich vor Tausenden Zuhörern ausgeplaudert habe, dass in der Süderbüller Mehrzweckhalle ein Riesenhaiskelett versteckt gehalten wird. (Hinnerk schäumte vor Wut. »*Versehentlich?* Das

Vieh ist in dieser Halle nicht versichert! Was, wenn es sich jetzt irgendwelche Witzbolde zur Aufgabe machen, es zu stehlen?« »Hinnerk, reg dich bitte nicht auf! Wie sollte man das Skelett denn abtransportieren? Es ist fünf Meter lang!«) Ich erzähle von Britt, die im Reich der Chakren und Heilmantras lebt und gegen alle Widerstände eine allmorgendliche Gemeinschaftsmeditationsstunde einführen will, um den Geist zu beruhigen und das Bewusstsein aller Mitarbeiter zu erweitern (ausgenommen natürlich Joost und Axel, die sollen mal schön in ihrem Kabuff bleiben). Und von dem hitzigen Streit, der über ein Schild entfacht ist. Genauer gesagt, über das Hinweisschild, das ortsfremden Besuchern den Weg zu unserem kleinen Museum deuten soll. Hinnerk findet, das Schild sei zu klein und nicht maritim genug. Der Bürgermeister hingegen findet, das Schild füge sich perfekt in die Umgebung ein. Ein Ergebnis ist nicht in Sicht.

»Und das war nur der Montag!«, lache ich. Langweilig ist es hier nie.

Mikkel reicht mir ein bis zum Rand gefülltes Champagnerglas und blickt mich lange Zeit an. Ich schiebe mir eine weitere Weintraube in den Mund.

Inzwischen steht die Sonne schon so tief am Himmel, dass ein beeindruckendes gelbes, rotes und violettes Farbenspiel am Horizont über der Nordsee entstanden ist. Professor Rathge, den ich gestern besucht und ihm meinen ersten selbst gesammelten Kräuter- und Blütentee als Alternative zu seinem ewigen Pfefferminztee vorbeigebracht habe, würde mich jetzt über die Rayleigh-Streuung, Aerosole und die Erdatmosphäre belehren, geht mir durch den Kopf. Die Luft wird kühler und ich fröstele. Mikkel legt mir zuvorkommend seine Jacke um die Schultern.

»Erzähl mir was von dir«, fordert er mich auf.

Er wirkt aufrichtig interessiert an meiner Geschichte. Ich erzähle von meiner Kindheit und Jugend in Nordfriesland und dass ich mich langsam daran erinnere, dass die Gegend so viel mehr zu bieten hat als flaches Land und grasende Schafe. Und dass ich jetzt auch wieder weiß, dass der Wind zwar meistens von vorne bläst, aber Gegenwind eben auch den Charakter gestaltet. Den Teil aus meiner Vergangenheit, als ich Süderbüll verließ und für zwei Jahre ins Ausland ging, spule ich im Schnelldurchlauf ab, ohne Jaspers Namen zu erwähnen, aber als ich zum gefürchteten Kapitel der Ex-Freunde komme, hält er mich mitten im Satz an.

»Kann es sein, dass du eine Bindungsphobie hast? Oder bist du etwa beziehungsunfähig?« Irgendwie werde ich das Gefühl nicht los, dass ihm die Idee gefällt.

»Ich? Quatsch, wie kommst du denn darauf?« Ich bin ehrlich überrascht.

»Na ja, offensichtlich suchst du dir nur so schräge Typen aus, mit denen es nicht funktioniert. Warum sonst hattest du erst zwei, drei halbwegs ernst zu nehmende Beziehungen in deinem Leben?«

Das kann ich nicht bestreiten. Das Techtelmechtel mit Sören, das noch in die Kategorie Teenie-Romanze fällt, die Beziehung zu dem Grunge-Rocker Robert mit Mitte zwanzig, der unsere Liebe nach eineinhalb Jahren mit zu viel Drama erstickt hat, und die Geschichte mit Tom. Ansonsten gab es nur Männer, mit denen ich nicht länger als ein paar Wochen oder Monate zusammen war – und auch davon nur wenige.

»Wie kommst du dann auf mich? Bin ich so durchgedreht? Ich fühle mich ganz und gar nicht gebauchpinselt«, fährt Mikkel feixend fort.

Auch ich muss grinsen. »Ich glaube, es liegt an deiner Vorliebe für nächtliche Froschkonzerte und daran, dass du mitten in der Nacht Milchflaschen vor fremden Haustüren verteilst. Das ist schon ein bisschen schräg. Mit der Masche hast du sicher schon viele Damen in deinen Bann gezogen.«

»Nicht so viele, wie du vielleicht vermuten würdest. Verdreh jetzt nicht die Augen, aber ich bin eher auf der Suche nach einer langfristigen Beziehung als nach einer kurzlebigen Affäre.«

Natürlich verdrehe ich die Augen. Und muss unweigerlich lachen.

»Lächel mich bloß nicht so an, sonst muss ich dich auf der Stelle küssen – hier, vor allen Leuten! Du machst mich ganz wirr.«

»Du meinst, vor allen Schafen und Krebsen.«

»Siehst du, ich bin schon ganz verwirrt.«

Sanft nimmt er mir das inzwischen leere Champagnerglas aus der Hand, stellt es im Gras ab und beugt sich zu mir hinüber.

»Gut, dass wir keinen nervenden Tisch zwischen uns haben oder von pflichteifrigen Kellnern gestört werden können«, murmelt er in mein Ohr. Mit seinen Lippen fährt er meinen Hals entlang bis zum Schlüsselbein, seine Hände umfassen meine Taille. Plötzlich ist es nicht mehr zu kalt.

»Entspann dich, Fee.«

Mir kommt eine von Hennys Lebensweisheiten in den Sinn: *Wenn man erst mal alt ist, bereut man in erster Linie die Sünden, die man nicht begangen hat.*

Ich weiß nicht, ob Mikkel der Richtige ist, aber heute Abend will ich nichts bereuen. Also entspanne ich mich und lasse mich auf die Decke sinken.

Als ich um ein Uhr morgens in mein Zimmer komme, sehe ich, dass Meghan noch immer in meinem Bett liegt. Sie schläft. Auf dem Boden liegen zwei leere Lakritzschneckentüten.

Ich breite eine Decke über sie und öffne meine Kleiderschranktür, um mir einen Schlafanzug herauszusuchen, noch immer irritiert von Frau Durchdenwald, die Mikkel und mich bei unserem Abschied an der Haustür wenige Minuten zuvor von ihrem Schlafzimmerfenster aus mit hochgezogenen Augenbrauen ganz ungeniert beobachtet hat. Von dem Quietschen der Schranktür wacht Meghan auf und reibt sich verschlafen die Augen. Sie sieht aus wie ein kleines Kind. Ein kleines Kind mit Pandaaugen – ganz offenbar hat sie vergessen, sich abzuschminken.

»Ich habe weit und breit keine Gleise gefunden«, sagt sie anstelle einer Begrüßung und richtet sich in meinem schmalen Bett auf.

»Meghan, denk an die oberste Hausregel!«

»I'm allowed to go berserk! Deinem strahlenden Aussehen nach zu urteilen hast du schließlich keinen Grund dazu: Du hast eindeutig den After-Sex-Glow.«

Ich wühle in meinem Kleiderschrank herum, um einer eindeutigen Antwort zu entgehen.

Aber Meghan braucht keine Antwort. »Wie war's? Langweilig oder mind-blowing?«

»Na ja, langweilig war es auf jeden Fall nicht.« Ich finde ein uraltes Schlafshirt in Schweinchenrosa und dazu eine mit Bären bedruckte Shorts in einem abscheulichen Pfirsichton. Egal, sieht ja keiner.

»Leo hat sich also nicht gemeldet? Warum rufst du ihn dann nicht einfach an, Meghan? Du bist doch eine emanzipierte Frau.«

Ohne auf meine Frage einzugehen, behauptet sie: »Ach Fee, dir liegen die Männer zu Füßen!« Theatralisch seufzend schwingt sie ihre Beine aus dem Bett und geht mir voran ins Badezimmer.

»Ja, sicher. Vor allem Tom!« Und Jasper. Der besonders. Mit Schrecken erinnere ich mich an den Moment, als ich beim Sex mit Mikkel meine Augen schloss und völlig unvermittelt Jaspers Gesicht vor mir auftauchte. Ich konnte die Augen gar nicht schnell genug wieder aufreißen.

Unbeeindruckt von meinem ironischen Unterton fährt Meghan fort: »So schnell wendet sich das Blatt. Jetzt bist du die glücklich Verliebte, die Sexgöttin, und ich bin der einsame Loser.« Als wären wir ein altes Ehepaar, verteilt sie Zahnpasta auf unseren Zahnbürsten, während ich meinen Schlafanzug anziehe.

»Dieses ewige Hin und Her zwischen dir und Leo, langsam verliere ich den Überblick. Kann es sein, dass du übermäßig eifersüchtig bist und die Dinge ein bisschen überspitzt wahrnimmst?« Ich habe die brennende Vermutung, dass Leo gar nicht mit diesem wildfremden Milchmädchen geflirtet hat. Und das denke ich nicht nur, weil er laut Greetje ein loyaler, aufrichtiger Mann ist, der zu jedem freundlich ist. »Fahr einfach zu ihm, Meghan. Oder besser noch, lauf, dann kommst du wenigstens mit heiler Haut an.«

»Das geht nicht. Er trifft sich mit seinen Jungs zum Billardspielen. Je später der Abend, desto weniger geht es darum, die Kugel zu treffen, als vielmehr darum, endlos über Kokolores zu schwadronieren, über Rugby oder ihr kaputtes Getriebe. Vom Auto. Jeder sachliche Beitrag wird vehement zurückgewiesen.«

Mit ihrer Zahnbürste im Mund kann ich sie kaum verstehen. »Dann aber morgen früh. Ihm liegt ernsthaft etwas an dir, Meghan. Er ist einfach unsicher.« Vermutlich spreche ich durch all den Zahnpastaschaum nicht weniger unverständlich.

»Dann hätte er mir vielleicht schon mal gesagt, dass er mich liebt. Er hatte sechs Monate Zeit dazu.«

»Hast du es ihm denn schon gesagt?«

Sie spült sich ein bisschen zu lange den Mund aus. »I've never been good at saying what I feel. And it's just so hard to say those three words.« Wenigstens hat sie den Anstand, ein bisschen betreten dreinzuschauen.

»Ach nein, was du nicht sagst.« Ich selbst weiß das aus jahrelanger Erfahrung. Dabei fällt mir wieder Mikkels Theorie von meiner angeblichen Bindungsangst ein.

»Meghan, denkst du auch, ich hätte eine Beziehungsphobie? Mikkel behauptet das.«

»Du? Ich glaube, du hast den Prinzen einfach noch nicht gefunden. Bis es so weit ist, wählst du aus all den Fröschen mit Vorliebe einen, der von Anfang an ein offensichtliches Manko hat, nur um dich nicht allzu sehr zu verlieben und so vielleicht den Prinzen zu verpassen. Guck dir diesen Tom an. Der war doch wirklich alles andere als ein Volltreffer.«

Ich gebe ein wenig Make-up-Remover auf zwei Wattepads, reiche eins an Meghan weiter und beginne, mir mit dem anderen das Gesicht abzureiben.

»Nun, perfekt war er vielleicht nicht …«

»Zum Glück! So bist du schon wenige Monate nach der Trennung in der Lage, den Nächsten zu daten.« Meghans Spiegelbild grinst mich verschmitzt an. Ihre Pandaaugen sind verschwunden.

»Mein Gott, wie das klingt –«

»Are you in love with Mikkel?«

»Ich bin nicht verliebt. Dazu kennen wir uns vielleicht noch nicht gut genug. Oder die Geschichte mit Tom liegt doch noch nicht ausreichend lange zurück.« Ich zucke mit den Schultern und suche im Badezimmerschrank nach meiner überteuerten Nachtcreme.

»Oder vielleicht hat er kein Manko?« Meghan lässt sich auf den Badewannenrand sinken.

»Mir ist zumindest noch keins aufgefallen. Aber glaubt man Greetje, ist er ein wahrer Ladykiller.«

»Das zählt als Manko.«

Fünf Minuten später, als wir uns schon eine gute Nacht gewünscht haben und ich gerade in meinem Zimmer verschwinden will, höre ich noch mal Meghans Stimme.

»Wie vielen Männern hast du eigentlich schon gesagt, dass du sie liebst?«

Lange Zeit sage ich nichts. »Tom natürlich. Und noch einem anderen«, seufze ich schließlich.

19

Nach Bentes Geburtstagsparty sah ich Jasper dreieinhalb Monate nicht. Er nahm sein Studium in Kiel auf und ließ sich nur noch selten in Süderbüll blicken – und das lag nicht zuletzt daran, dass auch Bente kurz nach ihrem achtzehnten Geburtstag für ihre Chemotherapie in die Uniklinik nach Kiel musste. Wenn ich sie, im täglichen Wechsel mit ihren Eltern und Greetje, im Krankenhaus besuchte, war Jasper schon fort. Er hatte sein Versprechen gehalten. Einerseits war ich erleichtert, ihm nicht begegnen zu müssen – ich hätte es kaum über mich gebracht, den anderen Tag für Tag etwas vorzuspielen –, andererseits maßlos enttäuscht.

Denn wenn die Liebe mit einem Quantum Unmöglichkeit einhergeht, scheint sie nur mit noch größerer Kraft zu wachsen und zu entflammen. Ich dachte jeden Tag an ihn. Häufig genug träumte ich von ihm. Oft wurde ich darüber wütend. Auf mich, auf ihn, auf das Leben. Darauf, dass wir im wahren Leben niemals zusammen sein konnten.

Beinahe das Schlimmste war, dass ich mit all diesen verwirrenden Gefühlen, die mich überrollten, ganz alleine dastand. Das Vertrauen zu meiner Mutter war nicht groß genug und mein Vater war schon immer der Ansicht gewesen, niemand wäre gut genug für seinen Goldschatz, selbst wenn die britischen Thronfolger höchstpersönlich an die Tür geklopft hätten.

Ich kümmerte mich so gut es ging um Bente. Die zellwachstumshemmenden Medikamente, die ihre akute lymphatische Leukämie – laut ihrem Onkologen die Blutkrebsform mit den besten Heilungsaussichten – bekämpften, waren intensiv und aggressiv und Bente litt sehr unter den Nebenwirkungen. Ich saß stundenlang neben ihrem Bett, las ihr abwechselnd aus unseren Schulbüchern und aus dem *Witzigsten Vorlesebuch der Welt* vor – schließlich war Lachen immer noch die beste Medizin. Ich hielt ihre Hand, während das Gift in ihre Venen tropfte, und stützte anschließend ihren Kopf, wenn sie sich übergeben musste. Es war herzzerreißend.

Nachts schlief ich nur wenig. Wenn ich nicht an Jasper dachte, recherchierte ich über Wirkstoffkombinationen der Induktionstherapie, Strahlenbehandlungen, Stammzellentransplantationen, Rückfälle. Mir schwirrte der Kopf und ich fühlte mich beinahe so erschöpft wie Bente. Ich wusste, ich brauchte etwas Gutes im Leben, etwas, womit ich mich ablenken konnte. So verstand ich es als Wink des Schicksals, als eines sonnigen Septembertages Sören vor meiner Haustür stand und mich zu einem Spaziergang einlud. Erst als er mich eine Stunde später wieder zu Hause ablieferte, wurde mir bewusst, dass ich die ganze Zeit über weder an Bente noch an Jasper gedacht hatte.

Ich war erleichtert, als der erste, stationäre Teil von Bentes Behandlung nach einigen Wochen, die mir vorgekommen waren wie Jahre, abgeschlossen war, und noch erleichterter, als der Arzt von einem vollen Erfolg sprach. Nahezu alle entarteten Blutzellen wären zerstört worden. Die nächste Therapiephase, die einjährige Konsolidierung, sollte ambulant stattfinden, sie konnte also wieder nach Süderbüll zurückkommen. Fünf Kilo leichter zwar und ohne Haare, weil sie sie, als sie die ersten dunkelblonden Büschel auf ihrem Kopfkissen fand, mit

Tränen in den Augen abgeschoren hatte, aber sie war wieder zu Hause. Wir wussten, sie war noch nicht über den Berg, aber wir konnten wieder an ein normaleres Leben denken.

Sie hatte in den vergangenen Wochen nicht nur ihre Haare, sondern auch ihre Privatsphäre und ihre Zuversicht, dass es immer einen nächsten Tag geben würde, verloren und sie bewegte sich, als hätte sie rohe Eier in der Tasche. Doch als ich sie zusammen mit ihren Eltern und Greetje aus dem Krankenhaus abholte, strahlte sie eine bemerkenswerte Würde und Gefasstheit aus. Auf dem Parkplatz vor der Klinik entdeckte ich ein Gänseblümchen, das es geschafft hatte, sich einen Weg durch den Asphalt zu bahnen. Dieses winzige Pflänzchen erfüllte mich mit großer Zuversicht.

»Sieh nur, Bente. Wenn die kleine Blume es durch den Asphalt schafft, dann hast auch du die Kraft, einen Weg zu finden.«

Als Willkommen-zu-Hause-Geschenk hatte ich ihr ein Bild gezeichnet, das ihr einen Blick in die Zukunft bieten sollte – Bente, Greetje und ich als grauhaarige Omas, die gemeinsam im Strandkorb sitzen und aufs Meer hinausschauen. Dazu hatte ich geschrieben: *Wir sind noch nicht am Ende unserer Reise.* Zu Hause hängte sie sich die Zeichnung über ihr Bett. Neben ein Foto von Jasper.

Er war für mich weiterhin tabu und würde es wohl für immer bleiben. Stattdessen traf ich mich mit Sören. Wir gingen gemeinsam auf Konzerte, er kochte für mich, obwohl er es gar nicht konnte, wir jagten Schafe auf dem Deich und er brachte mich zum Lachen, wenn niemand anders es vermochte. Seine Gegenwart hatte etwas Beruhigendes, Realitätsnahes. Eines Tages bei einem unserer Spaziergänge stellte ich mich, ohne weiter darüber nachzudenken, wie es sonst meine Art war, auf die Zehenspitzen und presste meine Lippen auf seine. Er war so überrumpelt, dass er für einen Atemzug stocksteif dastand, die Augen weit aufgerissen. Doch schien er sich schnell von seiner Überraschung zu erholen, denn schon einen Herzschlag später legte er seine Arme um meine Taille, presste mich an sich und erwiderte den Kuss so enthusiastisch, als wäre er Humphrey Bogart und ich Ingrid Bergman. Vielleicht auch, als wäre er Boris Becker und ich der Wimbledonpokal.

Mir wurde schnell klar, dass ich mich ihm gegenüber unfair verhielt, denn er war ganz offensichtlich verrückt nach mir. Wenn er mir zuflüsterte, dass er mich liebte, und ich ihm zerknirscht und voller Schuldbewusstsein sagte, ich bräuchte noch Zeit, dann sah ich in seinen Augen, dass er um jeden Preis daran glauben wollte, dass ich seine Gefühle eines Tages erwidern würde. Und auch ich wollte das glauben. Ich klammerte mich verzweifelt an der Hoffnung fest, dass ich mich mit der Zeit in seine Fröhlichkeit, seinen Humor, seine Vorurteilslosigkeit und seine strahlenden Augen verlieben könnte und meine chaotischen Gefühle für Jasper der Vergangenheit angehören würden.

Wir schliefen auch miteinander. Ich hatte mir mein erstes Mal immer ganz romantisch ausgemalt, mit einem Mann, den ich über alle Maßen liebte, aber an einem verregneten Novembernachmittag, seine Eltern waren nicht zu Hause, war es plötzlich so weit, ohne dass wir es vorher geplant hatten. Sören war zärtlich und es fühlte sich ganz natürlich an, doch trotzdem hatte ich die ganze Zeit über das Gefühl, ich würde Jasper hintergehen.

Später, als ich Greetje und Bente davon erzählte, seufzte Bente: »Ich wünschte, Jasper könnte mich auch so betrachten – als Frau, nicht als bemitleidenswerte Kranke. Wenn ich nur meine Haare noch hätte.«

»Du bist nicht bemitleidenswert, sondern stark, tapfer, beneidenswert optimistisch und wunderschön. Bald sind deine Haare wieder lang genug für einen Pixie Cut, und der ist doch wieder total angesagt.« Ich fasste mir an den Kopf. Wie viele Stunden hatten Greetje und ich früher damit zugebracht, unsere Haare auf Klopapierrollen und leere Milchflaschen zu wickeln, um dieselben herrlichen sanften Wellen zu bekommen wie Bente.

Sie lächelte. »Vielleicht fällt mir ja tatsächlich etwas ein, um ihn zu verführen, wenn er am nächsten Wochenende wie versprochen hierherkommt.«

Und Greetje seufzte: »Ihr beiden könnt euch so glücklich schätzen. Ich werde wahrscheinlich als alte Jungfer sterben, die die Freuden der körperlichen Liebe, des Kinderkriegens und des Familienlebens nur aus gefühlsduseligen Romanen kennt.« Ole war mittlerweile nach Leipzig gezogen, ohne vorher auf ihre Annäherungsversuche reagiert zu haben, und Greetje (die zu dem Zeitpunkt schon längst keine Jungfrau mehr war) ließ keine Gelegenheit aus, ihrem Kummer darüber freien Lauf zu lassen.

Als Jasper an dem besagten Samstag tatsächlich nach Süderbüll kam, legte ich mich in den Strandkorb auf unserer Terrasse, starrte in den düsteren Nachthimmel und stellte mir vor, wie Bente ihn in ihr frisch bezogenes Bett zog. Sterne? Fehlanzeige. Erst als es anfing zu regnen, ging ich ins Haus zurück. An dem Abend fasste ich den Entschluss, nach meinem Abitur, wenn Bente längst geheilt wäre, ein Gap Year einzulegen und die große, weite Welt zu entdecken. Ich hatte schon immer eine unbändige Neugier auf ferne Länder und Kulturen verspürt. Ich stellte mir vor, am Puls der Zeit zu leben, viele neue Menschen zu treffen und erstaunliche Landschaften kennenzulernen. Endlich wieder ich selbst zu sein.

Gut, dass keiner wusste, wie es in mir aussah. Nur Greetje ertappte ich das eine oder andere Mal dabei, wie sie mich nachdenklich musterte, und ich fragte mich, was wohl in ihrem Kopf vorging.

Bentes Therapie schlug gut an. Sie musste noch viele Monate lang behandelt werden, bis sie geheilt wäre, doch waren laut ihren Ärzten weder Strahlenbehandlungen noch eine Stammzellentransplantation notwendig, um die Heilungschancen zu verbessern. Außer an ihren Chemotagen ging sie inzwischen wieder mit uns zusammen in die Schule und wenn sie nicht ständig müde und immer dünner geworden wäre, wäre es beinahe wieder wie früher gewesen.

Erst Mitte Dezember begegnete ich ihm wieder. Ich erspähte ihn vollkommen unvermutet in der Bäckerei in der Schlange vor mir. Ich war so überrumpelt, dass ich nicht wusste, wie ich reagieren sollte. Also machte ich kehrt – heute würden wir auf Weltmeisterbrötchen zum Frühstück verzichten müssen. Doch kaum war ich auf die Straße getreten, fühlte ich, wie sich eine Hand auf meine Schulter legte.

Mir stockte der Atem. Aber als ich mich zögernd umdrehte, war es nicht Jasper, der vor mir stand, sondern die alte Frau Holm aus unserer Straße. »Felicitas, min Deern, ik glööv dat nich, schnieke kiekst ut, as een Prinzessin, nee, wat büst du ewigsmooi.« Ihre Stimme war viel zu laut, alle im Laden schauten sich nach uns um. Ich wagte es kaum aufzublicken.

»Tut mir leid, Frau Holm, aber ich habe es leider sehr eilig«, erwiderte ich kurz angebunden und versuchte, mich an ihr vorbeizuzwängen. Nächstes Mal würde ich mich in ein extralanges Gespräch verwickeln lassen müssen.

»Fee, de Broodjes«, rief sie mir hinterher, aber ich war schon auf der anderen Straßenseite.

Ich lief mit wild pochendem Herzen den ganzen langen Weg

zum Deich – der Blick über die Weite der Nordsee hat mich schon immer beruhigt. Als ich viel später in unseren Gartenweg einbog und mir gerade überlegte, wie ich meinen Eltern erklären sollte, dass ich Ewigkeiten beim Bäcker zugebracht habe, nur um dann ohne Brötchen nach Hause zu kommen, fiel mein Blick auf eine weiße Papiertüte neben der Eingangstür. Jemand hatte mir acht Weltmeisterbrötchen geliefert. Und ich hatte eine ziemlich genaue Vorstellung, wer dieser Jemand war.

Weihnachten kam und ging, ohne dass ich ihm begegnete. Heiligabend brachte ich Bente ihr Weihnachtsgeschenk: einen zwar etwas dilettantisch, doch mit viel Liebe genähten Sorgenfresser, der wie sie keine Haare mehr hatte, und eine Dose mit 221 leicht verdaulichen, zuckerfreien Keksen darin – für jeden Tag einen, dann wäre ihre Konsolidierungsphase vorbei und die leichtere Erhaltungstherapie würde beginnen. Die letzte Phase der Behandlung, in der Tabletten einen Rückfall verhindern und den Therapieerfolg sichern sollen.

An den übrigen Feiertagen verbrachte ich viel Zeit zu Hause mit Oma Lene, die wir für ein paar Tage aus der Pflegeeinrichtung geholt hatten. Ich saß mit ihr auf der Couch, erzählte ihr Geschichten von früher und stopfte dabei einen Dominostein nach dem anderen in mich hinein. Ich wollte noch so viel Zeit wie möglich mit ihr verbringen, bevor sie mich nicht mehr erkennen konnte (was sie schon damals nur noch sporadisch tat). Außerdem wusste ich, dass Jasper in Süderbüll war – und noch immer tat es zu weh, ihn sehen zu müssen. Am zweiten Weihnachtstag, als Oma Lene den halben Nachmittag verschlief und der bloße Gedanke an einen weiteren Dominostein schon ein Brechreizgefühl auslöste, vertrieb ich mir die Zeit damit, eine Liste mit all den Dingen zu verfassen, die ich an ihm hasste.

1. Ich kann nicht mit ihm zusammen sein

2. Seinen Handyklingelton

Mehr fiel mir auch nach stundenlangem Nachdenken nicht ein. Enttäuscht setzte ich mich neben meine inzwischen wieder muntere Oma auf die Couch und versuchte, mich auf die hundertste Wiederholung von *Sissi* zu konzentrieren. Danach wühlte ich in meinem Schreibtisch herum, bis ich die Liste fand, und fügte hinzu:

3. Seine Vorliebe für halsbrecherische Actionfilme

An Silvester fuhr Jasper mit ein paar Studienfreunden nach Prag und mir wurde klar, dass er mir ebenso aus dem Weg gehen wollte wie ich ihm.

Greetje, Bente und ich feierten bei Bente zu Hause. Für eine große Party war sie noch nicht in der körperlichen Verfassung. Nachdem wir das Haus – wir hatten sturmfrei – mit bunten Girlanden, Luftschlangen und Konfettiluftballons und uns selbst mit Glitzerkleidern und kleinen Partyhütchen geschmückt hatten, bereiteten wir mit Hingabe unser Silvester-Fondue zu. Wir sangen Karaoke, spielten unser altbewährtes Dinner-for-One-Trinkspiel (Greetje und ich tranken für Bente mit), Montagsmaler und Scharade, hörten unsere Lieblingslieder (zum Tanzen war Bente zu geschwächt) und lachten so viel, dass uns Tränen über die Gesichter liefen. Alle Gedanken an die Krankheit waren für kurze Zeit ausgelöscht.

Bis Greetje drei Raketen auspackte, die wir mit unserem sehnlichsten Wunsch beschriften und um Mitternacht abfeuern wollten. Es gab so vieles, das wir uns für das neue Jahr wünschten – dass Bente gesund wurde, ein gutes Abitur, einen Studien- oder Ausbildungsplatz, die große Liebe –, dass wir lange nachdenken mussten. Bente griff schließlich als Erste zum Stift: »Jasper soll mich lieben.«

»Aber das tut er doch schon«, sagte ich.

»Nicht so, wie ein Junge ein Mädchen liebt«, erwiderte sie und sah so niedergeschlagen aus, dass ich tröstend meine Arme um sie legte.

»Ist dir deine Heilung nicht wichtiger?«, fragte Greetje überrascht.

»Die kommt dann schon von ganz allein.« Entschieden legte sie den Stift wieder ab.

»Dann wünsche ich es mir für dich«, murmelte ich und schrieb: *Bente wird wieder vollständig gesund.*

»Wenn das damit also abgehakt ist, kann ich mir ja ohne schlechtes Gewissen wünschen, dass Ole mich nach meinen gelungenen Abschlussprüfungen überraschend von der Schule abholt, um mich zu einem Vorstellungsgespräch auf diesem Sylter Pferdehof zu bringen«, erklärte Greetje lachend und schrieb genau das auf.

Um Punkt zwölf zündeten wir die Raketen an. Als sie explodierten, erleuchtete der Himmel in den buntesten Farben.

Im Februar starb meine geliebte Oma Lene – nicht ganz überraschend, aber dennoch mit einschneidenden Konsequenzen für mein Seelenheil. Die Tage nach ihrem Tod nahm ich wie durch einen Schleier wahr. Das beißende, brennende Gefühl, das ihre Abwesenheit hervorrief, verursachte mir körperliche Schmerzen.

Einen Tag vor ihrer Beerdigung – ich stand am Fenster und starrte hinaus, ohne etwas von den kahlen Bäumen und den tristen grauen Regenwolken zu sehen – klingelte es an der Haustür, einen Moment später öffnete sich schwungvoll meine Zimmertür. Ich drehte mich um und die Zeit blieb stehen.

»Jasper! Was –« Mir fehlten buchstäblich die Worte. Mein Magen fühlte sich an, als würde ich aus großer Höhe springen. Wenn überhaupt möglich, dann waren seine Augen noch grüner geworden.

Ohne innezuhalten, durchquerte er mit schnellen Schritten den Raum, zog mich in seine Arme und drückte mich so fest an seine Brust, dass ich kaum Luft bekam. Vielleicht lag es aber auch an meinem Herzen, das gefährlich aus dem Takt geraten war. Sofort schwammen meine Augen in Tränen.

»Oma Lene –«, schluchzte ich.

»Ich habe es heute Morgen erst erfahren. Fee, es tut mir so leid, dass ich dich allein gelassen habe«, murmelte er in meinen Scheitel.

Ich weiß nicht, wie lange wir uns so umklammert hielten und ich in seinen Pullover weinte. Er strich mir über die Haare und wisperte beruhigende Worte, bis das Schluchzen und Zittern endlich nachließ und ich mich widerwillig aus seinen Armen löste.

»Danke, dass du gekommen bist!« Sein vertrauter Anblick gab dem stillen Schmerz und der Wehmut der vergangenen Monate neuen Nährboden, aber obendrein war da noch etwas anderes. Nie hätte ich damit gerechnet, eine solch unendliche Erleichterung zu verspüren, ihn nach so langer Zeit wieder vor mir zu sehen. Mit dem Daumen wischte er meine nassen Wangen trocken, so sanft und behutsam, dass es mir gleich wieder die Tränen in die Augen trieb.

»Ich habe Lene vor ein paar Wochen in Husum besucht, aber sie erkannte mich nicht. Während ich ihren Rollstuhl durch den Garten schob, plapperte sie wirres Zeug von einem Plantschbecken, einer Liste und dem Vollmond. Erst als ich mich verabschieden wollte, schien sie für einen kurzen Moment wieder die alte Lene von früher zu sein, mit ihren klaren Augen und dem wissenden Lächeln. Aber dann sagte sie ohne erkennbaren Zusammenhang: ›Eine verzweifelte Liebe ist niemals eine Sünde. Seelenpartner sucht man nicht, die finden sich von ganz allein.‹«

Das Gleiche hatte sie letzten Sommer zu mir gesagt. Ich hatte die starke Vermutung, sie spielte auf Jasper und mich an, doch das behielt ich für mich. Aber ich war froh, dass er sie vor ihrem Tod noch mal gesehen hat.

Und auch er schwieg. Lange Zeit standen wir uns gegenüber, blickten uns an und ließen eine Welle von Emotionen über uns hinwegrollen.

»Ich habe das Gefühl, alles bricht auseinander«, flüsterte ich schließlich.

»Ich weiß. Doch wir können uns nicht ewig aus dem Weg gehen. Ich will das auch gar nicht.«

»Ich will das auch nicht.«

»Bente ist bald wieder gesund und –«

»Im Sommer gehe ich auf Weltreise, dann gehört Süderbüll wieder dir. Und ihr«, unterbrach ich ihn.

»Du willst weg?«

»Ich muss.«

Sein Schweigen dauerte viel zu lange an.

»Nun, es ist unvermeidlich, dass wir uns bis dahin gelegentlich über den Weg laufen. Fee, du weißt doch, wir sind beinahe Geschwister. Deine Worte. Da bricht man nicht einfach den Kontakt ab. Lass uns bitte versuchen, wieder so etwas wie Freunde zu sein«, sagte er schließlich seufzend.

Ich wagte es kaum, ihm in die Augen zu sehen, sondern kauerte mich stattdessen auf meinen Schreibtischstuhl, während er sich auf meinem uralten hellbraunen Ledersessel niederließ. Früher hatten wir immer gemeinsam auf meinem Bett gesessen oder gelegen, wenn Jasper zu Besuch kam, aber nun war uns bewusst, dass wir, wenn wir den Anstand wahren wollten, auch Abstand wahren mussten.

»Du hast recht. Wenigstens Freunde können wir sein«, flüsterte ich.

»Außerdem wird Greetje misstrauisch«, fuhr er fort. »Sie zerbricht sich den Kopf darüber, warum wir uns aus dem Weg gehen, warum ich nur selten nach Hause komme, warum du dich zurückziehst.«

Ich hätte ahnen müssen, dass Greetje voller Argwohn war. Es war mir immer schwerer gefallen, Bentes ausschweifenden Schwärmereien über Jasper zuzuhören, und so hatte ich mich bei gewissen Themen geistig einfach ausgeklinkt und nach Leibeskräften versucht, mich abzulenken, entweder mit beschwingten Tagträumen oder mit Kopfrechenaufgaben. Jetzt tat es mir leid, Greetje Sorgen bereitet zu haben.

»Du hast recht«, wiederholte ich. »Es ist nur so verdammt hart.« Nun blickte ich ihm doch in die Augen. Und was ich sah, hätte mich all meine hehren Vorsätze beinahe über Bord werfen lassen. Beinahe.

Doch dann öffnete sich meine Zimmertür – und vor uns stand ein überaus irritiert dreinschauender Sören, der seinen finsteren Blick von mir zu Jasper und wieder zurück schweifen ließ.

Prompt erhob Jasper sich aus seinem Sessel und wandte sich zum Gehen. Auch ich stand auf.

»Es tat gut, dich zu sehen, Fee«, sagte er. Es klang aufrichtig.

»Finde ich auch.« Mein Herz machte einen ungesunden Sprung. Allzu häufige überraschende Begegnungen dieser Art und ich würde mit zwanzig meinen ersten Herzinfarkt erleiden.

Sören räusperte sich vernehmlich und ich spürte seine missmutigen Blicke wie Nadeln auf meiner Haut.

Als ich Jasper zur Tür brachte, war ich so heilfroh, ihn gesehen zu haben, dass ich bereit war, alles dafür zu tun, wieder ein kleiner Teil seines Lebens zu werden.

Ich wusste, mein Seelenfrieden würde nicht gerade davon

profitieren, immer wieder Jaspers und Bentes Geturtel aushalten zu müssen. Und auch Sören war alles andere als erpicht darauf, sich gemeinsam mit Jasper die Zeit zu vertreiben. Doch wenn wir uns von da an alle zusammen trafen, war von Geturtel keine Spur. Fast schien es wieder so wie früher zu sein, als die Welt noch nicht aus den Angeln gehoben worden war. Wir trafen uns mit einer Kiste Bier auf dem Deich, gingen ins Kino oder zum Surfen. Wir sprachen über das Museum, das wir später einmal im Mommsen-Haus einrichten wollten, über meine geplante Weltreise und darüber, wie wir uns alle unsere Zukunft vorstellten.

Und doch war alles anders. Jeden Morgen, wenn ich die Augen aufschlug, galt mein erster Gedanke Jasper. Der zweite galt Bente. Und jeden Abend beim Einschlafen verteufelte ich die Ungerechtigkeit des Lebens.

Als mein Vater im April aus heiterem Himmel mit seiner Sekretärin durchbrannte und es mit meiner emotionalen Stabilität noch weiter bergab ging, verbrachte ich viel Zeit bei Greetje. Denn auch wenn ich meiner deprimierten Mutter um jeden Preis beistehen wollte, schaffte ich es oft nicht, mich der großen Stille zu stellen, die die Stimmung in unserem Haus seit dem Auszug meines Vaters niederdrückte.

Sören machte keinen Hehl daraus, dass er davon nur wenig hielt. Er versuchte gar nicht erst, seine Gefühle und die immer heftiger werdende Eifersucht vor mir zu verheimlichen; er sagte mir mittlerweile fast täglich, dass er mich sehen wollte, dass ich Jasper aus dem Weg gehen sollte, dass er seine Zukunft mit mir zusammen gestalten wollte. Auch wenn ich von Anfang an ehrlich war und deutlich gemacht hatte, dass ich nicht das Gleiche für ihn empfand, setzten die anfänglichen Schuldgefühle nun mit neuer Wucht ein, aus kleinen Stichen wurden riesige Wellen, die es mir erschwerten, morgens in den Spiegel zu blicken. Mir wurde klar, dass die Dinge langsam komplizierter wurden und ich die Sache beenden musste, bevor jemand ernsthaft zu Schaden kam. Doch das war leichter gesagt als getan. Tatsächlich fühlte es sich aber so an, als könnte jedes einzelne Treffen unser letztes sein.

»Sören, ich glaube, wir sollten mal miteinander reden. Darüber, was wir eigentlich füreinander sind«, begann ich also eines bewölkten Nachmittags Ende Mai. Wir waren zuerst im Mommsen-Labyrinth umhergeirrt und hatten uns anschließend mit unseren Büchern am Fuße der Minerva-Statue niedergelassen, wo wir uns, angelehnt an den steinernen Sockel, auf die bevorstehende Englisch-Abschlussprüfung vorbereiten wollten. Ich musste all meine Kraft zusammennehmen, denn ich war nach den vergangenen chaotischen Monaten emotional ausgelaugt und musste außerdem viel Lernstoff aufarbeiten.

»Was wir füreinander sind? Sag du es mir! Ich gehe in ein paar Wochen nach Heidelberg und du in die weite Welt, aber dich scheint es gar nicht zu interessieren, dass wir uns dann lange Zeit nicht mehr sehen können.« Er klang gleichzeitig hoffnungslos und vorwurfsvoll. Es schnürte mir die Kehle zu, als ich die plötzliche Angst in seinen Augen sah. Ich hatte ihn kalt erwischt. Das Letzte, was ich wollte, war, ihm wehzutun.

»Natürlich interessiert es mich. Sören, du weißt, wie wichtig du mir bist. Aber –«

»Aber er ist dir wichtiger.« Die Resignation in seiner Stimme versetzte mir einen schmerzhaften Stich. Er stand auf und begann, auf der kleinen Lichtung hin- und herzulaufen.

Ich konnte ihn nicht anlügen. Also presste ich hervor: »Du hast recht. Ich hatte so sehr gehofft, dass sich das ändert. Es tut mir unendlich leid.« Nach einer kleinen Pause, in der er mich verständnislos anstarrte, setzte ich hinzu: »Ich werde nie mit ihm zusammen sein. Aber ich weiß jetzt, ich habe dir falsche Hoffnungen gemacht. Verzeih mir.«

»Du hast immer gesagt, wir wissen, dass die Sache mit uns nirgendwohin führen würde. Aber sie führte schon seit zehn Monaten nirgendwohin.« Seine Stimme brach.

»Sören, ich –«

»Ich muss jetzt lernen. Und du solltest das auch tun.«

»Ist das hier nicht wichtiger als George Orwell? Bitte rede mit mir!«

Er begann, seine Bücher zusammenzupacken. Ich hielt ihn am Arm fest.

»Sören, lass uns bitte nicht im Streit auseinandergehen.«

»Wenn, dann streitest du nicht mit mir. Du streitest mit jemandem, der nicht hier ist.«

Ich konnte lange Zeit nicht antworten.

»Ich gebe auf. Er hat gewonnen.« Seine Augen waren so voller Verzweiflung, dass mir vor lauter Schuldgefühlen ganz elend wurde und ich fast einen Rückzieher gemacht hätte. Aber nur fast.

»Es tut mir furchtbar leid«, sagte ich noch einmal. Meine Augen schwammen in Tränen. Da nahm er seinen Rucksack und ließ mich bei der Minerva-Statue zurück.

Also war ich nun wieder allein. Ich wollte mich ganz auf Bente, auf die Prüfungen und meine Weltreise konzentrieren, die in wenigen Wochen anstand.

Doch kaum war ich zu Hause und hatte mir mit zittriger Hand einen Haferflocken-Birnen-Shake – ein altes Rezept von Oma Lene, um die Nerven zu beruhigen und Stress zu lindern – zubereitet, als mein Handy klingelte und eine offensichtlich völlig aufgelöste Bente wimmerte: »Er liebt mich nicht!« Sie war kurz davor, die Fassung zu verlieren.

»Bente, beruhige dich erst mal! Was ist passiert?«

»Jasper! Ich habe ihm gesagt, wie sehr ich ihn liebe und dass er endlich Farbe bekennen soll. Dass ich bald geheilt bin und mit ihm meine Zukunft planen will.« In ihrer Stimme schwang eine Traurigkeit, aber auch eine Bitterkeit mit, die ich noch nie bei ihr gehört hatte.

Fast verschluckte ich mich an meinem Anti-Stress-Shake. »Und wie hat er reagiert?«

»Er sagt, wir können keine gemeinsame Zukunft planen. Es gibt eine andere. Aber ich kann ohne ihn nicht leben!«

Ich konnte beinahe fühlen, wie die Wände des Zimmers auf mich zukamen und drohten, mich zu ersticken. Aber als ich mich umblickte, bemerkte ich, dass alles wie immer war. Die Welt drehte sich in ihrem gewohnten Tempo weiter. Bente sprach noch immer.

»Wahrscheinlich hat er sich die ganze Zeit über nur aus Mitleid um mich gekümmert. Wahrscheinlich habe ich mich in die ganze Sache viel zu sehr hineingesteigert.«

»Ich komme zu dir, dann können wir in Ruhe reden. Wo bist du?«

»Nicht nötig, ich bin gerade mit meiner Mutter auf dem Weg zur Chemo. Ach Fee, wenn nur diese bescheuerte Krankheit nicht wäre. Dann könnte Jasper mich vielleicht lieben und wir wären glücklicher als Jane Eyre und Mr. Rochester. Aber was sollte dieser Adonis denn mit einem körperlichen Wrack anfangen, das das nächste Weihnachtsfest vielleicht nicht mehr erleben wird? Schon gut, Mama, tut mir leid.«

»Wir besprechen alles in Ruhe, wenn du zurück bist. Und zum nächsten Weihnachtsfest wünsche ich mir von dir eine Einhorn-Luftmatratze, die schickst du mir dann nach Timbuktu.«

Ich hielt es nicht aus. Wie sollte es nur weitergehen? Ich war so aufgewühlt, dass ich nicht länger allein in unserem Haus sein konnte – oder nur mit meiner stummen Mutter zusammen, was dem Alleinsein gleichkam. Also ging ich zu Greetje, um mich bei einem Schachspiel mit Henny unter dem Birnbaum abzulenken.

»Bleib, so lange du willst!«, sagte sie. Dann fügte sie hinzu, als könnte sie geradewegs durch mich hindurchsehen: »Denk immer daran, Fee, bei der falschen Person kannst du nichts richtig machen – und bei der richtigen Person kannst du nichts falsch machen.«

Als ich am nächsten Morgen, einem Samstag, in Greetjes Badezimmer aus der Dusche kam, war ich noch immer bedrückt und ratlos. Beim Abtrocknen fiel mein Blick auf Jaspers Zahnputzbecher. Ich hatte meinen direkt danebengestellt. Seiner und meiner … »Ruhig Blut, Fee!«, wies ich mein Spiegelbild zurecht.

Gerade suchte ich nach einem Fön, als es an der Tür klopfte.

»Fee, deine Mutter ist am Telefon«, hörte ich Jaspers Stimme. Ich hatte nicht einmal gewusst, dass er zu Hause war. »Rufst du zurück?«

Mit wild klopfendem Herzen schlang ich ein großes weißes Badehandtuch um meinen Körper und öffnete die Tür. Nur einen Spalt.

»Danke, ich spreche jetzt mit ihr.« Ich wusste, dass Hannah sich daran störte, dass ich ständig bei Greetje »herumlungerte«.

Jaspers Blick blieb an meinem Handtuch hängen.

»Verdammt!«, flüsterte er.

Ich schluckte und versuchte, durch den Türspalt das Telefon zu greifen, doch Jasper hielt es fest.

»Fee? Felicitas!«, hörte ich meine Mutter durch den Hörer.

»Sie ruft dich nachher zurück, Hannah«, sagte Jasper. Und legte auf.

Mein Atem ging schwer und mein Herz schlug mittlerweile

so heftig gegen meine Rippen, dass es vermutlich sichtbar gewesen wäre, hätte ich das dicke Handtuch fallen gelassen. Was ich nicht vorhatte. Jaspers Augen wurden immer dunkler, so dass sie fast schwarz aussahen.

Lange Zeit standen wir voreinander und blickten uns an.

»Das ist eine ganz schlechte Idee«, brachte ich schließlich hervor.

»Das weiß ich«, flüsterte er und schob die Tür ein bisschen weiter auf. »Eine furchtbare Idee!«

»Bente ist noch nicht gesund.«

»Aber bald ist sie es. Willst du dich dann immer noch von mir fernhalten?«

Darauf hatte ich keine Antwort. Nach einer viel zu langen Pause murmelte ich: »In ein paar Wochen fliege ich ohnehin nach Australien.«

»Du hast mir gefehlt.« Er stand jetzt viel zu dicht vor mir.

»Du hast mir auch gefehlt.« Viel zu sehr. Ich wich einen Schritt zurück. Was taten wir hier?

»Ich komme mit dir.«

»In die Dusche?« Natürlich stieg mir schon wieder diese unselige Hitze ins Gesicht. Jasper griff nach meiner Hand und verschränkte seine Finger ganz sacht mit meinen.

»Auf die Reise. Wie wir es immer geplant haben. Stornier dein Ticket, wir fahren einfach mit dem Bulli los.«

Mein Mund wurde trocken. Schon vor Jahren, als unsere Beziehung noch unkompliziert und ungefährlich war, hatten wir von einer solchen Reise gesprochen. »Im VW-Bus einmal um die Welt. Wir fahren Richtung Osten und kommen aus dem Westen wieder – ohne jemals ein Flugzeug zu besteigen. Außer vielleicht, um am Ende der Reise den Atlantik zu überqueren.«

»Oder wir kommen niemals wieder zurück. Wir bleiben einfach da, wo es uns am besten gefällt. Wir erwachen vom Meeresrauschen, laufen barfuß über den weichen Sand und schlürfen Kokosmilch.«

Ich wollte so gerne daran glauben. Doch ich konnte es nicht.

»Du weißt, dass das nicht geht. Was ist mit Bente?«

»Ich liebe sie nicht.«

»Aber ich! Und die letzte Therapiephase dauert noch ein weiteres Jahr.«

»Sie ist so gut wie geheilt.«

Das plötzliche laute Knallen der Haustür ließ mich von ihm zurückzucken. »Der Brötchenservice ist zurück! Frühstück in fünf Minuten, Kinder«, rief Henny fröhlich die Treppe hinauf.

»Kann man denn in diesem Haus nicht mal am Wochenende einfach ausschlafen?«, hörte ich Greetje von ihrer offenen Zimmertür aus nörgeln. Jasper und ich hatten mit gedämpften Stimmen gesprochen, doch ich fragte mich unweigerlich, ob sie dort schon länger stand und was sie von unserem Gespräch mitbekommen hatte.

Wie hätte ich mich jetzt auf die Schule konzentrieren können? Während meiner Englisch-Abiturprüfung in der darauffolgenden Woche dachte ich an nichts anderes als daran, wie ich mir selbst jemals wieder in die Augen blicken könnte, wenn ich jetzt mit Jasper fortging.

Nachmittags erreichte mich eine SMS von ihm: *Urlaubssemester sind beantragt. Es kann losgehen.* Einige Minuten später folgte eine weitere Nachricht: *Was auch immer du tust – ich werde Bente trotzdem niemals lieben.*

In dieser Nacht wurde es mir klar: Bente war bald wieder gesund – und der Schmerz, nicht mit Jasper zusammen zu sein, würde dann vielleicht schwerer wiegen als mein Gewissen und der Schmerz, die liebste Freundin zu verraten. Ich spürte instinktiv, dass dieser Augenblick näher rückte. Und dass mir eigentlich nie eine wirkliche Wahl geblieben war. Ich fühlte mich, als würde ich einen Krieg anzetteln. Meine beste Freundin wäre schon bald meine Nebenbuhlerin.

Von da an kam Jasper fast jedes Wochenende nach Süderbüll zurück. Wir schlichen auf Zehenspitzen umeinander herum, fingen an zu stottern und ließen unachtsam Gegenstände fallen, wann immer wir in die Nähe des anderen kamen. War mein Gesicht schon vorher wegen Kleinigkeiten rot angelaufen, sah ich nun am laufenden Band aus wie eine Tomate. Ich frage mich, warum keiner unser seltsames Verhalten bemerkt hat.

20

»Mein Leben kommt mir gar nicht mehr sinnlos vor. Ganz anders als vor ein paar Wochen. Ich hoffe, Sie haben Ihrem Sinn ebenfalls nachgespürt«, begrüße ich Professor Rathge stolz, als ich einige Tage nach meinem Date mit Mikkel mit einem Teller voll selbst gebackener Mond-, Planeten- und Sternenkekse vor seiner Tür stehe. Heute trägt er einen moosgrünen, runden Filzhut auf seinen fluffigen weißen Haarbüscheln.

»Dann haben Sie also endlich mit Ihrem Vater gesprochen?«

»Mit meinem Vater? Noch nicht«, erwidere ich ein wenig kleinlaut.

Ich folge Professor Rathge auf dem Fuße in sein akribisch aufgeräumtes Arbeitszimmer. Wieder stehen zwei Korbstühle, über deren Lehnen ordentlich ein paar flauschige beige Wolldecken gefaltet wurden, zu beiden Seiten des gewaltigen Teleskops am sperrangelweit geöffneten Fenster. Auf einem kleinen Rattantischchen hat der Professor zwei blütenweiße Porzellantassen und eine große, geblümte Teekanne auf einem Steingut-Stövchen, die den Duft frisch aufgebrühten Pfefferminztees verströmt, in einer akkuraten Linie angeordnet.

»Was ist mit dem Kräuter- und Blütentee, den ich extra für Sie gesammelt und getrocknet habe?«

»Ich habe davon Bauchzwicken bekommen.«

»Oh, das tut mir leid! Dabei habe ich ganz genau Britts

Anweisungen befolgt. Aber vielleicht schmeckt Ihnen die Butter besser, die ich nächste Woche zusammen mit Greetje schlagen will.«

»Machen Sie sich bloß keine Umstände.« Wenn ich es nicht besser wüsste, würde ich meinen, er blickt erschrocken drein.

»Sie wollten mir noch erzählen, welchen Fehler Sie für den Rest Ihres Lebens bereuen werden. Schicker Hut übrigens«, wechsle ich das Thema.

Er lässt sich seufzend in einen der Korbstühle sinken und schenkt den heißen Tee ein. Seine Bewegungen sind langsam und stockend, als wolle er Zeit gewinnen. »Sie sind doch hierhergekommen, um den Nachthimmel zu beobachten, und nicht, um sich die Lebensgeschichte eines alten Mannes anzuhören.«

»Sie sind doch nicht alt. Außerdem ist es noch hell, wie Sie sehen können. Sie vertrösten mich schon seit Wochen und ich sterbe vor Neugier.«

Professor Rathge reicht mir eine der Tassen und reibt dann nervös seine Handflächen aneinander. Lange Zeit sagt er nichts. Gerade fange ich an zu glauben, dass er wieder nicht mit seiner Geschichte herausrücken wird, als er endlich mit leiser Stimme beginnt zu sprechen.

»Das Leben hat mir schon das eine oder andere Schnippchen geschlagen.« Er sieht in diesem Moment aus, als würde er die Last der ganzen Welt auf seinen gebeugten Schultern tragen. Ich widerstehe dem Drang, seine Hand festzuhalten, und biete ihm stattdessen den Teller mit Keksen an. Er scheint mich gar nicht zu bemerken. »Ich hatte einmal ein Kind.«

Alle Härchen in meinem Nacken richten sich auf. Der Satz hängt wie der Güllegeruch, der regelmäßig durch die Straßen von Süderbüll weht, im Zimmer. Aber nun, da die Büchse der Pandora geöffnet ist, ist der Professor nicht mehr zu bremsen.

»Eine Tochter, Marie. Sie war das hübscheste, klügste und fröhlichste Mädchen, das die Welt je gesehen hat. Sie besaß viele Talente, doch ihr größtes Talent war das Spielen der Violine. Wenn sie den Bogen souverän über die Saiten fliegen ließ, versetzte sie ihre Zuhörer in eine fremde, schönere Welt. Sie wollte Soloviolinistin werden oder doch zumindest im Orchester die erste Geige spielen – doch inzwischen habe ich verstanden, dass nicht sie das wollte. Es war mein Traum, ich habe die Entscheidung für sie getroffen, als sie noch ein kleines Kind war und sich ihr Ausnahmetalent herauskristallisierte.«

Professor Rathge spricht jetzt schnell, als wolle er die Angelegenheit schleunigst hinter sich bringen. Fahrig nestelt er an seiner Wolldecke herum, als er fortfährt: »Meine Frau ist früh verstorben und ich war alleine für Marie verantwortlich. Natürlich wollte ich nur das Beste für sie, aber ich weiß nun, dass ich sie zu sehr gedrängt habe. Der enorm zeitaufwendige Unterricht von Kindesbeinen an, das Vorstudium an der Akademie, das Studium, unzählige Auszeichnungen und Konzerte und schließlich das Gerangel um eine feste Stelle, für die Hunderte ebenso hochbegabte und hervorragend ausgebildete Musiker über Leichen gehen würden. Der Druck wurde zu groß, sie ist daran zerbrochen.«

»Was ist passiert?«, frage ich vorsichtig.

»Sie hat sich dem erstbesten Mann an den Hals geworfen, einem Mann, den ich aufgrund seines lässigen Lebensstils und in meinen Augen mangelnden Ehrgeizes für nicht gut genug hielt, um es mal behutsam zu formulieren. Gemeinsam wollten sie nach Kanada gehen, um in den unberührten Weiten von British Columbia eine Farm zu bewirtschaften. Eine Farm! Ich glaube, eigentlich wollte sie nur so weit wie möglich fort von mir.«

Sind das Tränen, die da in seinen Augen blitzen? Aufgewühlt nehme ich einen großen Schluck von meinem Pfefferminztee und verbrenne mir die Zunge.

»Ich wollte nicht, dass sie ihr Talent und alles, was sie bis dahin erreicht hatte, einfach wegwirft. Als sie sich verabschieden wollte, habe ich zu ihr gesagt: ›Wenn du dich jetzt davonstiehlst, brauchst du niemals wieder zurückzukehren.‹ Zu meinem eigenen Kind. Sie hat sich umgedreht und ist gegangen. Ich habe sie in die Flucht geschlagen.«

»Haben Sie sie wiedergesehen?« Ich wage es kaum, die Frage zu stellen, aus Angst davor, was der Professor als Nächstes offenbart.

»Nein. Ich habe nie wieder etwas von ihr gehört. Acht Jahre lang war sie wie vom Erdboden verschluckt. Vor vier Jahren erreichte mich schließlich die Nachricht, dass sie ums Leben gekommen ist. Sie wurde in einen Autounfall verwickelt. Ebenfalls im Wagen saßen ihr Mann und ihr gemeinsamer Sohn. Alle sind tot. Ich hatte nie die Chance, meinen Enkel kennenzulernen, und das nur, weil ich zu stolz, zu verbohrt, zu überheblich war, einen Schritt auf meine Tochter zuzugehen.«

Das war der längste Monolog, den ich jemals von dem wortkargen Professor Rathge gehört habe. Selbst wenn er von seinen geliebten Sternen spricht, versucht er, lange Reden und damit das Zentrum der Aufmerksamkeit tunlichst zu vermeiden. Erschöpft und ausgelaugt lehnt er sich zurück. Jetzt beuge ich mich doch zu ihm hinüber und nehme seine zitternde Hand in meine.

»Das ist so unendlich traurig, Professor!« In meinen Augen sammeln sich Tränen. Auf einmal wird mir alles klar: Vor vier Jahren hat er seinen Job als Geschichtsprofessor aufgegeben und sich für ein Leben in Einsamkeit entschieden. Er versucht, seinem Schmerz zu entkommen, indem er sich in fremde Galaxien flüchtet.

»Ich hatte keine Gelegenheit, unsere Differenzen beizulegen. Bei Ihnen sieht das anders aus, Fräulein Sturm. Machen Sie bitte nicht denselben Fehler wie ich, es würde Sie Ihr ganzes Leben verfolgen.«

Mein Mund ist staubtrocken. Der Tee ist noch immer zu heiß.

»Sie fragen sich vielleicht, warum ich Ihnen die ganze Geschichte erzähle, obwohl wir noch nicht lange miteinander bekannt sind. Ich habe aber das Gefühl, als würde ich Sie schon eine halbe Ewigkeit kennen – seitdem ich vor vier Jahren mit nichts als ein paar Koffern in Süderbüll eintraf. Denn Heinrich spricht viel von Ihnen und er leidet sehr unter Ihrer angespannten Beziehung. Er ist ein guter, aufrichtiger Mann, Fee.« Zum ersten Mal nennt er mich bei meinem Vornamen.

»Er war nicht gut und aufrichtig, als er seine Familie im Stich gelassen hat.«

Als hätte ich nichts gesagt, fährt der Professor fort: »Er vermisst Sie und wünscht sich nichts sehnlicher, als dass Sie ihn an Ihrem Leben teilhaben lassen. Zumindest ein bisschen.«

»Aber ich lasse ihn teilhaben –«

»Und seien Sie mal ganz ehrlich zu sich selbst. Vermissen Sie Ihren Vater nicht ebenfalls? Zumindest ein bisschen?«

Lange Zeit bleibe ich stumm. Jahrelang habe ich meinen Vater für das, was er meiner Mutter und mir angetan hat, scharf verurteilt. Viel zu lange haben wir gebraucht, um zu einem einigermaßen umgänglichen Verhältnis zu finden.

»Sie haben recht, Professor, ich vermisse ihn. Nicht nur ein bisschen«, sage ich schließlich wie zu mir selbst. Doch ich will tunlichst vermeiden, dass alte Wunden wieder aufgerissen werden. »Aber bin ich nicht eigentlich hierhergekommen, um den Nachthimmel zu beobachten?«, wiederhole ich seine Worte. Es scheinen Stunden vergangen, seit er sie geäußert hat.

Die ganze Woche geht mir das Gespräch mit Professor Rathge nicht aus dem Kopf. Während ich mich auf der Baustelle mit einem Sesselpupser der Denkmalbehörde herumschlage, dem spontan eingefallen ist, dass sowohl für den Ausstellungs- als auch für den Depotbereich weitere Auflagen des Denkmalschutzes erfüllt werden müssen, grübele ich nicht darüber nach, dass das eigentlich Hinnerks Aufgabe wäre und warum er passenderweise mal wieder unterwegs ist, um etwas gegen seine auch nach *78 rauchfreien Tagen* offenbar immer noch präsenten Gelüste auf Zigaretten zu besorgen – dieses Mal sind es Stachelbeeren –, sondern darüber, wie wild mein Vater und ich um den Maibaum getanzt sind.

Als ich mit Greetje und Meghan beim Feuerwehrfest (mit Live-Musik von Fiete und Holm) eine kesse Sohle aufs Parkett lege (trotz der Live-Musik von Fiete und Holm), kommt mir ein Lied in den Sinn, dass Hein mir im Kindergartenalter allabendlich vorgesungen hat, ein alberner Text zu einer selbst ausgedachten Melodie. Immer vor dem Einschlafen trällerte er mit seiner tiefen Stimme: »Bleib klein, meine Kleine, bleib klein, werd nicht groß!« Das Lied gehörte nur uns beiden. Ich habe jedes Mal gekichert, bevor ich seelenruhig einschlummerte. Und wenn er am nächsten Morgen am Frühstückstisch erstaunt bemerkte: »Fee, bist du etwa gewachsen?«, antwortete ich verschwörerisch: »Nur ein bisschen. Wir versuchen es heute Abend noch mal!«

Selbst bei meinem Kino-Date mit Mikkel in Weeden bin ich nicht bei der Sache. Anstatt mich auf Iron Man, Thor und Captain America – und Mikkels Hand auf meinem Bein – zu konzentrieren, grübele ich darüber nach, wie sehnsüchtig ich jahrelang abends nach Feierabend darauf gewartet habe, dass mein Vater endlich die Haustür aufschloss. Und wie er später jedes Wochenende nachts wach im Bett lag und darauf wartete, dass ich endlich die Haustür aufschloss.

»Fee, du solltest an der Wahl zur Kohlkönigin im August teilnehmen. Ich glaube, du hättest gute Chancen«, flüstert Mikkel in mein Ohr.

»Mmmh, sicher.«

»Was ist los mit dir? Kohlkönigin? Du hörst mir gar nicht zu«, wirft er mir schmollend vor.

»Tut mir leid, ich bin ein bisschen abgelenkt.«

»Ich dachte, nichts kann dich von mir ablenken. Oder zumindest nicht von Chris Hemsworth oder Chris Evans.«

Ich muss schmunzeln. »Haben wir hier gerade unseren ersten Streit?«

Als könnte sie meine Gedanken lesen, fragt mich Helena am nächsten Morgen in einem unserer Telefonate, wie es eigentlich Hein gehe und ob er noch das Tanzbein schwinge. Ebenso wie all meine anderen Freundinnen hat sie meinen Vater, obwohl sie sich nur wenige Male begegnet sind, immer sehr gemocht.

Doch anstatt ihr seine neue Handynummer zu geben, damit sie den Schleier selbst lüften kann, höre ich mich sagen: »Vielleicht sollte ich es einfach mal herausfinden. Und dann sage ich dir Bescheid.«

Und so kommt es, dass ich am darauffolgenden Sonntag mit gemischten Gefühlen in meinen Käfer steige und bei strahlendem Sonnenschein die knapp vierzig Kilometer nach Husum zurücklege.

Vor einem großen, weiß getünchten Einfamilienhaus am Stadtrand bleibe ich stehen. Bei meinem letzten Besuch an einem tristen Novembertag machte der Garten einen trostlosen und grauen Eindruck. Vielleicht waren es aber auch nur meine Erwartungen für den Tag, die alles ein wenig freudlos und deprimierend wirken ließen. Jetzt im Hochsommer quellen die Beete über vor bunt blühenden Hohen Flammenblumen, Sonnenhut, Ringelblumen und Rittersporn. Die hellblauen Sprossenfenster des Hauses sind weit geöffnet.

Ein dunkelhaariger, magerer Junge in abgeschnittenen Jeans und Matrosenhemd hüpft mir über den gepflasterten Gartenweg entgegen und strahlt über sein ganzes sommersprossiges Gesicht. Offenbar hat er auf der Eingangstreppe auf mich gewartet.

»Endlich!«, ruft er und wirft sich in meine Arme. Fast wäre ich hintenübergefallen.

»Mein Gott, Fynn, bist du groß geworden! Ich dachte, du bist erst zwölf!«, rufe ich und drücke meinen kleinen Halbbruder fest an mich.

Stolz reckt er seine schmale Brust. Er sieht aus wie ich. Gerade erst hat er seinen zwölften Geburtstag gefeiert, daher überreiche ich ihm ein kleines Paket.

»Eine Taucherbrille und ein Gutschein für einen Tauchkurs. Danke, Fee! Machen wir den zusammen?«

»Natürlich. Wir sehen uns viel zu selten.«

Als ich Fynns Freude und seine glänzenden Augen sehe, wird mir ganz warm ums Herz. Ich habe mich in der Vergangenheit viel zu wenig um ihn gekümmert.

»Komm mit, Fee, die anderen warten schon im Garten auf dich.«

Gemeinsam schlendern wir ums Haus herum, während Fynn, sein Geschenk wie einen Schatz fest an sich gedrückt, munter drauflosplappert: »Wie du weißt, landet eine Katze immer auf den Pfoten, während ein Butterbrot laut Murphys Gesetz immer auf die Butterseite fällt. Was passiert nun aber, wenn man einer Katze Butter auf den Rücken streicht? Wer hat das Nachsehen, die Pfoten oder die Butter?«

»Das kommt darauf an.« Ich muss lächeln.

»Worauf?«

»Ist es eine Katze oder ein Kater?«

»Eine Katze.«

»Deutsche oder irische Butter?«

»Irische.«

»Dann ist es klar: Die Katze beginnt, in der Luft zu rotieren und sich dabei die Butter vom Rücken zu lecken. Wenn sie damit fertig ist, landet sie auf den Pfoten.«

»Du bist ein Genie.« Fynns blaue Augen strahlen mit der Sonne um die Wette. Und plötzlich spielt es keine Rolle mehr, dass er nicht mein richtiger Bruder ist.

Als wir um die Hausecke treten, sehe ich meinen Vater und seine neue Frau auf weiß angestrichenen Gartenstühlen im Schatten des wild blühenden Trompetenbaums sitzend in ein inniges Gespräch vertieft. Auf dem Tisch zwischen ihnen zeugen ein bunter Wiesenstrauß, ein selbst gebackener Schoko-Kirsch-Kuchen und eine Karaffe mit Zitroneneistee, natürlich ebenfalls selbst gemacht, von Dorotheas vorbildlichen Hausfrauenqualitäten.

Die perfekte Familienidylle.

Sobald mein Vater mich erblickt, springt er auf, eilt mit großen Schritten auf mich zu und schließt mich ein wenig unsicher in seine Arme. »Ich bin froh, dass du gekommen bist«, flüstert er. Er wirkt erstaunt, als hätte er bis zum letzten Moment nicht damit gerechnet, dass ich wirklich einfach so hier auftauche, obwohl er mir nicht die Pistole auf die Brust gesetzt hat. Wahrscheinlich, weil so etwas vorher noch nicht vorgekommen ist. Sofort habe ich ein schlechtes Gewissen.

Doro bleibt etwas unschlüssig vor mir stehen. »Schön, dass du da bist, Fee.«

»Danke für die Einladung.«

»Vielleicht lasse ich euch mal einen Moment allein. Ihr habt euch sicher viel zu erzählen.« An ihren Sohn gewandt fügt sie hinzu: »Komm, Fynnie, hilf mir mal mit den Tellern.«

»Was? Warum? Sollen wir jeder an einer Seite anfassen?«

»Du kannst schon mal die Sahne schlagen.«

Widerwillig lässt sich Fynn von seiner Mutter ins Schlepptau nehmen, während ich mich meinem Vater gegenüber auf einen gemütlichen Gartenstuhl fallen lasse. Es ist heiß heute, noch heißer als in den vergangenen Wochen. Mein Vater schiebt ein Glas mit Eistee zu mir herüber und ich leere es in einem Zug.

Während Hein mein Glas wieder auffüllt, sagt er: »Fynn erinnert mich sehr an dich, Fee. Nicht nur, weil er dir wie aus dem Gesicht geschnitten ist, sondern auch, weil er ein ebenso liebenswürdiges und mitfühlendes Kind ist, wie du es warst. Er liebt die Natur, spricht mit Tieren, kümmert sich um andere. Er hat den gleichen Dickkopf. Nur tanzen kann er nicht.«

»Dann bringe ich es ihm einfach bei.«

Mein Vater blickt mich forschend an. Ich denke an Professor Rathge und daran, was er über Familien und über verpasste Chancen gesagt hat.

Mir fällt kein Weg ein, mich langsam an das Thema heranzutasten, und ich fürchte, dass Doro und Fynn gleich wieder neben uns auftauchen, also falle ich mit der Tür ins Haus. »Es gibt einen Grund, warum ich heute hergekommen bin.« Als ich seinen Blick auffange, füge ich hastig hinzu: »Natürlich wollte ich euch sehen. Aber außerdem wollte ich dich noch etwas fragen, Papa.«

»Brauchst du Geld?«

»Ich habe dich doch nie um Geld gebeten.« Das war nie erforderlich, denn ich habe während meiner Auslands- und Studienjahre mit mehr oder weniger ehrwürdigen Jobs immer selbst für mein tägliches Brot gesorgt – auch wenn mein Vater bereitwillig stattliche Summen herausgerückt hätte. Vielleicht, um sein Gewissen zu beruhigen. »Nein, es geht um etwas anderes: Ich wollte dir nie zuhören, als du angeboten hast, alles zu erklären. Warum du damals gegangen bist. Und das tut mir wirklich leid. Aber jetzt höre ich dir zu.«

Ich sehe, dass ich meinen Vater aus dem Konzept gebracht habe. Das Thema Vergangenheit wird in unseren zumeist oberflächlichen Gesprächen für gewöhnlich tunlichst vermieden. Nervös fährt er sich mit beiden Händen durch das immer noch sehr dichte Haar.

»*Welches Kind hätte nicht Grund, über seine Eltern zu weinen?*, fragte schon Nietzsche.«

»Bitte, Papa! Ich weiß, es ist nicht leicht nach all den Jahren, aber bitte versuch es wenigstens.«

»Ich wollte das alles nicht, das weißt du. Aber die Liebe passiert manchmal einfach. Irgendwann weißt du vielleicht, wovon ich rede.«

»Das weiß ich schon, glaub mir. Trotzdem hätte ich mir nie träumen lassen, dass du Mama und mir aus heiterem Himmel so in den Rücken fällst.«

»Manchmal sind die Dinge anders, als sie scheinen, Fee.«

»Was meinst du damit?«

»Nun, zumindest für deine Mutter kamen die Geschehnisse nicht ganz so aus heiterem Himmel.«

Ich bin wie vom Donner gerührt. »Aber natürlich ist sie aus allen Wolken gefallen, Papa! Ich habe sie gesehen an diesem Mittwochnachmittag, gebrochen und Wacholderschnaps in sich hineinschüttend. Dieser furchtbare Anblick hat sich für alle Zeiten in mein Gedächtnis eingebrannt.«

Auch die Nerven meines Vaters liegen offensichtlich blank. Er wirkt fahrig, als er fortfährt: »Es tut mir leid, das musst du mir glauben. Ich würde dir das gerne ersparen, Liebes, aber vielleicht solltest du mal in Ruhe mit Hannah sprechen.«

»Mit Mama? Du weißt, dass sie nie mit mir redet. Außerdem kann ich Geheimniskrämerei nicht ausstehen.«

Mit langsamen Bewegungen schenkt mein Vater mir Eistee nach, obwohl mein Glas noch halb voll ist, und weicht dabei meinem Blick aus. Als er endlich spricht, klingt seine Stimme, als würde sie von irgendwo aus weiter Ferne kommen.

»Ich habe mir nie verzeihen können, zu welchem ungünstigen Zeitpunkt ich ausgezogen bin und dich im Stich gelassen habe, Fee. Ich will nicht beschönigen, was ich getan habe. Doch bei Doro haben durch all den Stress vorzeitige Wehen eingesetzt und sie musste im Krankenhaus behandelt werden. Da wusste ich, ich muss ihr beistehen, damit sie das Kind nicht verliert.«

Eine lange Pause entsteht. »Warum hast du mir das bloß nicht früher erzählt, Papa?«, sage ich schließlich leise. »Ich hätte dich bestimmt besser verstanden.«

Bevor er darauf etwas erwidern kann, kommt Dorothea, beladen mit einem großen, geblümten Tablett, aus der Terrassentür auf uns zugeeilt.

»Fee, wir reden ein andermal weiter. Sprich mit Hannah. Vielleicht ist es jetzt Zeit«, raunt mein Vater mir zu.

Dorothea stellt das Servierbrett auf die Gartenbank.

»Möchtet ihr einen Pharisäer oder eine Tote Tante?«, fragt sie.

»Liebend gern«, sagt mein Vater und lässt damit seine nordfriesischen Wurzeln erkennen.

»Ich muss noch fahren, aber ich glaube, ein Pharisäer geht in Ordnung. Was will man mehr als Kaffee mit etwas Rum und Sahnehäubchen?«, sage ich und zwinge mich, heiter und ausgelassen zu klingen.

»Eis!«, ruft Fynn, der seiner Mutter gefolgt ist. »Fee, willst du auch eins? Danach zeige ich dir meinen neuen ferngesteuerten Roboter. Ich habe ihn so programmiert, dass er sogar Bälle schießen kann.«

Ich bin aufgebracht, doch was bleibt mir anderes übrig, als das Thema Vergangenheit, auch wenn es mir unter den Nägeln brennt, zu vertagen? Ich nehme mir fest vor, bei der nächsten Gelegenheit – während meines Mallorca-Besuchs in einigen Tagen – mit meiner Mutter zu sprechen.

Als ich mich zwei Stunden später – nach einem Dolomiti, zwei Tassen Kaffee, drei gewaltigen Stücken Schoko-Kirsch-Kuchen (was blieb mir beim traditionellen »Rumschicken der Kuchen« anderes übrig, als meinen Teller zu beladen), einer überraschend kurzweiligen Unterhaltung über das Museum und Fynns außerschulische Aktivitäten und einem Fußballspiel mit meinem Halbbruder und einem nur faustgroßen Roboter – verabschiede, erinnere ich mich an mein Telefonat mit Helena und frage meinen Vater, der mich gemeinsam mit Fynn zum Auto begleitet: »Papa, tanzt du noch?«

»Nein. Ich habe vor zwölf Jahren damit aufgehört.«

In dem Moment streckt Doro ihren Kopf hinter der Hausecke hervor und ruft: »Fee, möchtest du für die Fahrt noch ein paar kleine Kuchen mitnehmen?«

Ich muss lachen: Was für den Rest der Bundesrepublik Kekse sind, sind für die Nordfriesen kleine Kuchen. Ich stecke ein paar besonders hübsche für Meghan und Professor Rathge ein.

Auf dem Heimweg fahre ich mit heruntergekurbelten Fenstern zwischen wogenden Weizenfeldern hindurch und denke unversehens an eine Zeit zurück, als plötzlich alle so sein wollten wie Pippi Langstrumpf: frei und frech und kühn und dabei exzessiv glücklich, so wie das stärkste Mädchen der Welt. So wie Bente. Aber ich konnte es nicht. Ich war viel zu sehr wie Annika; trotz aller ausgeheckter Streiche und übermütiger Faxen überwogen bei mir stets das Gewissen, die Vorsicht, die Empathie. Bis auf das eine Mal vor zwölf Jahren, aber darüber will ich jetzt lieber nicht nachdenken. Das ist bis heute so geblieben. Ich habe mich unvollkommen gefühlt, aber mein Vater hat mir fest in die Augen geblickt und mit Bestimmtheit gesagt: »Annika ist nicht weniger wert. Sei Annika *und* Pippi. Bleib immer du selbst, so empfindsam und voller Freude. So wie du bist, bist du genau richtig.« Ich habe in dem Moment geglaubt, einen besseren Vater hat es nie zuvor gegeben.

Zu Hause angekommen, stürme ich als Erstes die Treppe zur Einliegerwohnung hinauf. »Ich danke Ihnen. Und Sie tragen keine Schuld am Tod Ihrer Tochter. Glauben Sie mir, ich weiß, wovon ich rede. Wenn Sie meinen, dass Sie doch schuldig sind, haben Sie lange genug gebüßt«, lasse ich einen gleichermaßen überrascht und zerzaust aussehenden Professor Rathge, heute wieder in seinen uralten grünen Bademantel gewickelt, wissen.

21

Es ist Juli, es ist heiß und jeder Süderbüller sehnt sich nach Urlaub.

»Ich will wilde Tiere streicheln«, brüllt Enno.

»Ich will mit Delfinen schwimmen«, ruft Feli.

»Wir fahren nach Sardinien – da könnt ihr Mufflons beobachten und mit Meerjunkern plantschen. Das ist fast genauso schön«, verpasst Greetje den Wünschen ihrer Kinder einen Dämpfer.

Auch ich habe drei Tage freibekommen, die ich als pflichtbewusste Tochter bei meiner Mutter in Spanien zu verbringen gedenke. Früher habe ich vor einem längst überfälligen Mallorca-Besuch manchmal halb ernst, halb scherzhaft gemeinsam mit Helena nach Ausflüchten gesucht, die Hannah akzeptieren würde. Wenn ich mir aber nicht gerade den Oberschenkelhals gebrochen habe oder der Dritte Weltkrieg ausgebrochen ist, kam ich um einen Besuch nicht herum. Aus Spaß an der Freude brütete ich dann während des Fluges erheiterndere Zerstreuungen für meine Ferien aus, als meine Mutter zu treffen – zum Beispiel, mir ein Arschgeweih tätowieren oder meine Weisheitszähne ziehen zu lassen oder alle Episoden von *Emerald City* im TV anzusehen. Die Liste wurde im Laufe meines Aufenthaltes für gewöhnlich immer länger.

Doch heute ist es anders. Auch wenn ich den nächsten Tagen vielleicht nicht gerade entgegenfiebere, so habe ich seit den Gesprächen mit Professor Rathge und meinem Vater mindestens Neugier und die Hoffnung auf eine Aussprache im Gepäck.

Greetje und Ole haben angeboten, mich auf dem Weg nach Italien am Hamburger Flughafen abzusetzen, so dass ich nun versuche, für meinen Rollkoffer ein Plätzchen in ihrem Van zu finden, der schon bis unters Dach vollgestopft ist mit Schwimmflügeln, Grillkohle, Badehandtüchern und Sonnenhüten. Und der Strom immer neuer Gepäckstücke, die Ole beständig aus dem dunklen Hausflur ans Tageslicht befördert, will einfach nicht abreißen.

»Soll ich dir helfen?«

Ich zucke zusammen, als ich jäh eine allzu vertraute Stimme hinter mir vernehme. Gerade bin ich dabei, mit gnadenlosem Geruckel ein paar große Reisetaschen zur Seite zu schieben, wobei sich ein Berg von bunten Sandförmchen auf der Einfahrt ergießt.

Neben mir steht Jasper. Und ich präsentiere mich ohne Make-up und im Schlabbershirt mal wieder von meiner glanzvollsten Seite. Aber natürlich interessiert mich das überhaupt nicht.

»Gewalt ist keine Lösung«, feixt er und drückt mit einer fließenden Bewegung die im Weg stehenden Taschen zur Seite, um meinen Koffer dazwischenzuquetschen. Seine kräftigen Armmuskeln zeichnen sich durch das hellblaue T-Shirt ab. Ich wende den Blick ab und sammle die Sandförmchen wieder ein.

»Vielen Dank«, murmele ich.

»Da nich für«, antwortet Jasper in typischer Nordfriesenmanier und ich muss grinsen. Wir sind uns bei unseren wenigen Begegnungen der vergangenen Wochen zwar distanziert, aber durchaus freundlich und umgänglich gegenübergetreten.

Schließlich sind wir alle mehr oder weniger erwachsen, und ich will nicht die renitente Zicke sein, die sich gegen einen Waffenstillstand oder gar einen Friedensschluss sträubt.

Auch Feli und Enno ist die Ankunft ihres Lieblingsonkels nicht entgangen und sie stürzen sich mit ohrenbetäubendem Gebrüll auf ihn.

»Komm doch mit in den Urlaub, Onkel Jasper. Wir brauchen dich, um Delfine aufzuspüren. Mufflons sind langweilig«, ruft Feli, an Jaspers linkem Arm baumelnd.

»Und wilde Tiere«, kreischt Enno, der sich am anderen Arm festzuhalten versucht.

»Kinder, ich wünschte, das wäre so einfach. Aber wie es aussieht, passe ich gar nicht mehr ins Auto, jetzt, wo Fees Koffer die letzten Quadratmillimeter Platz eingenommen hat. Was Mädels für ein paar Tage Urlaub immer alles dabeihaben müssen, entzieht sich meinem Verständnis.« Er rauft sich in gespielter Konsternation die Haare und grinst mich herausfordernd an. »Und wie eure Einfahrt erst vor einer monatelangen Weltreise aussehen würde, Kinder. So viele Koffer gibt es in ganz Nordfriesland nicht.«

»Oh, eine Weltreise.« Feli zeigt begeistert ihre neue Zahnlücke. »Überall wilde Tiere!«

»Einmal von Osten nach Westen.« Ich weiß nicht, warum ich das sage.

Jasper starrt mich mit seinem undurchdringlichen Blick an. »Ohne jemals ein Flugzeug zu besteigen.«

Ich will die Augen abwenden, aber meine Muskeln weigern sich, meinem Gehirn zu gehorchen. Für Sekunden, die mir vorkommen wie Minuten, fixieren wir uns mit unseren Blicken. Meine Magengegend fühlt sich unnatürlich warm an.

Greetje schafft es, unseren Blickkontakt in Sekundenbruchteilen zu lösen mit der simplen Äußerung: »Hier, Bruderherz, der Haustürschlüssel. Und willst du am Wochenende wirklich nach Paris? Du wärst ein perfekter Haussitter.«

Paris. Dann werden Jasper und seine kleine Französin also gemeinsame Urlaubstage in ihrer Heimatstadt verbringen. Der Stadt der Liebe. Wie überaus romantisch.

Nun gut, ich fahre zu meiner entfremdeten Mutter, die mir hoffentlich bald nicht mehr so fremd ist. Gerne hätte ich Meghan mitgenommen, die auch mal ein paar Tage aus Süderbüll herauskommen will, doch als chronisch abgebrannte Freiwilligendienstlerin fehlt ihr leider das nötige Kleingeld und mein Geld wollte sie nicht annehmen. Ich glaube, insgeheim will sie auch Leo nicht aus den Augen lassen, scheinbar haben die beiden sich gerade wieder etwas angenähert. Wer kommt da schon mit?

»Los, einsteigen, Rasselbande«, mischt sich Ole, eine letzte Tasche in Ennos Fußraum verstauend, ein. »Fees Flugzeug wartet nicht.«

»Viel Spaß mit deiner Mutter. Denk mal an mich, wenn du Caipirinha schlürfend in der Hängematte baumelst«, flüstert Jasper in mein Ohr. Ich habe nicht bemerkt, wie dicht er an mich herangetreten ist.

»Dir viel Spaß in Paris.« *Dort wirst du sicherlich nicht an mich denken.*

Das Letzte, das ich sehe, bevor wir um die Ecke biegen, sind meergrüne Augen.

Am Flughafen von Palma fällt mir meine Mutter mit ihrer bonbongelben Bluse und der XL-Jackie-Kennedy-Sonnenbrille schon von Weitem ins Auge. Sie begrüßt mich mit den nüchternen Worten: »Endlich bist du da, Felicitas. Ich warte hier schon seit einer Ewigkeit. Ich musste sogar umparken, weil der Kurzzeitparkplatz nur für eine Viertelstunde genutzt werden darf.« Ganz so, als sei es meiner Saumseligkeit zu verdanken, dass das Flugzeug Verspätung hatte, und nicht den Problemen beim Re-boarding des Fliegers, das wegen irgendwelcher Sicherheitsfragen bei Gepäckstücken notwendig geworden ist.

Ich gebe mir alle Mühe, nicht doch noch im Geiste eine Liste der Dinge ins Rollen zu bringen, die ich lieber in den Ferien täte, als meine Mutter zu besuchen – wie zum Beispiel, mir ein Brustwarzenpiercing stechen zu lassen oder ein Andrew-Lloyd-Webber-Musical anzuschauen. Aber als harmoniesüchtige Tochter, die wild entschlossen ist, in den nächsten Tagen ein klärendes Gespräch zu führen, will ich die Stimmung nicht von Anfang an verderben, daher reagiere ich mit einem freundlichen »Tut mir leid« und folge meiner Mutter ins Parkhaus zu ihrem schicken schwarzen Cabrio. Ich habe Mühe, Schritt zu halten.

Auf dem Weg zu ihrer kleinen Finca am Stadtrand von Alcúdia reden wir in gewohnter Manier über das Wetter, unsere Lieblingscocktails, merkwürdige Phobien und ihre Arbeit als Hotelmanagerin. Vor allem über das Wetter. Und während der ganzen Zeit denke ich aus unerfindlichen Gründen nicht daran, wie ich am besten einen ehrlichen Gedankenaustausch mit meiner Mutter in die Wege leite, die mich noch nie in ihre Gedanken eingeweiht hat, und auch nicht an Mikkel, der in den letzten Wochen ein fester Bestandteil meiner Freizeitplanung geworden ist und momentan in Berlin an einem zweiten Entwurf für den Planungswettbewerb arbeitet. Ich denke an Jasper, der das Wochenende mit seiner kleinen Französin in der Stadt der Liebe verbringt.

Die beiden nächsten Tage verschwimmen in einem Rausch aus Farben. Azurblauer Himmel, rote Felsen, weißer Sand, türkises Wasser. Meine Mutter und ich verbringen die Tage in sengender Hitze am Strand, wo ich mir gleich am ersten Nachmittag einen Sonnenbrand hole. Abends unternehmen wir ausgedehnte Shoppingtouren, bevor wir in einem der unzähligen Restaurants des Touristenortes einkehren, so als wären wir ein normales, gut funktionierendes Mutter-Tochter-Gespann. Sie stellt mich ihren Bekannten vor – als erfolgreiche PR-Managerin, die schon die ganze Welt bereist hat –, und für einen Moment wirkt sie fast, als wäre sie stolz auf mich.

Immer wieder versuche ich, unser Gespräch auf die Vergangenheit und meinen Vater zu lenken, doch sie erstickt jede Anstrengung im Keim. Es ist schwieriger als erwartet, sich mit einem Thema auseinanderzusetzen, das wir in den letzten zwölf Jahren erfolgreich gemieden haben.

An unserem letzten gemeinsamen Abend trinkt meine Mutter mehr Rotwein als gewöhnlich. Ebenso wie ich konnte sie Alkohol noch nie gut vertragen. Wir sitzen nach dem Abendessen in einem extraschicken Lokal zu Hause auf ihrer Terrasse und beobachten die Echsen, die in dem winzigen Vorgarten auf den Steinplatten liegen und die Wärme der letzten Sonnenstrahlen auskosten.

Jetzt oder nie. Ich will nicht nach Hause fahren, ehe sie endlich mit mir geredet hat. Viele Jahre voller Sehnsucht und dem lähmenden Gefühl, von meiner eigenen Mutter die kalte Schulter gezeigt zu bekommen, geben mir endlich die Courage, eine Auseinandersetzung zu erzwingen. Also nehme ich einen großen Schluck Merlot, hole noch einmal tief Luft und breche das Tabu. »Mama, ich wollte dich schon längere Zeit etwas fragen. Wie war das damals eigentlich mit Papa und dir? Vor dieser Sache mit Doro, meine ich.«

Meine Mutter starrt mich an, als hätte ich ihr soeben erklärt, den Rest meines Lebens als Scientology-Anhängerin auf Mitgliederfang gehen zu wollen. Ich sehe, wie sich alle Muskeln in ihrem Gesicht anspannen.

»Warum fragst du?« Sie klingt wachsam und schaut bereits zum zweiten Mal in dieser Minute auf ihr iPhone.

»Papa hat ein paar Andeutungen fallen gelassen. Und ich dachte, wir –«

»Was denn für Andeutungen? Er hat mich für seine Sekretärin verlassen und eine neue Familie gegründet, Punkt«, sagt sie trotzig, so als wolle sie hervorheben, es nicht nötig zu haben, sich zu rechtfertigen, wofür auch immer.

»Das weiß ich doch, Mama. Aber es ist wichtig für mich zu verstehen, wie es dazu gekommen ist. Vielleicht hilft es uns.«

»Die ganze Geschichte liegt schon so lange zurück – das ist doch inzwischen gar nicht mehr von Bedeutung.«

»Aber für mich ist es von Bedeutung«, wende ich ein. Und ich weiß, dass sie ebenfalls noch nicht mit der Vergangenheit abgeschlossen hat. »Darum hätten wir auch schon viel früher darüber reden müssen. Denn du fehlst mir, Mama. Und Papa fehlt mir auch.«

Lange Zeit sagt sie nichts, sondern hält sich an ihrem Weinglas fest und wirkt dabei so hin- und hergerissen, wie ich sie noch nie gesehen habe.

»Du weißt von meiner postpartalen Depression«, sagt sie schließlich zaghaft. Es ist keine Frage, sondern eine Feststellung.

»Natürlich.«

»Jahrelang habe ich dir die Schuld daran gegeben. Hätte ich kein Kind bekommen, hätte ich nicht dieses Leeregefühl und die unendliche Traurigkeit in mir gehabt.«

Ich schweige. Auch ich hatte lange Zeit mit Schuldgefühlen zu kämpfen.

»Es waren aber mehr als nur Energiemangel, Panikattacken und Hoffnungslosigkeit – ich hatte auch dir gegenüber ambivalente Gefühle. Ich hatte Angst, dass ich dich nicht so lieben konnte, wie es von einer Mutter erwartet wird. Dabei hatte ich dich so sehr gewollt. Das hat die Schuldgefühle noch verstärkt.«

Ihre Worte lösen einen Sturm aus. Ich spüre die ersten Tränen, die sich in meinen Augen sammeln und nur darauf warten überzuschwappen. »Aber Mama, irgendjemand hätte dir doch sicher helfen können.« *Ich* hätte ihr helfen können.

»Ich dachte, ich bin stark genug, das alleine zu schaffen. Doch als sich mein Zustand über lange Zeit nicht besserte, hat Hein schließlich verlangt, Fachleute zurate zu ziehen. Er hat vorgeschlagen, dass ich mich stationär behandeln lasse, doch ich wollte es erst mit einer ambulanten Therapie versuchen. Erst als du schon fast zwei Jahre alt warst, habe ich einem Klinikaufenthalt zugestimmt. Als ich nach sechs Wochen zurückkam, hatte sich eure Beziehung noch vertieft. Ihr wart ein eingespieltes Zweierteam, in dem ich mich überflüssig fühlte.«

»Glaub mir, du warst nie überflüssig.«

Als hätte sie mich nicht gehört, fährt sie fort: »Er hatte nur Augen für dich. Die ganze Zeit habt ihr getanzt, getanzt, getanzt.«

»Es tut mir leid.« Betroffen zucke ich zusammen.

»Ständig habt ihr zusammengegluckt. Ich hatte das Gefühl, dass du ihm alles anvertraut und auf mich herabgeblickt hast.«

»Mama, was redest du da? Ich habe nie auf dich herabgeblickt. Du bist doch meine Mutter!«

»Wie auch immer. Ich war einsam. Wer kann es mir verdenken, dass ich mir Trost gesucht habe?«

»Du hast Papa betrogen?« Meine Stimme bricht. Die Erkenntnis trifft mich bis ins Mark. Ich will gar nicht fragen, doch es rutscht mir einfach heraus: »Aber mit wem denn?«

»Das spielt doch keine Rolle mehr. Mit meinem Chef. Mit

dem Briefträger. Mit deinem Mathelehrer. Jedes Klischee wurde erfüllt.«

Um Gottes willen, mit dem penetranten Herrn Wagner, der jeder Oberstufenschülerin sabbernd in den Ausschnitt geglotzt hat? Ich kann nichts sagen, die Erschütterung ist zu groß. Und doch beginne ich langsam, meine Mutter zu verstehen. Sie hat sich nicht nur woanders Bestätigung und Nähe gesucht, sondern meinem Vater sollte auch aufgehen, was er an ihr hat und was er verlieren würde. Nur leider ging die Rechnung nicht auf. Meine Mutter musste glauben, dass sie ihn direkt in die Arme einer fremden Frau getrieben hat. Wahrscheinlich haben ihre Schuldgefühle ihre Distanz zu mir nur noch verstärkt, nachdem mein Vater uns verlassen hat.

Ich schaudere, als ich daran denke, dass ich meinen Vater all die Jahre als alleinigen Schuldigen verurteilt und die kühle Nüchternheit meiner Mutter nicht genug hinterfragt habe.

»Ich bin froh, dass du mir das alles erzählt hast, Mama«, sage ich leise und nehme ihre Hand in meine.

In dieser Nacht kann ich nicht schlafen. Ich beobachte die Lichter der Straßenlaterne, die durch die Blätter eines kleinen Orangenbaums wirre Muster an meine Zimmerdecke wirft, und lausche auf das Zirpen von Myriaden von nachtaktiven männlichen Grillen, die mit ihrem Lärm versuchen, das passende Weibchen anzulocken.

Ich denke an meine Kindheit, die unwiderruflich verloren ist, und an meine Eltern, die eine unersetzliche Rolle darin gespielt haben. Ich weiß, dass mein Vater nie etwas von dem Drama mit meiner Mutter ausgeplaudert hat, um mich zu schützen. Damit ich nicht beide Elternteile gleichzeitig verliere. Und dass meine Mutter geschwiegen hat, weil ihre Schuldgefühle zu Furcht einflößend waren.

Die Verabschiedung am nächsten Morgen am Flughafen

fällt herzlich aus. Wir halten uns aneinander fest, als hätten wir Jahre aufzuholen. Mein Herz fühlt sich plötzlich viel leichter an. Schließlich flüstert meine Mutter in mein Ohr: »Du musst zum Gate, Fee. Das Flugzeug wartet nicht.«

Der Flug und die Bahnfahrt scheinen ohne meine Beteiligung zu geschehen. Die ganze Zeit plagt mich das Gefühl, meinen Eltern unrecht getan zu haben. Erst als ich nach einer nervenzerreißenden Autofahrt – aus Mangel an Alternativen hat meine fahruntüchtige Mitbewohnerin mich am Weedener Bahnhof eingesammelt – auf unserer Terrasse im Strandkorb sitze und Meghans berühmte Pavlova schlemme, kann ich ein wenig entspannen.

»Wir sind alle keine Unschuldslämmer. Mein Vater hat unsere Familie aufgegeben, meine Mutter hat geschwiegen, ich habe den Stab über sie gebrochen und die falschen Fragen gestellt. Aber in meiner Phantasie lege ich die Arme um meine Eltern und all die verlorenen Jahre sind verschwunden«, nuschele ich mit vollem Mund.

»Fee, ich bin jetzt zum Training verabredet. Der Watt-Dauerlauf ist schon nächste Woche und ich bin noch nicht gerade in Topform. Ich kann aber absagen, wenn du mich brauchst.«

»Nein, geh ruhig und stähle deine Muskeln. Ich habe ohnehin noch etwas zu erledigen.«

Ich vermute, dass der Teil des Dachbodens, der nicht zur Einliegerwohnung ausgebaut wurde, meinem Vater als Depot für allerhand alten Kram dient. Er war schon immer ein Sammelaugust und hat wahrscheinlich auch meine gebrauchten Kinderzimmermöbel, Bücher und Schneekugeln dort oben gelagert, bis sie wieder gebraucht wurden. Also klettere ich, nachdem die Haustür hinter Meghan ins Schloss gefallen ist und ich Professor Rathge die Pavlova-Reste vorbeigebracht habe, die steile, schmale Leiter zum Speicher empor und beginne inmitten von Gerümpel, Staub, Spinnweben und allgemeinem Chaos meine Suche nach Erinnerungen.

Jemand müsste hier mal gründlich aufräumen und ausmisten, überlege ich, während ich abgenutzte Kleidersäcke und Lampen zur Seite schiebe und Schubladen und Schranktüren morscher Möbel aufziehe. Der Großteil des Krempels gehört zur Altkleidersammlung, ins Sozialkaufhaus oder auf den Sperrmüll. Irgendwann in naher Zukunft sollte ich das mal in Angriff nehmen. Dann fällt mein Blick auf einen Stoß alter Kinderbücher, die ich als Grundschülerin geliebt habe und die definitiv nicht gespendet werden können. Die werde ich eines Tages meinen eigenen Kindern vorlesen.

Eigene Kinder.

Ich seufze und suche weiter. Unter einem Haufen beschmierter Schulhefte und einem Ordner mit alten Zeugnissen werde ich endlich fündig. In dem hellbraunen Lederkoffer hat mein Vater einst Fotos und Postkarten gesammelt. Meine Mutter hat darauf bestanden, den Koffer zu behalten, nur um ihn dann kurze Zeit nach Heins Auszug auf den Boden zu verbannen.

Kurze Zeit später sitze ich im Schneidersitz an einen Stapel ausgedienter Gesellschaftsspiele und einen Sack mit mottenzerfressenen Jacken und Mänteln gelehnt und blättere durch ein angegilbtes Fotoalbum. Mein Vater ist früher nur selten ohne Kamera aus dem Haus gegangen; während meiner gesamten Kindheit hat er unzählige Bilder in allen erdenklichen Situationen geschossen, nicht selten zu meiner Verlegenheit.

Die Fotos zeigen eine scheinbar heile, glückliche Familienwelt. Natürlich weiß ich jetzt, dass der Schein trügt, dass meine Eltern sich, völlig unbemerkt von mir, längst voneinander abgewendet und ein eigenes Leben begonnen hatten.

Doch je weiter ich in dem Album herumblättere, desto sicherer bin ich, dass nicht alle Bilder den Betrachter in die Irre führen.

Mir fällt ein Foto von mir mit unverantwortlich rot gefärbten Haaren ins Auge. Ich habe die Farbe gehasst und war verzweifelt, sobald ich mein Spiegelbild sah. Doch mein Vater hat mich mit den Worten, es hätte noch nie einen schöneren Pumuckl gegeben – und im Übrigen ließe sich die Farbe auch schnell wieder herauswaschen –, wieder zum Lachen gebracht.

Auf einem anderen Bild sind mein Vater und ich nach einer plattdeutschen Schultheateraufführung zu sehen. Arm in Arm strahlen wir vor der dilettantisch hergerichteten Bühne um die Wette, obwohl ich ein grauenerregendes Hexenkostüm trage. Ich erkenne den unermesslichen Stolz in Heins Augen, auch wenn ich nur eine unbedeutende Nebenrolle spielen durfte.

Als mein Blick auf eine Gestalt im Hintergrund fällt und ich Bente erkenne, verkleidet als Tannenbaum, warte ich auf das vertraute Frösteln. Doch es bleibt aus und ich weiß, dass das ein Zeichen der Heilung ist.

Das nächste Bild ist während der Ringelganstage auf den Salzwiesen entstanden. Es zeigt Ole und Jasper, zwölf oder dreizehn Jahre alt, vor der Wattenmeer-Schutzstation. Jasper, im Ramones-T-Shirt und mit gegelten Haaren, die in Stacheln von seinem Kopf abstehen, grinst sein typisches verschmitztes Jasper-Grinsen, so dass in seiner linken Wange ein Grübchen zu sehen ist. Unwillkürlich muss ich lächeln.

Gerade als ich nach dem nächsten Album greife, höre ich, wie jemand die knarrende Leiter zum Dachboden hinaufkommt, und wenige Sekunden später steht Jasper vor mir. Zwanzig Jahre älter, aber mit demselben Grübchen.

»Meghan hat mich reingelassen. Ich hoffe, ich störe nicht«, begrüßt er mich vorsichtig.

Meghan ist schon zurück? Ein Blick auf die Uhr verrät mir, dass schon mehr als eine Stunde vergangen ist, seit ich hier heraufgeklettert bin.

»Du störst nicht. Was machst du hier?« Ich will bestimmt nicht abweisend klingen, aber er ist wohl kaum auf einen Kaffee und ein paar Kekse vorbeigekommen.

»Ich wollte dir nur Greetjes Schlüssel vorbeibringen. Irgendjemand muss in den nächsten Tagen die Pflanzen gießen, die Post reinholen und nach dem Rechten sehen.«

»Kein Problem, das mache ich gern.«

Er beugt seinen Kopf, als er mir den Schlüssel überreicht, um nicht gegen die steinzeitliche Sechzig-Watt-Glühbirne zu stoßen, die von der Decke hängt. Ich versuche zu vermeiden, dass seine Hand meine berührt.

»Und warum bist *du* hier?«, fragt er.

»Ich wohne hier. Zumindest vorübergehend.« Wo ich in ein paar Wochen meine Zelte aufschlagen werde, steht immer noch in den Sternen. Aber darüber will ich jetzt nicht nachdenken – bisher hat sich immer irgendetwas gefunden.

»Ich meine, auf dem Dachboden.« Er blickt sich um.

»Weil es hier so gemütlich ist, wie du siehst. Ganz nebenbei schaue ich mir ein paar alte Bilder an.«

»Dann komme ich ja genau richtig.« Ein wenig befangen setzt er sich neben mich. Sein Bein stößt ganz leicht gegen meins.

»Es ist auch eins von dir dabei«, sage ich.

»Zeig her!«

»Lieber nicht! Du siehst furchtbar aus. Diese Haare!«

Sein Blick fällt auf mein Bild mit der Pumuckl-Frisur. »Du hingegen … Deine Haare waren schon immer die schönsten.« War das nun Ironie? Ich bin mir nicht sicher.

»Ich mochte diesen Ton auch besonders.« Es ist seltsam, hier so neben ihm zu sitzen und zu plaudern. Als wären wir Freunde.

Die nächste halbe Stunde vergeht wie im Flug. Wir blättern gemeinsam durch die Alben und entdecken Bilder von uns und all den Menschen, die wir einst kannten, von Strandausflügen, Sportveranstaltungen und Kindergeburtstagen, und erinnern uns an die dazugehörigen Geschichten. Es fühlt sich merkwürdig vertraut und zugleich fremd an. Kein einziges Mal erwähnen wir Bente.

»Sieh mal, Hein mit dem Gummiboßel, seinem größten Feind. Er hat sich seither kaum verändert. Und Hannah mit ihrer berühmten Smarties-Torte. Ich habe sie schon seit Jahren nicht gesehen. Wie geht es ihr?«

Ich will es ihm nicht erzählen. Ich meine, warum sollte ich? Vielleicht standen wir uns einst sehr nahe, aber heute ist er praktisch ein Fremder. Auch wenn es sich anders anfühlt. Und doch sprudeln die Worte wie ein Wasserfall aus mir heraus. Ich beschreibe die lange Jahre anhaltende Distanz zu meiner Mutter, die Andeutungen meines Vaters, die Einsicht, dass meine Eltern mir fehlen, und schließlich die Offenbarungen während meines Mallorca-Urlaubs. Liegt das wirklich erst einen Tag zurück?

»Warum haben meine Eltern nur vorher nie etwas gesagt? Ich bin aus allen Wolken gefallen! Ich hätte alles viel besser verstanden. Ich hätte meiner Mutter beistehen können. Und ich hätte meinen Vater nicht als Bösewicht abgestempelt und zwölf Jahre lang mehr oder weniger aus meinem Leben verbannt.« Zu meiner großen Verlegenheit habe ich Tränen in den Augen. Hoffentlich bemerkt Jasper sie nicht.

»Du warst achtzehn und hast immer zu deinem Vater gehalten. Die beiden konnten dir nicht sagen, dass Hannah ihn zuerst betrogen hat, aus welchen Gründen auch immer – du hättest dich sofort auf seine Seite geschlagen. Hein hat Hannah schon das Bild der perfekten Familienidylle genommen und wahrscheinlich wollte er ihr nicht auch noch das Letzte rauben, das ihr noch blieb. Nämlich dich.« Er wischt vorsichtig mit seinem Daumen über meine linke Wange. Ich habe gar nicht bemerkt, dass meine Tränen übergelaufen sind. Mein Pulsschlag beschleunigt sich.

»Du bist nicht schuld am Zustand deiner Mutter«, sagt er, als hätte er meine Gedanken gelesen.

Natürlich bin ich das. Durch meine Geburt ist sie krank geworden.

»Fee, es gibt bestimmte Risikofaktoren. Sozioökonomische Fragen, biologische Auslöser, traumatische Erlebnisse, psychische Vorerkrankungen.«

Verstohlen wische ich mir über die Augen. »Das alles hat mir wohl mehr ausgemacht, als ich mir selbst eingestehen wollte.«

Anstatt eine Antwort zu geben, legt er mir seine Hand auf den Rücken. Die Tränen laufen nun ohne Hemmungen über mein Gesicht. Mein Gott, er muss ja denken, ich bin ein komplettes Nervenwrack.

»Mir geht es gut. Alles okay. Wahrscheinlich muss ich mich erst mal an den Gedanken gewöhnen, dass vieles, was ich über meine Familie zu wissen glaubte, falsch war.«

»Sieh es einfach als Nachricht, ganz so wie der Pferdekopf im Bett des Paten.«

»Und wer ist nun der Pferdekopf und wer der Pate?«

Er lächelt. »Die Nachricht ist, dich endgültig mit deinen Eltern auszusöhnen. Die Vergangenheit hinter dir zu lassen.«

Sein Blick verrät mir, dass wir jetzt nicht mehr von meiner Familie reden. Ich hoffe, er kann mein Herz nicht hören. Wie schnell es schlägt. Seine Stimme, seine Worte, seine Nähe. Die

Hand, die aus unerfindlichen Gründen noch immer auf meinem Rücken liegt.

Wie aus dem Nichts kommt mir plötzlich seine kleine Französin in den Sinn. Und Mikkel. Ich denke an damals und meine Haut beginnt am ganzen Körper zu prickeln. Unwillkürlich rücke ich ein paar Zentimeter von ihm ab.

»Wo fährst du hin?«

»Was meinst du?«

»Warum soll ich mich um Greetjes Haus kümmern?«

»Ich muss für einige Tage nach Berlin, um ein paar Dinge zu erledigen.« Er sieht mich nicht an.

Nach Berlin. Natürlich will er möglichst nah bei seiner wunderbaren Verlobten sein. Abrupt stehe ich auf und klopfe mir den Staub von der Hose. Der Zauber ist gebrochen.

»Danke, dass du mir zugehört hast. Ich muss jetzt einen Anruf hinter mich bringen.«

Er sieht enttäuscht aus. Doch wahrscheinlich bilde ich mir das nur ein.

Das Telefon klingelt und klingelt. Gerade will ich auflegen, als sich doch noch jemand meldet.

»Hallo, Doro«, sage ich.

»Fee!« Sie klingt erstaunt, von mir zu hören. Kein Wunder, ich habe sie noch nie zuvor angerufen.

»Manchmal ist der Schmerz, nicht mit der großen Liebe zusammen zu sein, einfach stärker als das Gewissen. Ich weiß genau, wie sich das anfühlt. Und außerdem gehören immer zwei dazu.«

Ich habe sie aus dem Konzept gebracht. Als keine Antwort kommt, füge ich hinzu: »Es tut mir wirklich leid, dass ich dir das Leben so schwer gemacht habe. Ich war wie ein bockiges Kleinkind.«

»Mir tut es auch leid, Fee. Dass dein Leben von einem Tag

auf den anderen aus den Angeln gehoben wurde. Und wer mag schon die böse Stiefmutter?«

»Nur, dass du gar nicht böse bist.«

Nach einer kurzen Pause sagt sie: »Du möchtest bestimmt deinen Vater sprechen. Er trainiert gerade den perfekten Boßel-Schwung. Weißt du noch, wie schlecht er immer war?«

Ich höre Stimmen im Hintergrund und einen dumpfen Aufschlag. Vermutlich hat Hein die Gummikugel fallen lassen.

»Liebes, wie schön, dass du dich meldest! Ich habe mich entschlossen, meinem ständigen Versagen im Boßeln ein Ende zu bereiten. Bei den nächsten Landesmannschaftsmeisterschaften werde ich es allen zeigen.«

»Ich habe Mama besucht. Du hättest es mir sagen können.«

Mein Vater saugt scharf die Luft ein. Er weiß sofort, wovon ich spreche. »Es war meine Schuld, wirklich. Dass sie uns noch weiter den Rücken gekehrt hat. Sie hatte diese furchtbare Depression und ich habe die emotionale Unnahbarkeit gespürt, die sie zu dir hatte. Ich wusste natürlich, dass sie krank war und sich selbst am meisten gequält hat. Um dir aber trotzdem die Liebe, Nähe und Geborgenheit zu geben, die jedes Kind braucht, habe ich instinktiv versucht, die Lücke zu schließen. Ich konnte nicht verstehen, dass sie die Distanz zu dir auch nach ihrer Behandlung noch aufrechterhalten hat.«

»Es ist nicht deine Schuld. Du wolltest nur ein guter Vater sein.«

»Jede Minute, die ich mit Mama und dir verbracht habe, habe ich mich dir zugewendet. Da ist es kein Wunder, dass sie sich von mir nicht mehr wahrgenommen und geliebt gefühlt hat.«

»Und durch deine emotionale Abwanderung hat sie sich dann anderen Männern zugewandt. Wusstest du davon?«

»Sie hat es mir erzählt. Dadurch wurde die Abwärtsspirale, die Kluft zwischen uns noch weiter verstärkt.«

Lange Zeit sagt keiner ein Wort und jeder hängt seinen eigenen Gedanken nach.

»Papa, in zwei Wochen findet die Eröffnungsfeier des Museums statt«, verkünde ich schließlich.

»Das weiß ich natürlich.«

»Ich würde mich freuen, wenn du kommst.«

»Selbstverständlich werde ich da sein. Nichts lieber als das!« Die aufrichtige Freude in seiner Stimme treibt mir zum zweiten Mal an diesem Tag die Tränen in die Augen.

Er fragt nicht, ob seine Frau mitkommen darf, daher sage ich: »Bring doch bitte auch Fynn und Dorothea mit.«

Als ich auflege, muss ich lächeln. Ich denke daran, dass meine Eltern nun auf Dauer mehr Raum in meinem Leben einnehmen werden. Es ist ein gutes Gefühl. Genau richtig.

In dieser Nacht habe ich wieder diesen Traum. Meinen geheimen Traum, der mich seit zwölf Jahren immer mal wieder aus dem Schlaf hochschrecken lässt. Normalerweise handelt er davon, dass ich Jasper auf einer belebten Straße entdecke und beginne, mich durch das Menschengedränge in seine Richtung zu schieben. Doch so sehr ich mich auch bemühe, ich schaffe es einfach nicht, ihn einzuholen. Meistens betrachte ich nur seinen immer kleiner werdenden Hinterkopf, bis er schließlich von der unüberschaubaren Zahl von Leuten fortgerissen wird. Manchmal rufe ich seinen Namen. Doch heute endet der Traum anders: Jasper bleibt inmitten der Menschenmasse stehen und dreht sich zu mir um. Er wartet auf mich.

Als ich mitten in der Nacht aufwache, kurz bevor ich Jasper erreicht habe, bin ich schweißgebadet. Ich falle zurück auf die Erde, durch die Ionosphäre, die Troposphäre und die Atmosphäre, direkt in mein neunzig Zentimeter breites Bett aus weiß lackiertem Kiefernholz und mir wird bewusst, dass ich schon seit Tagen, wenn nicht sogar Wochen, nicht mehr an

Tom oder an mein altes Leben in Hamburg gedacht habe. Wann hat das aufgehört?

Natürlich habe ich längst realisiert, dass ich mein neues Leben in Süderbüll entgegen aller Befürchtungen sehr schätze. All die Gefühle, die ich bei meiner Ankunft im Gepäck hatte – Verlust, Scham, Angst vor der Zukunft –, sind verschwunden. Doch die plötzliche Erkenntnis, dass für mich alles südlich der Elbe inzwischen wieder zu Bayern gehört und dass ich das, was andere als Regen bezeichnen, nur noch für feuchte Luft halte, überrascht mich sehr.

22

Nur ein Narr würde sich in den Freund der todkranken Freundin verlieben. Und schlimmer noch: mit ihm schlafen. Ich war ein solcher Narr.

Es war die Nacht meines Abiballs.

Bente, Greetje und ich trafen uns bereits am Nachmittag bei Greetje, um uns gemeinsam umzuziehen und dem Anlass entsprechend für den Abend aufzubrezeln. Die Stimmung war unverhofft ausgelassen, obwohl Bente wieder beunruhigend blass und erschöpft wirkte. Zu unserer großen Freude hatte auch sie ihr Abitur trotz ihrer langen Fehlzeiten bestanden. Wir tranken Sekt, sangen unsere Lieblingslieder im Radio mit und knipsten ein Foto nach dem anderen.

»Nie wieder Schule!«

»Jetzt steht uns die Welt offen!«

»Ich werde euch so sehr vermissen. Versprecht mir, dass ihr mich in Australien, Vietnam oder Peru besuchen werdet.« Es fühlte sich seltsam an, meine Heimat und damit auch meine besten Freundinnen zu verlassen.

Die Party in der ausgiebig geschmückten Süderbüller Mehrzweckhalle war schon in vollem Gange, als wir gegen acht Uhr, eskortiert von unseren Eltern (ich lediglich von meiner Mutter – sie hatte gedroht, nicht mitzukommen, wenn ich meinen Vater einlud), dort eintrafen. Die Zwölftklässler, die in unserer

Schule traditionellerweise den Abschlussball für den Abiturjahrgang ausrichteten, hatten an alles gedacht: Es gab einen Speisebereich mit langen Buffet-Tafeln, eine schwach beleuchtete »Chill Area« mit weichen Sofas, eine Bar und eine riesige Tanzfläche. Jasper war noch nicht aus Kiel zurück, hatte seiner Familie aber versprochen, so bald wie möglich nachzukommen.

Wir tanzten, tranken, plauderten, amüsierten uns. Und doch dachte ich die ganze Zeit an Jasper. Ich hatte Angst davor, dass er auftauchte, und wünschte mir gleichzeitig nichts sehnlicher. Ich hatte mein Flugticket nicht storniert, um mit ihm gemeinsam um die Welt zu fahren. Ich konnte es einfach nicht. Und nun wollte ich ihm unbedingt zu verstehen geben, warum ich Bente niemals so enttäuschen konnte.

Als sich gegen elf Uhr die anwesenden Eltern langsam auf den Heimweg machten, um ihren Kindern das Feld zu überlassen, machte auch Bente Anstalten, sich zu verabschieden. »Ich bin so müde«, erklärte sie matt und drückte mich fest an sich. Als sie meinen Blick auffing, fügte sie lächelnd hinzu: »Mach dir keine Sorgen, Fee, morgen früh geht es mir wieder besser.«

Immer noch ein wenig beunruhigt setzte ich mich neben Greetje an die Bar und bestellte einen Tequila.

Wir stießen an und sie sagte völlig unvermittelt: »Für mich bist du das absolut perfekte Gegenstück zu Jasper. Ihr habt dieselben Ziele, Wünsche, Vorstellungen vom Leben. Und mir ist natürlich nicht entgangen, wie ihr euch anstarrt. Passt aber auf, dass ihr nichts tut, das mit eurem Moralkodex kollidiert. Seid ehrlich zu euch! Und zu anderen!«

Ich war perplex. Sie war sternhagelvoll, wie konnte sie solche profunden Beobachtungen anstellen und dann auch noch verständlich artikulieren?

Und plötzlich wusste ich, dass er da war. Als ich mich umdrehte, sah ich diesen Blick. Es war ein heimlicher Blick, ich hätte ihn nicht bemerken dürfen. Noch Jahre später wünschte ich mir, ich hätte in diesem Moment nicht den Kopf gewendet. Ich hätte diesen Blick nicht registriert. Meine ganze Zukunft lag darin. In dem Moment war ich verloren.

Wenige Sekunden später stand er neben mir. Ich merkte, dass er getrunken hatte. Ohne ein Wort zu verlieren, nahm er meine Hand und zog mich zwischen tanzenden, schwitzenden Leibern hindurch Richtung Ausgang, während aus den Boxen *Today* von den Smashing Pumpkins dröhnte. Als wir an Sören vorbeikamen, würdigte er mich keines Blickes.

Draußen startete ich einen letzten Versuch. »Können wir all die Spannungen zwischen uns nicht hinter uns lassen? Können wir nicht einfach wieder zur Normalität zurückfinden?«

»Nein.«

»Warum nicht?«

»Weil ... Weil ... Wie sage ich es am besten? Weil ich dich liebe.«

Noch immer hielt er meine Hand fest. Ich konnte förmlich spüren, wie mein Körper Adrenalin in Hülle und Fülle ausschüttete. Mein Herz klopfte wie wild, mein Puls raste, meine Hände wurden feucht.

»Fee, ich habe dich schon immer geliebt. Niemals habe ich so für jemand anderen empfunden.«

»Aber was ist mit Bente?«

»Du kennst ihre Werte, sie ist so gut wie geheilt. Dass ich sie tröste und wir ihr verschweigen, was wir empfinden – das war im letzten Jahr vielleicht richtig, doch jetzt ist es das nicht mehr. Ich habe ihr gesagt, dass ich sie nicht liebe. Ich habe sie nie geliebt, das weißt du. Und sie wusste das auch.«

»Aber ... du verdienst so viel mehr, als ich dir geben kann. Ich würde diese Schuldgefühle niemals überwinden.«

»Wir schaffen das. Glaub mir, zusammen schaffen wir alles.«

Ohne ein weiteres Wort zu verlieren, setzten wir uns in Bewegung, fort von der Halle, von dem Lärm, von den anderen. Wir verständigten uns auf kein bestimmtes Ziel, sondern ließen uns einfach von der lauen Sommernacht verschlucken, meine Hand fest in seiner. Wie von selbst tauchte irgendwann das Mommsen-Labyrinth vor uns auf. Wir kannten jede Abzweigung, selbst mit verbundenen Augen hätten wir den Weg zur Minerva gefunden. Am Fuß der Statue drehte Jasper sich zu mir um. Er stand so dicht vor mir, dass ich ihn riechen konnte, kein Aftershave, sondern seinen natürlichen, sauberen Duft. Unser Atem vermischte sich.

Als sich unsere Augen für einen kurzen Moment trafen, sah ich, dass seine Pupillen fast schwarz waren. Ich zitterte, als er sich zu mir hinunterbeugte und mir einen zarten Kuss auf den Mundwinkel gab, während er mit seinen Daumen kleine Kreise auf meine nackten Schultern malte. Ich konnte es nicht länger ertragen, ihn anzublicken, ohne ihn zu berühren.

Alle Gedanken an morgen, alle Sorgen und Ängste, was mein Handeln für Folgen mit sich bringt, waren aus meinem Gehirn verschwunden. War mein ganzes bisheriges Leben durch Rücksichtnahme, Vernunft und die Gewissheit, das Richtige zu tun, bestimmt worden, warf ich nun all diese Tugenden über Bord. Es gab nur noch ihn und mich. Ich wollte ihn mit einer Intensität, die mir eine Heidenangst einflößte.

Er küsste mich noch einmal, diesmal entschlossener, suchend und forschend. Seine Hände lagen auf meinem Rücken, er presste mich an sich, während ich meine Hände in seinen dichten, weichen Haaren verknotete. Ein Schauer nach dem anderen jagte durch meinen Körper.

»Jasper!« Meine Stimme klang erstickt, beinahe wie ein Flehen, als sich seine Lippen zu meinem Ohr, zum Hals, zum

Schlüsselbein vorarbeiteten. Er nestelte an meinem Reißverschluss und streifte ungeduldig die Träger meines Kleides über meine Schultern, bis ich nur noch mit einem winzigen Höschen bekleidet vor ihm stand. Meine weiße Haut leuchtete im Mondlicht und Jasper starrte mich an, beinahe erstaunt.

Er küsste mich wieder, unerwartet unbeherrscht und wild. Und ich erwiderte sein Begehren mit meinem gesamten Körper. Die langen Monate der Verzweiflung, der Ungewissheit, der Einsamkeit mit all ihrer aufgestauten Energie schienen sich in diesen Küssen zu entladen und von mir abzufallen. Er riss an den Knöpfen seines Hemdes und zwängte seine Hose und Boxershorts und mein Höschen herunter, während er gleichzeitig mit seiner weichen Zunge meinen Körper erkundete.

Unsere Lippen waren fest miteinander verschmolzen, als er mich rücklings auf das weiche Gras am Fuß der Statue drängte. Noch nie hatte ich ein solches Verlangen gespürt. Er hielt meine Handgelenke fest umklammert und keuchte, als er in mich glitt. Sein Atem war heiß und laut in meinem Ohr und die Emotionen, die mich vom Haaransatz bis zu den Zehen packten und von mir zu ihm und wieder zurück zu mir zu fluten schienen, waren überwältigend.

Anschließend lagen wir, verschwitzt und nach Atem ringend, eng aneinandergedrängt auf Jaspers Jackett und zählten die Sterne. Bis zu diesem Moment hatte ich nicht gewusst, wie grandios Sex sein konnte. Nicht, dass ich aus einem reichen Erfahrungsschatz schöpfen konnte, aber mein Instinkt sagte mir, dass Jasper ein unglaublicher Liebhaber war. Und dass ich ihn mehr liebte als je einen anderen Menschen vor ihm.

Erst jetzt bemerkte ich, dass es eine Vollmondnacht war. Schon immer hatte ich eine irrationale Angst vor dem Vollmond empfunden, doch heute war es anders. Ich dachte an die emotionale Achterbahnfahrt des vergangenen Jahres und murmelte, eng an Jaspers Brust geschmiegt: »Es passiert gerade etwas Großes, nicht wahr?« Sogar für meine eigenen Ohren hörte es sich erstaunt an.

»Mir drängt sich fast das Gefühl auf, mein Schicksal ist besiegelt.«

»Ich habe mein Ticket nicht gecancelt.« Ich vergrub meine Nase in seiner Halsbeuge und inhalierte seinen berauschenden Duft. »Aber ich werde nicht fliegen.«

»Fee«, flüsterte er, als wäre mein Name das schönste Wort auf der Welt. Er beugte sich über mich und bedeckte mein Gesicht mit vielen kleinen Küssen. In seinen Augen bemerkte ich ein Glitzern. »Ich hole dich morgen um zehn mit dem Bulli ab. So bleibt dir noch etwas Zeit zu packen.«

»Dann werde ich meiner Mutter einige Fragen beantworten müssen«, seufzte ich.

»Vorher müssen wir auch mit Bente sprechen.«

»Ich weiß.«

»Wir können nicht einfach abhauen, ohne es ihr zu sagen.«

»Ich weiß«, murmelte ich wieder.

»Fee, mir ist klar, wie schwer dir das alles fällt. Aber Bente will lieber Bescheid wissen, auch wenn es noch so schmerzhaft ist, als zum Narren gehalten zu werden.« Jasper drehte mein Kinn zu ihm und zwang mich, ihn anzusehen. »Das Problem wird sich nicht einfach auf magische Weise in Luft auflösen.«

»Es wird nicht besonders angenehm, mit ihr zu reden«, flüsterte ich.

»Vielleicht doch. Du kennst sie, ihr Herz ist riesig. Sie will, dass du glücklich bist. Und wenn du ihr die Wahrheit gesagt hast, fühlst du dich endlich frei.«

Ich wusste, dass er recht hatte. Nur zu gerne hätte ich darauf gewartet, dass Bente vollständig geheilt war und jemand anderen traf, sich neu verliebte und Jasper vergaß. Aber darauf hoffte ich schon ein ganzes Jahr und mir war klar, dass das so schnell nicht passieren würde.

»Es gibt keine Geheimnisse, die nicht auffliegen«, murmelte ich gedankenverloren.

Jasper nahm mein Gesicht in seine Hände und blickte mir in die Augen. Sein Blick war wie Feuer. »Ich will keine Geheimnisse. Nicht mehr. Ich will, dass alle es wissen. Aber darum kümmern wir uns morgen früh. Heute denken wir an etwas anderes«, flüsterte er lächelnd und beugte sich über mich.

Der Morgen dämmerte bereits, als Jasper mich nach Hause brachte, meine Hand fest in seiner. Ich war glücklich wie noch nie in meinem Leben und hatte gleichzeitig rasende Furcht vor dem, was mir bevorstand. Als wir an Bentes Haus vorbeikamen, sah ich, dass in ihrem Zimmer Licht brannte.

»Ich werde es jetzt gleich tun, bevor ich es mir wieder anders überlegen kann«, sagte ich leise. Ich stellte mich auf die Zehenspitzen und gab ihm einen zarten Kuss. »Ich warte auf dich, morgen um zehn. Dann reden wir mit unseren Familien und verabschieden uns von allen.«

Ich wusste, wo Bentes Eltern den Ersatzschlüssel versteckten. Auf leisen Sohlen schlich ich mich die Treppe hinauf und klopfte vorsichtig an ihre Schlafzimmertür.

Natürlich war sie überrascht, mich zu sehen – welcher normale Mensch marschiert denn um fünf Uhr morgens durch fremde Häuser –, doch sie rückte sofort in ihrem Bett zur Seite, so dass ich genug Platz hatte, mich neben sie zu legen. Sie hielt das Bild in der Hand, das ich damals, als sie aus dem Krankenhaus kam, für sie gezeichnet hatte – das Bild von uns dreien als alten Frauen, die aufs Meer hinausblickten. *Wir sind noch nicht am Ende unserer Reise.*

Lange Zeit sagte niemand ein Wort.

»Ich liebe ihn auch«, flüsterte ich schließlich.

Ich fühlte, wie sich ihr magerer Körper neben mir versteifte. Langsam drehte sie sich auf die Seite, bis sie mir direkt ins Gesicht blicken konnte. Sie war bleich, mit dunklen Ringen unter den Augen, und sah ungeheuer erschöpft aus.

»Bitte sag was, Bente. Ich hab mir das nicht ausgesucht, ich wollte mich nicht verlieben.« Ich konnte früher sehr gut ohne ihn leben.

»Ich glaube, ich habe es insgeheim immer gewusst.« Ihre Stimme klang brüchig. Ich nahm ihre schmale Hand in meine. Sie war schweißnass. »Vor allem in den letzten paar Wochen habe ich es bemerkt. Wie ihr die Blicke nicht voneinander abwenden konntet, wenn ihr dachtet, dass keiner hinsieht.«

»Es tut mir so leid. Dass ich dich verraten habe.« Meine Augen füllten sich mit Tränen.

»Das hast du nicht. Bitte mach dir keine Vorwürfe, Fee. In der Zeit, in der ich ihn am meisten brauchte, hast du auf ihn verzichtet, und dafür bin ich dir dankbar.«

»Bente –«

»Fee, hör mir zu! Er liebt mich nicht, er liebt dich! Ich wollte es die ganze Zeit über nicht wahrhaben, aber jetzt weiß ich, ihr beide seid füreinander bestimmt.«

Meine Tränen liefen nun ungehindert auf ihr Kopfkissen. Sanft wischte sie mit ihrem Daumen über meine Wange. Eigentlich müsste ich es sein, die ihr Trost spendet. Aber ich war noch nicht fertig mit meinen Geständnissen.

»Er hat gesagt, dass er mich begleiten will. Auf meiner Reise. Aber wenn die Vorstellung für dich –«

»Nein, bitte, lass ihn mitkommen. Ich will, dass ihr zusammen glücklich werdet.« Sie klang jetzt klarer, bestimmter. Vorsichtig legte ich meinen Arm um ihren zerbrechlichen Körper.

»Hast du es bemerkt? Endlich bin ich dünner als du«, sagte sie.

Ich musste lachen. »Hoffentlich nicht mehr lange.«

»Kannst du noch ein bisschen bei mir bleiben? Nur, bis ich eingeschlafen bin.«

»Natürlich.« Ich nahm das Buch, das auf ihrem Nachttisch lag – es war noch immer das *Witzigste Vorlesebuch der Welt*, das uns damals im Krankenhaus so viele Lachanfälle beschert hatte – und begann bei der ersten Seite. Schon nach wenigen Sätzen sah ich, wie ihre Augen zufielen.

Lange Zeit saß ich neben ihr und betrachtete ihr vertrautes Gesicht, das im Schlaf so kindlich aussah. Unterbrochen wurde die Stille nur durch ihr leises Stöhnen, als hätte sie Schmerzen oder Alpträume. Mir kamen Bilder in den Sinn, die ich schon längst vergessen glaubte – von unserer ersten Begegnung, als Bente mir feierlich einen Kranz aus Gänseblümchen überreichte und fragte: »Willst du meine beste Freundin sein?« Als ich an diesem Tag nach Hause ging, viel zu spät zum Abendessen, wurde mir bewusst, dass etwas Bedeutendes geschehen war. Ich dachte an die unzähligen Male, die wir gemeinsam für kleine Mädchen gegangen waren: Eine saß auf der Toilette, die andere auf dem Badewannenrand, tief ins Spiel oder eine Unterhaltung versunken. Für uns gab es nie einen Grund, uns zu trennen.

Es war schon halb acht, als ich Bente einen Kuss auf die feuchte Stirn drückte und leise aufstand. »Wir kommen nachher noch mal vorbei«, flüsterte ich. Sie sah friedlich aus, als ich ging.

23

Am Mittwoch stoße ich auf dem Weg zum Mittagessen am See unten in der Museums-Eingangshalle auf einen kleinen Aufruhr. Umgeben von einem Asteroidengürtel aus Gepäckstücken durchschreitet eine auffallend große, schöne Frau in einem grünen Minikleid die Halle und alle Bauarbeiter halten in ihrer Arbeit inne und starren sie mit offenem Mund an, als sie in einer einzigen flüssigen Bewegung ihre untertassengroße schwarze Sonnenbrille abnimmt und die lange kupferrote Löwenmähne ausschüttelt.

»Helena!«

»Wenn der Prophet nicht zum Berg kommt …«

»Ist das schön, dich zu sehen!« Jubelnd ziehe ich meine Freundin in eine energische Umarmung.

»Ich hätte es kaum bis hierher geschafft. Diese Straßen! Ewigkeiten wird voller Selbstbewusstsein eine Autobahn ausgeschildert, aber es kommt einfach keine. Das ist ja genau mein Humor.«

»Ich weiß. Aber dafür haben wir in Nordfriesland eine andere dreispurige Straße, nämlich die B5. Da sollte man sich zwischen Sande und Bredstedt auf dem Sandstreifen einreihen, sobald der Tacho weniger als 100 Stundenkilometer anzeigt.«

Helena stimmt in mein Lachen ein. »Ich habe bis Sonntag Zeit und dachte, ich genieße ein paar Tage das Landleben und die frische Luft, von denen du neuerdings immer so schwärmst. Das hat ja schon mal gut angefangen. Außerdem wollte ich mit eigenen Augen sehen, wie weit du das Smiley-Projekt schon vorangetrieben hast, hier mitten im Nirgendwo.«

»Das Nirgendwo wird häufig unterschätzt«, grinse ich.

»Ich weiß, dass das Museum in wenigen Wochen eröffnet wird und du in Arbeit schwimmst, und ich will dich auch gar nicht davon abhalten. Ich wollte einfach nur mal wieder Zeit mit meiner besten Freundin verbringen. Was hältst du davon, wenn ich jetzt erst mal ein bisschen hierbleibe und mich in dem schicken Kasten umsehe? Heute Abend können wir dann zusammen mit Meghan kochen. Während du morgen und Freitag tagsüber schuftest, gehe ich an den Strand, bevor wir uns abends wahlweise im *Heringschuppen* oder im *Heimathafen* beschickern. Am Samstag beim Watt-Dauerlauf begutachten wir, wie ausgesprochen absonderlich die Dörfler sind, und am Sonntag kommen wir den ganzen Tag nicht aus dem Strandkorb heraus. Einverstanden?«

Typisch Helena. Sie hat schon immer gerne exakte Pläne aufgestellt. Ich muss lachen. »Einverstanden! Du weißt ja genau Bescheid, was hier so los ist. Allerdings hast du das Ringreiterturnier morgen in Weeden vergessen. Komm, ich zeig dir erst mal den See. Es gibt keinen schöneren Ort, um Meghans selbst gebackene Blaubeerbagels zu essen. Und übrigens, es heißt ›betüdern‹.«

»Wie bitte?«

»Wir Nordfriesen sagen ›betüdern‹, nicht ›beschickern‹.«

Draußen, im strahlenden Sonnenschein, verzieht Helena das Gesicht. »Mein Gott, dieser Gestank! Von wegen frische Landluft. Ist das nun Gülle oder Jauche? Oder ist das dasselbe?«

»Was? Ich rieche gar nichts.«

Je näher die Eröffnung rückt, desto mehr Versäumnisse fallen ins Auge, und mein sonst so tiefenentspannter, ja fast schon meditativer Bürojob entwickelt sich immer mehr zur Plackerei. Sowohl unter den Bauarbeitern als auch in jedem Raum im Obergeschoss herrscht eine hektische Betriebsamkeit. An einem einzigen Tag fällt mittlerweile das Arbeitspensum an, das vorher an drei Tagen verrichtet wurde, und nicht selten sitzen meine Kollegen und ich vierzehn Stunden an unseren Schreibtischen. Trotzdem freue ich mich jeden Morgen beim Aufwachen darauf, zur Arbeit zu kommen, und die Stimmung ist fröhlich und gelöst, als ich am Donnerstag ein Newslettersystem einrichte, einige mehr oder weniger dilettantische Ausstellungsplakate analysiere und gemeinsam mit Hinnerk das Verkaufssortiment und die Preisgestaltung in dem winzigen Museumsshop festlege. Alle hier lieben ihren Job und bringen sich mit ganzem Herzen ein, damit die Eröffnungsfeier nicht nur reibungslos funktioniert, sondern ein voller Erfolg wird.

Am späten Nachmittag mache ich mich in Abstimmung mit Hinnerk endlich daran, die Werbetrommel für das Museum der Meeresschätze zu rühren, das ich Feli und Enno versprochen habe. Ich arbeite an einem Konzept und an mehreren Informationstafeln. Als Titel wähle ich den friesischen Wahlspruch *Gott schuf das Meer. Der Friese die Küste*, der schon auf die ewige Interaktion zwischen Mensch und Nordsee verweist. Zum Schluss formuliere ich noch eine Pressemitteilung darüber, dass kleine Kinder die Idee zu einem Meeresschätze-Museum selbst beigetragen haben und dass alle Besucherkinder künftig freien Eintritt erhalten, wenn sie ihre Wattfunde mitbringen.

Nach einem langen Tag freue ich mich besonders, als mich die Kellnerin abends im *Heringschuppen* wie eine alte Bekannte begrüßt. Es hat so viele Vorteile, auf dem Dorf zu wohnen, wo jeder jeden kennt. (Und selbst über die Nachteile in Form von Frau Durchdenwald kann ich inzwischen nur müde lächeln. Meine Däumchen drehende Nachbarin fing mich heute Morgen mal wieder mit hängenden Schultern vor meiner Einfahrt ab und setzte mit brüskierter Stimme an: »Also, Ihre Freundin aus der Stadt!« Ich sah, dass sie tatsächlich die Nase rümpfte, und fasste den Vorsatz, künftig ein Pokerface aufzusetzen und ihre Redeschwalle so gut es geht auszublenden, um meine gute Laune zu bewahren, Höflichkeit hin oder her. Vermutlich hat Helena es gewagt, einen allzu kurzen Rock zu tragen. Oder zu hohe Absätze.)

Helena erwartet mich schon. »Moin Moin«, sagt sie.

»Du kommst wohl nicht von hier«, fragt die Kellnerin grinsend.

»Warum? Ich dachte, so kann man zu jeder Tages- und Nachtzeit grüßen.«

»Aber hier sabbeln die Leute nicht so viel. Sie bleiben beim einfachen Moin«, erkläre ich und muss lachen.

»Jo«, bestätigt die Kellnerin.

»Und das war jetzt ein ganzer Satz – inklusive Subjekt, Prädikat und Objekt.«

Helena und ich setzen uns an den kleinen Tisch am Fenster, an dem ich damals bei meinem ersten Date mit Mikkel saß, und bestellen Cocktails.

»Ich weiß, es ist nicht gerade die *Boilerman Bar*, aber besonders groß ist die Auswahl nun mal nicht. Und ich liebe es hier. Es ist urig und gemütlich und irgendwie charmant. Aber Negroni? Helena, so etwas gibt es hier nicht. Wir nehmen Martinis mit extra viel Gin.«

»Urig und gemütlich und irgendwie charmant, genau wie Süderbüll. Glatt könnte ich mich daran gewöhnen.«

Ich bin überrascht. Helena ist kaum zwei Tage hier und eine

Großstadtmieze durch und durch. Lärm, Hektik und die uneingeschränkte Möglichkeit, um drei Uhr morgens einen Avocadowrap zu kaufen, gehören für sie zu einem erfüllten Leben.

»Dann bleib doch hier. Es gibt genug Persönlichkeiten, die dringend die Dienste einer erfahrenen Psychotherapeutin in Anspruch nehmen müssten«, grinse ich.

»Ich werde es mir überlegen. Aber zuerst müsste ich Ingo von der Idee überzeugen und das könnte sich als schwierig bis unmöglich erweisen.« Sie lacht ihr lautes, ansteckendes Helena-Lachen.

»Ich weiß, wo bald ein Zimmer frei wird – grandiose Mitbewohnerin inklusive. In ein paar Wochen kannst du einziehen. Schade nur, dass wir uns dann knapp verpassen.«

Die Kellnerin kommt mit unseren Getränken und wir stoßen an. »Viel zu wenig Gin, viel zu viel Wermut«, urteilt Helena. An mich gewandt fügt sie hinzu: »Du kannst jederzeit erst mal auf unserem roten Sofa logieren, das weißt du. Wir freuen uns auf dich.«

»Danke, ich weiß das wirklich zu schätzen. Ich denke aber, das wird nicht nötig sein. Zwar weiß ich noch nicht, was mich in den nächsten Monaten erwartet, aber ich habe schon zwei, drei Bewerbungen geschrieben und mir online einige kleine Wohnungen herausgesucht, die ich bald besichtigen will.«

Helena winkt der Kellnerin und bestellt einen Gin pur.

»Du klingst so zuversichtlich. Und du siehst fabelhaft aus. So entspannt habe ich dich schon seit Ewigkeiten nicht mehr gesehen.«

»Ich war gerade auf Mallorca. Und ich habe mich mit meinen Eltern versöhnt.«

»Das spielt sicherlich eine Rolle. Aber dir scheint es außerdem mittlerweile ziemlich gut zu gehen in Nordfriesland, Güllegestank hin oder her. Drei Smileys ist das Minimum.«

»Du hast recht. Es ist längst nicht so übel, wie ich befürchtet habe. Ganz im Gegenteil. Weißt du, irgendwie will hier so nichts und niemand in die Schublade passen, in die ich sie stecken wollte. Und den gelegentlichen Güllegestank nehme ich kaum noch wahr.«

»Liegt das an Mikkel?«

»Nein, das liegt an mir.« Mikkel und ich haben viel Spaß miteinander, aber es ist alles ziemlich unverbindlich. Mein Herz gerät auch nach monatelanger Bekanntschaft noch immer nicht aus dem Takt, wenn ich ihn in einem Meer von Menschen erspähe. Doch wer weiß, vielleicht entwickelt es sich ja noch weiter. Wirklich aus dem Takt gerät mein Herz bei anderen Dingen. »Ist es nicht einfach herrlich, in einem Märchenschloss zu arbeiten und nebenbei noch etwas für das Umweltbewusstsein der Menschen zu tun? Und wie paradiesisch es ist, auf frisch geschnittenem Gras zu laufen und nicht mehr auf Asphalt, der mit Kaugummis und Kippen übersät ist.«

Helena lächelt. »Es tut dir offenbar gut, langsamer zu leben. Du läufst sogar langsamer als in Hamburg, ist mir aufgefallen.«

»Irgendwie habe ich das Gefühl, mehr zu mir gefunden zu haben.«

Helena füllt ihr Martiniglas mit Gin auf. »Ich bin wirklich froh darüber. Denkst du eigentlich noch manchmal an Tom?«

»Manchmal. Ziemlich selten in letzter Zeit. Er gehört zu einem anderen Leben. Ich denke an –« Ich beiße mir auf die Zunge. Fast hätte ich Mikkel gesagt. Doch das stimmt nicht.

Helena sieht so erleichtert aus, dass ich misstrauisch werde. »Warum fragst du? Was ist mit ihm?«

»Also, wenn er ohnehin nicht mehr viel in deinem Kopf herumschwirrt –« Sie bricht ab.

Ich nehme einen großen Schluck. »Bitte sag es mir!«

»Nun, irgendwer muss immer der Bote sein. Ich hoffe, ich

werde nicht erschossen. So wie die Rabenkrähe in der griechischen Mythologie.«

Immer, wenn sie nicht mit der Sprache herausrücken will, fängt sie an zu faseln. Genau wie ich.

»Okay, ich erzähle es dir einfach. Toms Arbeitskollege ist der Schwager von Ingos altem Mitbewohner Simon, also ist uns zu Ohren gekommen, dass er, nun ja, dass er und diese Walross-Imme sich wohl verlobt haben.«

»Verlobt? Tom wird heiraten?« Nach nur wenigen Monaten Beziehung mit dieser Frau wird er einen Schritt wagen, der uns nach zwei Jahren noch zu waghalsig schien.

»Wie nicht anders zu erwarten, soll es eine richtig spießige Verlobungsfeier mit einförmigen Blumengestecken, Namensschildern für die Gäste und einer geisttötenden Rede von Walter Drögemüller gegeben haben«, fügt Helena eilig hinzu.

Ich warte auf den schmerzhaften Stich, den mir diese Enthüllung versetzen müsste. Doch ich spüre nur ein leichtes Ziehen.

»Sag was! Ist alles okay?« Helena sieht besorgt aus.

»Mach dir keine Sorgen. Danke, dass du es mir gesagt hast. Tom kann tun und lassen, was er will, das Kapitel ist für mich abgehakt.« Und es stimmt. Ich denke nicht mehr an Tom. Ich denke auch nicht an Mikkel. Der, an den ich wirklich denke, prostet vermutlich gerade einer kleinen französischen Anwältin mit einer Berliner Weißen zu. Nicht, weil ich mich wieder in ihn verliebt habe. Sondern, weil die Vergangenheit wieder in den Fokus geraten ist.

»Und in wenigen Wochen schlägst du ein neues Kapitel auf.«

Doch Jasper wird darin definitiv keine Rolle spielen.

Am Samstag sind Helena, Meghan und ich schon früh auf den Beinen, denn heute findet der Watt-Dauerlauf von Holmsbüttel nach Weeden statt, für dessen Vorbereitung Meghan und

Hunderte andere mehr oder weniger ambitionierte Teilzeitsportler wochenlang geschwitzt haben. Der Wetterdienst hat pralle Sonne und Temperaturen wie in der Sahara angekündigt. Schon jetzt ist es unerträglich schwül.

Ich stelle einen Teller mit einem Bananensandwich und einen Mineraldrink vor Meghan auf den Tisch.

»Keinen Kaffee?«

»Ist ja nur für einen Tag«, tröste ich meine koffeinsüchtige Mitbewohnerin. »Du willst es doch bis ins Ziel schaffen und nicht ständig auf die nicht vorhandenen Toiletten am Wegesrand rennen. Und beeil dich bitte, die Flut wartet nicht.«

Aus Solidarität verzichte ich ebenfalls auf meinen pechschwarzen Katerkaffee, auch wenn ich den jetzt gut gebrauchen könnte. Ich habe höllische Kopfschmerzen. Vage erinnere ich mich daran, dass Helena und ich gegen halb fünf Uhr morgens als letzte Gäste aus dem *Heimathafen* geworfen wurden und laut singend und schlingernd mit dem Rad nach Hause gefahren sind. Im Hinterkopf weiß ich, dass der Alkohol zu meiner Euphorie beitrug, aber in diesem Moment fühlte es sich so an, als würde der Glückszustand für immer anhalten. Ich habe in die Sterne geblickt und gedacht, dass das Leben schöner kaum sein könnte.

Auch Meghan sieht nicht gerade energiegeladen aus. »Bin ich froh, wenn der ganze Zirkus vorbei ist. Ich fühl mich seit Wochen so schlapp. All das Lauftraining, it's sapping my energy. Da lobe ich mir doch das Nackt-Yoga.«

»Du hast so viel trainiert, das schaffst du mit links.«

Nach dem Frühstück bringen Helena und ich Meghan in meinem Käfer zum Startpunkt am Holmsbütteler Deich, obwohl ich die zugelassene Promillegrenze wahrscheinlich noch um Längen überschreite. Hier herrscht schon vor Beginn des Rennens eine ausgelassene Volksfeststimmung. Die Zuschauer vertreiben sich die Zeit ganz maritim mit Gummistiefel-Weitwurf oder einem Sandburgenbau-Wettbewerb, während sich Meghan und die vielen anderen Barfußläufer im Wattenmeer versammeln und in Startposition bringen. Zum Abschied verspreche ich ihr, sie an der Ziellinie mit einem eisgekühlten Bier zu empfangen.

»Ein Energy-Drink wäre mir lieber.«

Auf der Festwiese in Weeden, wo der Zieleinlauf erwartet wird, legen Helena und ich uns auf eine mitgebrachte Picknickdecke, packen Weintrauben und Gouda aus und genießen das kunterbunte Treiben.

Ein Shanty-Chor, begleitet von Hinnerk auf dem Akkordeon – heute in einer traditionellen blau-weißen Uniform, aber auch nach Monaten als Nichtraucher noch immer mit Zigarette hinterm Ohr –, lässt sich über das entbehrungsreiche Leben auf hoher See aus. Kinder schwenken zu Schwertern oder Hunden geformte Luftballons oder verausgaben sich auf einer Hüpfburg, während sich eine Gruppe von Naturfans in Gummistiefeln zu einer Gezeitenwanderung zum Muschelriff zusammenfindet. Drachen in allen Farben und Formen färben den Himmel grellbunt.

»Ich wünschte, du könntest Greetje und ihre Familie kennenlernen. Schade, dass sie erst morgen Abend aus Italien zurückkommen.«

»Dafür wirst du mir hoffentlich Mikkel vorstellen, sein Foto ist ja schon mal sehr verheißungsvoll. Und Jasper! Ich bin ganz gespannt auf deine große Jugendliebe«, flüstert Helena augenzwinkernd.

»Jasper? Deine Neugier ist wirklich unersättlich, Helena.« Die Begegnung mit Jasper auf dem Dachboden vor einigen Tagen könnte ohne Frage als vertrauensbildende Maßnahme durchgehen, dennoch werde ich ihn, sobald ich Süderbüll in ein paar Wochen den Rücken gekehrt habe, aller Voraussicht nach nie wiedersehen und daher auch nicht meiner Freundin vorstellen.

»Die Neugier ist eine Büchse der Pandora, deren Ruf nur deshalb so mies ist, weil die Gier darin steckt. Ich würde ihr den edleren Namen ›Interesse‹ verleihen. Im Übrigen leidet fast jeder unter diesem tugendhaften Laster, liebe Fee.«

Ich stecke mir grinsend eine dunkelblaue Weintraube in den Mund und beobachte ein kleines Kind, das mit einem großen Krabbenbrötchen kämpft.

»Es ist so schön, dich mal wieder tagelang um mich zu haben. Fast wie früher«, stelle ich fest.

»Darauf hole ich uns mal einen Gin Tonic. Fast wie früher.«

»Es ist erst zwölf!«

»Siehst du, nicht mehr vormittags! Oder hat das Landleben etwa deine spießige Seite hervorgekehrt?«

»Ganz im Gegenteil. Hatte ich erwähnt, dass ich mich in voller Montur einen Felshang hinunter in einen See gestürzt und Sex mitten auf dem Deich gehabt habe?«

Lachend bahnt Helena sich einen Weg durch die Menschenmenge zu der provisorischen Bar am Rand der Promenade. Ich bin mir sicher, Gin wird es dort nicht geben.

Grinsend registriere ich, wie sich beinahe jeder Mann nach ihr umdreht. Das war schon früher so. Viele hält vermutlich nur die Anwesenheit ihrer Frauen davon ab, dieser großen, rothaarigen Schönheit in ihrem gelben Jeansmini hinterherzupfeifen. (Zu ihrem Glück: Helena geht mit Typen, die diese machohaften Belästigungen verbal absondern – vielleicht wertschätzend in der Tonlage, aber missachtend in der Grundaussage –, immer hart ins Gericht.)

Gerade als ich in der Entfernung Mikkel entdecke, der offenbar ebenfalls auf dem Weg zur Bar ist und mich noch nicht erkannt hat, stolpert jemand über meine ausgestreckten Beine. Es sind Britt und Swantje, beladen mit Decken, Sonnenschirmen, einer Kühltasche und dem kleinen Mo.

»Hinnerk trifft keinen Ton«, lacht Swantje und lässt sich neben mir in den Schneidersitz sinken. Mo springt auf meinen Schoß. »Er sollte unbedingt auf Mundharmonika umschwenken, die ist kinderleicht zu lernen. Schon meine vierjährige Nichte kann verständlich *Alle meine Entchen* spielen.«

Britt befördert ein kleines Tamburin aus ihrem Rucksack ans Tageslicht und beginnt, selbstversunken den Takt des Shanty-Chors mitzuschlagen, während Swantje und ich uns zurücklehnen und das Krabben-Wettpulen beobachten.

»Diese Touris. Ich wäre viel schneller«, sagt Swantje und schiebt sich ein Stück Käse in den Mund.

»Wie sollten Auswärtige auch Krabben pulen – das lernt man nicht, sondern es steckt in den Genen«, stimme ich ihr zu.

Als das Schauspiel vorüber ist und die Gewinnerin – natürlich eine Einheimische, ein junges Mädchen aus Klaxbüll – feststeht, lasse ich meinen Blick zur Bar hinüberschweifen und entdecke Helena und Mikkel, die offenbar in ein Gespräch vertieft sind. Er lächelt, sie hat den Oberkörper nach hinten gebeugt und sieht beinahe ablehnend aus.

Britt hat mittlerweile ihr Tamburin zur Seite gelegt und stattdessen einen Stapel Karten mit merkwürdigen Symbolen aus ihrer Tasche gekramt. Sind das Tarotkarten?

Wieder schaue ich zur Bar hinüber, doch Helena ist inzwischen, zwei randvolle Gläser in der Hand, auf dem Rückweg und kommt mit energischen, weit ausholenden Schritten auf uns zu. Sie lässt sich neben mir auf die Decke fallen, begrüßt die Neuankömmlinge, die sie bereits vor drei Tagen im Museum kennengelernt hat, und überreicht mir mit ausdrucksloser Miene einen Gin Tonic. Gab es tatsächlich welchen auf der minimalistischen Karte oder hat der Barkeeper erst jemanden losgeschickt, um die Wünsche der schönen Helena zu erfüllen?

»Dein Däne ist ein bisschen zu hyggelig, wenn du mich fragst! Der baggert alles an, was nicht bei drei auf den Bäumen ist. Nichts und niemand wird verschont.« Sie verzieht angewidert ihr Gesicht.

»Wovon redest du? Was hat er gesagt?« Ich nehme einen großen Schluck.

»Wortwörtlich? ›Kannst du mir mal kurz dein Handy leihen? Ich musste meiner Mutter versprechen, mich sofort zu melden, wenn ich die Frau meiner Träume gefunden habe.‹ Ist das nicht erbärmlich? Und das war erst der Anfang.«

Ich verspüre einen schmerzhaften Stich, aber ich hoffe, es ist mehr der angekratzte Stolz als ernsthaft verletzte Gefühle. Für einen kurzen Moment kommt mir Tom in den Sinn. Sollte Greetje etwa richtiggelegen haben, was die Aufrichtigkeit von Mikkels Absichten betraf? Oder war es nicht vielmehr Jasper, der mich warnen wollte?

Als ich zur Bar hinüberschaue, fange ich Mikkels Blick auf, der mit offenem Mund in unsere Richtung starrt.

»Und was hast du geantwortet?«

»Dass ich mein Handy bei meiner lesbischen Geliebten zurückgelassen habe, es aber gerne holen könne. Für einen flotten Dreier seien wir allerdings generell nur mit einer weiblichen Domina zu haben.«

»Wer ist lesbisch?«, fragt Britt, die zum ersten Mal von ihren Karten aufblickt.

Als ich erneut zur Bar blicke, ist Mikkel verschwunden.

Bevor ich Zeit habe, über mein scheinbar zur Gewohnheit werdendes Pech mit Männern nachzugrübeln, brandet Applaus auf dem Deich auf: Die ersten Läufer lassen sich für den Endspurt anfeuern.

Gerade habe ich erfahren, dass Mikkel genau der Ladykiller ist, von dem mir ausdrücklich abgeraten wurde – und trotzdem scheine ich sowohl geistig als auch körperlich ohne Einschränkung zu funktionieren. Den Kopf zerbreche ich mir lieber später, gemeinsam mit meinen Freundinnen bei einem Glas Sauvignon Blanc in unserer gemütlichen Küche. Jetzt dränge ich mich stattdessen zusammen mit Swantje, Helena und Britt, die den angesichts der Menschenmassen verängstigt wirkenden Mo auf dem Arm trägt, auf den Deich, wo bereits Hunderte Zuschauer dabei sind, mit Fähnchen und Pfeifen den Läufern zuzujubeln. Meghan ist noch nicht am Horizont aufgetaucht, dafür aber eine dunkle Wolkenbank. Erst eine halbe Stunde später, die Regenwolken sind schon bedrohlich näher gerückt und wir durch das viele Jubeln und Rufen ganz heiser geworden, wankt sie als eine der Letzten ins Ziel.

Ich umarme sie und drücke ihr feierlich einen eisgekühlten Red Bull in die Hand.

»Schmeckt scheußlich!« Sie sieht völlig erschöpft aus, rotfleckig und verschwitzt.

»Willst du lieber Gin Tonic? Ist aber schon ein bisschen angewärmt.«

»Eigentlich würde ich mich am liebsten etwas hinsetzen. Diese Affenhitze! Ich bin froh, dass ich es überhaupt bis über die Ziellinie geschafft habe, ich war drauf und dran, mich unterwegs in einen Priel zu legen.«

»Du warst großartig! Ich hätte das nie geschafft.«

In dem Moment taucht Leo neben uns auf. Die unverkennbare Zuneigung in seinen Augen, als er Meghan fest in seine Arme zieht, ist zum Dahinschmelzen. Bei den beiden kommt niemand mehr mit. Gestern noch haben sie sich in einem albernen Streit über die Vor- und Nachteile leichter Eggenfelder und schwererer Gareeggezinken (ich habe abgeschaltet, sobald ich das Wort »Saatbettkombination« vernahm) ausgelassen und heute scheint kein Blatt mehr zwischen sie zu passen. Allmählich drängt sich mir der Eindruck auf, sie zelebrieren ihre Reibereien ebenso wie ihre Verbundenheit.

»Ich bin so stolz auf dich! Komm, ich bringe dich nach Hause«, murmelt er in ihr Ohr.

»Wir kommen besser auch mit, das Unwetter kann jeden Moment losgehen«, entscheide ich.

Auf dem Weg zum Auto kommen wir an zwei baumlangen Mannsbildern in gelben Friesennerzen vorbei, die sich mit Handschlag begrüßen.

»Moin«, sagt der eine.

»Moin«, antwortet der andere.

»Regnet bald.«

»Jo.«

»Ich muss wieder.«

»Tschüss.«

Noch ehe wir die jungen Männer passiert haben, ist die Unterhaltung auch schon wieder beendet.

Helena blickt mich entgeistert von der Seite an.

»Stimmt was nicht?«, frage ich.

»Jetzt wird mir klar, was du meintest. Das mit Moin Moin und dem Gesabbel. Vielleicht sagen die Nordfriesen nicht weniger als die Bayern und Thüringer, aber sie brauchen dafür bedeutend weniger Worte.«

Ich kann mir ein Lachen nicht verkneifen. »Ich ziehe den Schnitt mit meinem ständigen Geschnatter ganz schön nach unten.«

Wir sind schon auf der Süderbüller Hauptstraße – im Auto vor uns Leo und Meghan, neben mir auf dem Beifahrersitz

Helena – und ich will gerade in unsere kleine Straße abbiegen, als Helena völlig unvermittelt losbrüllt: »Stopp! Halt sofort an!«

Wie vom Blitz getroffen trete ich das Bremspedal bis zum Bodenblech durch und erkenne im nächsten Moment die schwarze Katze, die offenbar aus einer niedrigen Kirschlorbeerhecke einen steifbeinigen Mäuselsprung zielgenau auf die Straße vollführt hat.

»Himmel! Das war knapp!«

»Sieh nur, ist die süß!« Helena reißt entzückt die Augen auf.

»Das ist die kleine Katze, von der ich dir erzählt habe. Die, die mich permanent verfolgt, um mich ins Verderben zu reißen. Und das hat sie auch geschafft: Bei der erstbesten Gelegenheit macht sich mein Freund an meine beste Freundin heran.« Aber niedlich ist sie tatsächlich, wie mir jetzt erst aufzufallen scheint, mit ihrem flauschigen Fell und den großen Augen.

»Er ist nicht dein Freund, Fee, das hast du selbst gesagt.«

»Aber so klingt es dramatischer.«

In dem Moment öffnet der Himmel seine Schleusen und die Katze stürmt über die Straße ins schützende Dickicht, um dem Platzregen zu entgehen.

»Zumindest jetzt will das Kätzchen dir Glück bringen. Guck mal, sie rennt von rechts nach links!«

»Bist du sicher, dass es so nicht Unglück bringt?«

»Absolut sicher! Mit der Museumseröffnung kann nichts mehr schiefgehen und danach wirst du endlich deinen Traumjob, deinen Traummann und deine Traumwohnung in deiner Traumumgebung finden.«

»Dein Wort in Gottes Gehörgang.«

24

Die schwarze Katze – oder Helena – hatte unrecht. Als ich am Freitagmorgen, nur acht Tage vor der offiziellen Eröffnungsfeier, bei strömendem Regen von meinem Auto über den Kiesplatz Richtung Museumseingang renne, meine Umhängetasche notdürftig über meine sich langsam auflösende Frisur haltend, bemerke ich erst einen großen Trecker neben einem Kran, dann aus den Augenwinkeln einen Menschenauflauf auf der überdachten Terrasse. Ich erkenne einen wild gestikulierenden Hinnerk, Britt, den hilfsbereiten Bauarbeiter mit dem Schnauzbart, Jasper und sogar Leo und seinen Vater. Von Neugier getrieben ändere ich meinen Kurs und sprinte die wenigen Stufen zur Veranda, die später einmal, wenn das Museum gut angelaufen ist, als Sonnenterrasse mit Seeblick für ein kleines, dem Museum angeschlossenes Café dienen soll, momentan aber noch als Abstellfläche für Baumaterialien und Schutt herhält, hinauf ins Trockene.

»Wird höchste Zeit, dass wir hier mal aufräumen«, stelle ich fest, als ich über ein paar ausrangierte Farbeimer steige und mich der aufgeregten Gruppe nähere. Ich spüre Jaspers Blick auf meinem Gesicht.

»Das Skelett ist verschwunden!«, begrüßt mich Britt mit bebender Stimme.

»Das Skelett des Riesenhais?« Mein Herz legt für einen Moment seine Arbeit nieder.

»Bauer Büttelmeyer wollte es heute früh mit seinem Trecker aus der Mehrzweckhalle holen, damit es aufgehängt werden kann, aber das Schloss war aufgebrochen und das Vieh wie vom Erdboden verschluckt.«

Ich spüre die Hitze in meine Wangen steigen und fühle, wie mir schwindelig wird. Schließlich ist das alles meine Schuld. Hätte ich mich damals in diesem Radiointerview bloß nicht verplappert. »Wir rufen die Polizei!«

»Kommt nicht infrage! Das verfluchte Gerippe ist nicht versichert. Wir müssen es selbst aufspüren, bevor etwas über sein Verschwinden an die Öffentlichkeit dringt, sonst sind wir geliefert!« So unbeherrscht habe ich Hinnerk erst einmal erlebt. Damals hat Britt frühmorgens, als alle anderen noch den Schlaf der Gerechten schliefen, im Büro die Möbel verrückt, überall Kristalle und Wasserbilder aufgehängt und einen gewaltigen Zimmerbrunnen mitten auf meinem Schreibtisch platziert, um, wie sie sich rechtfertigte, eine Harmonisierung zwischen uns und unserer Umgebung zu schaffen, indem wir uns das Wohlwollen der Geister des Wassers und der Luft sichern.

»Stellt euch vor, wir feiern große Eröffnung, laden massenhaft Leute und alle Medienvertreter ein, und in der Eingangshalle herrscht gähnende Leere.« Hinnerk ist außer sich. Ich lege beschwichtigend meine Hand auf seine Schulter.

»Vielleicht bemerkt es ja keiner«, versucht Britt ihn zu beruhigen. Wenigstens rät sie ihm nicht, sein Gesicht dem Licht zuzuwenden und seiner inneren Stille zu lauschen, um zu entkrampfen, das hätte ihm ohne Zweifel den Rest gegeben.

»Ganz zu schweigen von den Kosten für das Biest. Es ist nur eine Leihgabe, wir müssen es ersetzen. Und das, ohne bisher einen einzigen Cent eingenommen zu haben. Wir müssen den Laden gleich wieder dichtmachen. Wie stehe ich denn dann da?« Hinnerk klingt den Tränen nah. Er nimmt die Zigarette, die auch nach mehr als drei rauchfreien Monaten noch immer hinter seinem Ohr klemmt, steckt sie sich in den Mund und beginnt, heftig daran zu ziehen. Ich hoffe, er kommt nicht auf die Idee, sie anzuzünden.

Seine Verzweiflung ist ansteckend. »Bitte beruhige dich erst mal wieder, Hinnerk. Wir werden den Hai schon finden – und wenn nicht, dann nehme ich die Schuld auf mich.« Ich versuche, so viel Ruhe und Gelassenheit wie möglich auszustrahlen, und tatsächlich, Hinnerk scheint sich schon ein wenig zu entspannen.

»Fee und ich bringen das Skelett zurück«, mischt sich plötzlich Jasper ein.

Fragend schaue ich ihn an, aber er legt mir die Hand auf den Arm und zieht mich ohne weitere Erklärungen mit sich fort, über den noch immer verregneten Vorplatz zu seinem Land Rover.

»Wo fahren wir hin?«, frage ich, als er den Wagen startet und mit durchdrehenden Reifen das Grundstück verlässt. Ich höre das Geräusch von aufspritzendem Kies.

»Zu Greetje und Ole.«

Den Rest der nur wenige Minuten dauernden Fahrt verbringen wir schweigend.

Greetje schwingt sich gerade aufs Fahrrad und Ole will seinen grünen Volvo Kombi besteigen, als wir hinter ihm in die Einfahrt rollen. Der Regen hat mittlerweile aufgehört.

»Such dir einen anderen Parkplatz, Kumpel, in der Praxis wartet eine Kastration auf mich«, begrüßt uns Ole. Greetje steigt wieder vom Rad und kommt neugierig zu uns herüber.

Nachdem wir ihnen die ganze Geschichte geschildert haben,

ist jeder Gedanke an die auszuschaltende Hodenfunktion von Hunden vergessen.

»Mein erster Gedanke war, dass es ein paar Jugendliche gewesen sein könnten, die Zugang zu Treckern haben. Als Mutprobe«, beginnt Jasper.

»Vielleicht hast du recht. So etwas hätte uns damals auch gereizt.« Dieser Beitrag kommt natürlich von Ole.

»Wir müssen also nur überlegen, wohin wir das gute Stück gebracht hätten.«

»Wo es vor neugierigen Blicken verborgen ist.«

»Es sind Sommerferien«, sage ich gedehnt.

Eine kurze Pause entsteht, in der wir bedeutungsvolle Blicke wechseln.

»Schulsporthalle«, sagen Jasper und ich im Chor.

»Jetzt wird es interessant!« Jasper und Ole strahlen wie zwei kleine Jungen, die den größten Fisch aus der Nordsee geangelt haben.

»Gut, dass Feli und Enno im Kindergarten sind. Was wären wir denn für Vorbilder, wenn wir am helllichten Tag in die Schule einsteigen würden?« Ole findet offensichtlich Gefallen an der Vorstellung.

»Oder wir warten, bis es dunkel wird«, lacht Jasper. »Dann können die beiden Schmiere stehen.«

»Wir nehmen das Fenster neben dem Sekretariat, das ist leicht zu knacken. Die große Tür auf der anderen Seite der Sporthalle ist zu massiv, das hinterlässt Spuren.«

»Wieso einbrechen? Ich rufe einfach den Hausmeister an«, funke ich ihren Plänen entschieden dazwischen. Ich will doch nicht vom Regen in die Traufe kommen. Erst durch reine Nachlässigkeit in das Verschwinden eines wertvollen Exponats verstrickt werden und mich dann auch noch auf frischer Tat bei einem Einbruch ertappen lassen.

Jasper gibt sich erschüttert. »Und unterbrichst seinen wohlverdienten Urlaub? Damit er herbeigeeilt kommt, womöglich aus dem Bayerischen Wald oder aus Singapur, nur damit das Gerippe dann doch nicht hier ist? Diese Blamage wollen wir uns doch lieber ersparen.«

»Außerdem haben wir genug Erfahrung, um nicht geschnappt zu werden. Wäre ja nicht das erste Mal, dass wir uns dort Zutritt verschaffen«, fügt Ole feixend hinzu.

Mit einem nostalgischen Gefühl im Bauch erinnere ich mich an den Tag in der vierten Klasse, als wir die Frösche ausgesetzt haben. Irgendwie mussten wir die Tiere ja unbemerkt vor Schulbeginn in die Aula schaffen, um unserer diktatorischen und kinderfeindlichen Kunstlehrerin mit ihrer ausgeprägten Amphibienphobie einen Denkzettel zu verpassen.

»Mittlerweile sind wir aber strafmündig«, grinst Greetje. Auch ihr scheint die Sache mächtig Spaß zu machen.

»Mir drängt sich der Verdacht auf, ihr wollt gerne mal wieder Kind sein.«

»Fee, wenn dir die Sache zu heiß ist, warte ruhig hier. Wir bringen dir deine Fischgräten schon zurück, holde Maid!«, witzelt Ole.

Wenn ich nicht diejenige wäre, die uns den ganzen Schlamassel eingebrockt hat, hätten mich ihre offenkundige Begeisterung und der kindliche Übermut glatt mitreißen können.

»Wann bist du denn so ein Angsthase geworden? Los geht's!«, kürzt Greetje die Diskussion ab.

Ich fühle mich wieder wie zehn, vollgepumpt mit Adrenalin und anderen Stresshormonen, als ich auf den grauen Müllcontainer klettere, während Jasper ohne Schwierigkeiten das flache, in etwa zwei Metern Höhe liegende Fenster zum Verwaltungstrakt aushebelt. Als hätte er nie etwas anderes getan.

»Wie gut, dass ich heute nur ein paar Haferflocken gefrühstückt habe«, trällert Greetje und zwängt ihren sportlichen Leib hinter Jasper und Ole durch die Öffnung. »Beeil dich, Fee«, höre ich ihre Stimme.

»Es könnte sonst einen zwielichtigen Eindruck bei den neugierigen Nachbarn hinterlassen, wenn da draußen jemand auf den Abfalltonnen herumlungert. Du weißt ja, wie das auf dem Dorf ist«, fügt Jasper hinzu. Ich sehe sein Grinsen förmlich vor mir.

Wenigstens muss ich mich nicht durch ein Luftgitter quetschen. Als ich auf der anderen Seite hinunterspringe, lande ich direkt auf Jaspers Fuß.

»Sorry«, murmele ich und versuche zu ignorieren, dass er meine Taille etwas zu lange festhält.

»Wenn gleich der Alarm losgeht, nehmen wir unseren alten Fluchtweg über die Mädchentoiletten«, prustet Ole und setzt sich mit zielsicheren Schritten in Bewegung. Wir folgen ihm durch schmale, graue, mit kindlichen Kunstwerken geschmückte Korridore, vorbei am Dienstraum des Hausmeisters, an mehreren Klassensälen, an der winzigen Bücherei, am Theaterraum, der gleichzeitig auch als Kunst- und Musikraum herhält, und schließlich am Büro des Schulleiters. Verstohlen werfe ich einen Blick auf das Namensschild, obwohl ich weiß, dass dort ein unbekannter Name prangt. Falls wir erwischt werden, ist es zumindest nicht Bentes Vater, dem wir Rede und Antwort stehen müssen.

»Irgendwie hatte ich das alles größer in Erinnerung«, stelle ich fest, als wir schon nach wenigen Minuten in den kargen Umkleidekabinen vor der Sporthalle stehen.

»Jetzt kommt der große Augenblick. Haben wir unsere Unbescholtenheit umsonst aufs Spiel gesetzt oder hat uns unsere Spürnase nicht enttäuscht?« Wir halten die Luft an, als Jasper mit großer Geste die Tür öffnet.

Genau in dem Augenblick, als wir die Halle betreten wollen, beginnt mein Handy, in voller Lautstärke zu klingeln. »Ups, jetzt bekommen die neugierigen Nachbarn doch noch etwas mit.« Ich bedeute den anderen, schon mal vorauszugehen, während ich hektisch in meiner Tasche nach dem Ruhestörer krame. Eine unbekannte Nummer. Schnell drücke ich sie weg.

»Es ist hier! Fee, wir haben es gefunden!«, höre ich Greetjes aufgeregte Stimme.

Neugierig betrete ich hinter den anderen die Halle. Und tatsächlich, am anderen Ende, vor dem großen Tor, das zum Sportplatz führt, steht ein wenig verloren die gewaltige hölzerne Kiste. Jasper und Ole klettern bereits hinauf, um zu überprüfen, dass sie nicht leer ist.

»Die Einweihung ist gerettet!«, ruft Jasper zu uns herüber.

Vor Erleichterung treten mir Tränen in die Augen. »Tausend Dank, dass ihr geholfen habt.« Hinnerk wird im siebten Himmel schweben.

»Da nich für«, entgegnet Ole.

»Seltsam, dass die Tür abgeschlossen ist. Da muss jemand einen Schlüssel gehabt haben«, bemerkt Jasper, der kräftig an dem Tor rüttelt. »Jetzt werden wir den Hausmeister doch noch in seinem Urlaub stören müssen. Durch das Luftgitter kriegen wir den Fisch auf keinen Fall hier raus.«

Während wir auf Hinnerk, Bauer Büttelmeyers Trecker und den Hausmeister mit seinem großen Schlüsselbund warten, packt Ole Greetje und wirft sie sich schwungvoll über die Schulter. »Fühlt sich fast so gut an wie damals, als wir diesem Mutterschaf auf dem Deich bei der Entbindung geholfen haben.«

Wir grinsen bei der Erinnerung. Danach hat Ole sich entschieden, Tierarzt zu werden. Sein Blick fällt auf Jasper und mich: »Mit euch kann man sogar Pferde, ich meine, Haie stehlen. Wir sind einfach ein unschlagbares Team. Waren wir schon immer.«

»Wird Zeit, dass alle hier das erkennen«, fügt Greetje hinzu.

»Vielleicht sollten wir lieber mal darüber nachdenken, wer das Ganze hier zu verantworten hat«, lenke ich ab. »Wer hat einen Schlüssel für die Halle und ein Fahrzeug, das eine so gewaltige Kiste transportieren kann?«

»Da kommt eigentlich nur einer infrage«, überlegt Ole. »Aber den können wir nicht verpfeifen.«

»Du hast recht. Aber Strafe muss sein. Und ich weiß auch schon, was wir ihm und seinen Gehilfen aufbrummen«, fügt Greetje mit einem Lächeln hinzu.

Meine erste bewusste Erinnerung ist die, als ich mit vier Jahren meine Hand ins Feuer legte. Als Begründung habe ich einfach gesagt: »Ich wollte wissen, wie es sich anfühlt.«

Jetzt bin ich nicht mehr vier Jahre alt. Warum um Himmels willen will es meiner Hand dann einfach nicht gelingen, dem Feuer fernzubleiben?

Ich bin am Montag nach einem langen Arbeitstag – der Riesenhai ist gerettet, doch bleibt bis zur Eröffnungsfeier in fünf Tagen noch eine Menge zu tun – gerade auf dem Weg zu meinem Fahrrad an der alten Eiche, als ich eine tiefe, kratzige Stimme hinter mir vernehme.

»Hallo, schöne Frau. Warte doch mal kurz, ich wollte dich schon lange etwas fragen: Ich dachte immer, Engel hätten Flügel. Hat es wehgetan, als du vom Himmel gefallen bist?«

Es ist der Bauarbeiter, der mir hinterhergepfiffen hat, als ich mit triefnassem Kleid aus dem See stieg. Damals, an einem meiner ersten Tage in Nordfriesland. Ohne seine Arbeitskluft erkenne ich, dass er viel zu viel Zeit im Fitnessstudio verbringt.

»Ich fühle mich geschmeichelt. Doch ich habe es leider gerade ziemlich eilig.« Ich war schon immer gut darin, jemandem eine respektvolle Abfuhr zu erteilen. Schließlich will ich niemandes Gefühle verletzen oder gar Selbstbewusstsein zerstören.

»Wenn ich dir bis nach Hause folge, behältst du mich dann?« Er folgt mir tatsächlich und sieht mich mit einem Hundeblick an, den er sicherlich lange vor dem Spiegel einstudiert hat. Er ist groß und blond, mit einem Nasenbein, das mit hoher Wahrscheinlichkeit schon einmal zertrümmert wurde.

»Danke, aber das hier passt gerade nicht in mein Leben.« Meine Stimme wird schon einen Hauch abweisender. Nur einen Hauch. Mit gemäßigten Schritten gehe ich weiter.

»Ich heiße übrigens Kevin. Dabei komme ich noch nicht mal aus dem Osten.« Es klingt, als hätte er das nicht zum ersten Mal gesagt.

»Dann konnten deine Eltern dich wahrscheinlich nicht leiden«, hätte ich fast geantwortet. Im letzten Moment beiße ich mir auf die Zunge.

»Meine Mutter war riesengroßer Fan von Kevin Costner in *Der mit dem Wolf tanzt.*« Auch diese Erklärung liefert er sicherlich schon zum wiederholten Male.

Gleich bin ich bei meinem Rad.

»Ich muss jetzt los. Wie gesagt, ich bin in Eile.«

»Das verstehe ich. Aber wollen wir uns dann nicht zumindest mal ganz unverbindlich nackt aufeinanderlegen?«

Im ersten Moment denke ich, ich habe mich verhört. Doch das anzügliche Zwinkern seiner stechend blauen Augen belehrt mich eines Besseren.

»Ernsthaft? Hattest du mit einem so plumpen Spruch jemals Erfolg? Verschwinde!« Irgendwann ist Schluss mit Respekt, Gefühle und Selbstbewusstsein hin oder her.

»Ich mag es, wenn eine Frau eine spitze Zunge hat.«

»Ich glaube, die Lady hat gesagt ›Verschwinde‹!«, höre ich auf einmal eine wohlbekannte Stimme.

»Ich wollte mich nur mit ihr unterhalten.« Der Bauarbeiter sieht enttäuscht aus, tritt aber schon einen Schritt zurück.

»Wir kriegen nun mal nicht alles, was wir wollen.« Wie schafft Jasper es, seine Stimme zugleich ruhig und so bedrohlich klingen zu lassen?

»Nichts für ungut, ich wollte deiner Freundin nicht auf die Zehen treten. Sorry!« Mit eingezogenen Schultern stapft der Bauarbeiter davon.

»Ich bin nicht seine Freundin!«, rufe ich ihm hinterher und bleibe unschlüssig vor Jasper stehen. Seine meergrünen Augen haften ein bisschen länger als notwendig auf meinem Gesicht.

»Warum sagt er nicht einfach, er ist furchtbar reich und hat nur noch zwei Wochen zu leben?«, versuche ich zu scherzen.

»Alles okay?«

»Natürlich. Trotzdem danke!«

»Wie geht es deinem Freund?«, fragt er übergangslos.

»Falls du Mikkel meinst: Er ist nicht mein Freund.«

»Warum triffst du dich dann mit ihm?«

»Er hat mich gefragt.« Eigentlich sollte ich Jasper die Genugtuung geben und einräumen, dass er von Anfang an recht hatte und Mikkel tatsächlich ein notorischer Frauenheld ist. Gerade will ich mit der Sprache herausrücken, dass ich Mikkel seit dem Tag des Watt-Dauerlaufs nicht mehr gesehen habe, als Jasper entgegnet: »Dann bist du wohl zu einem dieser unsäglichen Jasager-Mädchen geworden. Früher warst du skeptischer, weißt du noch? Allzu zudringlichen Einladungen bist du mit ›Mal sehen‹, ›Weiß nicht‹, ›Wieso?‹ oder ›Hau ab‹ begegnet.«

»Lass mich in Ruhe, Jasper!«

»Stimmt, ›Lass mich in Ruhe, Jasper!‹ war auch auf deiner Liste.«

»Dazu hatte ich auch allen Grund.«

»Bei Mikkel hättest du auch allen Grund.«

»Vielleicht küsse ich einfach gerne junge Männer, mit denen ich nicht zusammen bin.«

Er lächelt verschmitzt und murmelt: »Dann habe ich also noch eine Chance. Wenn ich schon nicht mit dir zusammen bin.«

Ich spüre, wie mir die Hitze ins Gesicht steigt. Wann hat das Gespräch denn diese Richtung eingeschlagen? Jasper steht scheinbar unbeteiligt vor mir und schaut mir weiterhin in die Augen. Warum tut er das? Ist er nicht in der Lage, an zwei Dinge gleichzeitig zu denken, wie so viele Männer? Wenn seine kleine Französin vor ihm steht, denkt er an sie, wenn ich vor ihm stehe, denkt er an mich, wenn eine Funghi-Pizza vor ihm steht, denkt er an die Pizza?

»Ich glaube, deine Verlobte hätte bestimmt etwas dagegen, wenn du dich von fremden Frauen küssen lassen würdest.«

»Du bist keine Fremde.«

»Bleibt immer noch deine Verlobte.«

»Sie ist nicht mehr meine Verlobte.« Seine Stimme ist kaum mehr als ein Flüstern.

Mein Pulsschlag beschleunigt sich und mein Körper weiß gar nicht, wohin mit all dem Adrenalin. Habe ich mich vielleicht verhört? All die Ereignisse von damals stürzen unbarmherzig auf mich ein. Unwillkürlich trete ich einen Schritt zurück. Ich kann das nicht. Und ich will es auch nicht. Nicht nach dem, was beim letzten Mal passiert ist.

»Wir sollten dieses Gespräch nicht führen, Jasper.«

»Warum nicht?«

Bevor ich mich zu einer Antwort durchringen kann, klingelt mein Telefon, ohrenbetäubend laut und schrill. Dankbar für die Möglichkeit, der Situation zu entgehen, fische ich es mit wild pochendem Herzen aus meiner Tasche. Ich erkenne die unbekannte Nummer wieder, die ich schon in der Sporthalle auf dem Display hatte.

Jasper lässt mich nicht aus den Augen, während ich telefoniere. Als ich das Handy wenige Minuten später sinken lasse, hat sich die Adrenalinmenge, die durch meinen Körper schießt, noch gesteigert.

»Was ist passiert? Du bist ganz blass geworden. Ist etwas mit Hein?«, fragt er, offensichtlich besorgt. Er tritt einen Schritt auf mich zu, und ich weiche erneut zurück, bis ich hinter mir mein Fahrrad spüre.

Ich habe Mühe, meine Gedanken zu sortieren. »Das war meine alte Freundin Agnes. Wir kennen uns aus meiner Zeit in Patagonien, wo wir gemeinsam als Fremdenführerinnen gearbeitet haben. Ich wusste nicht, dass sie jetzt PR Director in der Agentur ist, in der ich mich beworben habe. Als ich zuletzt von ihr hörte, hatte sie gerade in Argentinien beim staatlichen Institut für indigene Angelegenheiten angeheuert.«

»Du hast dich beworben?«

»Natürlich – mein Vertrag hier läuft ja leider in wenigen Tagen aus. Die eigentliche Stelle in Hamburg ist schon besetzt, aber sie hat mir eine Alternative angeboten.«

»Wie sieht die aus?«

»Ich kann in Buenos Aires arbeiten. Ab September.« Vor Aufregung habe ich Mühe zu sprechen. »Öffentlichkeitsarbeit in einem Institut für Meeres-, Polar- und Küstenforschung. Ist das nicht unglaublich?«

»Und was hast du dieser Agnes gesagt?«

»Ich habe natürlich Ja gesagt.« Und das nicht etwa, weil mir nichts anderes übrig blieb, weil meine Stippvisite in Süderbüll bald vorüber ist, sondern vor allem, weil es eine große Chance für mich ist. In einem Land leben, das ich liebe, ein unbefristeter, ungemein spannender Job und subtropisches Klima scheinen mir sehr verheißungsvoll. Auch wenn ich mein Leben in Süderbüll mit all den tollen Menschen hier natürlich schmerzlich vermissen werde.

»Tja, dann läuft es ja wieder für dich. Herzlichen Glückwunsch! Eine Flucht ist in greifbarer Nähe.« Jasper klingt verärgert, enttäuscht, frustriert. Ohne sich noch einmal umzudrehen, geht er zurück ins Haus.

25

Der Tod. Er geht so schnell. Wie kann etwas derart Dramatisches, Monumentales, Weitreichendes schneller gehen, als nach Luft zu schnappen? Es ist kein Spielfilm, sondern nur ein Schnappschuss.

Am Morgen nach meinem Abiball war ich gerade dabei, meine Sonnencreme und Sonnenbrille zu suchen, denn die durften auf unserer Weltreise keinesfalls fehlen, als ich durch mein Schlafzimmerfenster Jasper in seinem gelben Bulli vorfahren sah. Mit schnellen Schritten ging er über den Gartenweg aufs Haus zu und winkte, nebenbei sein Handy aus der Jeanstasche fischend. Als er das Telefon ans Ohr hob, blieb er plötzlich wie angewurzelt stehen. Ich konnte dabei zusehen, wie das beseelte Funkeln in seinen meergrünen Augen dahinschwand und einem Ausdruck des Grauens und einer würgenden Angst Platz machte. Schnell rannte ich nach draußen.

Jasper nahm meine Hand. Ich konnte ihn kaum verstehen, als er stockend sagte: »Bente. Sie ist heute Morgen gestorben.« Er klang ungläubig, fassungslos.

Die Worte trafen mich wie Pfeile. Meine Ohren begannen zu klingeln und ein Klumpen kalter Furcht formte sich in meinem Bauch. Ich war wie erstarrt.

In der abrupten Totenstille durchbohrte ich Jasper mit Blicken und fühlte, wie das flehentliche Bedürfnis wuchs, er möge den Mund aufmachen, er möge alles erklären, damit es erträglich wurde. Aber er verharrte in seiner Position – er spürte dasselbe lähmende Entsetzen wie ich. Die Panik stieg wie eine Spirale in meinem Körper hoch und schnürte mir die Kehle zu.

»Aber sie war doch so gut wie gesund. Und der Sommer fängt gerade erst an«, flüsterte ich schließlich zusammenhanglos. Der Sommer war immer Bentes liebste Jahreszeit gewesen.

»Das war ihre Mutter am Telefon. Bente hatte einen schweren Rückfall, offenbar haben die Krebszellen ihr Gehirn und die Hirnhäute befallen. Weißt du noch, dass sie zuletzt ständig Kopfschmerzen hatte? Sie wollte uns vor dem Abiball nichts sagen, um dich nicht davon abzuhalten, deine Reise anzutreten, und uns allen nicht wieder Kummer zu bereiten. Schließlich waren wir so erleichtert über den Therapieerfolg und zum ersten Mal seit langer Zeit wieder glücklich. Am Montag wäre sie zurück ins Krankenhaus gegangen.«

Da erst begriff ich es. Meine Freundin, seit zehn Jahren an meiner Seite, war tot. Und das Letzte, das sie auf dieser Welt erleben musste, war, dass ich ihr die Liebe ihres Lebens streitig machte. Mein Herz schlug zweihundertmal in der Minute, Schweißperlen traten mir auf die Stirn. Entsetzt ließ ich Jaspers Hand fallen und rannte zurück ins Haus.

Die Beerdigung eines Kindes war das Traurigste, das ich mir vorstellen konnte. Bentes Eltern waren in den vergangenen vier Tagen um Jahrzehnte gealtert. Mit aschfahler Haut und von Gram gebeugt standen sie vor dem offenen Grab ihrer Tochter und ließen mit zitternden Händen Blumen und Erde auf den Sarg fallen.

Als ich an der Reihe war, nach vorne zu treten, gaben meine Beine beinahe nach. Nur mit Mühe schaffte ich die wenigen Schritte bis ans Grab meiner toten Freundin. »Bente … Es tut mir unendlich leid. Ich werde mir niemals vergeben, dass ich ihn dir weggenommen habe«, flüsterte ich. Wie könnte ich? Ich hatte den Menschen, der mich liebte und mir vertraut hat, in den Tod getrieben. »Ich werde dich jeden Tag vermissen.«

Ich nahm eines der Fotos, die ich mitgebracht hatte, aus meiner Tasche. Bente, Greetje und ich lachend beim Froschtanz während des Mittsommerfestes vor zwei Jahren. Als unser aller Leben noch nicht aus den Fugen geraten war. Durch meinen Tränenschleier konnte ich das Bild kaum erkennen. Zusammen mit den anderen Aufnahmen aus besseren Zeiten und dem Schutzengel, den ich ihr einst zu ihrem achtzehnten Geburtstag geschenkt hatte, warf ich es ins Grab. Nur die Zeichnung von unserem Dreierteam als grauhaarige Omas steckte ich wieder in meine Tasche zurück.

Langsam, wie in Trance, drehte ich mich um und ging los. Ich spürte Jaspers Blicke wie Nadeln auf meiner Haut. Seit Bentes Tod hatte ich mich in meinem Zimmer verbarrikadiert und all seine Versuche, mit mir zu reden, abgeblockt. Ich lief immer schneller.

»Fee, bleib stehen!« Ich nahm Jaspers Stimme und seine Schritte hinter mir durch das Klingeln in meinen Ohren kaum wahr.

Fast war ich bei den Friedhofstoren angelangt, als er meinen Arm packte und mich zu sich herumdrehte. Der Angstklumpen, der seit Tagen meine Eingeweide durchdrang, wurde immer größer, und ich fühlte mich, als hätte ich einen ganzen Eimer mit Eiswürfeln verschluckt.

»Ich wünschte, ich hätte dich niemals getroffen!« Meine Stimme zitterte und ich riss mich von ihm los.

»Fee!« Er klang verzweifelt. Sehen konnte ich sein Gesicht nur undeutlich, schwarze Balken und ein Tränenschleier versperrten mir die Sicht.

»Es ist falsch! Das wussten wir von Anfang an.«

»Ich wusste das nicht. Wie kann es falsch sein, wenn es sich so richtig anfühlt?«

»Wir haben sie umgebracht«, flüsterte ich schwach.

»Fee, bitte komm zur Vernunft! Die verdammte Krankheit hat sie umgebracht.«

»Verstehst du denn nicht? Die Nachricht, dass ich dich liebe und dass du mich liebst und nicht sie, hat ihr den letzten Lebenswillen geraubt.«

»Das stimmt nicht, Fee! Ihr ganzer Körper war befallen. Sie wäre ohnehin gestorben.«

Mir war klar, dass er mich nicht gehen lassen würde. Er ergriff mein Handgelenk und hielt es so fest, dass es wehtat. Mit seiner anderen Hand rieb er sich über die Augen und murmelte etwas von »Bitte«, »Himmel« und »Scheiße«. Sein ganzer Körper strahlte Verzweiflung und blankes Entsetzen aus. Er wusste, was unausweichlich war, was als Nächstes passieren würde.

»Fee, ich bitte dich! Ich flehe dich an, geh jetzt nicht! Ich will nicht ohne dich leben.«

Ich sah, dass er weinte. In dem Moment war ich mir sicher, der Schmerz würde mich umbringen.

Ich wusste, es war das letzte Mal. Also umarmte ich ihn. Ich presste mich an seine Brust und sog seinen Geruch ein, spürte die Wärme seines Körpers, fühlte seine Muskeln am Rücken. Alles in der Hoffnung, es für immer im Gedächtnis zu bewahren. Ich konnte ihm nicht in die Augen blicken, als ich mich von ihm löste. Dann drehte ich mich um und verschwand mit eiligen Schritten auf der Straße. Er folgte mir nicht.

Ich war schon beinahe bei meinem Haus angekommen, als mein Handy zu klingeln begann, ohrenbetäubend laut in der Stille dieses Beerdigungstages. Ich musste nichts aufs Display schauen, um zu wissen, wer es war. Mit jedem Läuten schien es schriller und eindringlicher zu werden, bis ich es nicht mehr aushielt. Ich schleuderte das Telefon in den Gartenteich von Frau Durchdenwald. Die Grabesstille danach dröhnte fast noch lauter in meinen Ohren.

26

Nach einer unruhigen Nacht renne ich am Morgen nach meiner Begegnung mit Jasper und dem Bauarbeiter schon um sechs Uhr morgens bei strömendem Regen über den Deich. Dank regelmäßiger Joggingrunden habe ich inzwischen einiges an Ausdauer hinzugewonnen und es ist ein herrlich befreiendes Gefühl, durch die Natur zu laufen. Wer hätte das für möglich gehalten?

In den frühen Morgenstunden, als ich wie so häufig im ersten Tageslicht die alte Bleistiftzeichnung von Greetje, Bente und mir betrachtet habe, habe ich mir fest vorgenommen, heute Abend keine Ausrede gelten zu lassen: Ich werde endlich den Mut aufbringen und das erste Mal seit ihrer Beerdigung Bentes Grab besuchen.

Als ich nach einer ausgiebigen heißen Dusche schon um halb acht mit einer großen Tüte Franzbrötchen in der Hand schwungvoll die Bürotür öffne, merke ich gleich, dass etwas nicht stimmt: Obwohl meine beiden Kolleginnen schon vor mir da sind, was an sich bereits Anlass wäre, stutzig zu werden, ist es vor allem diese exotische Stille, die mich hellhörig werden lässt. Normalerweise schallt einem Britts und Swantjes Geschnatter schon unten in der Eingangshalle entgegen.

»Guten Morgen. Ist etwas passiert?«

Ohne ein Wort zu verlieren, steht Swantje auf und reicht mir einen E-Mail-Ausdruck. Der Absender ist Herbert Pingel vom Holstein-Kurier. Ich blicke sie fragend an.

»Kam vor einer halben Stunde. Wir sind geliefert«, hilft Britt aus. Sie sitzt mit hängenden Schultern an ihrem Schreibtisch und sieht so bestürzt aus, dass mein Herz aus dem Takt gerät. Ich habe eine böse Vorahnung.

Meine Hände beginnen zu zittern, als mein Blick auf die Überschrift fällt: *Chaos und Diebstahl im neuen Süderbüller Meeresmuseum.* Darunter ist ein großes Schwarz-Weiß-Foto von einer Baustelle abgebildet. Bei näherer Betrachtung erkenne ich, dass es sich um einen Seitenflügel unseres Museums handelt. Das Foto muss vor Monaten aufgenommen worden sein, denn von den Wänden bröckelt der Putz und der Boden ist matt und mit Farbeimern, Werkzeugen, Kabeln und Holzleisten übersät. Alles wirkt chaotisch und uneinladend. Unter dem Bild steht: *Süderbüller Museum für Meereskunde: Besuchertraum oder -alptraum?*

Ich spüre meinen Puls in den Schläfen, als ich mich auf meinen Stuhl sinken lasse und widerstrebend den dazugehörigen Text überfliege.

Nur einen Tag vor der Eröffnung steht dem Museum für Meereskunde im nordfriesischen Süderbüll das Wasser bis zum Hals. Ein Insider berichtet von kopflosen Zuständen in fast allen Bereichen. So wurde mindestens eines der Exponate, ein mehr als acht Meter langer ausgestopfter Riesenhai, den Verantwortlichen direkt vor der Nase weggestohlen. Weil dem Museum nun die Ausstellungsstücke ausgehen, sollen die Besucher richten, was dem Kurator Hinnerk Petersen, einem bekennenden Cannabiskonsumenten, misslang: Offenbar wurden unsere Kinder aufgefordert, die Sammlung mit allem zu erweitern, was sie im Watt finden. Doch sind wir in dem alten Haus überhaupt sicher? Aus zuverlässiger Quelle hat unsere Redaktion erfahren, dass die Notfallpläne nicht dem aktuellen Stand entsprechen. Was in einem Katastrophenfall den Exponaten und vor allem den Besuchern zustoßen kann, steht derzeit in den Sternen.

Darunter hat Pingel einen einzigen Satz geschrieben: *Print und online diesen Freitag.* Einen Tag vor unserer Eröffnungsfeier, auf die wir seit Wochen fieberhaft hinarbeiten. Ich fühle mich, als hätte mir jemand einen Eimer Eiswasser über den Kopf gekippt. Stocksteif sitze ich auf meinem Schreibtischstuhl und ringe nach Worten. Erst das gestohlene Haiskelett und nun das.

»Warum tut er das?«, bringe ich schließlich hervor. Dieser verdammte Herbert Pingel.

»Weil er ein Kohlkopp ist«, antwortet Swantje.

»Das und weil er sich an mir rächen will. Auf diese Gelegenheit wartet er seit fast dreißig Jahren.« Wir haben gar nicht bemerkt, dass Hinnerk den Raum betreten hat. Er sieht um Jahre gealtert aus. Automatisch stehe ich auf und biete ihm meinen Platz an, als wäre er ein alter Mann in der U-Bahn, doch er scheint mich gar nicht zu bemerken. Gedankenverloren starrt er in den Regen hinaus.

»Kein Detail stimmt. Acht Meter lang und ausgestopft? Und mit keiner Silbe wurde erwähnt, dass das Skelett längst wieder an seinem vorgesehenen Platz steht«, schimpft Swantje.

»Er lässt es so aussehen, als wäre der Besuch in unserem Museum eine Gefahr für Leib und Leben. Dabei sind alle Notfallpläne nachgearbeitet worden«, fügt Britt hinzu. So aufgeregt habe ich sie noch nie gesehen.

»Und dieses Foto! Die Leute müssen meinen, ihnen fällt hier der Putz auf den Kopf.«

»Ich wusste gar nicht, dass du kiffst, Hinnerk. Oder wurde da auch schlampig recherchiert?«, frage ich.

»Das war ein einziges Mal. Während des Studiums. Das ist fast dreißig Jahre her.«

»Und es war nicht mal ein Lungenzug, stimmt's?«

Trotz der ernsten Situation kann ich mir angesichts Swantjes Kommentar und Hinnerks entgeisterten Gesichtsausdrucks ein Lachen kaum verkneifen.

»Ich glaube, es ist Zeit für meine Spezialmischung.« Britt sucht in ihren Schubladen nach der dunkelbraunen Flasche, während Swantje bereitwillig aufspringt und vier alte Kaffeetassen aus dem Regal holt.

Dieses Mal schmeckt das Zeug nicht mehr wie Katzenstreu mit Eukalyptusgeschmack. Mehr wie Kräuterbonbons.

»Lasst die Köpfe nicht hängen. Besser schlechte Presse als gar keine, richtig?«, versucht Hinnerk uns aufzumuntern, nachdem er seinen Becher in einem Zug geleert hat.

»In diesem Fall vielleicht nicht«, erwidere ich vorsichtig. »Die Schaulustigen und Katastrophenjunkies, die nach diesem Artikel in Scharen zur Eröffnung kommen werden, um sich am Ungemach anderer zu ergötzen, gehören nicht zu unserer Zielgruppe. Solche Leute können wir nicht langfristig binden. Die Menschen, die wir ansprechen und bewegen wollen, interessieren sich für die Natur, die Küste, das Meer und diese Region. Sie wollen informiert und gleichzeitig unterhalten werden – und zwar nicht von einem Skandal.«

»Und sie wollen sich oder ihre Kinder keinesfalls durch einbrechende Dielenbretter in Gefahr bringen«, ergänzt Britt.

»Aber was sollen wir jetzt tun? Die Eröffnung ist in vier Tagen.« Swantje klingt verzweifelt. Erst jetzt registriere ich, dass sie noch nicht einmal ihre Regenjacke ausgezogen hat. »Wir haben so hart gearbeitet.«

»Pingel wartet mit der Veröffentlichung bis Freitag. Dazu, eine Gegendarstellung zu fordern, ist es dann zu spät«, stelle ich fest.

»Außerdem kenne ich diesen Lump. Er gehört zu dieser Art

Schreiberlingen, die einem das Wort so im Munde verdrehen können, dass eine Gegenwehr ihren Zweck weit verfehlt«, fügt Hinnerk hinzu und schenkt sich einen weiteren Becher von Britts Spezialmischung ein.

»Warum muss ausgerechnet der Holstein-Kurier gegen uns zu Felde ziehen? Warum nicht lieber der Nord-Bote? Den liest wenigstens keiner«, wettert Swantje.

»Ich werde nach Heide fahren«, höre ich mich plötzlich sagen. »Ich muss ihn dazu bewegen, diesen Artikel nicht zu bringen.«

»Das kommt gar nicht infrage. Ich fahre«, schießt Hinnerk quer. »Wegen mir veranstaltet Pingel diesen ganzen Zirkus.«

»Genau deswegen darfst du dich nicht einmischen. Du bist für ihn ein rotes Tuch.« Er weiß, dass ich recht habe.

»Aber wie willst du es anstellen, dass dieser Typ einen Rückzieher macht, Fee?«, fragt Britt skeptisch.

»Mir wird bestimmt etwas einfallen. Ich habe fünfzig Kilometer Zeit, darüber nachzudenken.« Ich versuche, meiner Stimme eine große Portion Zuversicht zu verleihen. »Vielleicht könnt ihr in der Zwischenzeit versuchen herauszufinden, wie diese Schnüffler an all die Informationen gekommen sind. Jemand aus dem direkten Umfeld des Museums muss aus dem Nähkästchen geplaudert haben.« Ich nehme mir ein Franzbrötchen aus der Tüte und wende mich zum Gehen.

»Danke, Fee«, sagt Hinnerk leise und drückt meine Schulter.

»Dank mir lieber nicht zu früh. Noch habe ich nichts erreicht.« Doch ich werde alles dafür tun. »Aber versucht, euch keine allzu großen Sorgen zu machen.« Das können wir immer noch, wenn meine Mission fehlschlägt.

Fünf Minuten später sitze ich am Steuer meines Käfers und versuche, durch den Platzregen die Straße zu erkennen und mich gleichzeitig auf die vorliegende Aufgabe zu konzentrieren. Stattdessen schweifen meine Gedanken immer wieder zu unserem wunderschönen Museum, in das so viele Menschen so viel Zeit, Arbeit und Liebe investiert haben. Wir alle haben die Eröffnung herbeigesehnt. Wir wollen Besuchern aller Altersklassen und sozialer Schichten Wissen und Werte vermitteln, sie berühren und sensibilisieren, damit sie ihre Umwelt schätzen lernen und ihr Verhalten ändern können. Dieser Verleumdungsartikel muss gestoppt werden.

Als ich eine knappe Stunde später im alten Stadtkern von Heide vor der Redaktion des Holstein-Kuriers halte, bin ich mit meinen Überlegungen, wie ich am diplomatischsten vorgehen könnte, noch keinen Schritt weitergekommen. Für diesen Teil meines Jobs – eine negative Meldung an einer Veröffentlichung zu hindern – hatte ich noch nie etwas übrig. Glücklicherweise bin ich bisher auch erst zweimal in diese Verlegenheit gekommen. Zumindest einmal waren meine Bemühungen von Erfolg gekrönt.

Ich versuche, meine Aufregung nicht zu zeigen, als ich das schlichte zweistöckige Gebäude betrete und mit langen Schritten das in tristen Grautönen gehaltene Foyer durchquere. Vor einer gelangweilt dreinblickenden Empfangsdame, die keinen Tag älter als sechzehn aussieht, bleibe ich stehen. Widerwillig wendet sie die Augen von ihrem Sudoku ab, als ich darum bitte, Herrn Pingel sprechen zu können.

»Haben Sie einen Termin?«

»Leider nicht.«

»Herr Pingel ist sehr beschäftigt.«

»Sagen Sie ihm bitte, Felicitas Sturm vom Süderbüller Museum für Meereskunde ist hier.« Ich hoffe, das reicht aus, um seine Neugier zu wecken.

Es reicht. Nachdem ich knapp zwanzig Minuten auf einem der dunkelgrauen Sofas neben dem Empfang Löcher in die

Luft gestarrt habe, gibt die Empfangsdame mir grünes Licht. »Zweiter Stock, letzte Tür rechts.«

Vor besagter Tür schlägt mein Herz bis zum Hals. So viel hängt von diesem Gespräch ab. Ich höre ein lautes »Rin!« und trete mit einer wie ich hoffe selbstsicheren Miene ein.

Ich kannte sein Twitter-Bild, aber mit dem Mann, der jetzt in einem grauen Anzug auf einem massigen Ledersessel in nahezu derselben Farbe vor mir sitzt, hat es nicht die geringste Ähnlichkeit. Er ist mindestens zehn Jahre älter und zwanzig Kilogramm schwerer. Sein breites Grinsen trieft vor Spott.

»Frau Sturm, setzen Sie sich. Ist es nicht ein herrlicher Tag?«, fragt er scheinheilig. Sein Gesicht erinnert entfernt an eine Bulldogge. »Darf ich Ihnen einen Cognac anbieten?«

»Sehr gern.« Es ist noch nicht einmal zehn Uhr morgens und ich kann Cognac nicht ausstehen, doch seit Helena mich in das eingeweiht hat, was unter Psychologen als Spiegeltechnik bekannt ist, weiß ich, dass man einen Chamäleon-Effekt gezielt dazu nutzen kann, Distanz und Vorbehalte seines Gegenübers abzubauen. Ich kann nur darauf hoffen, dass sich entgegen dem ersten Eindruck Sympathie, Übereinstimmung und Verständnis entwickeln.

Mit einem möglichst warmen und souveränen Lächeln auf dem Gesicht lasse ich mich auf dem gegenüberliegenden Sofa nieder und registriere, dass meine Sitzfläche niedriger ist als seine. Das Büro ist von imposanter Größe, doch die sterile Einrichtung zeugt von fehlendem Geschmack.

Pingel zieht eine Flasche Rémy Martin aus dem Regal und verteilt die bernsteinfarbene Flüssigkeit großzügig in zwei bauchige Schwenker.

»Ich freue mich, dass Sie mir einen Besuch abstatten, liebe Frau Sturm. Das nenne ich mal eine persönliche Betreuung Ihrer Medienpartner.«

Natürlich weiß er, warum ich gekommen bin. Aber er kostet offenbar jeden Moment aus.

»Ich bin nicht zur Kontaktpflege hier«, fange ich an.

»Dann schickt Sie wohl Herr Petersen, um zu Kreuze zu kriechen.« Träge lässt er seinen Cognac im Glas kreisen. Wie zufällig ahme ich seine Bewegungen nach.

»Sie haben recht, ich möchte mit Ihnen über den Artikel reden, den Sie uns heute Morgen geschickt haben. Ich möchte Sie bitten, von einer Veröffentlichung abzusehen.«

»Warum sollte ich das tun?« Sein süffisantes Grinsen ist schwer zu ertragen.

Ich weiß, ich muss jetzt Umsicht und Vernunft zeigen. Kein Drama, keine Emotionen. Er soll mich ernst nehmen.

»Die Fakten sind nicht korrekt. Die Notfallpläne liegen den Behörden vor, der Riesenhai, der übrigens weder ausgestopft noch acht Meter lang ist, hängt genau da, wo er sein soll, die –«

»An den Fakten gibt es nichts zu rütteln. Wir haben eine zuverlässige Quelle, die uns ständig auf dem Laufenden hält.«

Eine Mischung aus Adrenalin und Angst macht sich in meinem Körper breit. Pingel sitzt jetzt so breitbeinig da, dass ich die Spiegeltechnik nicht mehr anwenden kann, ohne zu zeigen, was ich unter meinem Rock trage. Außerdem wird ohnehin niemals so etwas wie Sympathie oder Verständnis zwischen uns aufkommen.

»Welche Quelle das ist, wollen Sie mir vermutlich nicht verraten?«

»Frau Sturm, Sie machen diesen Job doch bestimmt nicht erst seit gestern. Der Quellenschutz ist ein Privileg, mit dem ein ehrbarer Journalist verpflichtet ist, gewissenhaft umzugehen.«

»Das weiß ich natürlich. Mit der Veröffentlichung dieses Beitrags würden Sie allerdings großen Schaden anrichten.«

»Sie wollen unserer unabhängigen journalistischen Arbeit hoffentlich nicht im Wege stehen. Wir haben den wichtigen öffentlichen Auftrag, zu informieren und aufzuklären.«

Unabhängiger Journalismus? Ich zwinge mich, ruhig zu bleiben. »Deswegen lade ich Sie oder einen Ihrer Redakteure herzlich ein, selbst nach Süderbüll zu kommen, um sich ein Bild –«

»So viel Zeit können wir leider nicht erübrigen.«

»Wir haben das Recht auf unserer Seite.«

»Unsere Rechtsabteilung sieht das anders.«

Jeder Zentimeter meiner Kopfhaut kribbelt, als wäre ein ganzer Ameisenstaat dabei, in meinen Haaren ein Nest zu bauen.

»Bitte, Herr Pingel! Was Sie schreiben, ist nicht nur unwahr, sondern auch schäbig.«

Er bellt förmlich vor Lachen, bevor er sich schwerfällig aus seinem Sessel hievt und damit andeutet, dass unser Gespräch beendet ist.

Auch ich stehe auf. Ich kann hier nichts mehr ausrichten. Mir graut vor den enttäuschten, bestürzten Gesichtern meiner Kollegen, wenn ich ihnen verkünden muss, dass ich versagt habe. Ich weiß nicht, ob uns vor der Eröffnung noch etwas einfällt, um zu verhindern, dass wir mit wehenden Fahnen untergehen.

Gerade schicke ich mich an, mit eingezogenen Schultern das Büro zu verlassen, als mein Blick plötzlich auf ein gerahmtes Foto fällt, das inmitten einer Reihe privater Bilder an der Wand neben der Tür hängt. Die Aufnahmen zeigen Pingel beim Segeln, Angeln oder im Kreis seiner Familie.

Ich bleibe wie angewurzelt stehen. Ist er es? Er sieht jünger aus, sein Gesicht ist schmaler und die Haare sind länger, aber das zertrümmerte Nasenbein und die stechend blauen Augen sind unverkennbar. Mit stolzgeschwellter Brust hält er einen riesigen Hecht vor die Linse. Neben ihm steht Pingel, der in vertrauter Geste seinen Arm um ihn gelegt hat. Zwischen den beiden Männern besteht eine frappierende Ähnlichkeit. Warum habe ich das nicht gleich bemerkt?

Einen Versuch ist es wert. »Ihr Sohn ist Ihnen wie aus dem Gesicht geschnitten. Kevin, dessen Mutter so gerne *Der mit dem Wolf tanzt* gesehen hat.«

Pingel sieht aus, als hätte er in eine Zitrone gebissen. Er weiß, dass das Blatt dabei ist, sich zu wenden.

»Wenn herauskommt, dass ein Bauarbeiter das Vertrauen seiner Vorgesetzten ausgenutzt und nicht nur vertrauliche, sondern auch falsche Informationen an seinen Vater weitergeleitet hat, damit dieser seinen Posten für einen persönlichen Rachefeldzug missbrauchen kann, sieht es aber finster für Sie beide aus.«

Alle Farbe weicht aus Pingels fleischigen Wangen.

»Hat Kevin deswegen bei uns angeheuert? War es von Anfang an Ihr Plan, Schwachstellen zu finden und zu veröffentlichen, um Ihren alten Rivalen Hinnerk alt aussehen zu lassen?«

»Das muss ich Ihnen nicht erklären.«

»Nein, das müssen Sie nicht. Ich kann ihn auch einfach selbst fragen.«

Pingel seufzt und lässt sich zurück in seinen Sessel fallen. Mit undurchdringlicher Miene starrt er aus dem Fenster. Außer dem Sturzregen ist nicht viel zu erkennen. Als er schließlich etwas sagt, ist es, als würde er mit sich selbst reden. »Kevin war immer das schwarze Schaf der Familie. Er sollte Anwalt werden wie sein Bruder, stattdessen zog es ihn auf den Bau. Als seine Firma ihn aufs Mommsen-Anwesen geschickt hat, konnte er wenigstens endlich zu etwas nütze sein. Hinnerk

Petersen hat mir meine Frau ausgespannt. Jetzt war der Moment gekommen, mich zu rächen.«

»Gesine hatte Sie schon längst sitzen gelassen, als sie sich auf Hinnerk eingelassen hat, das wissen Sie ebenso gut wie ich.«

Pingel schweigt. Er hat seine Augen noch immer aufs Fenster geheftet.

»Ist sie Kevins Mutter?«, frage ich schließlich.

»Um Gottes willen, nein.« Er klingt schockiert.

»Haben Sie ihm für diese Informationen Geld angeboten?«

»Er wollte immer mehr. Dass das eigene Kind mal so undankbar wäre –«

»Ich werde jetzt gehen. Und ich werde meinen Kollegen sagen, dass der Artikel nicht erscheinen wird.«

Pingel dreht sich in meine Richtung, als ich die Tür öffne. Ein langer Blick besiegelt das Stillschweigen. Er lässt den Artikel fallen, ich verrate kein Wort über seine Quelle und eigensüchtige Motivation. Unsere Eröffnung ist gerettet.

Hoffentlich.

Von der Euphorie des Tages spüre ich nichts mehr, als ich um fünf Uhr nachmittags die lange Hauptstraße bis zu der kleinen Backsteinkirche entlangwandere. Mehrmals schon habe ich in den vergangenen Wochen mit schweißnassen Händen vor den Toren des winzigen Friedhofs gestanden. Und jedes Mal bin ich im letzten Augenblick umgekehrt.

Doch heute zwinge ich mich, mein Herzrasen zu ignorieren und weiterzugehen, die Tore zu passieren. Ich kann es nicht mehr länger hinauszögern. Obwohl ich bisher nur ein einziges Mal vor ihrem Grab gestanden habe, damals bei ihrer Beerdigung, finde ich den Weg ohne Mühe.

Das Grab liegt am Ende eines schmalen Pfades im Schatten einer kleinen Birke. Ich bin froh zu sehen, dass jemand vor ihrem Grabstein einen frischen Strauß gelber Sommerblumen in einem gepunkteten Krug abgestellt hat – sie bekommt also Besuch und wurde nicht vergessen. Mit umständlichen, hölzernen Bewegungen drapiere ich die mitgebrachte blaue Vase mit Sonnenblumen direkt daneben.

Ich habe Tränen in den Augen, als ich mich neben dem Grabstein ins weiche Gras sinken lasse und die Inschrift lese: *Geliebte Tochter und Schwester, weltbeste Freundin. Kein Stern am Himmel leuchtet so hell wie du in unseren Herzen.*

»Weltbeste Freundin. Es gibt keine bessere«, murmele ich leise. Mein Herzschlag will sich nicht beruhigen. »Es tut mir unendlich leid, dass ich so lange nicht den Mut gefunden habe herzukommen, Bente. Bitte verzeih mir.«

Ein schwarz-gelber Schmetterling flattert direkt vor meinen Augen herum, bis er sich schließlich auf einer der Sonnenblumen niederlässt und beginnt, mit seinem Saugrüssel Blütennektar aufzusaugen. Plötzlich habe ich das Gefühl, Bente ganz nah zu sein.

»Weißt du, ich habe lange Zeit mit deinem Tod gehadert, und das tue ich auch immer noch. Menschen wie du, die die Welt zu einer besseren machen, sollten nicht so früh gehen müssen. Ich weiß inzwischen, dass ich deinen Tod durch die Nachricht, dass ich Jasper liebe, nicht verursacht habe. Dass ein Rückfall die Krankheit oft viel schlimmer macht. Trotzdem wird es mir für den Rest meines Lebens leidtun, dass das die letzten Worte waren, die du auf dieser Welt hören musstest.« Die Worte, die so viele Jahre in meinem Inneren verschlossen waren, strömen nur so aus mir heraus. Der Schmetterling ist mittlerweile zur nächsten Sonnenblume weitergeflogen.

»Ich hätte dir noch so viel zu sagen gehabt. Wir haben nur über Jungs und die Schule gesprochen, nicht aber über Männer und die Arbeit. Wir haben darüber gesprochen, wer wir sein und wie wir die Welt verändern wollten, aber wir konnten unsere Träume nicht mehr gemeinsam verwirklichen. Doch durch unsere Vergangenheit sind wir für immer miteinander verbunden, wie die Anhänger eines Bettelarmbandes.«

Als der Schmetterling in den Wipfeln der Birke verschwindet, murmele ich: »Ich werde dich nie vergessen, Bente. Danke, dass du meine Freundin warst. Die weltbeste.«

27

Ich war erst neunzehn und fühlte mich wie neunzig. Leer gepumpt, schuldbeladen, beschmutzt. Der Traum war ausgeträumt und ich wusste, nichts würde jemals wieder gut werden. Ich hasste mich für das, was ich getan hatte. Und ich hasste Jasper dafür, dass er das Schlechteste aus mir herausgekehrt hatte.

Es war der Morgen nach der Beerdigung. Ich empfand es als hilfreich, in Bewegung zu bleiben, alle Gedanken auszublenden. Meinen Koffer zu Ende zu packen, meinen Pass zu suchen, meiner Mutter auszuweichen. In den frühen Morgenstunden zum Flughafen zu fahren, mein umgebuchtes Ticket nach Sydney abzuholen, zum Gate zu rennen. Vom Flugzeugfenster aus die Wolken zu beobachten. All das half, das Ziehen und Brennen in meiner Brust ein bisschen weniger qualvoll zu machen. Und doch fühlte ich mich die ganze Zeit, als hätte man mich mit Marmelade eingerieben und anschließend auf einen Ameisenhügel gelegt.

War es nicht merkwürdig, dass ich nach einer solchen Erschütterung noch wie gewohnt funktionieren konnte? Erst da bemerkte ich, dass ich einen großen Teil des Tomatensafts, den mir eine mitleidsvoll dreinblickende Stewardess – ich musste einen schauerlichen Anblick bieten – unaufgefordert gebracht hatte, auf meinem weißen T-Shirt verteilt hatte, weil mein

Körper so heftig bebte. Die Blicke der Flugbegleiterin wurden noch mitleidiger.

Hoch über Dubai dachte ich daran, dass Bente in diesem Moment eigentlich in der Kieler Uniklinik liegen müsste, mit Jasper und mir an ihrer Seite, um ihre Hand zu halten und ihr etwas vorzulesen. Der Gedanke trieb mir Tränen in die Augen und ich flüchtete auf die winzige Flugzeugtoilette, wo ich den Tomatensaft wieder hervorwürgte. Ich zitterte mittlerweile so stark, dass jemand Unbeteiligtes, der mich gesehen hätte, davon ausgehen musste, ich würde einen epileptischen Anfall erleiden. Erst als ein beherzter Steward markerschütternd an die Tür hämmerte, kam ich mit hochrotem Kopf wieder aus der Toilettenkabine heraus.

Bei der Landung kamen mir Greetjes letzte Worte in den Sinn, die sie mir auf der Beerdigung zugeraunt hatte: »Du wirst immer meine beste Freundin bleiben!«

»Warum?«

»Du weißt zu viel!«

»Keine Sorge, ich werde nichts von meinem Wissen gegen dich verwenden.«

»Ich meine das ernst, Fee! Du bist und bleibst meine beste Freundin.« Was sie sagte, klang irgendwie endgültig, so als wüsste sie, was uns allen bevorstand. Dass ich Süderbüll verlassen und nicht mehr zurückkehren würde.

Nach meiner Ankunft in Australien suchte ich mir schon am ersten Tag einen Aushilfsjob auf einer Farm und hielt daran fest, in Bewegung zu bleiben und alle Gedanken auszublenden.

Lange Zeit schienen Heiterkeit und Freude aus meinem Leben verschwunden. Ich befand mich an den schönsten Orten der Welt, doch nichts machte wirklich Spaß. Was ich auch tat, auch das richtig Gute, war irgendwie trostlos und leer. Ich hatte keine Pläne mehr, keine Visionen für meine Zukunft. Es war, als läge über allem ein Schatten, ein grauer Schleier. Nur die Gewissheit, am Abend wieder in mein Bett kriechen und die Augen schließen zu können, gab mir die Stärke, den Tag zu überstehen.

Mein Herz hatte sich in einen fremden Todesstern verwandelt, in meinem Blut zirkulierten mikroskopisch kleine Schuld- und Einsamkeitsviren. Ich konnte nicht atmen. Tatsächlich fühlte es sich an, als wäre es Jahre her gewesen, seit ich einen richtigen Atemzug genommen hatte, der meine Lungen mit ausreichend Sauerstoff füllte und kein flaches, von Panik erfülltes Lufteinsaugen war.

Nachts schlief ich nicht mehr als drei oder vier Stunden. Immer wieder wachte ich schweißgebadet auf, von teuflischen Alpträumen aus dem Schlaf gerissen, und sah in aller Deutlichkeit Bentes schlafendes Gesicht und Jaspers verzweifelte grüne Augen vor mir. Erst Minuten später beruhigte sich mein Herzschlag wieder. In solchen Momenten dachte ich, dass ich schon jedes Gefühl verspürt habe, das ich wahrscheinlich jemals verspüren werde, so dass von nun an nichts Neues mehr kommen könne. Alles würde nur noch ein Abklatsch sein. Der Gedanke versetzte mich in Panik und ließ mich nicht mehr einschlafen.

Ich bin weder Herzensbrecherin noch Vamp, keine Sirene, keine Femme fatale. Aber was ich tat, hätte die gewissenloseste Verführerin nicht gründlicher erledigen können. Ich hatte es geschafft, gleich drei Herzen zu brechen.

Warum nur hatte ausgerechnet Bente, jung, gesund und mit einer blühenden Zukunft vor Augen, von einem Tag auf den anderen eine todbringende Diagnose erhalten? Warum nur hatte ich mich in Jasper verliebt? Warum hatte Bente sich in ihn verliebt? Warum konnten wir nicht einfach die richtige, zu uns passende Person lieben, sondern wurden stattdessen mit Emotionen überfordert, die wir nicht kontrollieren konnten und die uns selbst und anderen Unglück brachten?

Ein Tag ging in den nächsten über. Lange Zeit war ich mir nicht sicher, ob ich jemals darüber hinwegkommen würde, ob sich irgendwann wieder ein Gefühl von Normalität einstellen würde. Doch ich gewöhnte mich daran und irgendwann ließen die nächtlichen Panikattacken nach und der Schmerz wurde ein gewöhnlicher Teil meines Lebens, nicht mehr wegzudenken. Wie ein Tumor, der sich nicht weiter ausbreitet, aber auch trotz bester Behandlung nicht mehr weggeht.

Die einzigen Menschen, die ich regelmäßig anrief, waren meine Eltern, damit sie sicher sein konnten, dass ich noch lebte und nach wie vor Ruhe und Erholung bedurfte – das Letzte, das ich gebrauchen konnte, waren eine Vermisstenanzeige und eine internationale Suchmeldung. Sie dachten, ich wäre einzig so lange auf Reisen, um Bentes Tod zu verarbeiten.

Ungefähr tausend Mal wählte ich Jaspers Nummer. Doch sobald ein Freizeichen ertönte, legte ich wieder auf – zu groß waren meine Schuldgefühle. Alle anderen, Greetje und andere Freunde und Bekannte, konnten keinen Kontakt zu mir aufnehmen, denn ich hatte ein nagelneues Handy (mein altes vermoderte auf dem Grund des Durchdenwald-Teichs) mit nagelneuer Nummer, die ich nicht herausrückte. Ich las keine E-Mails und löschte mein Facebook-Profil.

Mehr als ein Jahr brauchte ich, bis mein Leben besser wurde, bis ich es schaffte, meine Vergangenheit und die übermächtige Schuld zumindest ansatzweise hinter mir zu lassen. Es war ein langer, steiniger Weg, bis ich endlich erkannte, dass ich selbst mein größter Feind war. Ich verabscheute mich noch immer für das, was ich Bente angetan hatte, doch langsam wurde mir immer klarer, dass nicht ich, sondern diese verdammte Krankheit die Verantwortung für ihren Tod trug. Und wenn es schon nicht möglich war, die antarktische Staatsbürgerschaft zu beantragen oder mich gleich staatenlos zu melden und einfach von der Bildfläche zu verschwinden, wollte ich mein Eremitendasein beenden, mein Leben wieder in die Hand nehmen und mir selbst die Chance geben, irgendwann wieder glücklich zu sein. Ich wollte mich nicht für den Rest meines Lebens wertlos fühlen wie ein Schokoladenweihnachtsmann, der schon einen Tag nach dem Fest für die Hälfte des ursprünglichen Preises über die Ladentheke geht. Also versuchte ich, auf langen Wanderungen durch die argentinischen Sierras de Córdoba meine Gedanken zu sortieren und dabei gleichzeitig das Chaos in Geist und Seele zu ordnen.

Schon als Kind war meine Neugier auf ferne Länder und Kulturen unbändig gewesen. So hatte sich der Wunsch verfestigt, nach dem Schulabschluss in die große, weite Welt hinauszuziehen und spektakuläre Landschaften, unvergleichliche Städte und lebensfrohe Menschen kennenzulernen. Und genau das begann ich nun nachzuholen. Ich fing langsam an, mich wieder etwas freier zu fühlen, und obwohl ich alleine unterwegs war, war ich nicht länger einsam. Denn nun ließ ich es zu, andere Menschen aus aller Welt, die mir auf meinen Reisen begegneten, mit denen ich arbeitete und die alle eine interessante Geschichte mitbrachten, an meinem Leben teilhaben zu lassen und auch an ihren Leben teilzuhaben. Dabei war nie wichtig, wer wir waren oder was wir getan haben – einzig die Menschlichkeit zählte. Mir wurde endlich bewusst, wie einzigartig meine Reise war, wie sehr ich es liebte, neue Orte zu entdecken. Die schönsten Orte der Welt.

Es fühlte sich trotzdem noch immer ein wenig so an, als wäre ich auf der Flucht. Doch nach einem weiteren Jahr beschloss ich, zurück nach Deutschland zu gehen. Ich wollte ein

Studium aufnehmen, eine Wohnung mieten, Hobbys und Freunde haben, ausgehen, Schuhe kaufen. Ich wollte eine Zukunft haben.

Zurück in der Heimat war ich allein. Meine Mutter lag in der spanischen Sonne und hatte andere Dinge im Sinn als ihre problembehaftete Tochter, meine Oma war tot, mein Vater hatte eine neue Familie, um die er sich kümmern musste. Meine alten Freunde zu kontaktieren brachte ich nicht übers Herz. Ich hatte keinen Schimmer, was während meiner Abwesenheit passiert war, ob Jasper sich neu verliebt hatte – allein der Gedanke daran verursachte mir Brechreiz – und ob Greetje mir vergeben konnte, was ich getan hatte. Ich wusste nicht, wohin ich gehörte, also traf ich die Entscheidung, in der Anonymität der Großstadt ein glückliches neues Leben zu beginnen und mein altes hinter mir zu lassen.

Aber langsam wird mir klar, dass mir das nie ganz gelungen ist.

28

Meinen gepunkteten Regenschirm über den Kopf haltend, laufe ich am Freitagmorgen schon um zehn vor sechs vor dem Zeitungskiosk in Weeden unruhig auf und ab.

»Ok so tiedig unnerwegens, min Deern?«, begrüßt mich der Inhaber, als er um vier Minuten nach sechs die Tür aufschließt. Ich kann mich gar nicht schnell genug an ihm vorbeidrücken.

»Nichts!«, rufe ich drei Minuten später in mein Handy und vor Glück merke ich kaum, dass der Regen nun ungehindert auf mich niederprasselt, weil ich vergessen habe, den Schirm wieder aufzuspannen.

»Online ist auch nichts.« Hinnerks Erleichterung ist ebenfalls deutlich zu spüren. Ich habe schon befürchtet, dass er nach all dem Stress und der Ungewissheit der vergangenen Tage wieder zur Zigarette greift.

»Dann kann jetzt nichts mehr schiefgehen. Nur Petrus muss uns noch gnädig sein.«

»Motorschaden!«

Der bierbäuchige Mechaniker schließt die Motorhaube meines Käfers mit einem dumpfen Knall und wischt sich die ölverschmierten Hände an seinem fleckigen blauen Overall ab.

»Aber … Können Sie den Wagen nicht einfach reparieren? Ich brauche ihn spätestens am Montag. Besser wäre heute Abend.«

»Es handelt sich um einen luftgekühlten Vierzylinder-Boxermotor von 1972«, antwortet er mit deutlicher, aber nachsichtiger Stimme. Offensichtlich hält er mich für eine arme, ahnungslose Irre. Als ich keine Antwort gebe, fährt er fort: »Ich muss erst spezielle Ersatzteile für dieses Modell bestellen und das kann erfahrungsgemäß mehrere Wochen dauern.«

»Aber ich brauche das Auto. In drei Tagen fahre ich zurück nach Hamburg und danach will Helena es haben.«

Ungerührt lädt der Mechaniker den kleinen Käfer auf seinen riesigen Abschleppwagen.

»Ich melde mich bei Ihnen, wenn der Motor fertig ist.«

»Aber bis dahin bin ich längst in Südamerika«, rufe ich dem davonfahrenden LKW hinterher.

»Der schöne Käfer«, seufzt Feli.

»Dann bleibst du uns wenigstens noch ein paar Tage länger erhalten«, bemerkt Greetje, die neben mir steht.

»Oder aber Greetje fährt dich am Montag nach Weeden zum Busbahnhof oder direkt nach Husum zum Zug, wenn du unbedingt willst«, fügt Henny hinzu, die sich ebenfalls zu uns gesellt hat. »Deine Sachen schicken wir dir hinterher.«

Es ist Freitagnachmittag und wir stehen nach einem Kaffeekränzchen in gemütlicher Frauenrunde in Hennys Einfahrt und blicken auf den leeren Parkplatz, wo gerade noch mein quietschrotes Auto stand. Für die morgige Museums-Einweihungsfeier ist alles vorbereitet – und das, obwohl meine Kollegen und ich die Hälfte des Vormittags dazu genutzt haben, den guten Ausgang des Pingel-Dramas zu feiern.

Greetje hat ausgesehen, als hätte sie in eine Zitrone gebissen, als ich ihr nach dem Anruf von Agnes von dem Jobangebot aus Buenos Aires erzählt habe. »Aber Fee! Ans andere Ende der Welt?«

»Buenos Aires ist das Paris Südamerikas. Es ist wirklich wunderschön dort. Du musst mich besuchen, dann können wir in der Avenida de Mayo Tango tanzen.«

»Das ist doch nicht dasselbe! Ich hab dich gerade wiedergefunden. Und Jasper –«

»Ich weiß, dass es nicht dasselbe ist«, unterbrach ich sie. »Und ich werde dich fürchterlich vermissen. Und Süderbüll und das Museum und alles hier. Aber ich hoffe, dass du dich wenigstens ein bisschen für mich freuen kannst.« In dieser Nacht ist meine alte Feindin, die Schlaflosigkeit, mit Pauken und Trompeten zurückgekehrt.

Und nun stehe ich zwischen Greetje, Feli und Henny und denke darüber nach, wie sehr sich mein Leben seit dem Hundekacke-Tag verändert hat. Und wie sehr es im Begriff ist, sich erneut zu verändern. Ich denke an die neue Herausforderung, die mich erwartet, und an Jasper und daran, dass das Schicksal einfach immer gegen uns war.

Als ich mich verabschiede, um zu Fuß nach Hause zu gehen, schließlich wird morgen ein langer Tag, raunt Henny in mein Ohr: »Im Leben geht es nicht darum zu warten, dass das Unwetter vorbeizieht, sondern zu lernen, im Regen zu tanzen.«

Bevor ich darüber nachdenken kann, schiebt Feli ihre kleine Hand in meine und verkündet: »Ich glaube, deine Schutzengel sind bald aus dem Urlaub zurück, Tante Fee. Das gibt einen ›Budenzauber mit Geigenrabatz und Tanzvergnügen‹, wie bei Janoschs kleinem Bären und dem kleinen Tiger.« Sie lächelt ihr wunderschönes, strahlendes Zahnlückenlächeln.

»Ich hoffe, du behältst recht, meine Süße«, sage ich und drücke sie an mich.

Henny lächelt mich vielsagend an, als sie ihre Enkelin auffordert: »So min lütt Schietbüdel, hilf deiner Oma mal, den restlichen Kuchen zurück in die Küche zu tragen. Oder willst du etwa noch ein Stück haben?«

Gerade als ich das Grundstück verlassen will, fällt mein Blick auf den alten Schuppen, den Helge früher immer als Werkstatt und wir Kinder als Versteck genutzt haben. Die Türen stehen sperrangelweit offen und ich erkenne etwas Gelbes. Jaspers alten Bulli. Mit dem wir um die Welt fahren wollten. Den gibt es also noch. Alle Nackenhärchen richten sich auf und ich versuche mit ganzer Kraft, meine Gedanken auf die morgige Feier zu lenken.

Am Samstag bin ich schon um neun Uhr, sechs Stunden vor der offiziellen Eröffnung, im Museum. Entgegen der Vorhersage strahlt die Sonne bereits von einem ultramarinblauen Himmel. Doch an diesem Tag hätten mir auch die angekündigten dunklen Wolken nicht die Laune verderben können. Gemeinsam mit Hinnerk, heute in einem olivgrünen Dreiteiler und zum ersten Mal, seit ich ihn kenne, ohne Zigarette hinterm Ohr, Britt und Swantje durchschreite ich jeden der hellen, lichtdurchfluteten Räume im Erdgeschoss, während in einiger Entfernung jemand von der Denkmalbehörde und ein unabhängiger Architekt das Gebäude begutachten.

Wir beginnen unseren Rundgang in der blau-weißen Eingangshalle, in deren Zentrum dank unserer spontanen Einbruchsaktion in die Schulturnhalle der Riesenhai alle Blicke auf sich zieht. Neben der Tür prangt ein kleines, dunkelblaues Kassenhäuschen aus Aluminium, das über und über mit Muscheln und bunten Seesternen beklebt wurde. Ein dickes Schiffstau, das die frei stehende Treppe abhängt, soll allzu neugierige Besucher davon abhalten, in Hinnerks heilige Gefilde im ersten Stock vorzudringen.

Weiter geht es in den östlichen Seitenflügel, dessen vier Meter hohe Wände ebenfalls weiß und hellblau angestrichen wurden und der in Schaukästen kunstvolle Präparate der exotischeren und größeren Nordseebewohner zeigt. Das Diorama mit dem weißen Heuler und seinen hinreißenden Knopfaugen hat es mir besonders angetan, doch alle anderen eilen schnurstracks an ihm vorbei zu den flachen Aquarien an den Fenstern, in denen sich die lokale Tierwelt, wie sie leibt und lebt, zum Gucken und Fühlen tummelt. Während der Denkmalschutzbeauftragte in seinem beigen Jackett in sein Notizbuch kritzelt und Hinnerk angespannt seine Hände aneinanderreibt, streicheln Britt und ich vorsichtig eine Ohrenqualle.

Ein kleinerer Raum im hinteren Teil des Hauses, der mich an ein U-Boot erinnert, wurde der langen und spannenden Geschichte der Meeresforschung gewidmet. Hochtechnologische Forschungsgerätschaften im Miniaturformat, wie zum Beispiel Tauchroboter, Messstationen oder Satelliten, sollen die Schwierigkeiten und Probleme bei der Erforschung der Meere verdeutlichen. Im Vorbeigehen werfe ich einen schnellen Blick ins Mikroskop; vergrößertes Plankton erinnert mich immer an moderne Kunst. Der danebenliegende Raum ist für Wander- oder Sonderausstellungen vorgesehen. Den Anfang macht eine Präsentation zu den Anfängen des Tauchens mit vielen Darstellungen, einem Tauchfahrtkino und einer nachgebauten historischen Tauchmaschine zum Anfassen. Ich schüttele mich bei dem Gedanken daran, in einem solchen Gerät in die Tiefen des Ozeans hinabtauchen zu müssen.

Der westliche, blau-grün gehaltene Seitenflügel ist mein Lieblingsraum. Hier geht es um das Thema Umweltschutz und Fischerei und den Besuchern wird keine unberührte, idealisierte Unterwasserwelt vor Augen geführt, sondern sie können sich interaktiv mit Beifang, Geisternetzen, Tiefseebohrungen,

Plastik und Wasserverschmutzung auseinandersetzen. Besonders beeindruckt mich der Müllstrudel hinter Glas.

Im Untergeschoss des Gebäudes, wo früher der Wirtschaftsbereich untergebracht war, befassen sich zwei Räume mit der Frage, wie die Nordsee und das Wattenmeer entstanden sind, wie die Siedlungs- und Kulturgeschichte Nordfrieslands aussieht und welchen Einfluss Ebbe und Flut ausüben. In einem dritten, etwas kleineren Raum wurde wie versprochen das dazu passende Museum der Meeresschätze eingerichtet, für das Besucherkinder ihre spannendsten Wattfunde beisteuern können und dafür im Gegenzug freien Eintritt erhalten. Hinnerk wirkt nervös und ich drücke ihm beruhigend den Arm, während sich der Denkmaltyp fleißig weitere Notizen macht.

Direkt an die beiden Seitenflügel schließt sich die große Sonnenterrasse an, über die die Besucher in den Park gelangen. Auch hier wurde ganze Arbeit geleistet: Es gibt einen Rundweg mit verschiedenen Informationstafeln, einen waschechten Krabbenkutter, der gleichzeitig als Museumsshop im Miniaturformat dient, und in wenigen Tagen auch noch einen kleinen Spielplatz (leider hat uns ein übereifriger TÜV-Mitarbeiter einen Strich durch die Rechnung gemacht, so dass er nicht mehr rechtzeitig vor der Eröffnungsfeier aufgebaut werden konnte). Bis es so weit ist, stellen Feli und Enno ihre Bobby Cars, eine mobile Wippe und eine kleine grüne Plastikrutsche zur Verfügung.

Auch das mittlerweile säuberlich beschnittene Labyrinth ist Teil der Ausstellung. Die Eros- und Minerva-Statuen mussten überlebensgroßen Holzskulpturen von lokalen Künstlern weichen, die Schweinswale, Kegelrobben und Lachmöwen darstellen sollen. Irgendwie stimmt mich der Gedanke ein bisschen wehmütig.

Doch zum Kutter oder Labyrinth zieht es heute weder den

Architekten noch den Denkmalschutzbeauftragten, offenbar haben sie drinnen bereits genug gesehen. Um halb zwölf stehen wir auf dem Kiesplatz und winken sichtlich erleichtert ihrem schwarzen Passat nach, der ein paar qualmenden Mofas ausweichen muss. Die Mofas rollen in unsere Richtung und kommen wenige Meter von uns entfernt zum Stehen.

»Pünktlich auf die Minute. Danke, dass ihr gekommen seid«, begrüße ich die drei Jungs, die von ihren Mofas gestiegen sind und nun etwas verlegen vor uns stehen.

»Ihnen blieb ja auch kaum etwas anderes übrig«, brummt Hinnerk neben mir. »Besser ein Tag Sklave bei einer Museumseröffnung als viele, viele Tage Müll sammeln oder Sozialdienst im Altenheim. Die Bengel können sich glücklich schätzen, dass wir sie nicht bei der Polizei angeschwärzt haben.«

»Sie haben sich ja entschuldigt. Und es ist kein Schaden entstanden«, beschwichtige ich ihn.

»Weil du und deine Freunde die Eingebung hattet, in der Schule nach dem gestohlenen Haiskelett zu suchen. Sonst würde es immer noch in der verwaisten Sporthalle vor sich hin dümpeln.«

Die Haidiebe treten schuldbewusst von einem Fuß auf den anderen. »Es tut uns wirklich leid, Herr Petersen. Das Exponat zu klauen war eine ziemlich dämliche Idee«, murmelt der sechzehnjährige Anführer der Jungs, ein langer Lulatsch namens Fiete mit schulterlangen Haaren, runder Brille und Holzfällerhemd. Als Stiefsohn des Schulhausmeisters und Auszubildender bei Bauer Büttelmeyer konnte er problemlos sowohl an den Universalschlüssel der Schule als auch an einen Trecker mit Anhänger zum Skeletttransport kommen.

»Es war nur eine Mutprobe«, fügt einer seiner Freunde kleinlaut hinzu.

»Na ja, jetzt seid ihr auf jeden Fall hier. Aber vom Rumstehen wird die Arbeit nicht weniger. Na los, macht euch nützlich!«, ordnet Hinnerk mit seinem strengsten Gesichtsausdruck an.

»Ich habe auch schon eine Aufgabe für euch«, mischt sich Swantje ein.

Mit schnellen Schritten eilt sie, die Haidiebe im Schlepptau, dem Caterer entgegen, um ihnen zu zeigen, wo die kleinen Stehtische aufgebaut und die Getränke gelagert werden müssen. Sobald sie außer Sichtweite sind, legt Hinnerk seinen Arm um meine Schultern und sagt: »Fee, du warst eine großartige Hilfe. Und damit meine ich nicht nur den Riesenhai. Sieh dich um, all das ist auch dein Verdienst.«

Er hat recht. Fast könnte ich platzen vor Stolz und Freude darüber, was hier in nur wenigen Monaten erschaffen wurde. Und ich war Teil davon. Ich habe mich nach ein paar Anlaufschwierigkeiten wirklich mit ganzem Herzen eingebracht und jede Minute davon genossen.

Unterbrochen werden meine Gedanken von Britt, die die ganze Zeit über stumm auf meiner anderen Seite stand und plötzlich losplatzt: »Wo ist mein Tamburin? Ein bisschen Musik würde nachher bestimmt die Stimmung auflockern.«

»Ich fürchte, das habe ich aus Versehen in Mos Fressnapf geworfen«, erklärt Hinnerk, ohne seine Miene zu verziehen. An mich gewandt fügt er hinzu: »Und am meisten hat mich beeindruckt, dass du dich nicht von Britts und Swantjes Esoterikquatsch hast anstecken lassen.«

»Danke für das Kompliment, Hinnerk, ich weiß das wirklich zu schätzen«, lache ich und knuffe Britts Arm.

In den folgenden Stunden bin ich wieder Mädchen für alles. Der Akkordeonspieler des engagierten Shanty-Chors hat sich den Arm gebrochen, die riesige Torte wird ohne den blauen Zuckerguss-Schriftzug *Nordsee-Museum für Meereskunde Sü-*

derbüll geliefert, es fehlen fünfzig Gläser. Als um kurz vor drei die ersten Gäste eintreffen, bin ich bereits schweißgebadet.

Eine halbe Stunde später ist nicht nur das Haus, sondern auch der Garten gerammelt voll mit Menschen, Süderbüllern und Auswärtigen, Freunden und Fremden, Kindern und Erwachsenen, Naturfreunden und Kulturliebhabern, Zeitungs- und Radiovertretern. Sogar eine Fernsehkamera kann ich entdecken. Der Holstein-Kurier hat einen Volontär geschickt. Ich bin wunschlos glücklich, als ich erst Helena und Ingo, die extra aus Hamburg gekommen sind, und dann meinen Vater, Fynn und Doro entdecke.

»Jetzt bist du bald auf der anderen Seite der Welt und wir sind gar nicht mehr dazu gekommen, unseren Tauchkurs zu machen«, brummt Fynn.

»Den machen wir einfach in Argentinien, dann habt ihr wenigstens einen Grund, mich zu besuchen. Im Südatlantik gibt es eine Menge zu beobachten«, tröste ich meinen kleinen Bruder und drücke ihn fest an mich. »Und bis es so weit ist, skypen wir einfach.«

»Fee, ich bin so stolz auf dich. Was du hier alles erreicht hast, ist überwältigend. Wer hätte das vor ein paar Monaten für möglich gehalten?« Breit grinsend lasse ich mich von meinem Vater in eine heftige Umarmung ziehen, die mir beinahe die Luft abschnürt.

»Papa, das war ich nicht im Alleingang«, murmele ich ein wenig verlegen in sein Ohr. Er tut geradezu so, als wäre das hier eine One-Woman-Show. Trotzdem muss ich lächeln.

»Aber ohne dich wäre das Museum nicht so wunderschön geworden!«, entgegnet mein Vater beharrlich. »Und rituelles Tiefstapeln ist bekanntlich dein zweiter Vorname.«

Ich freue mich riesig, ihn zu sehen. Und Fynn und Doro. Ich umarme auch Doro ganz fest, zum ersten Mal überhaupt.

»Hebt mir ein Gläschen Sekt auf, denn jetzt muss ich erst mal ein bisschen arbeiten.«

Hinnerk, der frisch gebackene Museumsdirektor, hält eine glühende Rede über den einzigartigen, schützenswerten Nationalpark Wattenmeer und ich verteile Pressemappen, spreche mit Journalisten und schieße Fotos für unsere Homepage. Die Eröffnung ist ein voller Erfolg. Und dennoch ertappe ich mich dabei, dass meine Gedanken trotz meiner besten Vorsätze immer wieder zu meiner letzten Begegnung mit Jasper schweifen.

Es ist bereits später Nachmittag und ich verabschiede mich gerade von dem besonders kritischen Volontär des Holstein-Kuriers, als ich plötzlich hinter mir auf der Terrasse eine vertraute Stimme wahrnehme. »Wenn ich dir jetzt sagen würde, dass du ein wundervolles Lächeln hast, würdest du denken, dass ich dich anmachen will. Und damit hättest du recht.«

Ich drehe mich um und erkenne Mikkel und eine dralle Blondine, die offensichtlich geschmeichelt die langen Haare zurückwirft. Als ich seinen Blick auffange, erstarrt er.

Doch bevor ich dazu komme, darüber nachzudenken, wie ich die fremde Frau warnen kann, ohne als allzu rachsüchtige Verflossene daherzukommen, fällt mir plötzlich Meghan von hinten um den Hals. »Endlich ist mal etwas los in diesem Kaff. Let's clink glasses«, ruft sie ausgelassen und schnappt sich ein Glas Sekt und eins mit Wasser von einem Tablett, das einer der Haidiebe mit unbewegter Miene durch die Besuchermenge schiebt. »Gründe gibt es genug.« Aus den Augenwinkeln sehe ich, wie Mikkel seine neueste Eroberung in den Garten zieht.

»Mikkel sucht sich gerade ein neues Opfer«, verkünde ich.

»Du kannst nichts dagegen tun. Wer nimmt schon die Mahnung der abservierten Ex ernst? Ich gehe gleich mal nachsehen, was er vorhat.«

»Danke. Komm, wir stoßen an. Auf das Museum! Auf dass

es Reichtum und Wohlstand, Ruhm und Ehre nach Süderbüll bringt!«, erkläre ich andächtig und proste ihr zu.

»Auf die Liebe und das, was daraus entsteht!«, entgegnet sie ebenso andächtig.

»Wovon sprichst du? Und was tust du da? Du hasst Wasser.«

»Auf Alkohol werde ich die nächste Zeit verzichten müssen. Ich bin schwanger. Leo and I are having a baby.« Ihre Augen glänzen, als sie sich in einer zärtlichen Geste an den Bauch fasst. »Deswegen war ich in letzter Zeit immer so müde. Ich weiß es seit gestern.«

»Oh, Meghan, das ist wundervoll. Ich freue mich so für euch.« Voller Freude drücke ich sie an mich. Ein Baby! Wie gerne hätte ich ihr in den nächsten Monaten beigestanden. Aber Leo wird sich um sie kümmern wie kein Zweiter. Ich hoffe nur, die beiden vergessen darüber, sich zu streiten.

»Ich weiß genau, was du denkst. Aber wir lieben uns wirklich.«

»Das habe ich immer gewusst.«

»I love him for all the best reasons that a woman loves a man. Er macht mehr aus meinem Leben und meiner Welt, mehr, als ich alleine jemals schaffen würde. Weißt du, was ich meine?«

»Ja, ich denke schon. Doch, ich weiß genau, was du meinst. Ich werde natürlich herfliegen, sobald das Baby da ist.«

»Und es gibt sogar noch eine Überraschung. Im September werde ich im *Heringschuppen* eine Ausbildung zur Köchin beginnen. Dann kann ich endlich den ganzen Tag das tun, was mir am liebsten ist. Ich freue mich schon darauf, die Karte zu erweitern. Schwarzsauer oder Labskaus koche ich nicht. Dann schon eher Schnüüsch.«

»Meghan, das ist einfach unglaublich! Ich bin so froh! Jetzt haben wir noch einen fabelhaften Grund anzustoßen.«

»Ich habe meine Schwangerschaft ganz offen zur Sprache

gebracht. Wenn das Baby kommt, kann ich einfach für ein Jahr pausieren.«

In dem Moment stößt Greetje zu uns. »Hast du es ihr schon erzählt? Bald sind wir miteinander verwandt, ist das nicht toll? Dann kann ich im *Heringschuppen* immer umsonst Pavlova essen.« Sie nimmt einen kräftigen Schluck aus meinem Sektglas.

Meghan hört gar nicht hin. »Ich liebe Feli und Enno. Sie sind das ungefilterte Leben. Und bald halte ich selbst so ein weiches kleines Wesen im Arm.«

Greetje zwinkert mir zu. »Jetzt fehlt nur noch Fee im Kreis unserer Familie.«

»Greetje, du glaubst doch nicht an Märchen?« Ich nehme ihr mein Glas wieder aus der Hand.

»Nein, aber ich glaube an ein *Und sie lebten glücklich bis ans Ende ihrer Tage.*«

»Daran glaube ich auch. Und irgendwann wird mir auch der Eine begegnen. Vielleicht in Argentinien.«

Gerade will sie zu einer Antwort ansetzen, doch dann erstarrt sie plötzlich. Sie legt mir eine Hand auf den Arm und sagt mit erstickter Stimme: »Tom ist hier!«

»Was? Bist du sicher?« Was will er hier?

Im nächsten Moment taucht Britt neben uns auf. »Dein lieber Tom irrt gerade durch die Massen und scheint nach etwas Ausschau zu halten.«

»Er ist nicht mein Tom.« Doch ich bin froh, so großzügig sein Foto herumgezeigt zu haben, denn so funktioniert das Frühwarnsystem wenigstens einwandfrei.

Plötzlich steht auch noch Helena hinter mir. »Oh Fee, du ahnst nicht, wen ich gerade –«

»Ich weiß, Tom ist hier.«

»Was der wohl will?«

»Woher soll sie das wissen?«

»Ist doch klar, er will sie zurück!«

»Dann ist das Chaos perfekt.«

»Ich hoffe, sie macht jetzt keinen Fehler!«

»Hat sich dein Herzschlag beschleunigt?«

»Nein, nicht im Geringsten.« Was für eine Frage. Tom ist nicht mehr wichtig. In einiger Entfernung erkenne ich Frau Durchdenwald, die uns misstrauisch beäugt.

Alle reden durcheinander wie die wilden Hühner und sehen mich dabei alarmiert an.

Und dann entdecke ich ihn. Er steht inmitten einer kleinen Gruppe von Journalisten am See und beobachtet mich.

Er hält meinen Blick fest, als er sich in Bewegung setzt und sich einen Weg durch die Menge bahnt, und beinahe fühlt es sich an, als wären wir die einzigen Personen hier.

Es ist Jasper.

Wie durch Watte nehme ich das Geschnatter der anderen wahr.

»Da vorne ist er.«

»Er kommt auf uns zu.«

»Fee, hau ab!«

»Wir wimmeln ihn ab.«

»Nein. Wir sind Freunde«, sage ich irritiert.

Kurz bevor Jasper uns erreicht, schiebt sich plötzlich eine andere Person in mein Sichtfeld. Tom.

»Wie du willst«, seufzt Helena und verschwindet zusammen mit Greetje, Britt und Meghan in der Menge.

»Fee?«, fragt er. Als ob er eine Bestätigung sucht, dass ich real bin, tatsächlich hier vor ihm stehe.

»Tom.« Er sieht gut aus, muss ich zugeben. Irgendwie formloser. Seine Haare sind etwas länger geworden, das Hemd hat er gegen ein schwarzes Shirt eingetauscht. Aber war seine

Miene immer schon so selbstgefällig? Erwartungsvoll lächelt er mich an.

»Du siehst … Du siehst einfach großartig aus«, sagt er und zeigt dabei seine watteweiße Zahnreihe.

»Danke. Mir geht es auch wirklich gut.«

Ich schaue über seine Schulter, scanne die Menschenmenge. Und fange Jaspers Blick auf, einen Blick, der mehr aussagt als tausend Worte.

Im Vorbeigehen stößt er Toms Ellbogen an, so dass dieser seinen Drink verschüttet. Ohne ein Wort zu verlieren, schlendert er in Richtung der Aquarien davon. »Was zum Teufel soll das?«, fragt Tom aufgebracht, während er mit einem Taschentuch notdürftig seinen Ärmel abtupft.

Nach einer unbeholfenen Pause verkündet er: »Fee, ich wollte mich in aller Form bei dir entschuldigen. Ich weiß nun, dass mein Verhalten falsch war.« Er sieht tatsächlich angemessen zerknirscht aus. Hat er diesen Blick eines herrenlosen Hundewelpen vorher im Spiegel einstudiert? Verstohlen halte ich nach Jasper und den Mädels Ausschau.

»Ich weiß nicht mehr, wann oder wie wir uns das erste Mal begegneten. Was ich aber weiß, ist, dass ein Sonnenstrahl durch die Wolken fuhr, sobald ich dich sah.«

»Oh Tom, bitte!«

Tom lässt sich nicht beirren. »Mir ist bewusst, dass ich einen Fehler begangen habe. Aber nun bin ich ja da, um alles wiedergutzumachen. Ich will dich zurück!«

»Was?« Ich entdecke Jasper durch eines der bodentiefen Fenster im Westflügel. Er lehnt gegen den eingeglasten Müllstrudel und ist offenbar in ein hitziges Streitgespräch vertieft. Mit Mikkel. Die dralle Blondine ist weit und breit nicht zu sehen.

»Mir ist endlich klar geworden, wie viel du mir bedeutest. Lass uns noch mal ganz von vorne anfangen!«, fährt Tom fort.

»Natürlich! *Verlieben, verloren, vergessen, verzeih'n.* Beste Grüße, dein Wolfgang Petry.« Ich kann mich nicht konzentrieren. Worüber streiten die beiden?

»Du musst nicht gleich sarkastisch werden.« Tom gibt sich überrascht. »Fee, wir waren doch immer ein unschlagbares Team. Ich weiß jetzt, was ich dir angetan habe, und ich möchte es wiedergutmachen. Dafür bin ich heute extra aus Hamburg hergekommen, aber du bist es wert.«

»Dann hast du aber eine ganze Menge auf dich genommen.« Aus den Augenwinkeln sehe ich, dass Jasper zu uns herüberblickt. Er sieht angestrengt aus, irgendwie müde.

Ohne meinen ironischen Tonfall zu beachten, fährt Tom fort: »Du bist verletzt und willst, dass ich um dich kämpfe. Ich habe dein Leben zerstört. Aber ich werde alles wieder ins Lot bringen, das verspreche ich dir.« Erschien er mir früher groß und selbstbewusst, vermittelt er mir heute den Eindruck, als weide er sich um jeden Preis an seinem Status als Alphamännchen. Ich kann mich nicht erinnern, was ich an ihm mal so anziehend fand.

»Nun, ich war vielleicht nicht auf Wolke sieben, aber sehe ich aus, als hättest du mein Leben zerstört?« Seine Hartnäckigkeit macht mich stutzig. »Hat Walross-Imme dich etwa sitzen lassen?«

»Das ist doch Quatsch!«

»Natürlich! Sie hat dich verlassen! Und bevor du alleine dastehst, versuchst du es lieber bei der naiven Ex, die nimmt dich bestimmt wieder auf.« Wenn es nicht so traurig wäre, hätte ich lachen können. »Aber die Dinge haben sich geändert, Tom. Ich habe mich geändert. Ich weiß jetzt, was ich mir für meine Zukunft wünsche. Und ich weiß, dass du nicht mehr Teil davon sein wirst.« Schon seit geraumer Zeit habe ich meine Gefühle für Tom nicht mehr untersucht. Stattdessen sind so viele andere Menschen ins Scheinwerferlicht getreten.

»Fee, du musst uns noch eine Chance geben.«

»Weißt du, Tom, nach dem Hundekacke-Tag konnte ich nicht besonders gut schlafen. Ich lag wach und grübelte, ohne dass etwas dabei herumkam. Jetzt liege ich immer noch wach, aber es ist nicht mehr wegen dir.« Wieder werfe ich einen Blick zu Jasper hinüber. Er starrt mich unverwandt an. Mikkel ist mittlerweile verschwunden.

»Hundekacke-Tag?«

»Ist nicht so wichtig.«

»Und wer ist es? Wer raubt dir den Schlaf?«

Ohne zu antworten, rücke ich unwillkürlich einen Schritt von ihm ab.

»Du hast dich ja schnell getröstet. Das hätte ich niemals von dir gedacht, Fee.«

»Ich habe mich nicht getröstet. Ich werde in ein paar Tagen nach Argentinien ziehen und ein neues Leben anfangen.«

Erstaunt hebt er die Augenbrauen. Er sieht resigniert aus. Dann seufzt er einmal tief, als würde er Anlauf nehmen, und sagt: »Dann gib mir wenigstens meinen Ring zurück.«

Den Ring, den er mir zu unserem zweiten Weihnachtsfest überreicht hat. Weißgold mit einem kleinen Amethyst. Ich habe ihn Feli geschenkt, die ihn in ihrem Schatzkästchen hütet. Wie schamlos, ihn zurückzufordern.

In dem Moment taucht wie aus dem Nichts Jasper an meiner Seite auf. »Den Ring hat sie bei Ebay reingestellt. Sie schickt dir den Link per E-Mail, damit du mitbieten kannst.«

Dann fasst er mich am Arm und zieht mich mit sich fort. Seine Hand ist kühl und fühlt sich angenehm an, wie eine Salbe bei einem Sonnenbrand. Mein Herz schlägt laut gegen meine Rippen.

Ich drehe mich nicht noch mal um.

Ein wenig abseits des Gedränges, hinter der kleinen provisorischen Bühne des Shanty-Chors, bleiben wir stehen. Noch immer hält Jasper meinen Arm fest.

»Worum ging es bei dem Streit mit Mikkel?«, frage ich. Was ich eigentlich wissen will, verschweige ich.

»Mit Beendigung dieses Projekts sind wir offiziell keine Partner mehr.« Jasper klingt angespannt.

»Aber warum?«

»Nun, der wichtigste Grund war wohl, dass unsere Berufsethik nicht mehr länger konform ging. Mikkel hat sich an einem Planungswettbewerb für einen Hotelkomplex beteiligt, doch das dafür vorgesehene Grundstück am Berliner Stadtrand ist schon seit Jahrzehnten mit einem Kinderheim bebaut. Fast hundert traumatisierte Kinder hätten umgesiedelt werden müssen.«

»Oh. Das wusste ich nicht.« Ich habe mich wohl in mehr als einer Beziehung in Mikkel getäuscht.

»Weißt du noch, als ich dir die Aufsicht über Greetjes Haus überlassen habe, weil ich nach Berlin musste?«

»Ich erinnere mich.« Nur zu gut. Ich habe mir ausgemalt, wie Jasper und seine kleine Französin ihr Wiedersehen feiern und erst einen Drink, dann einen romantischen Kuss unter einer Straßenlaterne, dann das Bett miteinander teilten.

»Mikkel und ich haben unser Architekturbüro da offiziell getrennt. Er bleibt in der Hauptstadt, ich gehe mit einigen Kunden wieder zurück nach Hause.« Nach Hause. Nach einer kurzen Pause fügt er hinzu: »Außerdem habe ich meine Berliner Wohnung aufgelöst.«

Dann stimmt es wirklich. Ich kann meinen Puls an den Schläfen und an meiner Halsschlagader spüren.

Lange Zeit sagen wir nichts und er sieht mich mit seiner undurchdringlichen Miene an. »Jasper«, beginne ich gerade, als plötzlich Swantje ihren Kopf um die Ecke streckt.

»Hier steckst du, ich suche dich schon überall. Die Radioleute aus Kiel wollen noch ein letztes kurzes Interview. Und dann müssen wir langsam die Leute verabschieden.« Sie weicht einen Schritt zurück, als sie Jasper entdeckt.

»Ich komme gleich. Vorher muss ich aber noch –«

»Vorher musst du noch mit deinem alten Herrn tanzen«, fällt mir mein Vater ins Wort. Wo kommt der auf einmal her?

»Papa, ich –«

Ich spüre, wie Jasper mich loslässt und unmerklich in Heins Richtung schiebt.

»Willst du?«, fragt mein Vater mit glänzenden Augen.

»Was?«

»Tanzen?«

Jasper gibt mir einen kleinen Schubs. »Natürlich will ich.«

»Ich habe den Shanty-Chor gebeten, einen Walzer zu spielen.«

Mein Vater war schon immer ein ruhiger, zurückhaltender Mann, der lieber anderen das Reden überlässt. Doch heute hat er genau die richtigen Worte gefunden.

»Es ist so lange her, Papa. Viel zu lange.«

»Vielleicht sollte ich vorher doch besser meinem Tanzdouble Bescheid geben.«

Aber das ist nicht nötig. Sobald die ersten Töne von *Der alte Kapitän* erklingen, tanzen wir im Rhythmus des Dreivierteltakts mit wiegenden Schritten und schnellen Drehungen über den Rasen, als hätten wir in den vergangenen zwölf Jahren nichts anderes gemacht. Mein Vater summt die Melodie leise vor sich hin, ganz so wie früher. Ich drücke seine Hand. Wie ich all das hier vermisst habe!

Die Leute um uns herum werfen uns neugierige Blicke zu und manche Gäste stimmen sogar mit ein. Als ich mit den Augen die Menschenmenge absuche, sehe ich, dass Jasper nicht mehr da ist.

Stattdessen entdecke ich Doro, die uns mit einem breiten Lächeln auf dem Gesicht beobachtet. Ich lächle ebenso breit zurück.

Es ist bereits später Abend, als wir die letzten Gäste verabschiedet und gemeinsam mit den geläuterten Haidieben die ausgeliehenen Möbel weggeräumt haben. Hand in Hand laufe ich mit Helena und Meghan nach Hause. Ingo musste schon zurück nach Hamburg, er konnte seine Nachtschicht im Brauhaus nicht verschieben. Dafür wird Helena am Montag mit mir gemeinsam Zug fahren.

Ich bin erschöpft, aber glücklich. Der große Erfolg der Eröffnungsfeier, für den wir in den letzten Tagen mit ganzem Einsatz kämpfen mussten, lässt mich vor Freude strahlen und ich hüpfe über den Asphalt wie Feli und Enno. Bis ich plötzlich daran denke, dass ich den ganzen Nachmittag nicht mehr dazu gekommen bin, mein Gespräch mit Jasper zu beenden. Wir haben uns noch nicht einmal voneinander verabschieden können. Und vielleicht werde ich ihn jetzt nie wiedersehen.

»Just look, it's the black cat«, reißt mich Meghan aus meinen Gedanken. Wir sind schon fast zu Hause angelangt. Sie zeigt die große Buche an unserer Straßenecke hinauf und erklärt: »It needs help.«

Jetzt entdecke ich sie auch, die kleine schwarze Katze. Im Schein der Straßenlaterne ist sie kaum zu erkennen, denn sie sitzt in den höchsten Zweigen des riesigen Baums. Ihr jämmerliches Maunzen legt die Vermutung nahe, dass sie nicht ganz freiwillig da oben ausharrt.

»Ich fürchte, sie kommt nicht mehr alleine herunter«, stelle ich fest. »Wer weiß, wie lange sie da schon festsitzt. Wo ist eigentlich Tarzan, wenn man ihn braucht?«

»Der hat ohnehin eine Katzenhaarallergie. Ich klettere rauf«, springt Meghan in die Bresche.

»Du bist schwanger. Und Helena ist eine Großstadtpflanze, die Bäume nur aus dem Botanischen Garten kennt. Ich mache es.« Mit ausgebreiteten Armen rufe ich in Richtung Baumkrone: »Hey Kleine, komm da runter. Komm schon. Sonst komme ich rauf!«

Als Antwort bekomme ich nur noch mehr herzzerreißendes Katzengejammer zu hören, also nehme ich einen der unteren Äste und schwinge mich unter großer Anstrengung hinauf. Während ich mich Stück für Stück nach oben vorarbeite, schramme ich mir in meinem Sommerkleid Arme und Beine auf. Die Zweige rascheln, als ich endlich das Bein über den Ast schwinge, auf dem die miauende Katze sitzt, knapp zwei Meter von mir entfernt.

»Komm lieber wieder runter, der Ast ist zu dünn. Und woher willst du überhaupt wissen, dass es hier in der Pampa keine Baumschlangen gibt?«, ermutigt mich Helena.

»Komm zu mir. Komm her, ich helfe dir«, flüstere ich der schwarzen Katze zu. Sie legt den Kopf schief und blickt mich erwartungsvoll an. »Wer hätte vor ein paar Wochen gedacht, dass ich dich mal retten würde?«

Fast habe ich die kleine Katze erreicht, als sie plötzlich ihren Allerwertesten in die Luft streckt und auf sicheren Pfoten auf einen dickeren Ast etwa einen Meter unter uns springt. Ich kann nur noch entgeistert dabei zusehen, wie sie sich langsam und vorsichtig einen Weg den Baum hinab bahnt.

»Ich glaube, sogar du wirst mir fehlen«, murmele ich in einem Anflug von Melancholie.

29

»Kannst du bitte herkommen und meinen Avocadosalat mit Erdnussbuttereiscreme bezahlen?« Meghan klingt ein wenig kleinlaut, als sie mich am Sonntagabend aus dem *Heringschuppen* anruft. »Leos EC-Karte ist gesperrt und ich habe mein Portemonnaie vergessen.«

Gerade wollen Helena und ich einen letzten Spaziergang zum Deich unternehmen, als Meghans Notruf eintrifft. Den ganzen Tag lang habe ich mit Unterstützung von Greetje, Helena und Meghan Sachen gepackt, Wäsche gewaschen, Kartons auf den Dachboden getragen, nachgedacht. Wir haben nur wenig gesprochen, die Stimmung war gedrückt. Uns allen geht der Abschied nahe. Morgen früh werde ich gemeinsam mit Helena zurück nach Hamburg fahren, in vier Tagen geht mein Flieger nach Argentinien.

Irgendwann am frühen Abend hat Leo Meghan abgeholt, um ihren seltsamen Schwangerschaftsgelüsten im *Heringschuppen*, ihrem baldigen Arbeitgeber, Genüge zu tun, während Greetje nach Hause zu ihren Kindern gerufen wurde und ich noch ein letztes Mal vor meiner Abreise zu Bente auf den Friedhof gegangen bin.

»In fünf Minuten sind wir da. Wir fahren mit dem Auto, das geht am schnellsten«, beruhige ich Meghan und lege auf.

»Willst du dich nicht noch umziehen? Wie wäre es mit dem

dunkelblauen Kleid?«, fragt Helena mit hochgezogenen Augenbrauen.

Ich schaue an mir herab. Abgeschnittene Jeans und Schlabbershirt. »Wozu?«

»Dann bürste dir wenigstens noch die Haare. Du siehst aus, als hättest du in eine Steckdose gefasst.«

Ich nehme mein Portemonnaie und die Schlüssel zu Meghans Fiesta aus der Schale im Flur. »Helena, in zehn Minuten sind wir wieder zu Hause. Außerdem sind wir hier nicht in Hamburg.«

Auf dem Weg zum Auto werde ich mal wieder von Frau Durchdenwald abgefangen. Heute trägt sie eine nagelneue, mit Äpfeln, Birnen und Melonen bedruckte Kittelschürze.

»Felicitas, warum haben Sie eigentlich keine Kinder?«, fragt sie ohne Einleitung. »Ihr Vater würde sich sicher über Enkel freuen.«

Ich lege den Kopf schief und blicke sie fragend an. »Vielleicht kommen wir auf dieses Thema noch mal zurück, wenn wir uns besser kennen.«

Kurz hält sie irritiert inne, doch dann fährt sie ungerührt fort: »Diese Kollegin von Ihnen, die mit den Locken und den orangen Kleidern, die immer von Chakren und dem dritten Auge faselt, also die ist wirklich reif für die Klapsmühle. Zu meiner Zeit gab es so etwas nicht. Als hätten wir nicht genügend Probleme.«

»Sie haben recht, wir haben genug Probleme. Die halbe Welt ist auf der Flucht, im Meer schwimmt mehr Plastik als Wasser, Kinder malochen in indischen Kohlebergwerken, allzu neugierige Nachbarinnen können ihre Nase nicht auf ihrer Seite des Zauns behalten. Habe ich noch etwas vergessen?«

Natürlich habe ich ein schlechtes Gewissen, als Frau Durchdenwald bleich wie eine Wand in ihrem Haus verschwindet und die Küchentür hinter sich zuschlägt. Ich muss daran denken, mich bei Gelegenheit bei ihr zu entschuldigen.

»Du bist wohl etwas gereizt?«, fragt Helena, als ich den uralten Fiesta in Richtung Hauptstraße lenke. »Was ist aus dem Pokerface geworden, das du künftig bei Begegnungen der dritten Art aufsetzen wolltest?«

»Es ist alles etwas viel momentan«, antworte ich wahrheitsgemäß. Diese blöde Kupplung hakt. »Ich freue mich sehr auf Buenos Aires und alles, was auf mich zukommt, aber der Abschied von dir und Süderbüll und den Leuten hier macht mir ganz schön zu schaffen.«

»Noch ist Zeit umzukehren. Komm einfach zurück nach Hamburg, du kannst so lange bei Ingo und mir wohnen, wie du willst. Oder noch besser, bleib hier, in Nordfriesland. Du hast recht, es ist wunderschön hier, auch wenn die Menschen sich im Boßeln und Klotstockspringen üben und unterirdische Lebensweisheiten von sich geben.« Das konnte sie sich wohl nicht verkneifen. »Fee, du musst nicht nach Südamerika gehen und alles zurücklassen.«

»Doch, ich muss. Und vor allem: Ich will.« Ich muss Meghan gleich daran erinnern, dass die Bremsbeläge dringend erneuert werden müssen.

»Aber warum? Erklär es mir bitte!«

»Es ist eine riesige Chance für mich. Eine einzigartige Gelegenheit, mein Leben in die Hand zu nehmen und so zu leben, wie ich es will.«

In dem Moment rollen wir auf den winzigen Parkplatz des *Heringschuppens*. Als wir aussteigen, ist weit und breit keine Menschenseele zu sehen. Nicht ungewöhnlich – es ist acht Uhr am Sonntagabend in Süderbüll und alle wollen rechtzeitig zum Beginn des Tatorts zu Hause sein. Aus dem *Heringschuppen* dringt kein Laut auf die Straße und durch die Fenster sehe ich nichts als bunte Luftballons. Ungewöhnlich.

Ich drücke die Klinke der mit Plakaten und Flyern zugeklebten Glastür herunter und stehe in der Dunkelheit, Helena dicht an meiner Seite.

»Überraschung!«, ertönt es auf einmal aus vielfacher Kehle und im selben Moment geht das Licht an.

Zuerst sehe ich nichts als einen Regenbogen aus Farben, denn überall fliegt Konfetti durch die Luft, doch dann erkenne ich nacheinander Meghan und Leo, die sich vor Freude über ihr gelungenes Täuschungsmanöver – oder mein entgeistertes Gesicht – kaum halten können, Greetje und Ole, Britt, Swantje und Hinnerk, meinen Vater, Fynn und Doro, Henny und Helge. Sogar Professor Rathge ist gekommen. Er sieht etwas verloren aus, nickt mir aber aufmunternd zu. Zum ersten Mal seit Jahren verbringt er den Abend nicht Pfefferminztee trinkend mit seinem Teleskop, sondern hat den Mut aufgebracht, sich einem gesellschaftlichen Ereignis zu stellen. Und das nur wegen mir. Meine Augen füllen sich mit Tränen.

Jetzt wird mir klar, warum Helena, die natürlich eingeweiht war, mir geraten hat, mich umzuziehen. Aber zumindest trage ich meine neuen roten Riemchensandalen.

Ich kann meine Gefühle kaum in Worte fassen. »Vielen Dank, dass ihr alle gekommen seid! Ihr habt keine Ahnung, wie viel mir das bedeutet. Dank euch hatte ich eine wundervolle, lehrreiche Zeit in Süderbüll, so viel besser, als ich mir wünschen konnte. Ihr werdet mir fehlen wie verrückt.«

Mein Blick fällt nacheinander auf alle anwesenden Gäste, die dafür gesorgt haben, dass Süderbüll für mich nicht mehr länger der verhängnisvolle, dunkle Ort ist, der er viele Jahre lang war und in dem ich mich nie wieder blicken lassen wollte. Lange Zeit konnte ich mir beim besten Willen keine positiven

Ereignisse aus meinem Leben hier ins Gedächtnis rufen. Doch in den letzten Monaten wurden die schlechten Erinnerungen durch gute ersetzt und mir wurde klar, dass die guten deutlich überwiegen. Mir fällt haufenweise Positives ein, zum Beispiel der Spaß, den wir während meiner Kindertage an der Küste alljährlich beim Biikebrennen, beim Rummelpottlaufen, beim Schlickrutschen und bei den Wattfußballmeisterschaften hatten, die Vertrautheit und Herzenswärme, die mich mit meinen Freunden und meiner Familie verbindet, die Fürsorglichkeit und Aufrichtigkeit der Menschen hier und die echten Geschichten, die sie zu erzählen haben.

Süderbüll ist so … elastisch. Hier findet wirklich alles und jeder einen Platz. Ich denke an all die Puzzleteile in meinem tiefsten Inneren, die scheinbar nie so richtig zusammengepasst haben, und die in den letzten Wochen wie von Zauberhand zusammengerückt sind. Ich denke an Bente und mein Herz fängt nicht mehr an zu rasen. Es fühlt sich an, als wäre ich nach einer langen Reise nach Hause zurückgekehrt und könnte die Dinge endlich mit anderen Augen betrachten.

»Ihr habt mein Leben verändert und ich werde euch nie vergessen. Ich hoffe, ihr alle werdet den Weg nach Argentinien finden, ihr seid jederzeit herzlich willkommen.«

Sind das Tränen, die da in Greetjes Augen aufblitzen? Ich drücke sie fest an mich.

Nur eine Person fehlt, als ich mit meinen neuen und wiedergewonnenen Freunden und Familienmitgliedern anstoße, Karaoke singe, tanze und wieder anstoße. Und diese Person fehlt schmerzlich. Die Enttäuschung darüber, dass er nicht aufgetaucht ist und wir nun keine Gelegenheit mehr bekommen, die Vergangenheit zu begraben und uns als Freunde zu verabschieden, treibt mir schon wieder die Tränen in die Augen. In letzter Zeit bin ich nah am Wasser gebaut. Noch näher als sonst.

Gegen halb zwölf bin ich schon ziemlich betüdert. Gerade lasse ich mich auf einen Stuhl am Fenster fallen, da sehe ich ihn doch noch. Er steht auf dem Bürgersteig und sieht mich an. Wie ferngesteuert stehe ich wieder auf und gehe zu ihm nach draußen, ohne die Fragen der anderen zu beachten.

»Es ist laut da drin, deswegen dachte ich, ich sage dir lieber hier draußen auf Wiedersehen«, begrüßt mich Jasper. Er trägt eine schwarze Jeans und ein schwarzes Shirt und seine Augen scheinen in der Dunkelheit zu glühen.

»Danke, dass du gekommen bist.« Etwa einen Meter vor ihm bleibe ich stehen.

»Alle hier werden dich sehr vermissen.« Als hätte er meine ungestellte Frage gehört, fügt er leise hinzu: »Besonders ich.«

»Ich werde euch auch wahnsinnig vermissen. Wer hätte das gedacht?« Ich versuche ein Lächeln, doch ich weiß nicht, ob es mir gelingt.

Jasper massiert mit Zeige- und Mittelfingern seine Schläfen. Er sieht aus, als hätte er starke Kopfschmerzen. »Nun, also, drinnen warten eine ganze Menge Leute darauf, dich zu verabschieden«, sagt er tonlos und kommt einen Schritt auf mich zu.

Ich bemerke ein Funkeln in seinen Augen. Er berührt mein Gesicht mit einer beinahe zärtlichen Geste und streicht meine Haare hinter die Ohren. Irgendwie ist es nur natürlich, dass wir uns zum Abschied umarmen. Ich lehne meinen Kopf an seine Brust und bin überrascht über die Leere, die sich in mir ausbreitet. Mein Gesicht glüht vor Hitze und ich bekomme kaum Luft. Ich habe Mühe, mich loszureißen, denn ich scheine an ihm zu kleben.

Und dann geht er. Drei Schritte, vier, fünf. Plötzlich bleibt er stehen, mitten auf dem Bürgersteig, blickt für einen Moment nachdenklich auf seine Sneaker. Ich sehe, wie er einmal kurz den Kopf schüttelt, sich dann umdreht und mit schnellen Schritten zu mir zurückkommt.

»Weißt du, Fee, als du mich damals verlassen hast –«

»Ich habe dich nicht verlassen. Ich musste gehen, weil wir unsere Leben und das Leben von anderen in einen Scherbenhaufen verwandelt haben.« Meine Stimme bricht. Eigentlich wollte ich nicht damit anfangen. Ich wollte die Vergangenheit begraben, damit wir uns als Freunde aneinander erinnern können. Ich fröstele, obwohl es eine laue Sommernacht ist.

Als Jasper keine Antwort gibt, fahre ich fort: »Du weißt nicht, was für eine Lawine diese Sache damals bei mir ausgelöst hat. Meine Welt stand still, nachdem es passiert ist. Mir ist inzwischen klar, dass Bente nicht wegen uns gestorben ist, aber mein Herz hat dieses Drama nur mit Mühe überstanden.« Ich presse die Lippen aufeinander, meine Gefühle sind zu überwältigend.

»Meins auch, Fee. Auch für mich war es nicht leicht. Wenn Greetje und Ole nicht gewesen wären, wäre ich verrückt geworden.«

Ich schlucke. Mein Hals schmerzt von all den ungeweinten Tränen. »Wir hätten niemals zusammen sein dürfen, es war von Anfang an falsch. Wir wussten, dass es nicht gut ausgehen würde.«

»Ich wusste das nicht«, flüstert er. »Wir haben sie nicht umgebracht.«

»Das weiß ich, Jasper. Aber –«

»Sie wollte, dass wir zusammen sind. Sie wollte unserem Glück nicht im Wege stehen.« Er sieht gequält aus. Wieder massiert er seine Schläfen. Als ich keine Antwort gebe, sagt er leise: »Du hast offenbar schon entschieden, uns keine Chance zu geben.«

Bevor ich darauf etwas erwidern kann, höre ich plötzlich eine andere, kindliche Stimme. »Fee, wo bleibst du? Hier werden schon alle ganz ungeduldig.« Es ist Fynn, der den Kopf zur Tür herausstreckt. Fragend schaut er Jasper an.

»Ich muss sowieso los. Pass auf dich auf, Fee.« Er nimmt meine Hand und hält sie fest. Mit seinen meergrünen Augen blickt er mir direkt in die Seele.

Dann ist er verschwunden. Und über mir schlägt plötzlich eine riesige Welle der Einsamkeit zusammen. Da fällt es mir wie Schuppen von den Augen: Ich liebe Jasper Hansen.

Alles, nur das nicht! Habe ich aus den dramatischen Geschehnissen der Vergangenheit denn gar nichts gelernt? Mein Entsetzen schnürt mir beinahe die Luft ab. Ich zwinge mich, mir all die Gründe ins Gedächtnis zu rufen, deretwegen es von größter Bedeutung ist, ihn auf Distanz zu halten. In erster Linie ist es der dauerhafte Sprung, den mein Herz damals bekommen hat. Und außerdem die Tatsache, dass er nicht mehr länger Teil meines Lebens sein wird. Schon morgen werde ich Süderbüll verlassen.

Wieder im *Heringschuppen*, dringen die Musik und die Stimmen der anderen wie aus weiter Ferne an mein Ohr. Ich fühle mich, als hätte ich eine Kreuzung in einem düsteren Wald erreicht. Und ich will nichts sehnlicher, als dieser Dunkelheit zu entkommen.

»Warum hast du ihn gehen lassen?«, zischt mir Greetje zu, als ich mich auf dem Weg zur Bar an ihr vorbeidrängle.

»Er ist ein Mann aus einem anderen Leben«, entgegne ich müde.

Ich setze mich an die Bar und kippe einen weiteren Gin Tonic hinunter, als Britt auf dem Hocker neben mir Platz nimmt.

»In Buenos Aires erwartet mich ein ganz neues Leben voller Sonnenschein, Gelächter, toller Menschen«, murmele ich mehr zu mir selbst.

»Du bist so ein schöner Mensch, Fee«, antwortet sie zusammenhanglos.

»Ähm, danke.« Wenn sie »schön« sagt, meint sie wahrscheinlich nicht meine dicken Haare oder die neuen Sandalen.

»Ich weiß, du wirst die richtige Antwort finden.«

Und sobald ich die Antwort habe, ändert das Leben die Frage, denke ich. Von welcher Antwort spricht sie überhaupt?

»Du musst dich nur darauf besinnen, was wirklich wichtig ist. Soll ich dir die Karten legen?«, fährt sie unbeirrt fort.

Das ist für mich das Signal, nach Hause zu gehen. Ich muss am nächsten Morgen früh raus und habe in Hamburg noch einige Reisevorbereitungen zu erledigen. Nacheinander schließe ich alle Anwesenden fest in die Arme und lasse mir das Versprechen abnehmen, mich schon bald zu melden. Mein Vater gibt zu, bereits drei Flüge gebucht zu haben, um mich in den Weihnachtsferien zusammen mit Doro und Fynn zu besuchen.

»Ist das in Ordnung?«, fragt er.

»Mehr als in Ordnung. Ich freue mich sehr darauf. Fynn, dann machen wir gemeinsam unseren Tauchkurs.«

Als ich meine Tasche vom Haken nehme, raunt mein Vater in mein Ohr: *»Kein Mißbilligen, kein Schelten macht die Liebe tadelhaft.«* Er kann es einfach nicht lassen, Goethe zu zitieren.

Es ist halb eins, als ich gemeinsam mit Meghan, Leo und Helena aus der Tür des *Heringschuppens* trete. »Ich bleibe noch ein wenig«, hat Professor Rathge gesagt, der gerade mit Hinnerk und meinem Vater ein Skatspiel begonnen hat, und meine Hand fest gedrückt. Ich war so glücklich, dass er nach all der Zeit endlich einen Einstieg in ein soziales Leben gefunden hat, dass ich ihm überschwänglich um den Hals fiel und ihm beinahe die Luft abschnürte.

»Was für ein herrlicher Sommerabend. Kommt, wir gehen

zu Fuß zurück.« Alle außer Meghan haben getrunken und um nichts in der Welt würde ich bei ihr einsteigen.

»Leo hat mir ein Fahrsicherheitstraining geschenkt. Nächste Woche geht es los«, lässt Meghan uns ein wenig beleidigt wissen, als hätte sie meine Gedanken gelesen.

Wir sind schon beinahe in unserer Straße angelangt, als sie unvermittelt verkündet: »Obviously, he's the one for you.« Leo marschiert scheinbar unbeteiligt neben ihr.

»Tom? Mikkel? Jasper?« Ich lache, doch selbst für meine eigenen Ohren klingt es gekünstelt.

»Du weißt, von wem ich spreche.«

»Unfug. Wie kommst du darauf?«

»Ich sehe es dir an. Jeder sieht es.«

»Unfug«, wiederhole ich lahm.

»Hier kommt die große, alles entscheidende Frage: Liebst du ihn?«

»Das ist unerheblich. Ich habe Angst«, antworte ich nach einer Pause.

»Das ist nicht unerheblich. Das ist das Wichtigste«, mischt sich Helena ein.

Jasper lebt schon seit Jahrzehnten in meinem Kopf, ohne Miete zu zahlen. Natürlich gab es Tage, an denen ich nicht an ihn dachte. Aber das waren in letzter Zeit nicht viele.

»Ja, ich glaube, ich liebe ihn.«

Meghan und Helena lächeln.

»Aber Sauvignon Blanc liebe ich auch. Deswegen werde ich noch lange nicht zur Alkoholikerin«, fahre ich fort. »Und genauso fühle ich mich gerade: Wie eine trockene Alkoholikerin, die nach jahrelanger Abstinenz wieder zu einem Glas Weißwein greift. Der Rückfall ist fatal.«

»Aber du wolltest doch immer mit ihm zusammen sein.«

»Das stimmt nicht. Mit zwölf wollte ich Aladin heiraten, damit er mich auf seinem fliegenden Teppich mitnimmt.« Und heute würde ich lieber mit einem Riesenhai kämpfen, als dieses Wagnis, mich auf ihn einzulassen, noch einmal einzugehen.

Als wüsste sie, woran ich denke, erklärt Helena: »Bente wäre ohnehin gestorben. Und sie kommt nicht wieder zurück, wenn du ihn jetzt gehen lässt.« Als ich keine Antwort gebe, fügt sie hinzu: »Von Erfolg gekrönte Liebesgeschichten nehmen immer einen stürmischen Anfang und dann folgt ein Knick in der Mitte. Was entwickelt sich denn daraus, wenn von Beginn an über ewige Liebe gesäuselt und anderes Süßholz geraspelt wird? Das hat schon bei Adam und Eva und Romeo und Julia nicht geklappt. Und sieh dir Kleopatra und Antonius an. Oder Bonnie und Clyde.«

»Oder Leo und mich«, lacht Meghan.

»Eva ist nach Lilith die zweite Wahl, Romeo und Julia begehen Selbstmord, ebenso wie Kleopatra und Antonius, Bonnie und Clyde werden von einem Kugelhagel durchsiebt«, sage ich. »Ich weiß, dass Bente nicht zurückkommt. Trotzdem fühlt es sich falsch an. Wenn wir uns unter anderen Umständen begegnet wären, hätten wir vielleicht eine Chance gehabt.«

»The good thing is: Life is full of second chances!«

»Ich müsste erst mal zurück auf Los. Und ich bin einfach nicht bereit, noch mal bei null anzufangen.«

»Wohl eher zu feige. Du willst direkt zur Schlossallee, aber so funktioniert das Spiel nicht.«

»Mal ganz abgesehen davon, dass ich in wenigen Tagen in ein Flugzeug steigen und in der Avenida de Mayo Tango tanzen werde, kann ich mich nicht auf etwas einlassen, das mich vor zwölf Jahren fast um den Verstand gebracht hat«, sage ich aufgebracht. »Diese kurze Affäre mit Jasper war die riskanteste, unheilvollste, hoffnungsloseste Liebe, die ich jemals hatte.«

»Die Wolke sieben ist nicht nur Nebel«, mischt sich plötzlich auch Leo ins Gespräch. Alle sehen ihn erstaunt an. »Ein Tag oder Tag eins. Deine Entscheidung, Fee.«

»He's such a cutie, isn't he?« Liebevoll streichelt Meghan seinen blonden Haarschopf.

Zu Hause verschwinde ich direkt im Badezimmer, denn ich habe morgen einen langen Tag vor mir. Ich lasse meine Klamotten verstreut auf den Fliesen liegen und stelle mich unter die heiße Dusche. Nach zwanzig Minuten haben sich meine verkrampften Muskeln entspannt, doch mein Gedankenkarussell dreht sich noch immer in Lichtgeschwindigkeit.

In meinem Schlafzimmer öffne ich das Fenster und lasse die frische Nachtluft hereinströmen, die nach Sommer riecht. Lange Zeit liege ich hellwach in der Dunkelheit und lausche den leisen Stimmen, die aus der Küche zu mir hinüberdringen.

Kurz denke ich darüber nach, Hannah anzurufen, um ihr von dem Erfolg der Museumseröffnung zu erzählen. Doch dann fällt mir ein, dass mein Handy in meiner Jeanstasche auf dem Badezimmerboden liegt und es außerdem auch auf Mallorca mitten in der Nacht ist.

Stattdessen starre ich weiterhin an die dunkle Zimmerdecke, durch die mittlerweile leises Getrappel zu hören ist, und bemühe mich nach Kräften, an mein Arbeitsvisum und all die anderen Dinge zu denken, die ich bis zu meinem Abflug noch zu erledigen habe. Doch immer wieder ertappe ich mich dabei, wie ich mich wie schon früher so oft frage, was es ist, das mich an Jasper so anzieht. Natürlich, er hat Humor, er ist klug, sexy und ehrlich, er hat mir noch nie einen einzigen Moment der Langeweile beschert, aber es ist noch viel mehr als das. Nur wenige Männer haben das gewisse Etwas, den mysteriösen X-Faktor, und Jasper hat es, was auch immer es ist, in rauen Mengen. Der Gedanke daran, ihn nicht mehr sehen zu können, verursacht mir beinahe körperliche Schmerzen.

Doch X-Faktor hin oder her, Jasper ist wie ein Komet, der immer mal wieder in meine Umlaufbahn gelangt und von meiner Gravitationskraft angezogen wird, mich wie verrückt umkreist und direkt danach wieder ins Weltall verschwindet.

Ich bin einunddreißig Jahre alt und voller Narben. Meghan hatte ganz recht: Schon mein gesamtes Leben habe ich mich nur auf Beziehungen eingelassen, die, schon bevor sie richtig begonnen haben, grundsätzliche Fehler aufwiesen. Nur, damit es am Ende, wenn sie scheitern, nicht so schmerzhaft ist. Nur ein einziges Mal habe ich alle Vorsicht über Bord geworfen. Und das unausweichliche Scheitern hat so wehgetan, dass es mich für immer verändert hat.

Wie aus dem Nichts kommt mir ein verheißungsvolles Zukunftsbild von einem Neuanfang in den Sinn. Ich werde es wagen, in Buenos Aires mein Leben noch einmal ganz neu anzupacken – und diesmal wird alles glattlaufen. Ich werde immer nur nach vorne und niemals zurückblicken.

Mit aller Kraft verdränge ich das Bild von Jaspers Gesicht aus meinem Kopf.

30

Die Fahrt zum Weedener Busbahnhof ist viel zu kurz. Ich sitze neben Greetje auf dem Beifahrersitz, hinter uns Helena und Meghan, und starre mit zusammengepressten Lippen aus dem Fenster in den strömenden Regen. Lange Zeit sagt keiner ein Wort.

Schließlich durchbricht Meghan die Stille. »Für uns hier im Norden fängt der Regen erst an, wenn die Heringe in deine Gummistiefel schwimmen können.«

Ich muss lächeln. »So langsam denkst du wie eine richtige Nordfriesin«, lobe ich sie.

Helena räuspert sich. »Tja, nun kannst du wieder auf ausufernden Tequilapartys mit gefährlichen Männern in wüsten Szeneclubs auf die Pauke hauen, mit Musik, die so laut ist, dass einem die Ohren bluten.«

»Ich glaube, vorher werde ich noch Tauchen lernen, damit ich es Fynn beibringen kann, wenn er über Weihnachten kommt. Und ich will einen Yogakurs machen, dann kann ich bei eurer kleinen Runde mitmachen, wenn ich euch nächstes Jahr in den Ferien besuche.«

»Ich bin auch dabei«, verkündet Helena. »Nacktyoga hat mich schon immer interessiert, aber in Hamburg geht das so schlecht.«

»Ich melde mich, wenn ich mich in meiner neuen Umgebung ein wenig eingelebt habe«, sage ich.

»Versprichst du es?« Greetje klingt, als würde sie jeden Moment in Tränen ausbrechen.

»Natürlich. Ich lass dich nicht noch einmal gehen. Mit wem sonst sollte ich mich an die guten, uralten Zeiten erinnern.«

»Wie das eine Mal in den Sommerferien, als wir beinahe im Mommsen-See ertrunken sind. Weißt du noch?«

»Wir waren zehn. Meine Eltern sind ausgerastet.«

»Meine auch.«

»Hein hat sogar einen Krankenwagen gerufen.«

»Was haben wir gelacht.«

»Helena und ich sollten jetzt gehen. Sonst fange ich noch an zu heulen, und dann verschmiert Meghans teure Wimperntusche.«

»Ich wusste, dass ich die Mascara-Tube nicht auf dem Waschbeckenrand liegen gelassen habe«, ächzt Meghan in gespieltem Ärger.

Plötzlich wird Greetje wieder ernst. »Ich habe Angst, dass du dir nach Sören, Tom und Mikkel schon wieder einen neuen emotionalen Türsteher angelst, der dich davon abhält, deine eigentlichen Ziele zu verfolgen.«

»Was meinst du damit?«

»Kannst du dich noch an die letzten Worte erinnern, die ich damals auf dem Abiball zu dir gesagt habe?«

»Dass ich zu viel weiß?«

»Dass du und Jasper perfekt füreinander seid. Das habe ich immer gefunden, auch heute noch. Und ich glaube, er empfindet das genauso. All seine Freundinnen der letzten Jahre – und glaub mir, das waren nicht wenige – waren nur ein Abklatsch von dir. Dunkelhaarig, klein, dünn, klug. Es gab viele andere Kapitel in seinem Leben. Aber du warst immer die ganze, die richtige Geschichte.«

Schon wieder fängt jeder Zentimeter meiner Kopfhaut an

zu kribbeln, mein Mund wird staubtrocken. Um einer Antwort und vor allem meinem Gedankenkarussell zu entgehen, studiere ich geschäftig das Display meines Handys. Fünf neue Nachrichten auf der Mailbox. Vielleicht sollte ich mein Telefon nicht immer auf lautlos stellen.

»Fee?«

»Sorry, Greetje, vielleicht ist es etwas Wichtiges. Von der neuen Agentur oder der Fluggesellschaft.« Mit zitternden Fingern wähle ich die Nummer meiner Mailbox und presse das Handy an mein Ohr.

Die erste Nachricht ist von meiner Mutter. *Felicitas, ich hatte gehofft, dich persönlich zu erreichen. Eigentlich wollte ich nur hören, wie die Eröffnung verlaufen ist, und dir auf Wiedersehen sagen und eine gute Reise wünschen. Ich denke, im November kann ich es einrichten, dich zu besuchen.*

Erfreut halte ich inne, bevor ich die nächste Nachricht abhöre. Als ich seine Stimme erkenne, stockt mir der Atem. *Ich wollte dir schon seit Langem etwas sagen und hatte nie die Chance oder den Mut dazu. Ich hoffe, nun hörst du mir zu. Es tut mir unendlich leid, wie viel Unglück und Schmerz du damals erleiden musstest. Ich habe versucht zu verstehen, was die Entscheidung, die du treffen musstest, zwischen Bente und mir, für dich bedeutet hat, aber mir ist klar geworden, dass ich das Ausmaß deines Schuldempfindens und deiner Angst nie wirklich nachfühlen konnte. Ich habe mich der Hoffnung hingegeben, dass ich dich, wenn wir erst zusammen wären und reinen Tisch gemacht hätten, wieder glücklich machen könnte. Als sie dann tot war und du uns die Schuld daran gegeben hast, wollte ich dir helfen, dir klarmachen, dass sie nicht an einem gebrochenen Herzen gestorben ist, aber ich konnte es nicht. Ich war wie gelähmt. Vor allem aber wollte ich dich einfach für mich. Ich war selbstsüchtig und blind vor Liebe. Verzeih mir!*

»Are you alright, honey? Du bist ganz blass geworden.« Meghans Stimme dringt nur dumpf an mein Ohr, plötzlich rauscht alles um mich herum.

Schnell gelange ich weiter zur nächsten Nachricht. Mein Pulsschlag normalisiert sich etwas, als ich Hinnerks heiseres Organ vernehme. *Fee, ich weiß, dich zieht es in die große weite Welt, aber vielleicht könntest du dich ja mit der Idee anfreunden, uns noch für eine Weile im schönen Nirgendwo erhalten zu bleiben. Es ist nämlich so, dass ich gerade im Gespräch mit dem Vorstand nach einer so erfolgreichen Eröffnung ein etwas größeres Budget herausschlagen konnte und wir hier ein bisschen externen Sachverstand auch weiterhin gut gebrauchen könnten. Und ich glaube, niemand kann besser die alten und neuen Medien betreuen, Kooperationen aufbauen oder die Besucher langfristig binden als du. Du hättest auch freie Hand, deine fulminanten Ideen zu Veranstaltungen umzusetzen, zum Beispiel den Poetry Slam zum Thema Wattenmeer oder die Jugendbildungswoche. Natürlich kann ich nicht so viel zahlen, wie du wahrscheinlich in Buenos Aires verdienen würdest, aber wir können dich nicht einfach ziehen lassen. Überleg es dir, ich bin jederzeit für dich erreichbar.*

Mir fällt es schwer, meine Gedanken zu sortieren. Meine Hände sind schweißnass am Griff meiner Tasche, als ich die vierte Nachricht abhöre. Jasper. *Ich bedaure zutiefst, wie unsere viel zu kurze Geschichte geendet hat. Am meisten bereue ich, dass ich dich habe gehen lassen. Aber ich bereue nicht, dass wir zusammen waren, wie kurz unsere Zeit auch gewesen sein mag. Es war kein Fehler, auch wenn du das anders siehst. Um nichts in der Welt würde ich das, was wir zusammen hatten, hergeben. So viel Gefühl wie in dieser einen Nacht vor zwölf Jahren habe ich nie wieder erlebt.*

Mein Herz bleibt stehen. Als es Sekunden später wieder einsetzt, schlägt es so heftig gegen meinen Brustkorb, dass ich fürchte, es könnte zerspringen. Die fünfte Nachricht kann ich kaum mehr verstehen. *Bitte, Fee, geh nicht! Vertrau mir! Ich werde niemals etwas tun, um dich zu verletzen.*

Ich lasse mein Handy sinken und bleibe reglos sitzen. Ich starre aus dem Fenster, ohne etwas zu sehen. Und starre.

»Fee? Was ist los?«

»Ist etwas mit deinen Eltern?«

»Oder dem neuen Job?«

Es gibt keine Garantien. Und ich will keinen Fehler machen. Doch jetzt verstehe ich es endlich: Ich bin bereit. Auf einmal ist alles ganz klar. Ich weiß jetzt genau, was zu tun ist. Und ich glaube, tief im Inneren habe ich immer gewusst, dass es so kommen musste. Seit dem Tag, als ich Jasper neben seinem Land Rover auf dem Museumsparkplatz gesehen habe.

Warum habe ich ihm nur niemals gesagt, was er mir bedeutet? Warum habe ich nicht mal mir selbst eingestanden, dass ich ihn liebe? Denn Liebe ist das einzige Wort, das meine vielschichtigen Gefühle für ihn zum Ausdruck bringt.

»Greetje, wir müssen umdrehen. Bitte bring mich zurück. Schnell!«

»Ich glaube, das wird nicht nötig sein«, lächelt sie.

Unvermittelt beschleicht mich das Gefühl, dass mich jemand beobachtet, und als ich mich umdrehe, sehe ich ihn. Und in nur einer Sekunde ist alles anders.

Als unsere Augen sich finden, trifft es mich wie ein Schlag. Er steht im Regen und starrt mich unverwandt an. Manchmal gibt es keine weitere Chance, kein nächstes Mal. Manchmal heißt es einfach: jetzt oder nie!

»Was wirst du tun?«, fragt Greetje.

»Etwas Unüberlegtes«, antworte ich und steige aus.

»Morgen Nacktyoga auf der Pferdeweide. Bist du dabei?«, ruft Meghan mir hinterher.

Ich habe keinen Regenschirm dabei und bin binnen Sekunden nass bis auf die Haut. Ich weiß nicht, ob ich tatsächlich stolpere oder ob es sich nur so anfühlt, aber ich weiß, dass meine Beine aus Pudding sind und ich nur schwer das Gleichgewicht halten kann, als ich langsam auf ihn zugehe. Ich spüre meinen Herzschlag im Hals und sogar in den Ohren.

Er ist unrasiert und sein Haar steht in wilden Büscheln vom Kopf ab. Doch selbst verkatert und übernächtigt leuchten seine Augen noch wie Polarlichter. Als ich nur noch wenige Meter von ihm entfernt bin, bemerke ich eine Veränderung in seinen Augen – seine Pupillen weiten sich so sehr, dass die grüne Iris nahezu schwarz ist.

Er nimmt meine Hand und es ist, als berühre er damit mein Herz.

»Du stehst im Regen«, stelle ich fest, nur um etwas zu sagen.

»Du bist so ein Mensch, auf den ich stundenlang im Regen warten würde, nur um ihn zu sehen.« Seine Stimme ist kaum mehr als ein Flüstern.

»Schließt man die Augen, klingt der Regen wie Applaus.«

So stehen wir da, bewegungslos wie Statuen, meine Hand in seiner, und lassen den Sturzregen auf uns niederprasseln. Wir können den Blick nicht voneinander abwenden.

»Du warst der Telefonterror«, bemerke ich schließlich.

»Tut mir leid. Ich wollte lieber persönlich mit dir sprechen, aber als du so lange nicht ans Handy gegangen bist –«

»Warum hast du die Verlobung mit deiner kleinen Coco Chanel gelöst? Was ist passiert?«, unterbreche ich ihn. Ich muss es wissen. Sie war doch so perfekt, dass einem schlecht werden könnte.

»Du bist passiert.«

»Was?«

»Seit du wieder in Süderbüll aufgetaucht bist, konnte ich

nicht aufhören, an dich zu denken. Genau genommen habe ich seit zwölf Jahren an dich gedacht. Das ist Aurélie natürlich nicht entgangen. Sie war einfach nicht du.«

Nun wird mir klar, warum sie mich immer so scheel angestarrt hat.

Seine Stimme ist fest, als er leise sagt: »Ich liebe dich. So sehr. Seit so vielen Jahren.«

Ich schlucke. Mein Herz hat noch nie so schnell geschlagen. Ich habe Angst, dass er es hören kann.

»Ich weiß, wir können das, was damals passiert ist, nicht ungeschehen machen. Aber wir können es hinter uns lassen. Ich habe so lange auf dich gewartet. Du bist alles, was ich mir jemals gewünscht habe.« Der Ausdruck in seinen Augen beweist mir, wie ernst er es meint. Ich bin mir nicht sicher, ob meine Beine mich noch viel länger tragen können.

»Jetzt bin ich nervös«, wispere ich.

»Willkommen im Club.«

»Du? Du bist niemals nervös!«

»Jetzt aber schon.«

»Warum?«

»Unter anderem, weil ich dir meine Gefühle offengelegt habe und du noch nicht ein Sterbenswörtchen darüber verloren hast, was du empfindest. Vielleicht sagst du mir gleich, ich soll mich zum Teufel scheren.«

»Was ich empfinde? Ich musste zwölf Jahre lang mit einem großen Loch im Herzen leben und nun ist es endlich an der Zeit, es zu stopfen. Das Schicksal hat uns wieder zusammengeführt und dieses Mal fühlt es sich richtig am. Mit dir habe ich erfahren, was es bedeutet zu lieben. Und nicht nur darauf zu warten, geliebt zu werden.«

Diese meergrünen Augen, das erleichterte Lächeln, die seidigen Haare, sein Geruch. Wie jedes Mal, wenn ich ihn ansehe, empfinde ich ein Prickeln. Ich weiß jetzt, dass ich meine Rückkehr nach Hause immer aufgeschoben habe. All die Jahre saß ich erstarrt wie ein Kaninchen vor der Schlange und habe mein Leben an mir vorbeiziehen lassen. Durch Jasper wurde mir bewusst, dass die Kraft der Liebe den Menschen verändern kann. Und heilen.

»Und was machen wir nun?«, frage ich leise.

»Wir könnten Greetje sagen, dass sie nicht so besserwisserisch grinsen soll.« Ein Blick in Richtung Straße verrät uns, dass der grüne Volvo Kombi noch immer dort parkt. Greetje, Helena und Meghan drücken sich die Nasen an der Scheibe platt.

»Oder wir könnten ins Trockene umziehen«, schlage ich vor. Wir stehen jetzt dicht voreinander; unsere Nasen berühren sich fast und unser Atem vermischt sich.

»Oder ich könnte dich küssen, bis es aufhört zu regnen.«

Und das tut er. Als er seine Arme um meine Taille schlingt, mich seine weichen, auf seltsame Art vertrauten Lippen berühren und ich meine Hände in seinen Haaren verknote, fühlt es sich so perfekt an, dass ich mir wünsche, es würde nie aufhören. Wir lösen uns erst voneinander, als wir keine Luft mehr bekommen. Ich weiß nicht, ob ein Herz vor Freude platzen kann. Wenn ja, ist meins sicherlich kurz davor.

Jasper lächelt mich an und streichelt sanft mein Gesicht. »Die ganze Zeit wollte ich nichts mehr, als dich zu küssen. Mein Gott, drei Monate, und ich durfte dich noch nicht einmal küssen.«

»Ab sofort darfst du mich küssen, wann immer du willst.«

Mein Magen fühlt sich an, als würde er Luftsprünge machen. Mir kommt das Sprichwort in den Sinn, dass man erst weiß, wie traurig man war, wenn man wieder glücklich ist. Ich glaube, ich habe vergessen, wie man glücklich ist, aber hier, in

Süderbüll, habe ich es wiederentdeckt. In diesem Moment fühle ich mich ganz und gar im Einklang mit der Welt.

Jasper legt seinen Arm fest um meine Schulter und zieht mich Richtung Parkplatz. »Komm, lass uns aus dem Regen verschwinden. Vielleicht sollten wir für ein paar Tage in den Süden fahren, der norddeutsche Sommer ist ja kaum zum Aushalten.«

Als wir um die Ecke kommen, fällt mein Blick auf den gelben Bulli.

»Ich weiß was Besseres: Warum fahren wir nicht einfach einmal von Osten nach Westen, ohne jemals ein Flugzeug zu besteigen?«

»Das heben wir uns für unsere Hochzeitsreise auf.«

Wie schön das Leben sein kann. Genau jetzt fühlt es sich nach fünf Smileys an. Ja, definitiv fünf Smileys.

Christina Pishiris
This is (not) a Love Song
Roman
416 Seiten. Klappenbroschur
ISBN 978-3-7466-3699-3
Auch als E-Book erhältlich

Vielleicht liebe ich dich doch (nicht)

Für die Musikjournalistin Zoë Frixos galt schon immer: »Love Is A Battlefield«. Denn neben der Musik – »Music Was My First Love« – gab es in ihrem Leben immer nur eine Liebe: ihren besten Freund Simon. Aber bevor sie ihm das sagen konnte, zog er weg – und Zoë blieb wie eine zerkratzte Schallplatte an ihren Gefühlen hängen. Nun, zwanzig Jahre später, ist Simon wieder in London – frisch geschieden und so verheerend gutaussehend und liebenswert wie eh und je. Doch jedes Mal, wenn Zoë ihr romantisches Outing wagen will, kommt ihr etwas in die Quere: der ungenießbare PR-Manager Nick, ihre Eltern, die sie dringend verheiratet sehen wollen, oder die Hochzeit ihres Bruders, die immer mehr zur Big Fat Greek Wedding ausartet. Und je größere Hindernisse sich Zoë und Simon in den Weg stellen, desto mehr muss sie sich fragen, ob sie nicht mal eine andere Platte als »Love Is All You Need« auflegen sollte … Für alle, die an der Liebe zweifeln, aber niemals von ihr lassen können

Titre original : US IN THE BEFORE AND AFTER

Publié en accord avec Simon & Schuster UK Ltd, London

Loi n° 49.956 du 16 juillet 1949 sur les publications destinées à la jeunesse : novembre 2025
Dépôt légal : novembre 2025
Imprimé en France par Gibert Clarey Imprimeurs à Chambray-lès-Tours (37)

ISBN 978-2-211-34152-3